祝你好孕

狐小妹 —— 著

中国书籍出版社
China Book Press

图书在版编目（CIP）数据

祝你好孕 / 狐小妹著. —北京：中国书籍出版社，2014.3
ISBN 978-7-5068-4011-8

Ⅰ. ①祝… Ⅱ. ①狐… Ⅲ. ①长篇小说—中国—当代 Ⅳ. ① I247.5

中国版本图书馆 CIP 数据核字（2013）第 308172 号

祝你好孕

狐小妹 著

图书策划	崔付建
责任编辑	王卉莲　李田燕
责任印制	孙马飞　马　芝
出版发行	中国书籍出版社
地　　址	北京市丰台区三路居路 97 号（邮编：100073）
电　　话	（010）52257143（总编室）（010）52257153（发行部）
电子邮箱	chinabp@vip.sina.com
经　　销	全国新华书店
印　　刷	北京中华儿女印刷厂
开　　本	710 毫米 ×960 毫米　1/16
字　　数	203 千字
印　　张	21.25
版　　次	2014 年 7 月第 1 版　　2019 年 4 月第 2 次印刷
书　　号	ISBN 978-7-5068-4011-8
定　　价	68.00 元

版权所有　　翻印必究

人物小传

第一组

米兰：电视台编导，学历一般，容貌一般，所有的一切都很平凡。她是一个很没有存在感的人，工作几年领导都叫不出她的名字。她是陪同闺蜜相亲的最佳选择，伴娘的最佳人选，因为她从小到大都是绿叶。幸好，她的个性极其乐观，大大咧咧的，天塌下来她都能当被子盖。

米兰是"宅女"，在家里很邋遢，但出门的时候还算光鲜。她曾被逼婚逼到说自己是同性恋，但坚决不恨嫁，认为自己的真命天子会骑着白马来娶她。她工作认真努力，擅长做西点，擅长把事情搞砸，最大的梦想是开一家蛋糕店。

纪凯：电视台广告部经理，高富帅，有一眼看透女人罩杯的"超能力"，是全民情人。他贪图享受，什么都要最好的，对女朋友的容貌、身材有着严格的要求。他为人轻佻，没责任心，认为婚姻是束缚，却有着和所有女友都好聚好散、继续做朋友的神奇能力。

当然，他也有着惨绿的少年时代，受尽女友质问，眼睁睁看着女友坐上宝马离去，没机会告诉女友自己家里开的是兰博基尼。他认为女人本性都是阴险狡诈的，他喜欢女人，却不信任女人，不信任婚姻。

他外表看起来很开朗，其实是一个阴谋主义者，很多事情都会翻来覆去琢磨，自以为这样就能钻研透人心。他觉得米兰是设计自己故意怀孕的，但随着和米兰的交往逐渐改变想法，也变得相信爱情。他非常擅长追女孩，但遇到不着调的米兰，他屡屡受挫。

李秀梅：纪凯的母亲，知识女性，但对儿子要求非常严格，特别彪悍。她已经是肝癌晚期，唯一的希望就是见到儿子成家立业。

第二组

韩可馨：电视台"逛街"栏目主持人，非常漂亮，从小就是班花，有着出席任何场合都把自己变成焦点的能力。她的漂亮给她引来不少追求和机会，但她很苦恼自己的"花瓶"角色，一直想往知性方面转型。她平时是以"白富美"的形象示人，公司女同事都很讨厌她，她和其他人也说不到一块。

她是事业型的女强人，为了工作什么都不顾，甚至隐瞒自己已婚。因为隐婚，公司里有人对她锲而不舍地追求，她和丈夫只能谈起了"地下恋爱"。她也会羡慕别人的富裕生活，但从不妥协，认为生活是要靠自己双手打拼出来的，而不是靠男人。

杨波：干细胞研究所职员，博士在读。个性温和善良，"技术宅"。他一点也不浪漫，经常会领会错老婆的意思。韩可馨让他"滚出去"他就会真的"滚着"出去，为人处世特别单纯，经常上当受骗。虽然年纪比韩可馨大，但就好像韩可馨的弟弟和儿子，很需要别人照顾。

宋亚新：杨波的母亲，农村妇女，泼辣、大嗓门，但心地不坏。她其实也心疼儿子和媳妇，但更想要孙子，和韩可馨有着小打小闹的矛盾。可是，当韩可馨家遇到困难时，她毫不犹豫地把平时节省下来的钱倾囊相助。

宋宇：成功人士。他是韩可馨以前的学长，上学期间就喜欢韩可馨，但不敢表白。他是韩可馨的心灵导师，每当韩可馨遇到问题他都会解决。韩可馨曾经暗恋他许久，希望自己的丈夫可以和宋宇一样成熟。

韩晓：韩可馨的母亲，单身妈妈。她忙于工作忽视了自己的孩子，与韩可馨关系恶劣。韩可馨除了逢年过节会上门外其余时间都不登门，只是给妈妈钱，韩晓很受伤，但没表现出来。直到韩可馨生产，才理解韩晓的痛苦和心酸。

第三组

陆露：米兰的闺蜜。大学毕业后就结婚，老公是大学同学，当时引起了不小的轰动。她曾经是文艺青年，爱好摄影流浪，现在是孩子的妈，被孩子折磨得想死。她认为与顾文明之间的矛盾是因为她没生儿子，发疯一样地想要二胎，却和丈夫之间的距离越来越远。

顾文明：陆露的丈夫，大学毕业后就做了销售，如今是公司总经理。很爱陆露，但有点站着说话不腰疼，认为女人带孩子天经地义。他认为孩子只是他的玩具，也不明白为什么陆露会由以前的小清新变成现在的小泼妇，觉得和陆露越来越没共同语言，反而和女秘书走得比较近。当然，他从来没想过背叛陆露。

顾诗慧：3岁，破坏大王、大哭大王、撒娇大王。

其 他

王开会：电视台台长，刚愎自用，喜欢吹嘘，不喜欢女员工。最擅长的事情就是自我表扬，辱骂员工，以及周而复始地开会。

吴葵：孕妇，韩可馨的竞争者，爱子成狂，喜欢使唤米兰和八卦。

潘杰：有着玻璃心的游泳教练，是米兰的闺蜜。爱哭、爱撒娇，但也很讲义气。

高爽：理智派，禁欲系，能旁若无人地谈及自己的生理周期。她是不婚主义者，只想要健康的精子来诞生一个完美的孩子。

罗逸：摄影师，纯情男，相信一见钟情。

张旭：潘杰的朋友，妇产科医生。

徐秘书：狗仗人势，见风使舵，爱好打小报告。

楔 子

  广电大厦是无锡最耀眼的建筑。这里每天都会有无数的社会名流、行业专家进出，美丽又傲气的主持人更是这里最亮丽的风景线。许多人都会被她神秘的面纱吸引，想探求这座大楼的秘密，更希望自己或是自己的儿女能成为这座大楼的主人。而他们不知道，广电大厦就和婚姻中的围城一样，外面的人想进来，里面的人却想出去。

  比如，身为栏目编导的米兰就眼巴巴地看着会议室门口，然后悲哀地发现自己怎么都出不去。

  在不知不觉间，王开会已经口若悬河地"演讲"了两个小时了，而他丝毫没有收尾的意思，甚至让行政专员为大家买了盒饭。米兰环视四周，发现除了面露红光的王开会，以及保持着职业微笑的韩可馨外，其他人的脸上都呈现出灰白色，面无表情，要是再加上个"口歪眼斜"这个特征就能直接去演末世片里的丧尸了。她低下头，脑海中不断回放着验孕棒上的那两根淡淡的红线，只觉得头痛欲裂。

  两条杠……呵，上学的时候从来没做过中队长，二十年后终于圆梦了吗？为什么不直接五条杠？为什么？

  在她几近崩溃的时候，高爽一把握住了她的手。掌心传来令人舒适的温度，米兰对她勉强一笑，表示自己没事儿，而高爽推推眼镜："今天是 15 号，你例假还有 8 天才来，现在就有反应了？"

……

请问你为什么会知道我的生理周期？米兰想着，但到底没有力气在这个问题上纠缠。

没事，只是肚子里有了个孩子罢了；没事，只是还没结婚罢了；没事，只是和孩子的父亲一夜情罢了；没事，只是孩子的父亲还不知道，也永远不会负责罢了……谁能告诉她，为什么这个世界上有那么多人不孕不育，她只有一次擦枪走火却就中了枪？她简直可以去给不孕不育医院做代言了！

闭上眼睛，她好像看到了一颗种子在黑土地上扎根，倔强又顽强地生长，很快就长成了参天大树……打住，打住！她可不要什么大树！

天啊，到底该怎么办！要是那家伙不认账，反而说她勾引他败坏他声誉，她会不会直接上新闻，或者直接被浸猪笼？不要啊！

就在米兰胡思乱想的时候，门突然被踢开。她呆呆看着一大帮女人气势汹汹地朝自己走来，脑海中浮现出她被她们绑去祠堂浸猪笼的场景，脑中一片空白。为首的女人一下子扫掉米兰面前的文件夹，而米兰慌忙站起身。她的脸红得发烫，一句"对不起"还没说出口，那人却拿起椅子朝王开会头上砸去："姓王的，你做虚假新闻，我们这么多人都没饭吃了，我们来你这吃饭！"

然后，会议室瞬间乱成了一团。

大家尖叫着往外跑，所有人都在推搡，米兰因为反应慢，被堵在了公司门口。找茬的人把办公室里不值钱的纸杯、文件都摔在了地上，电脑什么的倒一概不碰，看来这年头就算"流氓"也都很有经济头脑。王开会指挥着属下抵挡，自己四处逃窜，慌乱间居然躲到了米兰的身后，也吸引了"杀手们"前来。米兰眼睁睁看见一个巴掌朝她狠狠打来，下意识保护住了腹部，大喝："别碰我，我怀孕了！"

然后，世界安静了。

所有人都盯着米兰的腹部，好像想透过她的肚皮，看到她肚子里的小生命，更能看清楚这孩子的眉毛眼睛长得像谁。就在办公室安静得不像话的时候，有人推开了门，带来了阳光和海滩的气息。他饶有意味地环视四周，爽朗笑着："各位同事，我回来了！这个欢迎的阵仗真是太有意思了，我很喜欢！姑娘们，我给你们带了比基尼，尖叫声在哪里？"

米兰捂住了脸。如果可能的话，她真希望孩子的父亲不是纪凯这个花花公子兼二货。

细细回忆起来，其实这一切的悲剧都是从一个月前的今天开始的。

那天，她的右眼皮跳个不停，揭开了这场闹剧的序幕。

目 录

第一章　无处不在的孕妇
　　　　　001 ◀

第二章　一夜情及其后遗症
　　　　　023 ◀

第三章　我的孩子我做主
　　　　　051 ◀

第四章　怀孕同盟成立了
　　　　　076 ◀

第五章　孕妇与英雄救美
　　　　　100 ◀

第六章　爱是一场重感冒
　　　　　121 ◀

第七章　恋爱中的女人
　　　　　143 ◀

目录

第八章　我认真，你随意
▶ 169

第九章　对不起，我爱你
▶ 192

第十章　一夜成名的孕妇
▶ 216

第十一章　我们的婚事
▶ 244

第十二章　真假孕妇都烦恼
▶ 273

第十三章　在全国观众面前生孩子的主持人
▶ 300

剧情回顾
▶ 318

第一章　无处不在的孕妇

米兰是被电话吵醒的。

睁开眼睛，她慢悠悠地起身。打开窗户，她发现户外的空气是那么新鲜，阳光是那么灿烂。穿着运动衫的老人一如既往地围着小区跑步锻炼，卖早饭的阿姨正在辛勤地摊鸡蛋饼，甚至隔壁家的女主人都开始了每周一次的"离家出走"，而男主人照常下跪求饶……

唉，为什么生活会这样规律到毫无激情？

当米兰把一大杯柠檬水都喝下肚的时候，手机还孜孜不倦地响着，大有一种"你若不接，我便天荒地老"的架势，可比追求她的男人热情多了。米兰没想到那家伙那么有毅力，只好认输，装作没睡醒的样子，懒懒地问："干嘛啊，那么早打电话吵我睡觉……"

"别装了，我知道你早起了！晚上的婚宴你可要去啊，你临时变卦的话，我会一辈子鄙视你。"

"随便鄙视，尽情鄙视。"

"米兰，你可是答应和我一起去的，人家都给你留了位子——不去也行，我去告诉他你暗恋了他十年不敢面对他结婚而悲痛欲绝不参加婚礼……"

"闭嘴！你敢这么说我，我、我可就嫁给你了！"米兰恶狠狠地威胁。

"行啊，反正咱是闺蜜，到时候朋友一起请，还收俩份子，多赚啊。我挂电话了，晚上等你来哟。"

潘杰说着就挂断了电话，再打去的时候已经关机，把米兰气得不轻。她深知潘杰这二货很可能做出让她无言以对的傻事来，只好认栽——谁让她那天吃饭的时候死要面子，答应参加婚礼？自己做的事，自己承担吧。

打开衣柜，她把所有衣服都找了出来，一一试穿。蓝色的连衣裙太老土，黄色短裙太骚包，牛仔裤会显得腿粗……天啊，为什么没有一件能穿的！除了……这条礼服裙。

手指轻轻划过红色的，连标牌都没剪下的丝绸礼服裙，米兰想象着穿上它时的惊艳，微笑了起来。可出门的时候，她还是穿着浅绿色上衣和热裤，与平时没有任何不同——除了脚下的高跟鞋足足有八厘米，把她的腿部衬得更加修长。高跟鞋带给米兰自信，她慢慢走着，优雅地伸手拦出租车，正准备优雅入座的时候，没想到一个女人抢在她前面上了车，对她抱歉地笑："不好意思，我有急事。"

"没事。"米兰郁闷地看着她高挺的肚子。

现在正值下班高峰期，错过那辆出租车后，她在路口站了十几分钟，愣是没等到一辆车。眼见婚礼的时间越来越近，她心一横去坐公车。上车后，她非常幸运地坐到了位子，还没把凳子捂热，一个人慢悠悠地走上车来。

又来了……

米兰郁闷地发现，不知从何时起，无锡的孕妇是越来越多了。

当她正和一帮女人抢着"大减价"购物车里的内衣，被一双双手推来挤去时，世界却突然安静了。她只见人群空出一条道，一个挺着肚子，脑袋上顶着光环的女人在音乐声中骄矜地走了过来，轻飘飘地拿过了她手中的内衣；饭店吃饭时，她点的菜迟迟不上，而邻桌的孕妇明明比她晚到却已经吃上了热乎乎的饭菜；公司上班时，怀了孩子的同事更是能挺着根本不起眼的肚子抢先泡茶、热饭，甚至可以在"王开会"开会的时候说自己头晕，然后提前离场……

而眼下，那个慢慢上车的孕妇终于在米兰的面前停住了脚步。看着她，米兰的右眼皮突然跳了起来——每次眼皮跳都没好事，这次也不例外。她恋恋不舍地从椅子上站了起来，而孕妇毫不客气地坐下，连句"谢谢"都没有，拿起手机就自顾自地打起电话。米兰不住揉着因穿高跟鞋而发麻的脚，万万没想到孕妇只坐一站就下了车，更没想到下一站蜂拥上车的一个老人家眼疾手快地坐上了原来属于自己的位子，心中默默流下了宽面条泪。

靠，这都是什么事儿啊！亏得她今天特地穿了高跟鞋，还化妆了！

上天并没有听到米兰的倾诉。后来，车厢里的人越来越多，她被挤得不用拉扶手都纹丝不动，司机急转弯的时候更是脸都贴在了车窗上。所以，当到达目的地海天大酒店的时候，她就好像被人踩躏过一样，头发凌乱、衣领大开，浑身散发着一种名叫"凄惨"的气息。也就在这时，潘杰已经等不及了，电话催个不停。

"米兰，你到底什么时候来啊！婚礼都要开始了，我都在这等了你二十分钟了！你敢不来的话，我真的要拿个大喇叭喊你暗恋……"

"打住，打住！我已经到酒店门口了，你在哪？"

"我看到你了！"

电话被突然挂断，米兰肩膀被人重重一拍。回过头，见到来人是潘杰，她舒了一口气。她皱着眉看潘杰布满亮片、闪闪发光的西服："你怎么穿成这样？"

"今天是婚礼啊。"潘杰用一种看傻子的目光看着她。

"是，可不是你的婚礼。"

"可我是来参加婚礼的，去什么场合就该穿什么衣服，这个你都不知道啊。"

"那您的意思是我今天该穿婚纱？"

"对，该穿！你不说我还没注意，你穿成这样是打算色诱新郎官吗？暗恋他十年，你终于开窍要表白抢亲啦！"

潘杰不怀好意地上下打量着米兰，米兰此时才发现她胸前的扣子居然在公交车上被挤开了。她也不知道这一路走来便宜了多少人，暗暗诅咒看她的人都长针眼，不动声色地把纽扣重新扣上，白了潘杰一眼："二货，表白你个大头鬼，我这是坐公交被挤的！你以为谁都和你那样好命有车开啊！"

"你不是说特地去终点站坐车吗，又没抢到位子？"

"别提了，遇上一孕妇。我又不好看她站着，只能让座了。"

"谁让人家肚里有货呢？"潘杰坏笑。

"唉，你说最近怎么会多了那么多孕妇？春天到了的关系吗？"

"鬼知道，反正长出庄稼的不是我就行。"潘杰咧嘴笑着。

"白痴！陆露来了没？"

"我给她打了电话，她刚出发。据说今天中午她测出自己到了排卵期，把老公抓回家嘿咻了——唉，我们男人白天忙工作，晚上忙耕耘，真是命苦！"

"你就贫吧！等等，我补个妆再进去。"

米兰掏出化妆包，飞快给自己抹了点粉，整整头发，然后才和潘杰一起往酒店走去。越靠近大厅，她的心跳速度越快，她觉得自己也许就要晕倒，而明天新闻的标题或许就是"史上首现心碎死亡实例——大龄女青年在暗恋学长婚礼上离奇死亡，死状凄凉"了。只是不知道来现场采访的会是朱丹还是谢娜？只要不是韩可馨这个花瓶就好……

米兰脑中胡思乱想，而他们终于走到了新人面前。新娘不知道哪里去了，新郎王志鹏一个人孤零零地站着，面容一如既往的帅气逼人。米兰不敢看王志鹏，把红包塞给潘杰，想让他帮自己递出去，没想到潘杰直接拉着她的手送到王志鹏面前，笑嘻嘻地说："新婚快乐！新娘子哪儿去了？"

"她去一下洗手间，一会儿就回来。潘杰，谢谢你来参加婚礼，这位是……"

虽然早就习惯了被遗忘、被忽视，但自己暗恋十年的人居然不知道自己的名字，米兰还是有点受不了这个打击。她硬生生挤出一个笑容："我叫米兰。"

"哦，米兰啊！对不起，我刚才没认出你来，你比以前更漂亮了。"

王志鹏的脸上挂着体贴的笑容，而米兰脆弱的心已经成了碎片。她哀伤地准备羽化成仙，谁想潘杰落井下石，直直把她拉入地狱："少来，你们根本一句话都没说过，别装得很熟的样子啊！王志鹏，我家小米兰可是暗……"

一句"暗恋"没说出口，米兰飞快给了他一脚，瞬间让他"暗无天日"了！潘杰捂着腹部，米兰忙解释："他好爱开玩笑哇，哈哈，好好笑，哈哈哈……我们先走了，祝你百年好合，早生贵子。"

米兰说着，拉着潘杰就跑，真恨不得把他的头按到抽水马桶里。她没走两步，只见一个穿着婚纱的身影朝自己走来，鼓鼓的腹部吸引了她的全部目光。新娘一下子冲到了他们面前，声音充满了惊喜："潘杰，你到了怎么不和我打电话？咦，你旁边那个是你女朋友吗？"

潘杰和新娘认识？

米兰停下了脚步，疑惑地看着新娘，只觉得她眼熟，可怎么也想不起来她是谁。她饶有意味地看着潘杰，潘杰忙后退一步，轻声说："别用一种捉奸在床的眼神看我，我可不认识她。"

"你是谁，我们认识？"潘杰问新娘。

"潘杰，我是王艳啊，初中和你一个班的！你都不认识我了，记性可真够差的。"

"王艳？"

潘杰还是一副迷茫的样子，但米兰记起她是谁了。这个王艳上初中的时候长得矮矮小小的，还戴着眼镜，根本没有人搭理她。多年不见，王艳的个子高了一些，五官并没多大变化，但她不得不承认新娘的白纱，以及她左手无名指上亮晶晶的戒指刺痛了她的眼睛。

王艳……为什么他的妻子不是空姐，不是模特，不是老师，不是公务员，偏偏是她？

米兰承认，对于新娘，她有着病态的执着。她既妒忌新娘，又希望她是一个样样比自己强、无人能及的大美女——这样才配得上王志鹏。

为什么会这样！如果输给白富美也就罢了，输给王艳的话也太不甘心了吧！为什么王志鹏会喜欢这款？

"潘杰，你还没想起人家是谁啊？"王艳娇滴滴地问。

"呵呵……"

"讨厌，人家知道自己以前很不起眼啦，你这样的人怎么会把人家放在心上。老公，我的手好沉啊，你能帮我揉揉吗？"

王艳说着，朝王志鹏伸出手，王志鹏虽然面露窘色，但还是帮她揉起了手。随着他的动作，钻戒在灯光下发出更为耀眼的光芒，而王艳得意地不住翻着手腕，嚣张气焰令人发指。米兰再也看不下去了，拉着潘杰就走，然后骂他："你刚才胡说什么啊，我的脸都要被丢尽了！"

潘杰不理解她的愤怒："你生什么气啊，我不帮你说的话，他一辈子不知道有个傻妞喜欢了他十年。"

"我不要他知道！暗恋的精髓就是'暗'，说出来多没意思。"

"嘴硬吧你！我看你就是怕被拒绝才一直不说。"

"那又怎么样！他都结婚了！"

就算他没结婚也不会选我。

米兰心中轻声说着，狠狠瞪了潘杰一眼，然后入了席。他们隔壁桌是男方亲友，她听到有人在八卦新郎、新娘的事情，顿时竖起了耳朵。

"志鹏这小子真是栽了，那么多美女不选，后来选了这个。"

"是啊，现在喊他出去泡吧都不敢，说老婆管得紧，真是太可怜了。"

"谁让他'弹无虚发'，一个晚上就播种成功呢？"

几个男人会意地大笑起来，米兰的脸色又红又白。她没想到她喜欢了那么多年的、会打篮球成绩又好、还会对人温和微笑的男人居然会和女人一夜情，她实在是看错他了！他真的是她喜欢的阳光少年吗？

第一章 无处不在的孕妇

她想,她的悲伤不会逊色于白雪公主结婚当晚发现王子和小矮人有一腿。

"还真生气啦?"潘杰问。

"真生气了!"

"那你生吧,一会儿少吃点,顺便减肥——陆露,我们在这!"

潘杰站起身,气质优雅地挥手,一个蓬头垢面的女人跌跌撞撞地到了他们身边。米兰见陆露居然穿着睡衣就来了,头发乱得像鸡窝,衣服上还有牙膏渍,忍不住皱眉。她还没来得及说什么,突然头发一痛,一个粉妆玉琢的小姑娘笑嘻嘻地抓起她的一撮头发。米兰只觉得眼泪都要下来了,急忙去抢救自己的头发,但到底不敢用劲。潘杰看得干着急,而陆露飞快对准小姑娘的头狠狠敲了一下,厉声说:"小慧,放手!再闹就不带你出门了!"

"妈妈骂我!坏妈妈!"

刚才还嚣张得不可一世的小孩子突然扁扁嘴,哭了起来,引来不少目光,陆露只觉得自己羞愧欲死。她看桌上有点心,飞快地把点心送到自己女儿嘴里,然后顾诗慧终于安静了下来。陆露把油腻的手往身上随便一擦,内疚地问:"米兰,要不要紧?都怪顾文明,说好今天他看孩子的,可他单位突然有事,我只能把她带出来了。"

"他哪次没事?"米兰看着陆露的油手,轻声说。

"什么?"

"没什么,没关系——孩子嘛,总是调皮的。"

"可我从来没见过像她这样精力旺盛的!唉,我已经约好了医生,下礼拜就去查她是不是有多动症。"

"你不至于吧。"潘杰插嘴。

"我真的要疯了……以后中国对哪个国家宣战,不用核武器,派几个小鬼就能赢。这日子要怎么过下去啊……"

陆露说着,突然捂着脸哭了起来,米兰和潘杰都愣住了。他们互视一眼,刚想去安慰陆露,陆露却止住了哭泣。她擦干眼泪,朝孩子的方向怒吼:"顾诗慧,不许把饼干往鼻子里放!住手!"

看着陆露的悍妇模样，米兰简直不敢相信这就是她大学时期的最好朋友、中文系的校花——难道这就是女人婚后的模样吗？曾经的青涩少女，一定会变成在人前嬉笑怒骂的妇人吗？好可怕！

当顾诗慧终于安静下来吃饼干时，陆露拿出手机，兴奋地给米兰和潘杰展现她女儿各个角度的写真。其实顾诗慧长得确实还算可爱，但充其量也就只是一个还算不错的"路人级别"的孩子罢了，几百张照片看得他们头昏眼花。陆露不知疲惫地诉说着女儿的趣事，时不时笑成一团，米兰和潘杰无奈地对视，潘杰挑眉，换了话题："你的二胎还没怀上吗？"

"是啊，都半年了，怎么还没动静，真是愁人。"陆露郁闷地摸着自己的肚子。

"不要急，这个要看缘分的。"

"唉，我真想去医院检查，看自己是不是不孕，顾文明是不是不育，但他总说我神经病。今天好不容易测到排卵，他偏偏说有重要客户来。我去他公司找他才能把这大爷领回家，他还老大不乐意！一个月也就几天是排卵期，这次错过就又要等一个月，你说他怎么想的？"

"这个……"

"米兰，你也快点生孩子吧，晚生不如早生。"

"可我不喜欢小孩子。"

"等你生了就喜欢了啊。我生小慧之前也不喜欢小孩，但生了她以后，真后悔没早点和她见面。孩子是上天赐予女人的天使，没有生孩子的女人是不完整的。"

陆露满怀深情地说，而米兰看着正坐在一旁不住晃着脑袋，尖叫着跑来跑去的顾诗慧，觉得和陆露简直没有任何共同语言。幸好，有人和他们搭话，把他们从苦海中解救出来。

"请问，你是潘杰吗？"隔壁座位上的人小心翼翼地问。

"是啊。你是……小旭？"

"是啊，是我！这个是陆露吧，你都有孩子了啊！"

"呵呵，对啊。"陆露忙理头发，笑容很端庄。

"这位是……潘杰，你的女朋友吗？"

"不，她是我同学。"

"哦，大学里的吧。"

"不，是中学同学。"

"啊，那我怎么没见过？陆露，你老公做什么的啊？"

同学们开始攀谈起来。他们自觉分成了"未婚组""已婚组"和"已婚已育组"，有技巧地打探着彼此的家庭、收入，有技巧地炫耀着新买的皮包、手上的钻戒，而米兰又是被忽视的那个。她看着正兴奋地问女同学生二胎的感受和经验的陆露，悄悄起身，在洗手间整理了一下妆容。看着镜中明明很可爱的姑娘，咧嘴一笑，镜子里的那个她也笑了起来。她用力拍脸颊，微笑着轻声说："米兰，加油！这样的生活你早就习惯了，怎么今天倒矫情起来了？加油，加油，加油！"

对镜子里的自己做了一个"加油"手势，米兰觉得阳光和能量穿越厚厚的大气层，来到中国，进入酒店，最终到了正在洗手间镜子面前的自己身上。她想，她又有足够的勇气来面对暗恋对象结婚这个事实了。带着淡淡的微笑，她走出了洗手间，昂首挺胸地走回座位的时候，和一个突然站起来的女人撞了个正着。她急忙说对不起，那个女人根本没理会她，而是带着哭腔说："纪凯，你这是什么意思？你还要再伤害我一次吗？"

纪凯？米兰的耳朵顿时竖了起来，然后见到了不远处的纪总监。

说到纪凯，他真是米兰所在电视台里最大的一枚奇葩。他名牌大学毕业，年纪轻轻就坐上了电视台广告部总监的位子，人帅嘴甜，非常受女同事、女客户，以及女同事的妈妈，女客户的七大姑八大婶的欢迎。有人戏言，这世上就没有他摆不平的女人，所以即使他换女朋友和换袜子一样，也有不少痴情少女等着他"浪子回头"的那一天，期待自己会是他的最后一个女朋友。

当然，她们都失望了。

纪凯的风流史米兰听说了不少，没想到在这里会遇上他，更没想到会亲眼目睹他和前女友见面的戏码，顿时来了兴趣。她见"小白花"前女友眼中满是泪水，正哀怨地看着搂着妖艳型美女的纪凯，身体不住发抖，简直好像下一秒就会昏厥过去一样。妖艳美女问纪凯："老公，她谁啊，你认识？"

"她是……你亲戚。"

"亲戚？我怎么不知道啊？"

"她是你男朋友的前任，算是你的前辈，你可以喊她姐。"

"姐你妹！"

妖艳女友狠狠抽了纪凯一个大嘴巴，转身就走，引来无数侧目。纪凯捂着脸，无所谓地一笑，去搂"小白花"，没想到"小白花"也给了他一巴掌，英俊脸蛋上的巴掌印顿时左右对称。

打得好！

米兰在心里偷偷笑着，害怕被纪凯发现，急忙回了座位。她正准备把这好笑的事情说给潘杰听，灯突然暗了，新郎站在了舞台中央。在万众期待下，王艳也推开了门。

因为怀孕的关系，王艳的腹部大得可怕，没有化妆，也没有穿高跟鞋，有的只是掉进人群里找不到的"清秀"。米兰清楚地听到有些人失望的叹气，但这并不能阻止新郎的欣喜。她眼睁睁地看着王志鹏跪在地上，承诺着不离不弃，在那瞬间觉得带着幸福微笑的王艳简直是美得惊人。

要不是王艳怀孕了，王志鹏也不一定会娶她吧，她还真是好命。我什么时候才会遇到我的真命天子呢？

米兰出神地想着，然后惊奇地发现舞台上居然多了两个小孩——他们正充当花童的角色，去掀新娘的裙子——等等，不是把裙子拉起，而是去掀起。

于是，米兰眼睁睁地看着新娘的大腿就这样暴露在了空气中，甚至看到了她粉色的内裤。可能是因为专注，新郎和新娘都没发现后面有了小恶魔，而全场已经开始喧哗，声音大到连司仪都不知所措。米兰很想笑，很想冷眼旁观——如果其中一个小孩不是顾诗慧的话！

米兰和陆露几近崩溃地互视一眼，心有灵犀地冲到了台上，一手抓起了一个孩子。顾诗慧尖叫着被陆露抓了起来，而另外一个小朋友身手敏捷地躲过了米兰的抓捕。米兰用力过猛，往前一冲，下意识地一拉，只听到什么撕裂的声音，然后听到了齐刷刷的惊呼声。她生怕自己着急之下撕裂了新娘的婚纱，一看手心中的布料是黑色的，顿时松了一口气。她抬起头，突然看到了一条蓝色的内裤，然后看到了满脸通红的王志鹏。

她想，她终于知道今天为什么会眼皮跳，也终于成功地让王志鹏记住了她。不出意外的话，他这辈子都不会把她忘记吧。

"对不起……真的对不起！"

米兰把破布还给王志鹏，捂住脸，冲出了满是笑声的婚礼现场。她决定做点什么，好让自己把今晚完全忘记。

"米兰，别拿头撞玻璃了，我的玻璃可不是防弹的——小慧，住手，不许拉我的头发！你再这样，晚上给我呆在厕所，我说到做到！——米兰，其实你今天真的没你想象中那么丢人，你把王志鹏的裤子——不许吃我车上的芳香剂，它会噎死你，你给我放手！——说到哪里了，你把王志鹏的裤子扯掉其实没那么丢人，你好歹跑的时候把脸遮住了，他们谁知道你叫米兰啊，只知道有这么一回事——我要疯了！把拳头从你嘴里拿出来，立刻，马上！"

米兰不知道是不是女人做了母亲就会和陆露一样精分，说话颠三倒四，但她居然听懂了。顾诗慧在汽车后座不住地跳跃、尖叫，陆露在骂人，而米兰看着窗外，不住地撞着脑袋，是那么希望自己在碰撞中失忆。

她这辈子，最擅长的就是把事情搞砸。她做过无数的丢脸事，这件应该能跻身前十，把"在飞机上枕着男人的肩膀入睡被当做小三痛打一顿"这件事挤下去。

"陆露,我真的好想死……"米兰郁闷极了。

"你别这么说,惹祸的是我闺女,我才是罪魁祸首。一会儿去我家坐会儿吧,我给你赔罪。"

"不了,我没事。你就在这里放我下车吧。"

"不行,我总要送你回家。"

"我真的没事,就想四处转转。好啦,你还不知道我吗,天塌下来也不会郁闷满5分钟。真的没事啦。"

米兰说着,露出了灿烂的笑容,而陆露被她完美无缺的表象欺骗了。她靠边停车,米兰往前走了几步,然后走回来,说:"孩子还小,你可别打她,好好说就行。"

"知道了,你还有心情替她担心啊!"陆露愤恨地看着一点不知道自己闯了什么祸的女儿,"米兰,你要去哪?"

"秘密。"米兰微微一笑。

当陆露的车子开走后,米兰在大街上漫无目的地走着。夜晚的风带着一丝凉意,她下意识地缩了缩脖子。翻开手机,上面全部都是潘杰发来的关心短信,但她现在根本没有心情回复。

我真的没想到会以这样的方式和王志鹏见面。他们,也不会知道我有多难过。米兰默默想着。

经过酒吧时,她听到了酒吧里传来的悠扬音乐,下意识地走了进去。现在是晚上8点,酒吧里还没多少人,有个歌手在台上自弹自唱,吸引了米兰的目光。她随便找了一张小桌子坐下,酒保问她想喝什么,她的回答是"随便。"

"鸡尾酒怎么样?"

"好啊。每样给我来一种。"

"美女,你确定?"酒保呆了。

"当然确定!快点!"

米兰不耐烦地拍桌子,酒保急忙把鸡尾酒送上,很快就堆满了她的桌子。她一杯一杯地喝着，喝得越多好像就把烦恼忘得越多似的。她不知道一个单身女人配上酒精会产生什么样的魅力，只觉得周围的人好像越来越多，时不时有人和她搭讪，说一些特别无聊的话。她被缠烦了，再加上酒意袭来，当又有人和她说话的时候顺手拿起酒一泼，没想到泼的居然是一个熟人。

"纪凯？"米兰呆呆问。

"你是……米兰？"

"你记得我？"

米兰没想到纪凯居然知道她的名字，在那么一瞬间，心突然猛地跳了一下。纪凯在她面前坐下，看着满桌子的酒，嘴唇微张，刚想说什么，米兰抢先说："要是你也说我喝太多酒的话就走开。"

"不，我想问你要不要再来点？我请客。"

纪凯说着，打了个响指，喊酒保再送酒来。喧嚣的音乐声中，他们一杯又一杯地喝着，当米兰的舌头开始有些打结的时候，他们已经说了她入电视台3年以来最多的话。米兰大着舌头，笑着问："纪凯，我真的很佩服你！"

纪凯托着下巴："佩服我怎么能长得那么帅吗？"

"不，是你怎么能那么滥情？"

"亲爱的，你错了，我不是滥情，而是多情。我和每个人交往的时候都是一心一意，交往前我就告诉她们，没感觉了就不会在一起，也欢迎她们甩我——但好像还没一个人这样做。不管是不是在一起，我们都还是朋友。"

"得了，别吹了，合着你家朋友打招呼不是握手而是抽嘴巴子啊！你这理论还真是新鲜。纪凯，你的女朋友有没有超过三个月的？"

"没有。爱情的保鲜期不过三个月，这可是由人类的本能决定的。哈，今天那个在你旁边的是你男朋友吗？"

"怎么可能，我都见过那二货穿开裆裤的样子！"米兰急忙摆手。

"是吗？"纪凯不置可否。

"纪总监，前段时间都在说世界末日，你想过如果末日真的会来，最后五分钟你会做什么吗？"

"做爱。"纪凯不假思索地说。

"那剩下的三分钟你又要做什么呢？"

纪凯愣住了。

"哈哈，开玩笑的，很好笑吧！其实，我真羡慕你知道自己要做什么——要是世界末日真的来了，我还是会孤单一人吧。"

"我刚才和女朋友和平分手，现在也是单身。敬单身怎么样？"

"敬单身！"

到后来，米兰都不记得自己喝了多少酒，连迈步子的力气都没有了。她醉得连自己家在哪里都说不清，纪凯万般无奈，只好把她带到酒店。作为一个很有绅士风度的男人，他体贴地给米兰脱下鞋子，盖好被子。他刚想走，米兰却一把抓住了他的手。

她的体温是那么灼热，眼睛也是亮得惊人。纪凯看着她，不知道为什么会想起儿时饲养的小狗。他只听到女孩的声音带了哭腔："我很不开心，因为我喜欢了十年的男人结婚了。他甚至都不知道我是谁。"

"米兰，这件事你已经告诉过我了。"

"那么多年，我都等着白马王子到来，可我的王子一直没来——他就是个路痴！王艳有什么好，个子比我矮，皮肤没我白，除了胸比我大点外有什么好！不就是怀孕了吗，了不起啊！"

"可这就是关键——核心部门上她有人啊！"

"我好难过……真的好难过……他为什么不要我……"

"很晚了，这些话明天再说好吗？"纪凯有点不耐烦了。

"好热啊。"

米兰说着，开始扯自己的衣服。纪凯顺着她的手往下看，看到了米兰粉色的内衣，以及曼妙的曲线。她的皮肤非常白，纪凯忍不住想摸上去会是什么感觉——是烫如火,还是冷如玉?平时倒没看出来她身材那么好!

"好热啊……我不要不开心,不要……"

米兰突然发起酒疯来。她的手上一用力,正在走神的纪凯就被她推到了床上。米兰趴在纪凯身上,笑嘻嘻地问:"我沉不沉?"

"不沉……"纪凯险些被压得吐血,违心撒谎,"别闹了,我真的要走了。"

"不要丢下我,不要走。不要。"

米兰只觉得纪凯的身体就好像玉石一样冰凉,抱上去舒服极了,小手忍不住摸他冰冷的手臂和腹部,把脸贴在他的胸口。她的脸颊带着醉后的绯红,嘴唇红润得诱人,纪凯只觉得理智逐渐脱离了他的身体。他的手情不自禁地摸上了米兰的面颊,然后就不想松手。

好吧,其实酒后的男人总是没什么自控力的,这样的情景也经历过很多遍,此时再不有所动作的话真是太失礼了——他可是很有风度的男人,怎么会让女士失望呢?就算对她没什么感觉,不能抚慰她受伤的心灵,但抚慰她受伤的肉体也是好的。

所以,纪凯非常贴心地解开了自己的衣服,更为贴心地帮米兰把衣服解开。

然后,他微微一笑,给凑上来胡乱亲他、舌头就好像小狗一样乱舔的米兰一个正宗的法式长吻。

一夜激情。

米兰昏昏沉沉睡了近五个小时。当清晨第一缕阳光透过厚重的窗帘折射进房间的时候,强大的生物钟令她睁开眼睛,而她足足过了一分钟才意识到自己好像不在家里。

陌生的房间,陌生的气味,陌生的感觉,身体的异样疲惫,还有搂着自己的陌生手臂……

手臂?

米兰深吸一口气，停顿几秒，然后发出了尖锐的叫声。她用力一脚把不明物体踢下床，站起身，然后瞬间看到了光溜溜的自己。她急忙扯过被子挡住胸口，看到的是纪凯温柔的笑容："你的起床气可真大啊，宝贝。"

"谁、谁是你宝贝！这是哪里，你对我做了什么！"

"这是宾馆，我们当然是发生了男女之间应该发生的事情。"纪凯说，然后光明正大地伸出手，"怎么样，不止两分钟吧。要不要再来一次？"

"我们、我们……"

米兰简直不敢相信自己稀里糊涂地和男人一夜情，可事实让她不得不信。她紧咬嘴唇，浓重的杀气让纪凯都忍不住后退了一步。纪凯以为她会发火，会哭泣，或者会羞涩，但她只是默默穿好衣服。她走到纪凯面前，干净利落地给了他一个巴掌："无耻！"

米兰说着，夺门而出。纪凯呆呆地看着她的背影，不明白明明是一次你情我愿的"礼节性上床"为什么会是这样的结局。

还真疼！女人真是口是心非的奇怪生物。纪凯轻轻摸摸脸颊，默默想着。

米兰打车回家，到家第一件事就是把所有衣服都丢在了垃圾桶，然后打开水龙头，在浴缸里闭上了眼睛。她很想学电视剧里的女主角那样矫情地给自己擦一遍又一遍，擦到皮肤红肿蜕皮，但她只是给自己抹上了沐浴露。

热气让意识清醒，昨晚发生的所有事情都好像电影一样一幕幕在她眼前回放。虽然悲哀，但她不得不承认发现这件事她似乎、可能、也许占了主要责任——可就算这样，纪凯也不该顺水推舟啊！他不是非美女不要吗？混蛋！

米兰真的没想到自己会堕落到和一个毫无关系的人发展一夜情的地步，心里五味杂陈。她把头埋在水里，不住地对自己说没关系，就当被狗咬了，严格论起来还是自己赚了。这样自我催眠几次，她浮出水面的时候终于不再想拿头撞墙了。她穿好衣服，走到厨房，打开橱柜，拿出面粉和鸡蛋，开始做蛋糕——每当她心情不好的时候，就会专注于这个，烘焙会让她暂时忘却所有烦恼。

当烤箱发出悦耳声音的时候，米兰看着金黄色的小蛋糕，轻轻咬了一口，只觉得喜悦终于在心头绽放。她看着蛋糕，暗想自己辞职后开蛋糕店的可行性，突然手机响了。她接通电话，只听到高爽平静的声音："米兰，你快来，王开会喊我们去开会！"

王开会……这可真是比"世界末日"还要可怕的名词。

"我今天不太舒服，可以不来吗？"

"他看起来心情不太好，可能是有什么麻烦事，也可能到了他的生理周期，你自求多福。"

高爽说着，干脆利落地挂断了电话，米兰呆呆地看着手机，犹豫很久，到底没有勇气打电话向王开会请假。她拿粉底把红肿的眼泡遮了一下，然后走出门去。

毕竟，她已经不是过去那个因为考试没考好就寻死觅活、不肯去上课的小姑娘了。不管发生了什么事，不管是喜悦还是悲伤，她还要生活，还要上班。

幸运之神终于眷顾了米兰，她赶回单位的时候会议还没开始。她推开会议室的大门，只见早就入座的其他同事齐刷刷地看着她，不知道为什么就想起了昨天晚上和纪凯发生的事情，心一下子虚了。她急忙找位子坐下，徐秘书尖锐地说："米兰，你别坐那里，你坐到后面去！"

"可李姐今天没来啊。"米兰尴尬地说。

"你懂不懂规矩啊，快坐过去！"

电视台有一个不成文的规定，那就是开会时的座位按照地位排，越是地位高的越能坐在核心位置，而低级职员就只能可怜巴巴坐在门口的板凳上——米兰和高爽就是如此。米兰今天身体不太舒服，就坐了李姐的木椅，没想到徐秘书居然丝毫不给她情面。米兰在心里暗暗咒骂这个狐假虎威的中年妇女，只好红着脸坐到了原来的位子上，只觉得羞愧欲死。高爽捅捅她，饶有意味："你从来不迟到的，怎么今天就晚了？还喷了香水，散发着女性荷尔蒙的气息，我看你……"

"别瞎说！"米兰心虚急了，忙高声说。

她的声音吸引了所有人的注意力。米兰急得一下子捂住了嘴，而高爽奇怪了："你那么紧张干吗，还真做什么亏心事了？难道今天真的准备去相亲？"

"我，我就想换个形象，换个心情。咦，王开会还没来啊？"米兰悄悄松了一口气，忙转移话题。

"嗯，他说开会，把我们晾到会议室半个小时，可自己还在打电话。按照他唠叨的程度，今天的午饭可又吃不成了，你快吃点饼干垫垫饥。"

"谢咯。"

米兰觉得，高爽真是一个再好不过的姑娘。

虽然她总是穿着职业装，戴着厚重的黑框眼镜，虽然她工作起来就不要命，虽然很多人说她其实是做了隆胸手术的纯爷们……但只有真正了解她，才会了解到她的善良和细心。米兰接过饼干，轻轻咬了一口，也就在这时王开会朝他们走来。她情急之下把饼干飞快咽下，没想到饼干卡在了嗓子眼，脸顿时变得通红。她奋力咽着饼干，抓起桌上的水杯就喝了起来，然后发现全世界都安静了。王开会看着她，说出的话石破天惊："米兰，你拿的是我的杯子。"

"呀，好可怕！王总我给您的杯子消毒去！"徐秘书尖叫着说。她看米兰的眼神就好像在看病原体。

"对、对不起……"米兰真想把自己的喉咙割掉。

"唉，现在的年轻人啊，真不知道说你们什么好！你说你们工作做不好也就算了，连生活上的小事都做得乱七八糟，你们这样的态度怎么得了？你今天是拿错了一个杯子，明天是不是就要拿错文件，后天是不是就要拿错合同，甚至把我们的内部文件直接给客户看？今年业绩不好不要说大环境差，都是你们做出来的！前几天我去宣传部的时候，部长还对我客气地说，老王啊，现在的记者可和你做记者的时候不一样！像你这样的专家可真是越来越少了……"

米兰的直属上司、电视台生活频道制片人王开会原名叫什么几乎没人记得了，因为大家都当面叫他"王总"，背地叫他"王开会"，或者是"那该死的王开会"。王开会最擅长的就是把一分钟能说完的事儿整整说一个小时，听他开会被誉为十四级疼痛——比女人生孩子还高上一级。他的声音在耳边回响，米兰只觉得有无数马蜂围着她起舞，头痛欲裂。她低下头，尝试着关闭五感，这时门又开了。一个女人慢悠悠地走了进来，香风袭人，声音清脆："抱歉，我来晚了。"

"没关系，路上堵车吧。"王开会顿时变了一张脸，笑脸迎人。

"对啊，真是很抱歉。最近没素质的人越来越多了，我的宝马被超车了好多次，我觉得无锡的路况真是比美国都差。你们不要误会，虽然去了几十个国家，但我的心还是在中国哟。"韩可馨笑容可掬地说。

"贱货！"米兰分明从每位同事脸上都看出了未说出口的这句话。

韩可馨是全电视台最漂亮的姑娘。她不是书中形容的"气质高洁""风情万种"，只是最单纯的漂亮，身材姣好，五官无懈可击。她主持着最不费脑子的"逛街"栏目，只要对着镜头甜甜微笑就有超高的收视率，不费吹灰之力就成为台里人气最高的主持人之一。

"漂亮容貌"加上"讨巧工作"这样的组合本就受人妒忌，再加上她喜欢得瑟、喜欢成为焦点的个性，还让台长对她另眼相看，所以电视台没有一个女人喜欢她。可是，这不会阻止男人们对她献殷勤。

"可馨，一定没吃早饭吧，我给你倒咖啡！"

"咖啡喝了对皮肤不好，还是喝矿泉水吧！"

"热不热，空调要不要打低一点？"

即使是王开会难看的脸色也不能阻止男人们向韩可馨献殷勤。韩可馨在众星捧月中优雅地坐下，面前摆满了咖啡和果盘，与其他女性面前空荡荡的桌子形成鲜明对比。高爽撇撇嘴，安慰米兰："你放心，虽然她有外在美，但你有内在美。"

"谢谢。"米兰感动极了。

"但我们买东西只会看包装,不会打开来尝。"

"谢谢你安慰我啊!对了,她之前不是时尚那一块儿的吗,还真的要来我们这儿当主持人啊。"

"大家都这么传,她又来开会了,可能是真的。又或者,她今天脑子抽风走错地方了。"

"米兰,你和高爽说什么呢?那么高兴!说来大家听听!"

王开会的喝声让米兰打了个哆嗦,急忙噤声。大家都翻开笔记本,装作认真听讲的样子,集体第312次重温王开会同志的苦难史与创业史。王开会说到兴起,在会议快结束的时候才终于说到正题:"和西藏电视台交流学习的事情定了,我们电视台要派两名同志去,采取自愿报名的形式。在西藏学习期间,每天都会有出差补助,我欢迎同志们报名。如果没有人报名,就和往常一样,采用抽签的形式。好了,时间差不多了,大家吃饭去吧。散会!"

王开会说着,离开了会议室,大家也稀稀拉拉地走了出去。所有人都在谈论着去西藏的事情,都在表示要是选自己去的话立马辞职。有人说:"切,说得好听,还不是去扶贫!我听说那里一个月只能洗一次澡,回来的时候还不要满身是蛆!反正我不会去报名的,要是他强迫我去,我就死给他看。"

"一个月不洗澡只会发臭,不会长蛆——只有肌肤腐烂流脓,或者死亡一段时间尸体发臭才会生那种白嫩嫩的蛆。"高爽认真地说。

她的话音刚落,同事们互视一眼,一下子就不见了踪影。高爽早就习惯了这样的事情,对米兰耸肩:"她们真的很没有常识。"

"她们有常识,只是采取了夸张的修辞手法,以表示西藏不能去。"

"原来是这样。"高爽恍然大悟。

"全台那么多男人,还有很多实习生,应该轮不到我们,没什么好担心的吧?"米兰有气无力地说。

"理论上如此。"

米兰根本没心情想这件事，脚下虚浮，不小心撞到了桌子上，手里的文件也一下子掉在了地上。她弯下腰想把文件捡起来的时候，突然一只手抢先了一步。她呆呆看着那只修长的手，顺着手往上看去，呼吸顿时停滞了。

是纪凯。

他早就换上了崭新的西装，惯有的意气风发样，昨晚的一切就好像梦境一场。他把文件捡起来，递给米兰，米兰愣了一会儿才想到去接，而高爽已经抢先一步。高爽一改以往的犀利，换上了温柔娇羞的笑容，声音嗲得可以滴水："谢谢纪总监。"

在那一瞬间，米兰眼前浮现出姚明穿着花裙子羞涩撒娇的场景，也明显看到纪凯颤抖了一下。纪凯从米兰脸上收回目光，干巴巴地问："开会又开到现在？"

"是啊，真是开得腰酸背痛呢。纪总监吃过饭没？"

高爽说着，故意转动脖子，对纪凯放电，而米兰只觉得每一秒钟都是一种煎熬！她拿过文件，猛地往前走，把放在路边的花盆都不小心撞翻了。高爽见状，恋恋不舍地对纪凯说了声"抱歉"，跟了上去，帮米兰一起扶起花盆。米兰暗想还是正常状态的高爽来得顺眼点，忍不住问："高爽，你真的喜欢纪总监吗？就算他是个花花公子？"

其实，她更想问高爽是不是真的喜欢男人。或者，是不是真的喜欢"人"。

"当然不。"

"那你……"

"你也看到刚才我在对他发情？当然，通俗来说，我是在勾引他。"

"有眼睛的都能看出来。你喜欢他？"

"我说过，不是。我只是想要他的精子。"

"什、什么？"

"我想要一个孩子，但很可惜，现在人类的繁衍还需要受精，而不是通过细胞分裂完成。所以，我必须找到一个男人，得到精子。我调查过纪凯，他毕业于名牌大学，智商很高，基因唯一的缺陷就是有幽闭恐惧症和花生过敏，但瑕不掩瑜。总之，他是我见过的最适合做父亲的男人。也许你们看到纪凯是个漂亮男人，可我看到他就是一个摇头晃尾的活跃大精子。我的回答你满意吗？"

"满意。"米兰呆呆地说。

"所以，当我再次陷入发情状态的时候请不要打断我。"

"好的。"

"我要去吃自带的碳水化合物补充下能量了，你要去吗？"

"不了，我还是去食堂吃饭。"

米兰无力地和高爽告别，往门口走去，然后看见一个漂亮得惊人的女孩往公司走去，而电梯里的其他人都在说这个是纪凯的新女友。

新女友……是啊，他的身边怎么会缺了女人？

忘了吧，米兰，就当被狗咬了。加油，加油，加油！

米兰在心里为自己默默打气，到后来终于乐了起来。她心情平静地去食堂吃饭，却不知道噩耗就在不远处等着她，露出了狰狞的笑容。

第二章　一夜情及其后遗症

　　当米兰得知王开会要找自己时，她正在茶水间洗苹果。苹果一下子就掉在了地上，滚得很远，而她还抱有一丝幻想，问高爽："真的吗？"

　　"如果刚才和我说话的不是王开会的克隆人的话，那就是真的。"

　　"知道找我有什么事吗？"

　　"从他的面部表情来看，找你是为了给你加工资的几率小于百分之一。对了，他好像说要写什么负面报道。"

　　"又是负面报道！我们又不是新闻频道，一天到晚写这些做什么？到时候他们只会找我算账，而不是找他！真受不了了，不干了！"

　　米兰想到以前写负面报道的悲惨经历，一下子爆发了。她想象着咬王开会，发泄地用力咬了一口苹果，发现原该甘甜的苹果带着一丝苦味儿，特别恶心——难道它变质了？靠，连苹果都欺负人！一会儿去找水果店老板算账！

　　"你说辞职是认真的吗？"

　　"是！"

　　"可你还有房贷没还清，辞职的话年终奖可就没了。"

　　"但负面报道哪里是这么好写的！为什么每次写这样得罪人的就让我来

写？如果不辞职的话，王开会会有一天改变主意放过我吗？"米兰绝望地问。

"不会。"高爽直白地说。

米兰无语。

她们正说着话，看到吴葵进了茶水间，集体闭嘴。吴葵是电视台最著名的主持人，一向心高气傲，但今天居然没有化妆，穿着孕妇背心，挺着根本看不出来的肚子，惯有的严肃表情却被柔和所取代。她一遍又一遍地洗着苹果，然后居然拿出了臭氧机消毒，看得米兰目瞪口呆。她忍不住问："吴葵姐，洗苹果需要这么复杂吗？"

"现在水果农药残留很多，我们吃没关系，可不能给宝宝吃了。"

"啊？"

"等你有孩子就明白了。"

吴葵说话间，韩可馨也进来倒水。她微笑着向吴葵打招呼，而吴葵后退几步，从包里掏出手绢捂住鼻子。韩可馨愣住了："吴葵姐，你这是……"

"你身上的香水味对孩子不好。"

"我喷的是 DIOR 香水，不是驱虫剂哦。"

"是吗？"

吴葵用一种看病原体的目光看着韩可馨，走出了茶水间，而韩可馨也面色难看地离开。米兰被雷得不轻，简直无法想象女人做了孕妇后会变成这样。她愣愣地说："吴葵姐刚才看韩可馨的眼神真是太可怕了，我简直怀疑韩可馨靠近她的话，她会把她杀掉。是不是女人怀孕后就会变态？"

"怀孕之后，孕妇的情绪较为脆弱。从物质上说，孕期分泌大量增多的孕酮和雌性激素是导致情绪波动的主要原因，性格也会变得和孕前迥异。"

"所以说，孕妇多神经病。我真搞不懂大家为什么都要结婚生子，像徐秘书那样丁克多潇洒——虽然我不喜欢她，但她这一点我还是很佩服的。"

她们说着话，离开了茶水间，米兰想到王开会要找她就郁郁寡欢。高爽见她心情不好，自觉应该承担起"闺蜜"的责任来，猛地拍她肩膀，破天荒地开玩笑："刚才看你反胃，是不是在孕育生命？"

"别胡说！"米兰笑着说。

然后，她的笑容突然凝固了。

"高爽，我有个朋友，那什么，和男人，发生了……关系。你说她可能怀孕吗？"

"采取措施了吗？"

"什么措施？"

"避孕套、避孕药、体外……"

"打住！"米兰实在听不下去，急忙阻止："你的意思是，没措施，可能会怀孕？"

"当然可能，如果那女人没有绝经的话。"

高爽淡淡地说，倒是一点都没疑心米兰，米兰真不知道是该为自己的良好声誉而高兴，还是为她的无知而悲哀。

不会那么倒霉的！应该……不会吧？

"米兰，你来一下。"不远处，徐秘书对她招手。

"别去！她是王开会的秘书，你又不是她的秘书，凭什么什么事情都让你做？"高爽抓住米兰的胳膊，低声说。

"可她喊我过去啊。算了，说不定真的有什么事呢。"

米兰犹豫了一下，到底还是朝着徐秘书走去，和高爽的话题也没有继续下去。徐秘书拿出饭盒，用命令的口气说："帮我热下盒饭。"

"啊？"

"微波炉的辐射太大了，对我的智慧有影响。"徐秘书指指自己的脑袋。

对你的智慧有影响，难道不对我的智慧有影响吗？我一点都不想给你热盒饭，麻烦不要仗着资格老把我当佣人！我是你的同事，不是你的保姆！

米兰在心里暗暗腹诽，但她从来没勇气开口说"不"。她只能闷闷地说："好吧。"

她在高爽鄙视的眼神下，拿着徐秘书的盒饭，朝着微波炉走去。她注视着微波炉里不断旋转的盒饭，觉得自己就好像那盒饭一样，被迫放进烤炉，在火焰中忍受焚身之痛。随着微波炉"叮"地一声响起，她的身体微微颤抖了一下。

她想，她不能继续过着这样提心吊胆的生活了。所以，她下了一个重要决定——送礼。

王开会最喜欢的是开会，如果送"为期两周开会时不玩手机、不故意上厕所、认真听讲用于提问大礼包"，估计他会直接给她加工资吧。可是，米兰为了自己的生命着想，还是决定改送别的——价值2000元的超市购物卡。天知道，买下购物卡的时候，她的心疼到发颤。

"王总，您找我？"

"你是……你是那个米花？"

"我叫米兰。"米兰勉强微笑。

我在电视台好歹了两年了，至于连我的名字都不知道吗！你骂我的时候怎么没叫错名字呢！米兰恨恨地想着。

"哦，米兰啊。对了，有群众反映旭日月子中心收费高但服务跟不上，你去跟进下，写个稿子给我，我晚上要看。"

"王总，我最近身体不太好，能不能……不去……采访……你喊别人……"

米兰说到后来声音越来越小，所有的勇气都消失殆尽，有的只是尴尬与烦躁不安。她猛地掏出购物卡，往王开会的桌子上丢去，然后带着最谦卑的笑容，弯下了腰："王总，您能不能再考虑下？"

"这个啊……要怎么考虑呢，米粒？"

幸运的是，王开会接过了购物卡；不幸的是，他顺便一把捏住了米兰的手。米兰只觉得自己好像被一条毒蛇缠住了——还是又老又丑的毒蛇！她恶心得都要吐了，急忙缩回手，真恨不得立刻拿开水消毒，而王开会对她饶有意味地笑着："晚上去喝茶吧，我们'好好'商量下人选的事情。'好好'的哦，米饭。"

"商量……商量你个大头鬼！还有我的名字不是米饭，是米兰！"

米兰气急败坏地脱口而出，王开会顿时脸色一变。她把门猛地关上，转身就走，然后又再次推门，取走了桌上的购物卡。王开会气得脸色铁青："米红，你是不是不打算在这里做了？我告诉你，你要么去采访，要么给我走人！我不介意给你赔偿金！"

"王开会，你爱怎么样就怎么样！你以为我会为了一份工作出卖自己，你看错了！"

米兰冷冷地说，转身离开，推开门的时候突然见到了一脸诧异的韩可馨。韩可馨极快地收拾好了情绪，对她热情一笑，还没说什么，米兰已经离去。韩可馨早就习惯了众人的反应，毫不介意地走了进去，整理一下衣裙，款款坐下，笑着说："王总，您找我？"

"可馨，你也来我们这儿开了几次会了，感觉怎么样？"王开会和蔼可亲地问。

"我感觉到您这儿是一个特别有魅力、特别有激情的团队，就好像初升的太阳，充满了力量。"

"你真是独具慧眼！"王开会乐不可支，"直入正题吧，我有一个好消息和一个坏消息，你要听哪个？"

"那先听坏消息吧。"韩可馨心中一顿。

"坏消息是，'你说，你说，你说说说'栏目台长更看好吴葵。他们认为她年纪更大一些，经历也更为丰富，比较适合访谈类主持。"

"吴葵姐确实经验丰富，可以担当重任。"

眼见韩可馨依然保持着淡淡的微笑，连王开会都开始佩服她的淡然个性——不愧是出身豪门，毕业于知名大学，全电视台最有名的"白富美"。他眼见韩可馨不为所动，也失去了调侃她的乐趣，只能自圆其说："好消息是，她怀孕待产，后来我们决定让你做'你说，你说，你说说说'栏目的女主持。可馨啊，在未来的半年，甚至更久的时间，你会是全电视台最忙碌的主持人，有没有准备好？"

"当然，谢谢领导的信任。"韩可馨柔柔地笑着，觉得自己的心都要因为激动而蹦出来了。

太好了！真是太好了！

韩可馨没想到自己争取了两年之久的事情终于在今天有了结果，几乎控制不住尖叫。走出王开会办公室后，她在走廊里再次遇到了吴葵。她向吴葵打招呼，但吴葵冷哼一声："好好的栏目，就要毁在你手上了！"

"吴葵姐，这是领导的决定。您和我说，好像没什么用吧？"

"哼，要不是我怀孕了，你以为你能做上主持人？这孩子，怎么就现在来了！"

吴葵摸着肚子，神情复杂，到后来终于高傲地昂着头，从韩可馨身边离开。韩可馨没有理会她的挑衅，安静地走到电梯口，安静地下了电梯，然后戴上墨镜，启动她的红色宝马小跑。她的车子七拐八弯，停在了一个破旧小区的门口，警惕地环视四周，然后慢慢走了进去。她打开家门，进了厨房，兴奋地摘下了墨镜："亲爱的，我有好消息告诉你！"

"钓鱼岛问题终于和平解决了？"杨波放下了铲子，兴奋地问。

"不是！"韩可馨生气地说，"更大的好消息！"

"台湾回归了？乔布斯复活了？中东和平了？"

"不是！"

"那……那难道是钢铁侠出珍藏版了？"杨波的声音开始颤抖。

"不，是我能做'你说，你说，你说说说'栏目的主持人了！"

"啊，这可真是个好消息。"杨波失望地继续回去炒菜。

"你怎么一点都不激动？"

"老婆，我很激动，我特别激动。"

"胡说！你的表情就是很淡定，很不屑一顾！"

"我真不淡定，特别的不淡定……不如我们重来一下吧！老婆，你做上'那个栏目'的主持人，真是太！好！啦！"

杨波夸张地做出激动的神色，韩可馨终于转嗔为喜。杨波见老婆高兴了，松了一口气，然后苦着脸说："我现在可以看一眼菜了吗？都要糊了！"

"快炒吧，我去换衣服。"韩可馨心情颇好。

二十分钟后，杨波把三菜一汤摆在了桌子上，而此时的韩可馨已经换上了睡衣，和方才光彩耀人的女人相比，简直判若两人。她此时才注意到杨波今天穿的是套头衫，她前几天给他买的西装还在衣架上挂着，忍不住问："今天怎么没穿西装？套头衫多幼稚啊！"

"没关系，我们实验室里的人都这样穿，连老板都这样。"

"所以他到现在还没结婚，成了只能抱着实验器材睡觉的老光棍！"韩可馨语重心长，"杨波同学，你本来就长得娃娃脸，再打扮得幼稚，领导怎么信任你啊？乖，以后上班都穿西装打领带啊！"

"哦。"

杨波今年已经三十岁了，但长相极嫩，经常被人误认为大学生，这点让韩可馨真是又爱又恨。杨波博士毕业后在一家干细胞研究所工作，每天除了上班就是打游戏、伺候老婆，外加收集漫画和手办，是一个最标准的"宅男"。有时候，韩可馨也会暗暗嫌杨波不求上进，但看到他乌溜溜的就好像小狗一样的大眼睛，她什么火气都会化为乌有。

唉，就当养了一个巨型宠物吧。反正这宠物还会做家务，挺好的。

韩可馨想着，很赏脸地把菜一一品尝，一边吃一边含糊不清地说："老公，我终于能不做那可恶的没大脑的花瓶，终于可以有发展平台了！虽然新领导会很难处，但世上哪能事事顺心，对吧？嘿嘿，幸好吴葵怀孕了，不然这位子能不能落在我身上可真难说。"

"老婆，你又漂亮又有实力，这个位子给你当然实至名归。"

"唉，也就你这么想，其他人都喊我'花瓶'——别以为我不知道！我会用实力来证明自己的，这只是一个开始，未来五年内我一定要完成做金牌主持人的梦想。"

"老婆，你一定行的。对了，今天那个谁，打电话给我了。"

"杨波，我说过不要接她的电话！"韩可馨脸色一沉，觉得所有好心情都消失殆尽。

"老婆,她毕竟是你妈啊。"

"不,她是抛弃了我的女人。"她厌恶地说。

韩可馨恨那个叫韩晓的女人。非常非常恨。

她的父亲是老实巴交的公务员,母亲是第一批下海的"弄潮儿"。她从小在非常富裕的物质环境下成长,但她的美好时光只度过了五年。随着母亲生意越做越大,她越发看不起父亲,回家的时间越来越少,在女儿上小学的时候干脆和丈夫离了婚。法院判韩可馨归母亲抚养,而父亲就从此离开了家,也远离了他们的生命。

韩可馨对母亲一直是怀着怨气的。虽然母亲给了她优越的生活,但她从不关心她的学习和生活,甚至和其他男人暧昧不清,母亲给她的不是温暖,只有冷冰冰的钱。韩可馨和母亲的关系非常不好,大学毕业后就自己找了工作,和杨波结了婚,也和反对自己婚姻的母亲彻底决裂。虽然杨波赚的钱不算多,但他细心体贴,让她感受到了家庭的温馨与幸福,她一点都不后悔。

当然……她结婚的事情就没必要让单位的同事知道了吧。

"杨波,以后她再打电话给你就不要接了。无论她说什么,我都不会和她见面的——我不想提这个了。晚上我可能加班,晚饭你一个人吃吧。"

"又加班?"

"是啊,要成立新栏目会有很多事情……咦,你这土豆丝怎么没放醋啊,真难吃。"

"我放了好多醋,还觉得太酸了呢。"

"我吃起来就觉得没味儿。我不管,你再去放点醋啊。"

"好吧,我听老婆的话。"

杨波好脾气地把土豆丝回炉重造,多加了很多醋,尝了一口险些吐了出来,但韩可馨倒吃得津津有味。杨波注意到她没吃平时爱吃的排骨汤、油焖鸡,反而把不爱吃的菜吃得津津有味,不知道为什么,心里突然有了一种奇妙的感觉。就在这时，电视里的专家正在传授着孕期的保健知识，他把韩可馨的状况一一对上，小心翼翼地问："老婆，你最近好像一直嗜睡啊。"

"是啊，总觉得特别累。"

"你还喜欢吃酸的？"

"有吗？"韩可馨一边问，一边吃了一大口土豆丝。

"你还经常'胃胀气'？"

"嗯，胃里一直难受。快给我水！"

韩可馨问杨波要水，杨波急忙递给她杯子。他看着韩可馨，轻声问："老婆，你该不会有了吧？"

"噗！"韩可馨一下子喷了。

她用一种特别惊恐的目光看着肚子，然后勉强笑道："怎么可能！我最近肚子有点坠痛的感觉，估计那个快来了。那个来之前，女人的喜好也会变的。"

"哦，这样啊。那我最近做点补血的菜给你吃。"杨波一下子就信了。

杨波还是一如既往地好打发，但韩可馨的心犯了疑。她算算自己来例假的日子，越想越觉得可能出事，但还是不住地安慰自己不会那么倒霉。她极好地掩饰住了情绪，和往常一样吃了午饭就回单位。

路过药店的时候，她急忙停车，戴上墨镜，悄悄往里走去。她心烦意乱地把各种验孕试纸都收入囊中，在收银台附近遇到了同样躲躲闪闪的米兰。她只觉得那个用包遮住脸的姑娘实在傻透了，忍不住看了她几眼，只觉得她有些眼熟，而米兰已经惊呼出声："韩可馨？"

"啊……好巧啊，米兰。"

韩可馨没想到自己戴着墨镜都会被认出来，在心里狠狠咒骂米兰，但声音充满了惊喜，让人有一种如沐春风的感觉。她下意识把买的验孕试纸都倒进了随身的小包里，笑着打招呼："来买药啊？"

"是啊，我买、我买感冒药。"

"亲爱的,我听我家庭医生说感冒的话还是吃点板蓝根比较好,西药都有副作用。我刚才看到板蓝根在那个柜台。"韩可馨热情地说。

"啊……好,谢谢。"

"我帮你拿。"

其实,韩可馨也不知道自己在说什么,在做什么,但她只想不停说话,来掩饰内心的紧张。她热情地帮米兰拿了各种感冒药,目送米兰付钱远去才松了一口气,从小包里拿出验孕试纸付款。她不知道,她再晚一分钟付款的话,店员都打算以"女小偷光天化日偷窃验孕试纸"为由报警了。

韩可馨拿着一堆验孕试纸回家,进了洗手间,足足过了半小时才出来。洗手间的垃圾桶里,满是验孕试纸,所有试纸上都有显眼的两条红线。

"不可能……这不可能!"韩可馨捂住嘴。

她好像看到了本已经属于她的位子正挥手离去,而此时的米兰也陷入了崩溃状态。

"不,我一定看错了……我一定看错了!再看一遍,再一遍……"

米兰呆呆拿着手中的验孕棒,不住地揉着眼睛,简直不敢相信她就这样"中了奖"。明明只有一次,明明好像也没多长时间……她的身体是什么,黑土地吗?只要是有种子就会发芽吗?

米兰真是欲哭无泪。

和韩可馨告别后,她只能给一个无业游民样的男人200块钱,让他帮她去买验孕试纸,而他看她的眼神让米兰恶心到不想回忆。她真的没想到,她的运气会糟糕成这样,她简直可以去申请"世界上最倒霉的人"的吉尼斯纪录。她不甘心,再次试了一下,在"开奖"前闭上了眼睛。

"耶稣、佛祖、如来真神,还有各个宗教的神灵,保佑我的肚子里什么都没有……求求你了,如果这次能顺利过关的话,我以后再也不偷偷往王开会杯子里兑自来水了!我会一心向善,真的!保佑我吧!"

米兰念完乱七八糟的祈祷词,慢慢睁开眼睛。她盯着验孕棒,看到慢慢浮现出来的红线,身子一软,整个人都摔倒在地。翻开手机,无意识地翻动着通讯录，她却找不到任何可以倾诉的人。陆露一定忙着哄孩子，潘杰一定忙着约会……她能找谁诉说苦闷呢？

闭上眼睛，她觉得自己的人生简直就是一出悲剧。

因为心事重重的关系，米兰一晚上都没睡着，起床的时候脸色差到自己都不想再看一眼。可是，她必须强打起精神工作。

当来到旭日月子中心的时候，她心中真是五味杂陈。她装作来咨询的孕妇，受到了该机构的热情欢迎。看着一个个肥胖的产妇、啼哭的婴儿，她觉得自己的腿都开始发软。她简直无法想象，就在几个月后，自己也可能加入到这个行列。

她试探性地问了几个问题，却发现所谓的"黑色服务"却是那个金牌月嫂张红为产妇洗脚晚了，被产妇家人揪住不放，此时已经被迫停工。虽然了解了事情的来龙去脉，也知道张红有多无辜，但她回单位后还是以"黑心月子中心有谁来监管"为题写了一篇报道。她知道这样写会让张红面临着失去工作的危险，但她不这么写的话失去工作的可能就是她。

这个世界，又有谁不自私？

"米兰，昨天和王开会谈得怎么样？"吃饭时，高爽问米兰。

米兰勉强一笑，说："他没答应。唉，那报道还是要我做，估计那月子中心过两天就要上门找我算账了吧。"

"那你打算怎么办？"

"走一步看一步吧。"她虚弱地说。

"亲爱的，你们说什么呢？"前台小妹颜丽好奇地问。

"在说……"

"在说米兰被王开会欺凌侮辱的事情。"

米兰炸毛了："高爽，请不要说引起歧义的话好吗？"

颜丽挤眉弄眼："啊呀，大家懂就好了，怕什么嘛。这老家伙，就会欺负人，要是我的话就说自己怀孕了，看他怎么说！"

"什么怀孕不怀孕的,你胡说什么啊!"米兰的心猛地一跳。

"切,把我逼急了,就找人生孩子去,然后请长病假,看他怎么办。"

"怀孕了,可以不干这些烦心的事情吗?"米兰呆呆地问。

"你傻啊,当然不能让孕妇干辛苦活了,不然一尸两命,他赔得起吗?咦,你老问这个,难道你有了?"

"没有!你别胡说啊!"

"哈哈,开玩笑的。如果你这样的乖乖女都会未婚先孕的话,那王开会都要变哑巴了。"

颜丽说着,笑嘻嘻地走了,米兰和高爽面面相觑。高爽推推眼镜,问:"你打算采用她的意见吗?"

"当然不!我……"

米兰还想掩饰下去,而高爽突然说:"竞争者来了。"

"什么?"

米兰顺着她的目光往前看,看到了等候在门口的"烈焰红唇"小姐——纪凯的女朋友更新换代频率太高,他们也不可能知道每个人的名字,就用她们最明显的特征来称呼,而他新女友最为显眼的就是她总是涂得鲜红的嘴唇。米兰看着纪凯朝她走过去,看到他们亲密相拥,心里突然涌现出一种异样的感觉。摇摇头,极力让自己不再想下去,而手却下意识地摸上了软绵绵的腹部。那里,很可能孕育着一个小生命,而她不可能要他。

对不起。她在心里轻声说。她打电话约陆露晚上一起吃饭,因为她实在有太多的话要说。

"什么?怀孕了?你?"

当知道米兰怀孕的消息时,陆露第一反应是不相信,惊呼了起来。米兰已经没有力气去阻止她的大嗓门,假装看不到咖啡厅里的其他人诧异的神情,虚弱地说:"嗯。"

"天,我最近被我家那个小东西折腾疯了,都不知道今天几号——今天不是愚人节吧？不是吧？"

"今天不是愚人节，愚人节是4月1号。妈妈你连日子都记不清，好笨哦。"顾诗慧把咖啡豆往嘴里塞，一边轻蔑地说。

陆露气结："闭嘴！把咖啡豆吐出来！"

顾诗慧迷茫地看着陆露，不知道到底该把嘴巴张开还是闭上。陆露干脆从她嘴巴里把咖啡豆抠了出来，满手唾液，看得米兰胃里反酸。后来，陆露骗顾诗慧玩"半小时不许说话"的游戏，见顾诗慧终于安静，痛苦地抓着头发："天天和这小家伙呆在一起，我的耳边就好像无数只马蜂在飞，我真的是要疯了……顾文明那混蛋又从来不管孩子！我当初也签了好单位，就是因为怀孕才没去上班，我今天的下场都是他们害的！我有时候真的想离家出走，什么都不管，可哪里舍得下小慧……对了，你刚才说什么来着？"

"我可能怀孕了。"

"对，你怀孕了！你、你没和我开玩笑？"

"没有。"

陆露专注看着米兰，在她脸上看不到任何开玩笑的痕迹，终于相信了她真的做了惊世骇俗的事情——未婚先孕。她按捺住震惊，沉思一会，问："唉，你怎么那么容易就怀上了，而我那么久都没动静。你有没有什么诀窍？"

"陆露！"

"对不起，好像现在不该说这个……孩子的父亲是什么意见？"

"他不知道。"

"你有没有搞错！你不会圣母到没告诉他吧！"

"嗯。"

"为什么？他结婚了？他不能要孩子？"

"不是。他……我不喜欢他，所以不想让他知道。而且，他的女人很多，不可能是好父亲。"

"不行，绝对不能放过他！你要让他知道，承担起应负的责任。"

"承担起和我一起去医院堕胎的责任吗？"米兰苦笑。

"米兰，你们真的不可能结婚？"

"绝对不可能。陆露，什么都别问了，求你了。"米兰的眼圈一下子红了起来。

看着比上次见面消瘦了很多，脸色甚至不如自己这个家庭妇女的米兰，陆露心疼极了。陆露把故事想象成米兰上了一个花花公子的当，被搞大了肚子，真是义愤填膺——为什么被搞大肚子的是米兰，不是她？想要的怀不上，不想要的一下就中了奖，这世界也太不公平了吧！她强忍住怒气，缓缓说："好，你也是成年人了，我相信你有自己的决断，我不问就是。你不打算要这个孩子吧？"

"当然……不要。"

"还好，你没有白痴圣母到要这个孩子，还是我认识的米兰。"陆露一下子松了一口气，"走吧，我们去医院。"

"去医院做什么？"

"预约流产的时间啊。"

"还要预约？"米兰疑惑地问。

直到她到了医院，才明白陆露的意思——这里的人流量简直可以和商场大采购时的人流量相较高下了，而妇产科是最热门的科室。米兰排在第127号，起码要等两个小时，而她现在只觉得每一分钟都度日如年。她情不自禁地看着大着肚子、骄傲走路的孕妇，看着在孕妇身边陪着小心、却带着一脸幸福微笑的男人，觉得心里说不出的酸楚。

幸好，还有陆露在她身边，她一直握着她冰冷的手——如果忽略掉在医院里尖叫着跑来跑去、大喊"救命"的顾诗慧，这场景会更加温馨。

"没事的，很快就会过去。"陆露轻声对她说。

"陆露，你以前是来这家医院做产检的吗？"

"是啊。"

"顾文明也是这样陪着你？"

陆露脸上露出了温柔又怀念的微笑:"嗯。"

"陆露,我真羡慕你。"

"你也会有这一天的。而且这一天很快就会来了。"

陆露微笑着撒谎,笑容真挚到自己都快信以为真了。虽然她和米兰是最要好的姐妹,但她已经习惯了打碎牙齿和血吞,有些私事她从没有告诉她。其实,她多想说,踏进婚姻,有了孩子,就是爱情的末日,是女人悲剧的开始,可她到底没有说出口。

让她知道真相前多快乐几天吧。她暗暗想着。

陆露和米兰在等候区默默等待着,而此时的韩可馨正在对医生说:"医生,我不要这个孩子。"

"想好了?"

"想好了。"

"姑娘,你别仗着自己年轻不把身体当回事,流产有多伤身子你了解过没有?"

"了解过了。医生,我现在是事业上升期,我真的不能要这个孩子。"

"你们这些年轻人啊,真是让人没话说。什么'想享受单身生活不要孩子'、'事业上升期不要孩子',这样的人我见得多了,十有八九都会后悔。能生的时候不想生,等生不出了才来找医生哭哦。"

医生絮絮叨叨地说,而韩可馨没有理她。她紧紧握着拳头,觉得浑身都在颤抖。

自从查到"中队长"后,韩可馨就没睡过一个好觉。她每天上网都会查询流产的危害,会查和她经历相似的女人都会做什么选择,甚至用塔罗牌来占卜……但她后来还是选择了初衷——不要这个孩子。虽然她也害怕躺在冰冷的手术台上,也会恋恋不舍,看着杨波的时候也会觉得对不起他,但她更不想对不起自己。她等这个机会,已经太久太久了。

孩子,对不起,可你来得真不是时候。对不起。

下定决心后,韩可馨请了事假,独自来到本市最好的医院,找优秀的医生，力求把伤害降到最低。当医生把孩子指给她看，说孩子已经有4个多星期的时候，她茫然地看着黑白的屏幕，眼泪一下子就流了下来。摸着平坦的腹部，她怎么都无法想象有一个小生命就这样生根发芽，可她就要彻底地失去他。

"对不起，真的对不起……"

韩可馨不知道对孩子说了多少声"对不起"，可既然已经决定了，就没有反悔的道理。杨波是一个单纯的人，她能保证不让他看出分毫，怎么不动声色地调理身体她也想好了。总之，她韩可馨做的事情，都会做到最完美，包括流产。

"医生，什么时候能手术？"

"现在就去吧。你先去手术室，我去一下洗手间。"

"好的，那我先走。"

韩可馨微笑着说，拿起小包，袅袅地朝着外面走去。她昂首挺胸地往手术室走去，虽然戴着墨镜看不清楚容貌，但姣好的身材让众人侧目不已。韩可馨早就习惯了众人的目光，高傲地走着，却没想到一个小孩突然窜了出来，往她身上撞去。韩可馨下意识捂住了腹部，而那小姑娘在撞到她肚子前被一只手抓住。陆露真是恨不得把顾诗慧塞回去重生，恶狠狠瞪了她一眼，然后急忙对韩可馨赔小心："小姐，真是对不起！你没事吧？"

"没事。"韩可馨简直是惊魂未定。

"真是对不起，我女儿太调皮了！快向阿姨道歉，快！"

"对不起，阿姨。"

顾诗慧这次倒很听话，乖乖地道歉，韩可馨惊魂未定，真是无力摆手。这时，米兰惊讶地问："韩可馨？"

听到她的声音，米兰终于可以确定这个看起来有些面熟的女人居然会是"韩可馨殿下"，诧异地叫出声来。

"米兰，你好啊。"

"该死的，怎么又见面了！"米兰和韩可馨一个看起来很惊恐，一个看起来很悠闲，但心里都在回响着这样一句话。

韩可馨率先打破了沉默："你来医院啊？"

"嗯，你也来啊？"米兰干笑，下意识捂住了自己的腹部。

"呵呵，是啊。我身体有点不舒服。"

"不舒服……"

米兰的目光从不远处的大大的"妇科"扫过，韩可馨的心顿时提了起来。她是那么害怕米兰看穿她的行踪，装作羞涩的样子："最近来那个了，疼得厉害，就来看看。"

"我也是，呵呵。"

两个人都各怀鬼胎地撒谎，到后来没有话好说，只能沉默。韩可馨刚想找个借口走人，突然手机响了，见来电人是台长赵晓波，急忙接通了电话。她面带微笑，不住点头，看着正好奇地看着自己的米兰，正好有了借口走人："台长找我……"

她的话没说完，米兰的手机也响了，高爽让她立马到办公室，说王开会就要开会了，让她最短时间内到。米兰被吓到了，急忙去找陆露，却见顾诗慧正扯着嗓子大哭，而陆露又是一副抓狂的样子。她实在不敢惹暴躁状态下的陆露，下意识地对韩可馨说："你回电视台的话能带我一起回去吗，我现在也回去有事。"

"啊……好，当然好。"

"米兰，你等等，我揍完小慧就送你回去。"陆露忙说。

"不用了，我和她正好顺路。我走了啊。"

为了不让陆露费事，米兰快步离开，直到她坐上韩可馨的车子才意识到自己犯了多大的错误——她怎么就这样自来熟地坐上了白富美的车！回家后她肯定会把车子消毒吧！

米兰心中百爪挠心，见一向对人彬彬有礼的韩可馨的脸色不好，更加确定了自己的猜测。她既恨韩可馨看不起自己，又觉得自己确实有些无耻，又心烦今天没去成医院，说话也带了点火药味："韩可馨，你这车很贵吧。"

"还好吧,也就几十万。"

"几十万还不贵啊,都够买套小户型的房子了!你可真有钱。"

"呵呵,买自己喜欢的东西,我从来不会算钱。"

韩可馨开始不耐烦了,心想这个米兰还真是她的克星,每次遇到她都没好事儿。她的心情实在太糟糕,不该说的话脱口而出,而米兰不再说话。

她可真傲慢!怪不得所有人都讨厌她!米兰恨恨地想着。

两个心情抑郁的女人一起进了电视台,进了电梯,然后在办公室门口分道扬镳,连虚伪的"再见"都没说。高爽见到米兰和韩可馨一起进来,愣了一下,拉着米兰一起进去开会。王开会口若悬河地讲着他的光辉史,而米兰的脑子里回放着他企图摸她手的画面,觉得恶心极了。而王开会说:"经过领导研究,去西藏的名单已经下来了。我们组里要去的人是——米兰。"

王开会故意拖长了声调,而米兰只觉得晴天霹雳。她不可置信地环视四周,发现众人对她投以同情的目光,才醒悟到自己听到的并不是幻觉。她暗恨王开会第一次叫对她的名字居然会给她带来这样的噩耗,不可置信地反问:"为什么会是我?以前不都是让男人去的吗?"

"这是领导的决定。"

"可是……"

"没有可是。不接受的话,你可以走人。"

王开会的目光满是挑衅,米兰终于懂了,这是他的报复——报复她那天没有听话,居然拒绝了他的"示好"。米兰的脸涨得通红,觉得有满肚子委屈,可她不知道该怎么说出口。王开会并不给她开口的机会,自顾自接着讲下去,好像让她去西藏真是一件特别无足轻重的小事——就好像她这个人一样。

喜欢的男人和别人结了婚、和花花公子一夜情、被老男人调戏、被发送边疆、怀孕……还能更倒霉一点吗?她看着不远处的大门,发现大门就触手可及,但她怎么也逃不出这个怪圈。她的脑海中不自觉地浮现出她被发送到西藏，然后被人发现怀孕后浸猪笼的场景，脑中纷乱极了。

这时，门突然开了，一大帮女人冲了进来，见东西就砸。在混乱中，米兰被推得东倒西歪，而王开会居然躲在了她的后面。眼看一个木棍就这样朝自己劈来，她下意识保护住了肚子，高喊自己怀孕了，然后全世界都安静了。大家的目光让她那么后悔自己情急之下居然喊出了隐藏许久的秘密，呆呆看着不远处那个倚靠在门上，浑然不知道发生了什么事情的纪凯，捂着脸就冲了出去。高爽愣了一下，也跟了出去，就这样跟着米兰跑上了楼，在天台上追到了米兰。

"米兰，不要跳！"

高爽用力抱住了米兰的腰，米兰刚想在这里找个位子坐一会儿冷静一下，被她一把抱住，倒是险些跌了一跤。她想发火，看到高爽厚重眼镜下的担忧神情，心中一酸。她的眼泪一下子就流了下来："高爽，我该怎么办……我怎么会说出那么丢人的话！"

"有孩子了是好事啊，你能不去西藏了！"

有那么一瞬间，米兰真的很想把高爽的脑袋撬开，看看里面装的都是什么！她沉默不语，过了很久，高爽才终于想到该问的问题："你什么时候结的婚？"

"我……"

她刚想说自己没结婚，其他同事也追到了天台，纷纷劝她不要跳下去。颜丽不住地恭喜她，兴高采烈地说着她怀孕后可以享受到的福利，说到后来连米兰也动了心。

不管怎么样，先逃过眼前这劫再说。至于以后的事情，她不敢想，也没法想。

哈哈，王开会现在会是什么表情？想到王开会的脸色，米兰的心里一阵痛快。

半推半就地和大家回到办公室后，她发现办公室已经恢复成以往的忙碌。大家都忙着整理散落在地上的文件，旭日月子中心的人已经不见了踪影，而王开会的左眼青紫了一大块，特别搞笑。他斜着眼睛看着米兰，语气充满了怀疑："米兰，你说你怀孕了？"

"是的，王总。"

"什么时候的事情？不是骗人的吧？"

"王总，你以为我会拿这种事情来开玩笑吗？"

"没听说你结婚啊。"徐秘书插嘴。

"我隐婚。"

"什么时候摆酒？"

"我们很低调，不打算摆酒。"

"米兰，你不会是不想去西藏骗我的吧？"

"肚子里有没有货还能骗人吗？"

王开会咄咄逼人，米兰不甘示弱，两个人就这样针锋相对。王开会没想到这个总是被人遗忘的姑娘居然会有这样强势的一面，真想现在就把她开除，但只能生生咽下这口气。他沉思一会，说："这几天把医院的报告给我。还有，从明天起，你负责新栏目'你说，你说，你说说说'的筹备工作。"

"为什么要我调岗？"米兰呆了。

"西藏不能去，连工作也不能做了吗？这样的话你还不如早点辞职。请病假也可以，我们不会差你每个月1000块的基本工资。"

"王总，你这是对我蓄意报复吗？"

"是啊，我想你走人。忍不了你就走啊。"

"是啊，你走啊。走啊走啊！"徐秘书斜眼看着米兰，高声附和。

"呵，我当然忍得了。我不会辞职的，因为我怀孕了。"

米兰说着，对王开会冷冷一笑，转身离开。她终于扳回一局，别提有多高兴了。正好下班时间快到了，她收拾好东西准备下电梯，没想到在转角处突然被狠狠一拽，整个人就这样被拉了过去。她刚想惊呼，嘴巴被人捂住。她惊慌地看着来人，瞪大了眼睛，而纪凯做出一个嘘声的动作。

第二章 一夜情及其后遗症

自从上次亲密接触后,他们是第二次这样近距离地在一起。

纪凯抽烟,身上有着烟草的味道。他乌黑的眼睛总是笑吟吟的,但现在却面无表情。他低下头,在她耳边轻声说:"保证不叫,我就松手。可以吗?"

米兰急忙点头,而纪凯把手松开。米兰急忙往后退了一步,不知道为什么,是那么害怕他杀人灭口。她的恐惧让纪凯不悦,皱起了眉:"你怀孕了?"

"嗯。"

"那孩子……"

纪凯第一次感觉到为难,准备好的话竟然不知道该怎么说出口。米兰原就没打算和他再有什么牵扯,但纪凯的态度还是让她寒了心。她冷冷看着他:"孩子是我和我老公的,你有什么事吗?"

"当然没有。祝你幸福啊亲爱的。"

纪凯的表情看起来有些如释重负,却又好像有些遗憾,米兰看不懂。她觉得自己好像便利贴一样被丢掉,心里不难过是假的,可她仅存的骄傲和自尊心让她回避这个错误,也回避注定被抛弃的命运。为了防止被拒绝,她只有先拒绝别人。抬起头,她倨傲地说:"没事的话我就走了,这样的事情我不希望再次发生。你让我很困扰,纪凯。"

"你确定以后不需要和我保持'红颜知己'的关系?"

"确定、一定以及肯定。那只是个错误,而我已经忘记了。"

米兰说着,冷静转身离开,而纪凯一直注视着她的背影。他突然觉得自己居然看不透这个女孩。

米兰的坚强持续到她走进了地铁。她不知道今天是怎么了,好像全世界的情侣都集中在她所在的车厢,集体散发着令人厌烦的气息。

那个靠在男朋友肩膀上的女人脸涂得和白墙一样,卸了妆一定是个丑八怪;那个坐在男朋友腿上的女人胖得和猪一样,她那可怜的男朋友一定会因为腿骨断裂而下半辈子在床上度过;还有那个不要脸的和男人在接吻的!她以为这里是在哪里，她家里吗？她的父母肯定会为她感到羞耻！

可她们就算再不好，没有一个人和她一样因为一夜情有了孩子吧。

米兰想着，眼睛越来越酸。她抱着包，呆呆看着窗外，窗外飞闪而过的广告牌突然变成了和纪凯一夜缠绵的回放。她清楚记得，是她拉着纪凯的手，也是她率先吻了他……

打住，打住！过去的事情已经过去了，就算想一千遍也没有用，一定要向前看！先去医院开个证明，然后把孩子解决，等王开会知道她的孩子已经没有的时候，她可以谎称自己因为工作劳累自然流产，这样不用去西藏，工作也保住了。真的很好，不是吗？

米兰不住地给自己催眠，到了下车的时候，心情终于轻松了许多。她沿着小路慢慢往家里走去，走到卖手抓饼的摊子前买手抓饼，却发现以前做饼的老板娘不做了，而是老板在那忙活。她奇怪地问为什么这活儿现在是老板做，老板嘿嘿笑了："她有孩子了，闻到油烟味就要吐，只能我来做了。唉，女人有了孩子可真娇贵。"

"老王你说什么呢！我这孩子还不是给你老王家生的啊！不生了！"

"老婆，我错了，你别生气，别生气啊！我就说这么一句，你怎么就哭了……我错了，我真的错了！"

老板娘挺着笨重的肚子撒娇，而老板一边做手抓饼，一边心急火燎地哄妻子。这本是再自然不过的场景，却让米兰险些落下泪来。她觉得，自己终其一生，可能都是无法被人这样呵护了吧。

第二天一早，一夜未眠的米兰肿着眼睛再次来到医院，此次没有任何人陪伴。她安静地排队、安静地等待，安静地等着医生的宣判，然后安静地……

"什么？我没怀孕？医生你有没有看错！"

"我做医生那么多年了，验孕试纸什么样都看不出来吗？你血也验了，肯定没怀孕。"

第二章 一夜情及其后遗症

"不,这不可能!我买了验孕试纸,明明是两条杠啊。"

"验孕试纸也不一定完全准确,或者你没用对方法。你年纪还小,担心什么啊,慢慢来总会有孩子的。"

医生宽慰着米兰,而米兰的心就好像坐了云霄飞车一样,忽上忽下。有那么一瞬间,她觉得自己快乐得就要飞起来了,生活充满了希望。可是很快她意识到一个严峻的问题——全公司都知道她怀孕了,现在突然说自己没怀,不是自己抽自己嘴巴吗?她才不要去西藏!这下好了,她会成为全公司的笑柄……

米兰不记得自己是怎么走出医院的。抬头望着湛蓝的天空,她轻轻叹了一口气,却又微笑了起来。

晚上,米兰和陆露、潘杰见面,再三告诫陆露不能带小孩出来,让她听到不该听的话。米兰把事情的始末原原本本告诉了他们,陆露和潘杰对视一眼,简直不敢相信米兰会做这样肆意妄为的事情,但现在更重要的是如何收场。陆露看着米兰在家里使用的验孕试纸,几乎想掐死这个白痴:"米兰,你就是用这个验出怀孕的?"

"是啊,两条线啊!难道这是一条线,剩下一条是我臆想出来的?"

"这不是验孕试纸,是排卵试纸!排卵的!两条线说明你在排卵期!我的天,难道你不识字吗?"

"我看它是试纸就拿了,我怎么知道试纸还有几种啊!"

潘杰轻轻拍拍陆露的手,对米兰柔声说:"小兰,不管怎么说,你没怀孕就挺幸运的,我觉得你没必要想那么多。这样吧,和你那个王开会说明实情,再说点好话……"

"不行,要是那个王开会知道米兰没怀孕,肯定会立马把她发送边疆的。那里可不是女孩子能去的地方。"陆露表示反对。

"可小兰就是没怀孕,为什么要撒谎?不干就不干,还怕找不到工作不成?"

"我建议先瞒几个星期,等米兰的同事去了西藏再说。"

"那之后呢?你让她从哪里变个孩子出来?"

"到时候就说孩子流了,没保住。"

"不行,她没怀孕他们就看不出来吗?"

"女人怀孕初期肚子又不会大,只要小心,不会被发现。"

"陆露,你不知道一个谎言要用无数个谎言来圆吗?我还是建议米兰说实话。"

"她还有房贷没还呢,她工作没了你让她怎么办!"

米兰还没说什么,潘杰和陆露就争执了起来,他们的争吵也正好代表着米兰的纠结。眼见潘杰就要被气哭了,米兰终于一拍桌子:"别吵了!我想好了——这件事要保密。我不能让王开会知道我没怀孕。"

"对!"

陆露喜形于色,而潘杰郁闷地抱着头。米兰一把搂住了潘杰,笑嘻嘻地说:"潘杰哥哥,我知道你对我好……"

"你又要让我干吗?我可不参与你的撒谎计划!"潘杰警惕地说。

"潘杰哥哥,潘杰偶吧……"

"别喊我哥,喊我爷爷也没用——你干嘛老找我,找支持你的陆露啊!"

"陆露的老公可不是医生。你老公不是医生吗,帮帮我嘛。"

米兰不住摇晃着潘杰,潘杰的脸色慢慢好转,变得无奈,可还是坚强地不松口。米兰急了,说:"好,你不帮我,我死给你看!"

她说着,站起身,假装要去自杀,而潘杰就这样含笑看着她,让她一下子就泄了气。她没想到潘杰居然会这样软硬不吃,想到自己这些天来的担惊受怕,终于忍不住哭了起来:"好,你就看着我死了算了!反正我就是没人要,我知道你们都看不起我!被开除了没什么,最多以后卖个身,再差就卖个肾,总能活下去,也是勤劳致富。活该我总是一个人,和我认识了二十几年的朋友都不肯帮我……"

"好了,别说了。我帮你。"

虽然明知道米兰是在胁迫他，但潘杰看到米兰的眼泪还是忍不住心软。米兰急忙擦干眼泪，感激地说："谢谢你啊，潘杰。"

"没有下次啊。这件事要是败露，潘杰家'小甜心'的工作都难保了。"陆露笑着说。

"肯定不会败露。潘杰，我请你们吃饭，吃最贵的自助餐怎么样？"

"算了吧。你真有心，就送你亲手做的小蛋糕给我，我们都爱吃那个。"

"绝对没问题。还有……你能不能假装是孩子的爸爸，和我同事吃个饭？"

"什么？"

"只是吃一顿饭而已，就这么说定了！我走了！"

米兰说着，蹦蹦跳跳地就溜走了，剩下潘杰和陆露面面相觑。潘杰没好气地说："你就惯着她吧，看她到时候怎么收场！"

"只是有一两个月要瞒天过海罢了，哪有你想的那么麻烦。"

"今天怎么不带你家的小活宝出来了？"

"今天是我们的结婚纪念日，所以小慧在外婆家。"

"哟，你舍得不过三人世界？"潘杰调侃。

"没办法，为了姐妹还不得两肋插刀！嘿，我昨天给小慧买了一条新裙子，她穿上去特别可爱，我给你看照片啊！"

"不看了，你空间都有，还每天更新。"潘杰无力地说。

"原来你看得到啊，那为什么不给我留言评论？快来看，我闺女多可爱！"

潘杰不知道是不是每个当了母亲的女人都会变得恋子成狂，但陆露显然符合。她的手机链、钱包照甚至T恤衫上都是她女儿的大头照，抓住每个机会展示女儿的风采。潘杰敷衍地不住点头，终于忍不住说："陆露，你别把注意力都放在孩子身上，有空多关心你老公。"

"我很关心他，出去逛街的时候自己的衣服不买都给他买，这样对他还不好啊？"

"当然。"潘杰不再继续这个话题。

离开咖啡馆后，陆露去超市买了今晚要用的食材，没想到等她到家的时候顾文明已经回家了，正含笑看着她。看到桌上的大束玫瑰花，陆露开心极了，嘴上却说："怎么又乱花钱，有这钱还不如给小慧买几条裙子呢。这花是网上订的还是花店买的？"

"在我公司旁边的花店买的。"

"那家花店那么贵，你怎么在那里买！以后别买了啊，你买花还不如给我钱。"

陆露絮絮叨叨地说着，顾文明的微笑逐渐消失。顾文明拿起外套："知道了，以后不买就是了。老婆，我们出去吃吧，我订了位子。"

"外面的菜又贵又不好吃，我们家里吃得了！看，我把菜都买好了。"

陆露说着，把血淋淋的袋子送到顾文明面前，顾文明忍不住倒退了几步。陆露把他推开，换上围裙就进了厨房，顾文明也不再说什么。

半个小时后，陆露灰头土脸地走出厨房，坐在桌前和顾文明一起吃起了饭。平心而论，陆露的手艺确实非常好，但顾文明看到她满是油渍的面容，突然没有了胃口。陆露看着他盘子里剩下的鸡腿，奇怪地问："怎么不吃了？"

"中午应酬吃多了，现在没什么胃口。"

"真浪费。"

陆露把顾文明盘子里的鸡腿拿到手里，认真咀嚼了起来，边吃边说："老公，我前几天去参加婚礼，遇到了很多以前的同学。时间过得真快啊，一转眼都那么多年过去了。"

"是啊。十年前我只是个穷小子，上学的钱都是爸妈借的，可现在都资助了10个大学生。这人生啊，可真是风水轮流转。"顾文明感慨地说。

"老公，他们都和我一样大，现在也都算是事业有小成。唉，我以前可是班里的第一名，可他们问我现在做什么，我可真答不出来。"

"家庭主妇有什么没脸说的？你最大的事业就是嫁了个好老公。"

"确实是，可在家里好无聊。要么，我去上班？"

"算了吧。"

"我好歹也是大学生啊！能找到和服装设计有关的工作当然最好，或者开店也行。"

顾文明敷衍："再说吧。"

"对了，今天在超市我看到纸尿布打折，一下子就买了10包，提早做准备。嘿嘿，最后一包买得可险了，有个老太太非要和我抢，幸好我推着车就跑！后来那老太太在我后面拼命追，可把我乐的！老公，我排卵期快到了，今天晚上你可要努力。"

陆露说着，把韭菜夹到了顾文明碗里，期盼地看着他，而顾文明突然烦躁了起来。他一再提醒自己今天是结婚纪念日，万事要忍耐，就算被当成种马也没关系，到底按捺住了脾气。

上床后，他想和陆露一起看新闻，但陆露把频道调到了韩剧。电视里正演到得了绝症的女主角被男主角抱去了海边，静静结束她的生命。陆露出神地看着，拿纸巾拭泪："老公，我很怕。要是我先走了，你会找新的女人吗？"

"不会。"

"骗人！我走了，你会过多久开始谈恋爱？"

"不管多久，假如有女孩子想要和我搭讪的话，我都会回答说'对不起，但我还沉浸在亡妻的悲痛'的。"

"真的吗？好感动啊！"陆露泪眼婆娑，决定原谅顾文明的冷淡。

顾文明摸着下巴："嗯，她们肯定都会被我感动。"

"顾文明！"

"开个玩笑而已。"

顾文明说着，伸手搂住了陆露，陆露简直觉得受宠若惊。

自从顾诗慧出生后，他们的夫妻生活少得可怜，顾文明的爱抚让她感觉非常陌生。她极力让自己集中精神迎合顾文明，而顾文明皱着眉看着她破了洞的内裤，觉得身体在一点点变软。他闭上眼睛，极力让自己配合陆露，在强大的精神暗示下终于再次有了感觉。

就当他们融入爱河的时候，陆露一直盯着墙上的镜框。婚纱照里的他们是那么年轻，笑容是那么甜蜜，但相框上的灰尘实在是最大的败笔！她不知道自己打扫房间的时候为什么会忘记了这块，真是后悔莫及！她极力迎合顾文明的律动，但就算闭上眼睛，眼前还是那块污渍，挥之不去。

时间是那样难熬，当顾文明终于释放出来的时候，她推开顾文明伸过来的手臂，第一时间跳了起来，光着身子就冲向了镜框，拿纸巾把镜框擦拭干净。她满意地笑了，然后对顾文明柔声说："老公，我有感觉今天晚上能成功！要不要一起洗鸳鸯浴，老公？"

她回头一看，发现顾文明已经不见了踪影。陆露茫然看着四周，突然觉得心里空荡荡的。

孩子什么时候才能来啊……也许只有他来了，才能改善她乏味的生活，以及和顾文明的关系了吧。等他来了，他们不再会和现在这样说不到几句话，顾文明一定会和以前一样关心她、疼爱她，他们的爱情也会步入正轨。

是的，一定会。

陆露想着，怀抱着最美好的希望，轻轻闭上了眼睛。

第三章　我的孩子我做主

过了几天,潘杰果然把诊断书给了米兰,再三告诫她要小心行事,而米兰不住地点头。拿着医院开的证明,米兰心情愉快地进了电视台的大门。

她辛苦挤电梯的时候,突然有人大喊"她是孕妇",于是她方圆一米内的空间都空了。走进办公室,她发现饮水机没水了。她习惯性地要去搬水,刚碰到筒身,就听到一声大喝:"不许动!"米兰的手一滑,纯净水险些砸到她脚上,而又一大帮男士乌压压跑了过来,抢着帮她换水。米兰傻傻看着他们,而这时高爽出现,把她小心地扶到座位上:"都是要做妈妈的人了,这些脏活、累活就别干了。辐射对你孩子不好,我把打印机放我那儿了。"

"高爽……"

"不要用那种眼神看着我,等我顺利得到精子怀孕后会把打印机还给你的。"

"谢谢。你们……对我真好。"米兰感激地说。

"吃橙子,补充维生素 C。"

高爽有点害羞地把一个橙子丢在米兰桌上,然后开始工作。米兰捧着漂亮的橙子,觉得心里暖洋洋的。她一直以为同事之间都是冷漠的泛泛之交,没想到他们居然对她那么好。

可是，她却骗了他们。

不知道他们知道真相会怎么样？一定会生气吧？所以，坚决不能让他们发现。

米兰不敢再想下去了。

把证明放到王开会的桌子上，看着王开会和徐秘书难看的脸色，米兰只觉得意气风发，连去新栏目和韩可馨合作好像也没什么值得担心的。下午，她和高爽一起走进了会议室，听王开会叨叨地说着节目构想，也都完成了分工。米兰负责线索的收集、电话的接听，把背景材料整理成稿——在节目初期，这可不是一个轻松的活计。而且，最让她郁闷的是，节目录制现场她都要在场，以备不时之需。

想把我逼走是吗？我才不会让你如愿！米兰恨恨地想着。

他们的会议从下午开到华灯初上，所有人都累得不行，而韩可馨却一点都没有焦躁的神色，让米兰刮目相看。所有人都说韩可馨有心计、虚伪，但她却觉得她的毅力实在不是常人能比的。

就拿开会来说，所有人都知道装作听得认真的样子会得领导喜欢，也有些人真的这样做了，但米兰迄今没见有人可以一连几个小时都在记笔记，而且丝毫没有不耐烦的样子。可韩可馨做到了。

就算她是假装的，她也从来没有做错什么。米兰想着。

韩可馨目不转睛地看着王开会，而米兰就出神地看着她，目光惆怅。当会议终于结束的时候，徐秘书习惯性地让米兰整理会场。米兰把肚子一挺，娇滴滴地说："徐秘书，我也很想整理会议室，但孕妇是不能干重活的，把孩子累没了可怎么办嘛。"

"就是搬几张椅子罢了，你有那么娇贵？"

"唉，那我就去搬咯。可怜的宝宝，你要是掉了别怪妈妈，就怪这个阿姨。阿姨住在芦庄三区，你半夜趴在窗户口看她的时候可别走错门了哟。"

米兰摸着肚子，伤感地说，而徐秘书吓了一跳。她的脸一阵红一阵白，但到底不敢逼米兰，因为到时候孩子真的出了什么事她可就说不清了。她只能说:"不搬就算了,哪那么多废话啊!小张,你来!"

于是,米兰和徐秘书的第一回合就以胜利而告终。她趾高气昂地离开会议室,只觉得未来的生活真是一片光明。在她等待同事被派往西藏期间,果然有很多同事撺掇着要看看米兰的"老公",她是那么庆幸自己做了万全准备。

"他工作很忙,一直出差……"米兰假意拒绝。

"你都怀孕了,他怎么可能一年到头不在家啊!是不是老公太帅了怕我们妒忌啊?"

大家七嘴八舌地开着米兰的玩笑,但是中心思想只有一个——米兰想躲过见面那是不可能的。米兰心知越是拒绝,他们的疑虑会越大,装模作样地推辞了几次,装作为难地说:"好吧,那晚上一起吃个饭?"

"真的啊!"

"嗯,你们想吃什么?"

"不如去新开的川菜馆吧?"高爽说。

"高爽,你可真给米兰省钱!"

大家都嬉笑了起来。米兰看着正在专心背台词,好像周遭一切和她没关系的韩可馨,不知道为什么,突然有一种自己有点过分的感觉。不管怎么说,韩可馨也是她的同事,就这样忽略她是不是不太好?

"可馨,要么晚上你和我们一起去吃饭?"米兰试探地问。

韩可馨没想到米兰居然会邀请她,惊讶之余把台词本都掉在了地上,激烈的反应把米兰都吓了一跳。米兰和她就这样深情对视,足足过了十秒钟,韩可馨装作惊喜的样子:"谢谢,那我就打电话向美容师推了晚上的水疗 SPA,和你们去吃饭。对了,吃完饭我们可以一起去喝咖啡,我和人合资开了一家很不错的咖啡店,那里的咖啡豆都是南美进口的,市面上可买不到。"

"不去就算了,没关系……啊,你说什么?"

"我说我会去……亲爱的,我去不合适吗?"

"不，我太惊喜了，高兴地都说不出话了，呵呵。"

米兰真的没想到韩可馨居然会答应，但此时改口已经来不及了，只好装出一副欣喜若狂的样子。她"飘"回了座位，把晚上的包厢改成大包，而其他人知道韩可馨也去，真是炸开了锅。她们还不至于明着说什么，但在 QQ 上对米兰狂轰滥炸，纷纷责怪她怎么会把韩可馨带着。

"她怎么会去吃川菜！人家家里洗澡都拿依云矿泉水！"

面对众人的指责，米兰只好装没听到。

下班时间到了，她们一起步行到就近的餐馆，只有韩可馨开车前去，又让这群小心眼的女人们嘀咕不已。米兰眼睁睁看着韩可馨从跑车上下来，看她潇洒关门的动作，再看看周围男性生物连眼珠子都要瞪出来了的反应，心里也酸酸的。唯一值得庆幸的，就是她家潘杰还是一如既往地彬彬有礼，丝毫没有因为韩可馨的美丽而失态。

"米兰，这就是你的同事吧。大家好，我是潘杰，是米兰的老公。"潘杰轻声说。

潘杰很善于伪装自己，只有最亲近的朋友才能看到他二货的一面，而他展现给外人看的永远是风度翩翩。同事们显然没想到米兰的老公居然这么年轻，这么帅气，都用羡慕妒忌恨的眼神看着米兰，却也期待着潘杰对待韩可馨的态度。他们没想到，潘杰从韩可馨身边径直走去，好像根本没看到她，满眼里有的只是米兰。

米兰好幸福！大家愤愤地想着。

这个男人好像还不错。韩可馨悄悄想。

潘杰，谢谢你是个 GAY！米兰简直要欢呼了。

大家各怀心事，在餐馆入座。米兰刚准备坐下，没想到潘杰眼明手快给她拉了椅子，她简直受宠若惊——要知道，他上一次给她拉椅子可是 20 年前。那时候，他飞速把椅子往后一推，她就直接坐在了地上。小心试探椅子的存在，米兰慢慢坐下，终于松了一口气。潘杰笑吟吟看着她，甜蜜都要溢出来了:"宝贝,想吃什么?"

"随便,我都行——还是让她们点吧。"

在米兰的盛情邀请下,同事们都点了餐,连韩可馨也屈尊降贵地点了一杯白水。等待上菜期间,韩可馨慢条斯理地帮大家烫着碗筷,而其他人拼命问米兰和潘杰的交往过程。潘杰有条有理地回答,言辞恳切,细节可信,简直让米兰怀疑他们是不是真的有什么男女关系了。她默默看着潘杰,暗想他不去念戏剧学院真是太可惜了,也突然看到有人推门进来。

纪凯……居然是他。

米兰发誓,她只是在团购网上看到了这家平时很贵的餐厅在搞活动才会来,真的没想到纪凯居然也会到这来!她急忙低下头,不敢和纪凯对视,幸好其他人也专注于点菜,竟没人发现纪凯到来。米兰没有看到纪凯若有所思的眼神,当她再次悄悄抬头的时候,纪凯已经不见了踪影。她悄悄松了一口气。

菜肴很快就上来,大家都觥筹交错,只有韩可馨在那默默喝水,一筷子都没动——米兰终于明白为什么大家都讨厌她,心里也不爽极了。她看着鲜红诱人的大闸蟹,忍住口水去抓,然后手背被高爽拿筷子重重打了一下。高爽说:"孕妇不能吃螃蟹,你这么做是在谋杀。"

"只吃一个没关系。"米兰看着螃蟹,觉得自己的口水都要流下来了。

"半个也不行!米兰,就忍忍吧,乖啊。"颜丽笑嘻嘻地说,然后把螃蟹从米兰手中抢走。

于是,米兰只能眼睁睁看着螃蟹就这样挥着手绢和自己告别。她强忍住愤怒,去喝汤,又被阻止:"亲,这是甲鱼汤,你不能喝哟。"

"为什么!那我吃山楂糕总行吧!"

"亲,那个也不行……点菜的时候我们没想到,真是对不住啊,哈哈。"

同事们或真或假地道歉,而米兰暗地里咬碎了牙齿。大家都吃得热火朝天,可她捧着一小碗米饭眼馋地看着,真是欲哭无泪。她觉得,做孕妇真是太倒霉了!不管了,她要明天就流产!

"可馨姐，你什么都不吃吗？"颜丽看不惯韩可馨的矫情样，故意问。

"我已经吃了点蔬菜了，不需要了哦。"

"那么点怎么够啊？"

"我的血糖浓度有点偏高，私人医生建议我晚上少吃东西。"

"是吗，吃得那么少，怪不得你身材那么好。"

面对颜丽的挑衅，韩可馨含蓄地笑着，面向米兰，转移了话题："米兰，你们准备什么时候摆酒？"

"我们都是环保主义者，摆酒那么劳民伤财，所以我们不摆酒了。"米兰忙说。

颜丽撇嘴："你们的新房子在哪里，带我们去看看嘛。"

"还在装修，等装好了一定请你们过去参观。"潘杰笑眯眯地说。

"米兰，你不摆酒也就算了，和你老公好歹喝个交杯酒呗。"

"别瞎说，孕妇可不能喝酒！以茶代酒就好，我们厚道吧！"

大家起哄让米兰和潘杰喝交杯酒，米兰怎么都拒绝不了，只好硬着头皮上。高爽给他们倒了两杯茶，逼着他们起身，他们在众人的哄笑声中挽住了彼此的手臂。"深情"注视对方的同时，潘杰终于功亏一篑，一脸嫌弃，米兰的脸色也好不到哪里去。

真是太恶心了，好像乱伦啊。他们都想着。

"喝酒，喝酒！"

大家拍着桌子，米兰一闭眼，想豁出去喝，嘴唇刚碰到茶杯，突然手上一松，茶杯就这样掉到了地上。她愤怒地睁开眼，打算找突然松手的潘杰算账，然后愣住了。她眼睁睁看着潘杰的脸上有一个鲜红的掌印，站在他面前的男人已经满眼泪水。

"潘杰啊潘杰，你不是去健身房健身了吗？这里是健身房吗？她们都是跑步机吗？我看你不是去健身，是去健'肾'了！告诉你，我们完了！"

"张旭你听我解释……"

"不听不听我不听！男女通吃，行啊你！臭小三，不要脸！"

张旭后面的话就是对米兰说的。长达25年的生命中，米兰曾经躲在被子里暗暗咒骂小三，也曾经在男人抛弃了她之后轻声骂他们"不要脸"，没想到她第一次被骂"小三"是为了一个男人，而骂她的也是一个男人。她呆呆地看着他们，而潘杰一把把张旭搂住："你真的误会了！"

"我和你拼了！"

潘杰的阻止简直是火上浇油。张旭拿着盘子就要往米兰脑袋上砸，眼见米兰就要见血，潘杰终于说了实话："亲爱的，你放手！她是米兰，是我姐妹，我和你说过的！她让我装她男朋友！"

石破天惊。

米兰真是恨不得把酸菜鱼都浇到潘杰这个混蛋的头上，但她只是呆呆站着，好像突然失去了语言的能力。

"那你的孩子是谁的？"张旭尖锐地问。

"这是一个漫长的故事……他死了。"米兰看着张旭手里的盘子说。

"什么？"

"纪凯，你怎么样！120，快打120啊！"

就在大家都为米兰的事情而吃惊时，身后传来了更大的喧嚣。她们回头，只见"大众情人"纪凯公子正捂住喉咙，缓缓朝地上倒去。

纪凯觉得自己真是倒霉透了。

作为一名典型的富二代，他"纨绔"得非常成功。他不记得自己交往过多少个"女朋友"，其中有模特、老师、空姐，而她们共同的特征就是两个字——漂亮。要不是那天有些喝高了，要不是米兰那么主动，他绝对不会和她发生什么，而接下来的事情更是出乎他的意料。

"就当什么都没发生吧。"

当时她的眼睛是红的，但语气特别冷静。他以为这又是女人的欲擒故纵，没想到她居然真的沉得住气，甚至还躲避和他的接触。

既然这样，那就算了吧。这样对谁都好。他当时是这样想。

后来，一切好像有些失控了。首先先是发现女友"出轨"，"出轨"对象是他的好哥们，让他在朋友中大跌面子；他准备自驾去四川，可是出发前发现轮胎居然全破了，只能被迫取消行程；他本来都和客户谈好了全年合作计划，没想到半路杀出了程咬金，以更便宜的价格抢了他的生意……至于开车时回回遇到红灯、停车时没车位这些，已经根本不值一提了。

而最令他揪心的，是母亲病情的恶化。

"纪凯，你多大人了，还因为鱼刺进医院？"李秀梅一边问，一边递给纪凯一杯水。

纪凯微微一笑，坐起身来，声音极其温柔："妈，你怎么来了？"

"听说我28岁高龄的宝贝儿子进了医院，我能不来看看吗？我上个礼拜刚出院，你这个礼拜就进去了，我们家和医院还真有缘。"

看着李秀梅有些斑白的头发，纪凯心中一酸。他不知道母亲怎么能用这样平静的语气谈及自己的病情，忙转移了话题："医生说观察一天，明天就能出院。妈，你回去吧。"

"你一个人在这我可不放心。"

"阿姨，还有我呢。"烈焰红唇终于有机会开口说。

"就是你在，我才不放心。"李秀梅不客气地说。

"阿姨……"烈焰红唇呆了。

纪凯察觉妈妈不悦，急忙说好话哄烈焰红唇离开，而她走之前给纪凯的那个吻真是让李秀梅受不了。她一走，李秀梅就立马开窗："我看你晚上睡觉一定能睡得好。"

"你怎么知道？"

"那么浓的香水味会把所有蛇虫鼠蚁都熏死的。这姑娘还真不错，在驱虫方面很有一套。"

纪凯哭笑不得："妈！"

"纪凯，我不会干涉你的私生活，但你什么时候能找个像样点的女孩？你这样三个月换一次女朋友会不会太过分了？"

"我和她们都是你情我愿的,我没对不起谁。"

"你就混吧!"李秀梅狠狠打了一下纪凯的头,表情特别狰狞。

李秀梅正和纪凯说着话,突然病房的门开了,一个孩子就这样一头扎了进来。他抱住了李秀梅的腿,甜甜地喊着"奶奶",然后突然愣住了——这个奶奶好像和以前的奶奶不太像啊。他看看四周,一下子哭了起来,李秀梅急忙收回严厉的表情,极其和煦地给他擦眼泪:"小宝贝,哭什么啊,你爸爸妈妈在哪里?"

听到母亲罕见的温柔声音,纪凯下意识打了个哆嗦,而小朋友只是摇头,说不出来。

"乖,不哭,不哭。来,奶奶给你吃苹果。"

李秀梅说着,把原本准备给纪凯的苹果就这样给了小朋友,而小朋友居然真的吃了起来。他吃得很香,李秀梅时不时给他擦拭一下嘴边的果汁,神情极其温柔。这时,一个女人冲了进来,见到小朋友,眼睛一下子就亮了,把他一把抱住,然后伸出手就要打。小朋友虽然害怕,但还是一把抱住了妈妈,哭着说:"妈妈不要程程了!"

"谁不要你了,是你自己瞎跑,还跑错了病房!阿姨,谢谢你们帮我看孩子,谢谢!这小子太皮了,回去我可要好好教训他!"

"小孩子有几个不皮的?别说他了,就我儿子还因为被鱼刺卡住进医院呢。"

"噗嗤……"

年轻妈妈饶有兴趣地看了纪凯一眼,笑了起来,纪凯忙低头喝水,假装什么都没听到。她们闲扯几句,后来妈妈带着宝宝千恩万谢地离开,而李秀梅一直目送她们远去:"唉,估计程程要挨打咯。那么可爱的孩子,他妈倒还舍得。"

你不也很舍得打我!纪凯心里暗暗腹诽,懒懒地说:"人家的事情你管那么多干嘛。"

"是啊,是人家的孩子,人家的孙子。反正啊,我估计是见不着孙子了。"

李秀梅淡淡笑着，笑容刺痛了纪凯。他一想到医生说得了肝癌的母亲只有一年不到的生命，心就好像被针扎一样疼。虽然他给母亲找了最好的医生，给她最舒适的生活，但母亲最大的心愿他恐怕是永远完不成了——就算他想完成，也没人给他生啊！就算有人给他生，怀胎十月，也不一定来得及……等等，也许不是这样。

不知道为什么，纪凯脑中不断浮现出米兰带着"老公"的场景，后来的那场闹剧更是令他记忆深刻。米兰找朋友冒充自己老公只有一个原因——那个男人不愿意公开露面，承认她和孩子的身份。那个男人也许是已婚了，也许根本不喜欢她，也许……

也许这孩子会是他的？

纪凯已经不是第一次有这个念头了，但没有哪次像这次一样深切。算算日子，这孩子的诞生时间和他上次"礼节性"上床的时间相符，而且米兰对孩子的父亲遮遮掩掩……如果孩子的父亲是自己的话，一切就都说得通了。

"妈，如果我有个孩子，你说怎么样？"纪凯试探性地问。

李秀梅眸光一闪，然后迅速黯淡了："就会瞎说。谁愿意给你生啊！"

"那也说不定。"纪凯喃喃说道。

"你说什么？"

"没什么。妈，我下午出院，我们一起去超市吧。你晚上要吃什么，我来做。"

"得了吧，就你那水平？"

"别看不起我，我可是遗传了我妈的好手艺。"

"就会耍贫嘴。"

李秀梅不屑地笑，悄悄捂住了腹部。纪凯心中一颤，却转过身子，假装没看到。他决定，不管是为了母亲，还是为了自己，都要找米兰问清楚。

纪凯走出医院大门的时候与韩可馨擦身而过，但由于两个人都心事重重，竟都没有察觉。韩可馨终于预约明天进行人工流产，抚摸着腹部，她的心里五味杂陈，根本不敢让自己再想下去。

孩子……唉，只能怪你不该来我这儿。

下班后，她破天荒地买菜回家，拼命按门铃，没想到杨波居然没给她开门。她的心里涌上了火气，只能费劲开了门，然后见到了正端坐在沙发上看电视的杨波，以及正忙着给杨波喂水果吃的杨波妈。

"儿子，张嘴，啊……"

"啊。"

"苹果甜不甜啊？"

"甜！"

"好，妈明天再给你买啊！啊，多吃点！真乖！"

"妈，你来了啊。杨波，我买了菜，帮我放到厨房。"

看着婆婆，韩可馨真为今天的突发奇想而高兴——谁说她从来不做家务的，她不是买了菜了吗，看她还有什么好说的！杨波听到老婆大人召唤，急忙走上前，就算老娘的咳嗽声也不能让他停下脚步。杨波妈只觉得自己咳嗽得肺都要出来了，眼睁睁看着儿子朝媳妇走去，殷勤地拎着菜进了厨房，干那些根本不是应该男的干的事情。当杨波屁颠屁颠递给韩可馨刚泡好的红茶时，杨波妈终于忍不住了："可馨啊，来，跟妈进厨房，妈教你做饭啊。"

"我有点不舒服，闻不了油烟味。"韩可馨悠然喝着红茶。

"哪里不舒服啊？"

"哪里都不舒服。今天在单位，有个观众不打招呼就过来找我，真是烦透了，害得我到现在都心情不好。我最讨厌没计划的事情，也讨厌不请自来的人，杨波是吧？"

"你……"

"烧饭去咯！"

杨波在母亲和妻子发飙前，躲进了厨房，也顺利逃过一劫。韩可馨最讨厌的就是婆婆的不请自来，再加上在家也不用伪装自己，干脆坐在沙发上看书，一句话也不对婆婆说。杨波妈极其郁闷，却也知道这媳妇是儿子的心头肉，来硬的万万不行，只能用软刀子来感化。于是，她故意拿起拖把认真拖地，打算韩可馨看见她的勤劳能幡然醒悟。当然，她再一次失望了。

"可馨，抬下脚。"她故意说。

韩可馨看都没看她一眼，把脚轻轻一抬，目光还是留在书本上，这可让杨波妈气不打一处来——她就没见过有这么嚣张的、眼睁睁看着婆婆和丈夫干活的儿媳妇！她强忍着努力，用力拖地，不想撞翻了韩可馨的包，她包里的东西都洒了出来。韩可馨看书看得兴起，没注意到杨波妈悄悄查看她的东西，甚至翻开了那个病历本。然后，她一声尖叫："可馨，你怀孕了！这么大的事儿你怎么不和妈说！波波宝贝，出来！你要当爸爸了！"

"你怎么……把包还给我！"

韩可馨千算万算，都没算到婆婆居然会翻自己的包，一下子就涨红了脸。她急忙去抢病例，但杨波的速度更快，一下子从母亲手里接过了"接力棒"。他先是满怀喜悦地看，然后脸色逐渐沉了下来。他深深看着韩可馨，目光既悲伤又绝望，也让韩可馨第一次产生了内疚的情绪。

他都知道了……那也省得我辛苦装下去了。就这样吧。

"杨波……"

"妈，你看错了。"杨波说。

"什么，我怎么会看错！明明写着'妊娠'两个字啊！"

"医生的字太潦草，你看错了。"

"啊，那真是……没事儿，你们还年轻，不着急，不着急。"

杨波妈失望极了，可只能这样说，而韩可馨简直不敢看杨波。饭后，杨波坚持把妈妈送走，重新把诊断书放在韩可馨面前。他张口就问："你不打算要我们的孩子？"

"对不起。"

"为什么？"

"杨波,你听我说,这孩子来得不是时候。我就要做新栏目的主持人了,这位子我等了太久,要是现在怀孕的话,我那么多年的努力都白费了。工作不等人啊,杨波!"

"工作不等人,那孩子就等人?这是我们的孩子啊!"

"我们说好三十五岁才要孩子的。那时候,我工作应该很稳定了,顺利的话能做上高管,这样的话位子不必担心被抢;还有,那时候没过最佳生育年龄,也能给孩子最丰厚的物质生活。"

"他是一条生命,你舍得杀了他吗?你不会想他是男是女,长得像谁,是乖巧还是顽皮……你要亲手杀了我们的孩子。"

杨波说不下去了,像个大男孩那样红了眼圈,而韩可馨的心也颤了起来。杨波的话就好像刀子一样,生生在她心中挖出道道伤口,她情不自禁地摸着腹部,脑海中忍不住幻想这孩子到底会是什么样。

就算三十五岁的时候再次怀孕,他也不是他了吧。他是她的血肉,她真的要放弃吗?以后不会后悔吗?

"杨波……"

"我要一个人静静。"

杨波说着,离开了房间,而韩可馨一个人坐在沙发上,默默流泪。

今晚,夜凉如水。

杨波是在凌晨回的家。

一晚上没睡,他的眼睛都熬红了,神色也疲惫不堪,手里还拿着一个大大的不知道装了什么东西的塑料袋。韩可馨也一晚上没睡好,可她用脂粉把眼圈盖住了,倒是看不大出。看到杨波,她勉强一笑:"你晚上到哪里去了?"

"湖边走走。"

"走了一晚上?算了,我去上班了,你爱干什么干什么吧。"

韩可馨说着,就往门外走去,而杨波一把抓住了她的手臂。他用力极大,然后缓缓放开,轻声说:"老婆,你是去医院把孩子打了吗?"

……

"嗯。"

"我送你去。"

"什么?"

"堕胎伤身,你下午就不要去单位了,偶尔请几天假没关系的。网上说女人流产很伤身体,我买了鲫鱼,晚上给你熬汤喝。"

"傻子,鲫鱼是下奶的,可不是……杨波,你不是很想要这个孩子吗?"

"我是很想要,非常非常想,但我必须尊重你的选择。不要孩子你也一定很难过,我不该对你发脾气,老婆对不起。"

杨波紧咬着嘴唇,天知道他说这些话是花了多大力气。韩可馨心里酸酸的,不敢让自己想下去,只是飞快地点头:"好。"

于是,杨波陪伴韩可馨去了医院,两个人坐在椅子上沉默地等着医生的召唤。韩可馨眼睁睁看着一个个的年轻女孩被推了进去,然后苍白着脸出来,看到她们发颤的腿,她的心也开始发颤。终于轮到她的时候,杨波突然紧紧抓住了她,目光是那样绝望。他什么都没说,但韩可馨突然懂了,她真的这么做的话,她和杨波可能再也回不到过去。

毕竟,她杀了他的孩子。

他眼睁睁看着她杀了他。

孩子……他会是什么样?他会像她,还是会像他?放弃,真的忍心吗?

就在韩可馨纠结不已的时候,突然觉得肚子动了一下。那一下很轻微,她却感觉整个灵魂都为之一颤。她不可置信地摸着腹部,眼前的一切突然变得虚无。在一片白雾中,她看见一个孩子跌跌撞撞地朝她走来,甜甜地喊她"妈妈"。看着他,她的心突然怎么也狠不下去了。

这是我的孩子,是我的血脉啊!真的要为了工作谋杀他吗?不,我舍不得!

"韩可馨,等什么呢,快进去啊!你好了医生还有几个手术呢!"护士不耐烦地说。

"我……不去了。杨波,回家。"韩可馨轻声说。

"什么?老婆……"

"回家。我要他了。"

"老婆,谢谢你,谢谢!"

杨波高兴地一把抱住了韩可馨,勒得她几乎喘不过气来。韩可馨白了他一眼,然后神情优雅地踩了他一脚。杨波高兴得话都不会说,拉着韩可馨的手就朝外面走去,惹得周围的人侧目不已。韩可馨被他拉得走路都跟跄,可她什么都没说,嘴角也慢慢洋溢起笑容。

这个决定让她轻松无比——至少暂时来说。以后的路,还很长……

"杨波,我不能让单位知道我怀孕了。"阳光下,韩可馨微微笑着。

"啊?"

"他们都不知道我结婚了,我突然怀孕的话影响非常不好。新栏目就要面世了,我现在突然抽身也不合适。"

"那你打算怎么办?"

"先瞒着。"

"可你的肚子会大,怎么可能瞒着!"杨波摇头,觉得韩可馨真是在异想天开。

"肚子要四个月以上才会大,到时候就是秋冬季了,多穿点衣服说不定能遮掩过去。"

"可馨,一定会穿帮的。"

"我说不会就不会!好吧,就算穿帮了,当时我也做了几个月的主持人了,肯定会有人喜欢我,到时候我还有一线机会——要是现在就公开的话,我什么都没了。这是我的底限,杨波。"

韩可馨直直盯着杨波的眼睛,杨波最终再一次败下阵来。他苦笑:"老婆，这是生活，不是拍电影。你想好怎么收场了吗？"

"当然。只要你不拖我后腿就好。"韩可馨轻轻拍杨波的脸颊，自信满满地说。

当韩可馨终于放弃了堕胎，和杨波达成共识隐瞒这件事情的时候，纪凯正坐在办公室里发呆。坐在宽敞的真皮座椅上，他不住地转着圈，到后来什么事情都没想出来，却成功把自己弄晕了。他站起身，决定不要把事情复杂化——有什么问题，找她出来，单刀直入地问就是了。她是撒谎还是说实话，他相信自己能看出来。

好，既然想做，那就做吧。

纪凯一向是个行动派，想到找米兰出来谈谈，就立马着手于这个计划。他不动声色地观察她，发现她的人际关系很简单，除了和那个叫高爽的在一块之外，都是独自行动——真是太好了。他观察到她每两小时会去一次茶水间，每三小时会去一次天台，每半小时去一次厕所……停，这都哪跟哪儿啊！

纪凯真没想到自己连这样的细枝末节都注意到了。算算时间，他在米兰出发前先前往天台，站在栏杆前，任凭风吹动着他的发丝，也悄悄调整角度，以保证米兰可以看到他的45度侧脸——他早对着镜子试过了，这个角度他最好看。他面色忧郁地看着远方，用余光不住地瞥着入口的方向，在他觉得眼睛就要抽搐的时候，米兰终于来了。纪凯急忙摆出最完美的姿势和表情，而米兰探出了头，然后迅速缩了回去。

纪凯管不了他的完美形象，立马回头，叫住："别走！"

米兰定住了。

纪凯决定先走惯有的温柔路线，单手撑着墙壁，把米兰圈在自己臂弯里："晚上7点，我来接你，和我一起去吃晚餐怎么样？我在西餐厅定了位子，就等你的光临。"

"我晚上有事，去不了。"

纪凯见这招不成功，只好走霸气外露路线："我已经通知到了，如果你

第三章 我的孩子我做主

不去的话,我就去办公室找你。"

"你威胁我?"

纪凯立马走忧郁美男路线:"不是,只是想请你吃个饭罢了。你一点机会都不给我吗?"

"不给。"

"不见不散哦,美人儿。"

纪凯保持着迷人的笑容,装模作样地哼着歌离开,而米兰抖抖索索地拿出手机,拨打陆露的号码。电话过了好久才接通,电话那头传来的是陆露的怒吼和孩子的尖叫。陆露过了好久才说话,声音很冷静:"亲爱的,什么事?"

"刚才怎么那么吵?"

"小慧闹着要去动物园,我没肯,然后威胁要是不闭嘴的话就把她关到厕所里。"

"然后小慧听话了,安静了下来?"

"不,我把自己关到了厕所里。"

米兰无语。

"米兰,我真的要疯了!你说我是怎么抽了风,生了这个鬼东西!我以前是美女,我曾经漂亮过,对吧?可昨天我去商场的时候导购居然向我推荐去皱纹的面霜!我才 25 岁,去个鬼皱纹啊!"

陆露情绪激动,不停抱怨,米兰根本没时间插话。当陆露终于关心米兰到底发生什么事情的时候,她缓缓把事情经过讲了,陆露的尖叫声就没停过。米兰把手机远远拿着,等陆露叫完,才担忧地问:"我到底该怎么办啊?这顿饭肯定是鸿门宴,可我真不知道他到底想干什么。"

"也许他发现爱上你了,想追求你?"

"陆露,醒醒!现在是白天,不要做梦!"

"我说的是真的啊。不然,你怎么解释他为什么要找你吃饭?他……他该不会觉得这孩子是他的吧!"

"不会吧。"米兰心中一惊。

"怎么不会啊！要么爱上你了，要么觉得孩子是他的，就这么两个选择。"

"可你知道根本就没孩子这回事儿！只要小林去西藏，我就能顺利'流产'了！"

"你还是对他说清楚吧。不管怎么样，他肯认账的态度还是挺好的，值得赞许。那人也没你想的那么坏啊。"

"或许吧。"米兰轻声说。

在焦躁不安中，下班时间终于到了。米兰慢吞吞地收拾着东西，时不时看着手机，真恨不得时间能停止。高爽见她动作太慢早就等不及了，三下五除二帮她把该带的都放到包里，然后见到戴着口罩的吴葵从她们面前经过。米兰简直怀疑自己的眼神出了问题："刚才走过去的是吴葵姐？"

"是啊。"

"天气那么热，她戴口罩做什么？她这样出去别人都会以为她去抢银行。"

"据说害怕空气污染对孩子有影响。倒是你，怎么不买防辐射服？"

"什么服？"

"防辐射服是使用静电屏蔽原理，在人体周围形成一个电磁屏蔽环境。据说，这种材质的衣服有很强的屏蔽电磁辐射的作用，不但保护人体免受电磁辐射的伤害，同时还不影响衣服的质感。防辐射服是孕妇防辐射使用最频繁的工具，当然也有专家指出防辐射服其实没有任何效果，但一般来说孕妇还是会选择购买，以求所谓的'心安'。"

面对高爽的长篇大论，米兰早就习惯，忙说："现在社会污染那么严重，早让他适应一下才能生存嘛。放心啦，我们天天吃化学元素，还怕这么一点小辐射啊？"

"据我观察，公司百分之八十的孕妇怀孕期间都会天天怕跌了撞了，你却是唯一一个和以前没什么区别，简直好像没怀孕一样。"

第三章 我的孩子我做主

"我……"

米兰刚想混过去,眼角的余光突然看到了王开会的身影——他一直在角落里,一动不动地偷听她们说话!米兰一凛,急忙装作恶心的样子,干呕了几声,虚弱地说:"好烦,又开始犯恶心了……孕妇好辛苦啊!"

"啊?"

"有什么酸的吗,我吃了胃里舒服点。"

"柠檬你吃不吃?"

你家才吃柠檬呢!

米兰看着面前的柠檬,只能硬着头皮舔了一口,然后酸的就要落下泪来。高爽急忙问:"是不是还不够酸?你吃了吧,别客气!"

"呵呵,呵呵。"

米兰真的恨不得把装腔作势想吃酸东西的自己抽死,可王开会就在不远处虎视眈眈,她不能被他看出什么端倪。就在她看着柠檬,纠结不已的时候,面前突然出现了一只修长的手,手心静静躺着一颗散发着漂亮光泽的乌梅。她顺着这双漂亮的手往上望,纪凯正微笑着看着她:"柠檬太酸,吃乌梅吧。"

看着突然变身成"一脸娇羞"状的高爽,米兰知道自己拒绝的话反而会引起好姐妹的怀疑,只能接过了梅子。本应是酸甜可口的梅子,在她嘴里的味道却苦涩难忍。她生硬地把梅子咽下,纪凯温和地问:"要吃我那还有。"

"不用了,谢谢。"她轻声说。

纪凯笑着和大家道别:"女士们,我晚上有一个重要约会,就先走了。"

高爽羞答答地放电:"总监是不是要和女朋友约会啊?"

"是不是女朋友,这要看她的意见了。"

纪凯莫测高深地笑着,然后走开,高爽在他走后立马恢复成了正常状,冷静地说:"从他的言语及肢体语言来看,他晚上很可能是进行第一次约会,他身体的每个细胞都已经是战斗的状态——他真是迷人!"

"啊？"

"我坚持一个月对他所谓'暗送秋波'，不起任何效果。我基本上可以得出他对我没兴趣的结论，真是可惜。"

高爽摇摇头，但脸上没有任何懊恼的神情，和米兰边说边走进了电梯。高爽问她上次月子中心负面报道的事情有没有解决，米兰苦笑着说："那月子中心死都不肯做广告，还说要起诉我们，我看王开会这次玩大发了。"

"他倒霉你不开心吗？"

"如果到时候不会怪到我头上的话我更开心。"

米兰几乎可以预想到一贯奉行"敌进我退"方针的王开会在面临起诉时一定会把责任都推给她，想起这些事情头大，不愿意再提。她挥手和高爽告别，但高爽突然拉住了她，飞快地递给她一个小包。她莫名其妙地打开一看，发现里面居然是一些小孩子的衣物和一叠钱，忙问："我不记得借钱给你啊，你给我钱干嘛？"

"这钱我可不是给你的，是给我未来侄子的。"

"啊？"

"米兰，我不会说话，也不会安慰人，但我要你知道，我真的佩服你的勇气。单身妈妈不是那么好做的，你下这个决心，一定很爱他吧。你放心，你一定能生下一个健康、漂亮的孩子，延续你们的爱情。"

米兰没想到这样充满感情的话居然会是高爽说的，一下子愣住了，等她反应过来的时候高爽已经走远了。米兰看着手里的包，只觉得心里沉甸甸的。她觉得，她到底是对不起高爽的好意了，可是她真的别无选择。

也许，流产要快点提上议程了。他们的好心，她真的承受不起。

米兰怀着沉重的心情到了和纪凯约定的餐厅。她怕被人认出来，被纪凯的爱慕者们打死，于是拿大包遮住自己的脸，躲躲闪闪地溜了进去，连服务员和她说话都没敢搭理。她走进包厢，一下子把门关上，直接问："你找我到底有什么事？"

"我想请全公司最美丽的小姐共进晚餐。"

"韩可馨也来了？"米兰惊慌地环视四周。

纪凯突然觉得所有招数，所有甜言蜜语在米兰面前都没用——她的大脑回路根本就和一般人不一样！可是，他只能潇洒地说："不，我说的人是你。"

"呵呵。"

你眼瞎了吧！

米兰下半句话没说出口，但脸上写得分明。纪凯掩饰着心里的不自在，拿起红酒匆匆喝了一口，没想到咽下太快，竟是又被呛到。他咳嗽的时候，当然不会和往常一样，有美女在旁边嬉笑劝解，更不会有人帮他轻轻捶背，有的只是米兰防备又鄙夷的眼神。他只觉得必须要拉近和米兰之间的距离，故意装作痛苦的样子："快拍……拍拍我……"

"你确定？"

"不然就来不及了……"

纪凯借故往米兰身上倒去，而米兰急忙闪开。她犹豫了一下，拿出手机拍下了纪凯咳嗽的照片，递给他："你居然喜欢这样的照片，你的喜好真怪。"

看到米兰相册里面容扭曲的自己，纪凯止住了咳嗽，觉得自己真是傻。为了掩饰窘迫，他下意识地拿出香烟，刚点着，突然想到米兰怀孕了，急忙把香烟熄灭。他不知道自己是怎么了，一次又一次地在米兰面前栽倒。为了扳回一局，他深情地说："和你分开后的每一天、每一分、每一秒，我都在想你。"

"不用想，我们又不熟。"

"不，曾经非常、非常熟。"纪凯饶有意味地说。

米兰极力让自己神情自若，但脸还是红了——她羞愤地想把茶杯砸到纪凯头上！她不耐烦地问："你到底有什么事？不说我可就走了啊！"

"亲爱的，不要心急。我们边吃边说吧。"

菜一道道上来，而米兰整个人一直处于紧张状态。她好像防贼那样防着纪凯，筷子都没动几下，纪凯皱眉："你平时就这么吃饭吗？"

"嗯。"

"吃得那么少，怎么还会……那么丰满？"

"纪凯！"

"我的意思是，饿到了孩子怎么办？你不会想现在减肥吧？"

纪凯看她的眼神居然是那么温柔，让米兰汗毛直竖，不寒而栗。她忙捂住腹部，警惕地不说话，纪凯叹口气："你真的不要那么防备我。那天……"

"不要再提那天的事情了。"

纪凯叹口气，决定单刀直入："米兰，这孩子是我的，对吗？"

"当然不是！"米兰一惊，极力让自己平静，"我早告诉过你了，你怎么那么自作多情？"

"你说你老公死了，可我不信。你能告诉我，你们是什么时候认识的，谈了多久恋爱，他是怎么去世的吗？"

"这是我的私事，我没必要让你知道。"米兰生气地说。

"你不敢说，是因为根本没有这个人，对吗？这孩子根本就是我的！你敢不敢带他去做亲子鉴定？"

"别往自己脸上贴金了！"

纪凯认真地看着米兰，而米兰心虚地不敢和他对视。对于纪凯的死缠烂打，她真的烦了，一点也不想和他再纠缠下去。

她真的不知道为什么他会自恋到认为她腹部的赘肉一定是他的，但她看着自信满满，总是招惹她的纪凯，突然想给他一点教训。用力掐了一把大腿，她的眼圈一下子就红了。她装出欲哭无泪的样子："纪凯，求你别逼我了，行吗？孩子的父亲不愿意承认他，你非要让我自讨没趣吗？"

"这真的是我的孩子？"纪凯的手开始颤抖了。

米兰故意不说话，任由纪凯误会。她等了几分钟，以为纪凯会"知难而退"，没想到他突然单膝下跪。米兰猛然起身，后退了几步，而纪凯从口袋里掏出一个丝绒盒子,打开一看,钻石的光芒刺痛了米兰的眼睛。纪凯深情地说:"米兰,嫁给我!"

"什……什么?"

"宝贝,请让我负担起责任,给孩子一个完整的家!嫁给我,你会是世界上最幸福的新娘。"

纪凯深情地看着米兰,漂亮的嘴唇里说的是最甜蜜的话语。他以为,他的求婚再加上2克拉的钻戒会让所有女人激动,但眼前这个分明是个例外。米兰皱着眉,迷惑地问:"纪凯,你发烧了?"

"我是认真的。"纪凯动情地说。

"你为什么想和我结婚啊?"

"我要给你和孩子一个完整的家。"

"你还真是电视剧看多了。那我问你,我今年多大了,生日是几号,喜欢的颜色是什么?我喜欢什么花,喜欢什么类型的男人?我喜欢吃什么,有什么是忌口?"

纪凯愣愣地看着她,发现自己一个都回答不出来。

"就你这样还说喜欢我?说出去你自己信吗?就算这孩子是你的,我也不会给孩子找一个这样的父亲。我情愿做单身妈妈,也不想孩子长大以后和你一样是一个只会撒谎的花花公子。"

米兰冷笑一声,起身离开,而纪凯愣住了。他真的没想到,居然真的有人会拒绝他,也拒绝一跃成为富太太的机会。她到底是真的傻,还是欲擒故纵?可能后者的几率比较大吧。

纪凯若有所思,没有注意到一个年轻男人悄悄走到他身后,然后猛地拍他后背,他的头都险些栽进了盘子里。

"罗逸?你怎么会在这儿?你什么时候回国的?"

"嘿嘿,我昨天就回来了!惊喜吧?"

这个叫罗逸的男人是他的发小,从小就不学无术。他不爱上课却爱摆弄相机,大学毕业后也不工作,就去各个国家飘着,现在倒也成了小有名气的摄影师了。因为长得不错,还有所谓的"艺术家气质",所有人都以为罗逸绝对不会缺女人,但只有少数人知道,这傻子到现在还没谈过恋爱。拿他的话说,他的人生一直在等一位命定的女神,除了那女神,他谁都不要。

"吃饭没?"纪凯问。

"没呢。我看你这没怎么动,我就凑合下在你这吃吧。"

罗逸说着,毫不客气地坐下来,而纪凯真是哭笑不得。罗逸一边吃,一边调侃他:"纪大少,求婚呢?怎么现在换口味了,喜欢清汤寡水类型?"

"海鲜吃多了,偶尔吃点清粥小菜也很有意思,总比某些连咸菜都没得吃的难民好。"

"不是难民,那是挑剔,要用最纯洁的身心等着真命天女的来临!"

"是啊,你就等着你那下凡时脸先着地的仙女吧!"

"不和你说这个,你可不懂。对了,刚才那姑娘到底是谁啊?你真想通了,要结婚啦?"

"我们的关系很复杂——她是我孩子的妈。"

"什么?你有孩子啦?"

罗逸惊得一口菜都喷到了纪凯的衬衫上,气得纪凯把他的头按在了桌子上狠揍。罗逸擦擦鼻血,不管不顾地坚持八卦:"说啊,到底怎么回事啊?你不是说一辈子不会结婚,也不会要孩子吗?"

"一次意外,一言难尽。"纪凯悠悠地说。

"我可看到她拒绝你了。纪大少,你不行啊,都把人家姑娘肚子搞大了,还不能让人家嫁给你啊!"

罗逸啧啧地鄙视纪凯,纪凯的面子一下就挂不住了。不过罗逸说得对,肚子大了该着急的那人是米兰,为什么他给了她台阶,她还不往下踩?难道是在怪他不够诚心?

"天津,安徽,湖南,江西……是什么意思?"罗逸掏出手机,喃喃说着。

"什么乱七八糟的？"

"有个模特发给我的微信，可能发错了吧。"

"我看看。"

纪凯夺过罗逸的手机，见发信人的头像十分美貌，顿时上了心。他略加思索，突然哈哈大笑："让你小子不好好念书，没文化真可怕！这四个地方的简称是'津皖湘赣'，今晚想干啊！你小子可有艳福了！"

"这都什么跟什么啊！低级！"

罗逸说着，居然一下子就把那微信删了，然后关了机，让纪凯想开口讨要那姑娘的联系方式都不好开口。

唉，算了，等米兰的事情解决了再想这些吧！看来，米兰这丫头现在肯定是嫌筹码还不够多。既然这样，如她所愿就是了。

纪凯如是想着，但到底还是烦躁了起来。

第四章　怀孕同盟成立了

纪凯的求婚让米兰一晚上都没睡好。第二天上班的时候，她顶着大大的黑眼圈，神情也是倦倦的，但她喝了一杯咖啡，强迫自己打起精神来。忙碌的工作让她忘却了烦心事，当她终于有时间喘口气，打算去茶水间倒杯水的时候，面前突然出现了一大束玫瑰花。她没注意到花店工作人员到底是什么时候来的，吓得手里的杯子都险些掉在地上。

"米兰小姐，这是您的花，请签收。"

"我的花？"她哑着嗓子问。

"是的，99朵玫瑰，请签收。"

米兰嗤之以鼻："现在骗子已经穷困到要假装送花给女人来赚钱了吗？我不会付钱，也不会签收，你们的骗局是不会成功的。"

"米兰小姐，这真的是送给你的玫瑰花，你不要另外付费。"

"切，你就编吧——真的不要付钱？"

"是啊！卡片上写着：送给我的至爱米兰，署名是纪凯。"

"纪凯？"

纪凯名字引起的反响可以和地震有的一拼，所有人包围住了米兰，更有人毫不客气地拿起卡片检查。她们纷纷嘀咕这个"纪凯"会不会和她们的"大众情人"恰好同名同姓,也有人明里暗里问米兰是不是自己买花送给自己。米兰呆呆地捧着大束玫瑰,只觉得脑子晕得就快爆炸了,而此时纪凯居然在众人的注视中向她走来。

纪凯今天穿着黑色的正装,个子修长,笑容温文尔雅,简直就好像从电视里走出来的英国绅士。其他人的目光对他好像没有丝毫影响,他缓缓向米兰走去,单膝下跪,然后从口袋里掏出一个丝绒盒子。盒子里,钻石戒指的光芒是那样耀眼。

"嫁给我,米兰。"

"天啊,我不活了!"

一片静谧中,终于有人反应过来,哭闹着要去跳楼,而米兰眯起眼睛,看着纪凯。她的心一点点往下沉:"纪凯,你到底想干什么?"

"我想让你嫁给我。"

"下辈子吧!"

米兰把玫瑰花往纪凯头上一砸,怒气冲冲地拎着包离开,厚脸皮如纪凯终于感觉到了一丝窘迫。他慢条斯理地把花从头上摘下来,微笑着挽回面子:"太好了,她终于给了我一个期限。"

早有好奇的人问他到底出了什么事,是不是得了失心疯,居然会向米兰求婚。纪凯沉默不语,而他们想着米兰的肚子,终于觉得自己"了解"了事情的真相。

"原来让米兰怀孕的人是你啊!"

"你们谈了多久了?"

"是我对不起她。"纪凯悠悠地说。

纪凯把他和米兰的爱情经历说成现代版的"罗密欧和朱丽叶",故事以光的速度飞快传遍了公司,而"朱丽叶"本人则开始遭受着无以言喻的痛楚。原本默默无闻的她,被迫成为全台的焦点,所有人都在谈论着她和纪凯的关系。有人说她是"飞上枝头变凤凰",有人说她"灰姑娘转正",有羡慕也有妒忌。

她几近崩溃，而纪凯居然雪上加霜，坚持每天送花给她，对她深情告白，几乎所有人都在羡慕米兰的好运气，并且说她不知好歹。

高爽就是其中之一。

她和高爽的关系本来很好，几乎到了无话不谈的地步，但她和纪凯的"恋情"曝光后，高爽没有和她说过一句话。所以，米兰的苦恼根本没有人可诉说，她的哀愁反而被认作是炫耀，让她简直有一种对纪凯动刀子的冲动。

这该死的家伙！要是他不出现，她能顺利地被遗忘，顺利地流产，可现在她该怎么办？

米兰是多么想走楼梯的时候故意摔倒，可她现在只要出现在楼梯上，就会有三名以上同事为她保驾护航；她也想故意吃坏东西，但现在她的办公桌上会堆满各色水果，她的盒饭基本上派不上用场；她想换水时闪了腰，可请问会瞬间出现在饮水机旁的男男女女到底是怎么回事？好吧，孕妇是会受到照顾，但这样是不是有点夸张了？

米兰的疑惑直到三天后才有了答案。

当她赶到咖啡厅，和一家知名化妆品公司的董事长进行沟通时，意外发现那个董事长居然是个美人，就算是岁月的流逝无损于她的美貌。除了她们，咖啡厅里一个人都没有，服务员也是点了单就走开了，气氛说不出的诡异。米兰莫名有些不安，而李秀梅笑着说："我是你的话，不会喝咖啡。"

"为什么？会胖？"

"咖啡因对孩子的发育不好。"

"我……好吧，不过喝一杯没关系。"

米兰本想反驳她，说自己根本没怀孕，但想解释起来会很麻烦，干脆闭嘴——看来真的要减肥了，被人看作是孕妇的滋味可真不好受！她深呼吸，打算美美地品味，没想到手上一空，然后杯子换成了柠檬水。就算是好脾气如她，也有点生气了："阿姨，这是我的咖啡。"

"我知道，可是喝咖啡对孩子不好，会影响脑部发育。我儿子本来就很蠢了，我真的不想我孙子会更上一层楼。"

"你孙子？"

"嗯，你肚子里的那个——忘了介绍了，我叫李秀梅，是纪凯的母亲。"

晴天霹雳！

米兰呆呆看着李秀梅，真想抓起包就往外跑。李秀梅的声音还是那么温柔，但是莫名带了一种让人不敢反抗的威力："纪凯那混小子做了这样的事情，我代他向你说一声对不起——是我没把儿子教育好，真的很抱歉。"

接下来就要把支票砸在我脸上，然后逼着我离开纪凯了吧？我是把支票撕碎以显示自己的骄傲不屈比较好，还是拿着支票含泪走开，却用倔强的背影在这老太太心里留下深刻烙印好呢？

米兰想象着上面的场景，忍不住微微笑了起来。她绝对没想到，李秀梅下一句话是："请你嫁给纪凯。"

……你说错台词了吧，阿姨！

"阿姨……"

"我知道你要说什么。纪凯这孩子确实不是好东西，花心、女人多、性子又倔，也怪不得你看不上他。我知道我儿子有很多缺点，但我能肯定他的心是好的。他只是……自从初恋被甩，他有些迷失了自己罢了。"

"纪凯会被甩？"虽然知道这不是问题的焦点，但米兰还是没忍住自己的八卦之心。

"嗯，他上大学的时候曾经和一个姑娘到了谈婚论嫁的地步，可大学毕业后那姑娘立马跟一个离异男人结了婚，看不上我家一穷二白的儿子。这件事对他的伤害很大，他后来就变了一个人，游戏感情。可我相信，他想和你结婚一定是非常非常爱你。姑娘，嫁给我儿子，你一定会幸福的。"

"阿姨，可是纪凯不喜欢我。我也不喜欢他。"

"你们闹别扭了？小兰，你觉得那混小子哪里不好，说出来，我让他改。"

"就好像你说的，他花心、倔强、有很多很多女人，这三点已经足够我不喜欢他了。我和他……只是一场意外，我根本不想和他结婚，一点也不想。"

　　李秀梅定定地看着米兰，发现她的眼神是那么执着和倔强，根本不是她所想象的欲拒还迎。轻轻叹口气，她为自己的小人之心而自嘲，却也为儿子的眼光终于好了一回，给她找了这样一个儿媳妇回家而开心。虽然这媳妇儿可能不愿意，但她身为纪凯的母亲，怎么能坐视不理？

　　"米兰，你既然不打算和纪凯结婚，为什么要把孩子生下来，影响你以后的生活？"

　　"他总是一个生命。"米兰做圣母状，充满感情地表演。

　　"能为了男人留住孩子，你不可能不爱那个男人——虽然也许，你并没有意识到这一点。给自己一个机会吧，孩子，也让我能在死前看到纪凯能幸福，行吗？"

　　"什么？阿姨你……"

　　"我得了肺癌，是晚期，大概还有半年的生命。这是医生的检验报告。"

　　李秀梅说着，把诊断书从包里拿出来，递给米兰。米兰沉默了一会，还是接了过来，虽然看不懂诊断书，但肺癌晚期这几个大字还是看得懂的。理智告诉她，这个漂亮阿姨是不会拿这件事诅咒自己。她不知道该怎么宽慰李秀梅，只能说："对不起。"

　　"又不是你让我得癌症，你没有什么对不起我。"李秀梅笑了，"丫头，纪凯的父亲在他10岁的时候就去世了，我一个人把他拉扯大，单身妈妈的辛苦你现在可能还不懂，但是我懂。就不说孩子生病你要去陪，孩子上课你要去接，就说当小朋友们问起孩子的父亲是谁，为什么不来接他，你的心才是最痛的。米兰，给纪凯一个机会，也给我一个机会，让我看着你们幸福，可以吗？"

　　看着李秀梅，米兰真的是欲哭无泪。

　　她从来就是一个不懂得说"不"的人，更别说李秀梅得了癌症，只有几个月的性命，看儿子结婚生子会是她的最大心愿。米兰不敢想象，但她

第四章 怀孕同盟成立了

"流产"的消息传来后，李秀梅会怎么样，要是她干脆受不了晕倒了怎么办？为什么要给这个老人一个根本不能实现的希望？

"米兰，你到底在做什么？"

在米兰纠结万分的时候，一个熟悉的声音传来，米兰急忙起身，然后见到了一脸肃然的纪凯。她突然有一种被捉奸在床的窘迫，急忙解释："我不知道她是你母亲……"

纪凯看她的眼神是那么冷，米兰简直无法想象就在今天上午还深情款款向自己求婚的男人，此时居然会用那么冰冷的目光看着她。她下意识后退了一步，几乎有一种要逃跑的冲动。

也不知道这李秀梅是不是有读心术，米兰刚想走人，李秀梅突然抓起皮包就往纪凯身上砸去。于是，米兰呆呆地看着儒雅的纪总监好像尿了床的3岁孩子那样被妈妈劈头盖脸地打，而他连回嘴都不敢。李秀梅把手边能抓到的东西都朝纪凯身上扔，杯子、碟子、咖啡壶、椅子……天，她真的是生病了吗？她生病前会彪悍成什么样子，拿沙发砸纪凯吗？米兰愣愣地看着他们。

"妈，你干嘛？"

"让你和人家姑娘那么说话！我教你的东西都被狗吃了！快去说对不起！"

"妈！"

"快去！不去我揍你！"

也许是被李秀梅打怕了，纪凯居然真的又在短短五秒钟时间内恢复成惯有的"温文尔雅"款。理理头发，他对米兰充满爱心地一笑："刚才我的语气不好，真是对不起。"

"米兰，这小子就是皮痒，他要是欺负你，只管来找我。"李秀梅说。

米兰看着这对长得异常好看、行为也异常诡异的母子，开始怀疑他们到底是不是地球人，也终于下了决心——不能再和他们扯上任何关系！一咬牙，她打算把自己假怀孕的事情和盘托出，而李秀梅突然缓缓弯下了腰，捂住腹部，豆大的汗珠就这样涌了出来。纪凯一看，就知道妈妈的旧病又发了，急忙扶住李秀梅，对米兰叫道："快来搭把手，送我妈去医院！"

"不碍事，不要去医院！我吃点药就好。麻烦你给我倒杯水，米兰。"

米兰不假思索地急忙给李秀梅倒了一杯温水，看着她缓缓吃下一颗药片。二十多分钟后，她的脸色终于好转，而此时已经是华灯初上了。

"妈，好点没？"

"没关系了。臭小子，我迟早被你气死。"

"我还要多气你几年，然后生个儿子继续气你。"

纪凯笑着说，但声音在颤抖，米兰简直怀疑他会不会在下一秒哭出来。他们母子手握手在诉衷肠，而她就好像置身事外一般欣赏着这出苦情戏。她不知道现在说出这孩子根本就是子虚乌有，李秀梅会不会活活被气死，但她必须承认，纪凯对母亲的关爱触动了她的心弦。

就算他再讨厌，他对母亲的爱是毫不掺假、装不出来的。她的谎言，就要成为压倒骆驼的最后一根稻草了吧？她真的能承担起这个罪过吗？

"米兰，可不可以给纪凯一个机会？"

面对李秀梅的哀求，米兰真的无法拒绝。几乎受到蛊惑般，她微微点头："好。"

看着李秀梅豁然明亮的眼睛与纪凯晦涩难辨的眼神，米兰心中默默流下了泪水。她知道，自己今后的日子会更加艰难。

接下来的时间，可谓是"悲喜交加"——喜的是李秀梅，悲的是米兰，而保持微笑，却看不出悲喜的那个人是纪凯。米兰借口单位还有事要离开，李秀梅非要纪凯送米兰回公司。在她炯炯的目光中，米兰只好上了纪凯的宝马车。即使车子已经远离了咖啡厅，她的后背好像还能感受到李秀梅灼热的目光。

她和纪凯都没有说话，车里安静异常。纪凯打开了广播，此时正好播放着《卡萨布兰卡》的主题曲。悠扬的乐曲让米兰的心逐渐飘向了远方，而纪凯也打破了沉寂："刚才，谢谢你。"

第四章 怀孕同盟成立了

"没什么。再怎么样，也不能看着一个老人犯病不理啊。"

"我说的是孩子的事情。"

"哦。"

米兰心虚地摸着肚子，不敢抬头看纪凯。纪凯平静地说："这礼拜就搬到我家来吧。东西都是现成的，你有什么喜欢的可以去买，钱由我付。一会儿我们去医院做个体检，有空的时候把结婚证领了。虽然我不介意未婚先孕，但是老一辈还挺忌讳，不知道你的肚子能不能等到10月份再大起来？其实现在结婚也行，就是酒店会有点难定。蜜月的话等你生了孩子以后再去吧，你们女孩儿都喜欢爱琴海，不如就去那里。欧洲其实也还行，但去欧洲时间太长不好请假……"

纪凯自顾自说着，而米兰就用看白痴一样的目光看着他，真想摇晃他，问他是不是被什么附了身！纪凯说完后，她终于问："你发烧了？"

"这个玩笑不好笑。"纪凯面无表情地说。

"纪凯同志，我什么时候说要住到你家去了，什么时候说要和你结婚了？我希望你不要再说这样的话给我造成困扰——我只是看在李阿姨的面子罢了。以后需要的时候，我会去医院或者你家看她，但我绝对不会住到你家，更不会和你结婚。绝对不会！"

纪凯猛地踩了刹车。

米兰的头控制不住地撞到了挡风玻璃上，顿时青了一块。她恼火地瞪着纪凯，而纪凯看她的眼神莫测高深："米兰，我现在没有心情和你玩游戏。"

"你胡说什么啊！"

"你找我妈，让她知道这个消息，不就是为了可以顺利嫁到我家吗？现在，我能给你想要的一切，你还有什么不满足的？非要我跪下来求你，你才会半推半就地到我家？适可而止就行了啊，宝贝。"

米兰呆住了。

她从来不知道，她的拒绝在纪凯眼中居然成了"放长线钓大鱼"，她的冷淡在纪凯心里居然是贪得无厌，别有用心。她张张嘴，有千言万语，但都不知道怎么诉说。她觉得自己就好像被掐住了脖子的白鹤，躺在河岸上奄奄一息。而此时，优美的音乐停止了，响起的是欢快的广告。

"老公，我那个没来……"

"你不是有了吧？"

"是啊，我该怎么办？"

"老婆不要怕，我带你去协和医院做无痛人流！协和医院的微创式人流让你一分钟解决烦恼！"

"老公，你真好！我们现在就去协和医院！"

米兰满脸黑线地听着广播里的夫妻欢快地谈堕胎，暗想广播那块的广告真是太没节操了，急忙换台。在下个频道，一个孩子奶声奶气地说"妈妈我来了"，而画外音铿锵有力："宏爱医院让你告别不孕的阴影，从此再也不用看婆婆的脸色！天大地大，家里你最大！爹有娘有，不如肚子里有！"

都什么跟什么啊！

米兰无力地按了下一个频道，传来的是凄美的情歌"人鬼情未了"。这个倒还符合现在的场景——等这孩子没了，纪凯可不就要"人鬼情未了"了嘛！米兰的心情慢慢平复，她盯着纪凯的眼睛，缓缓地说："你爱怎么想就怎么想，和我无关。今天就当我没来过，我也什么都没答应你。希望你不要再打扰我的生活，不然我会告你性骚扰。"

米兰说着，推开车门就下了车，纪凯只能眼睁睁看着她走进了人群，狠狠按了一下喇叭。他也不知道自己是怎么了，原本的计划会在看见她的瞬间被悉数打乱。他不得不承认，现在的情况已经极其失控，而他亲手给了自己一个巴掌，让他从胜利的山峰上坠落。

"纪凯，这可不像你。"看着后视镜，他轻声说。

"死纪凯，死纪凯，死纪凯！"

回到办公室，米兰拿牙签拼命戳苹果，把苹果想象成纪凯的脸蛋，饶是如此还不解气——以前，这可是王开会的专利，她真要恭喜纪凯和王开会并列"米兰最讨厌的人"排行榜第一名！她正戳得起劲，高爽突然在QQ上叫她开会，却愣是没和她有任何交谈。

会议室魔音灌耳中，米兰只觉得昏昏欲睡，头就像小鸡啄米那样不住地点着。韩可馨一边认真记笔记，一边不动声色地观察四周，看到睡得正香的米兰，轻轻叹了一口气。

虽然见多了只会混日子，把买菜做饭作为人生唯一大事的"职场女性"们，可她还是对米兰极为鄙夷。她无法想象同样是孕妇，为什么自己会强忍着孕吐的压力投身工作，而她居然可以放肆到在会议室睡觉？她就想一辈子做一个编导吗？

大家都没想到王开会接了个电话，带给大家一个噩耗——约好的明星有事儿不能来。原来打算来个"开门红"，现在好了，连门都开不了了！大家炸开了锅，集体骂着那个明星的不负责任，有人轻声说："那只能找别人了。"

"不行，预告都发出去了，这样可怎么收场？"

"可是第一期的嘉宾必须足够重量级，才能吸引观众啊。"

"唉，中途换人真的好丢脸！"

大家七嘴八舌讨论，而韩可馨深思熟虑后缓缓说："我建议去请张小翰——苏暖的对头，她们最近都在发新片。这样，苏暖没有上节目而是被张小翰取代，会把大家的注意力移到'张小翰打败苏暖'上，猜测是不是苏暖的地位被张小翰取代，反而会有好的反响。"

"说得不错。继续说下去。"

王开会认真地听，眉头逐渐舒缓。韩可馨心中暗喜，就在她打算一鼓作气，让大家见识到她极具才华的那一面时，米兰居然猛地大喊一声："不行！"

这下，即使好脾气如韩可馨，也沉下了脸。

"什么行不行的，米草你有什么意见？"

作为习惯性忽略米兰的领导，王开会此时才注意到米兰居然在会议室里，等着看她的笑话。米兰当然不能说自己刚才做了纪凯逼着她结婚，在婚后把她折磨致死这个噩梦，瞬间装作恢复成清醒的精英状。她轻轻捋了一下头发，拖延时间，硬着头皮说："我觉得不太行。"

"是哪里不行？"韩可馨笑着问，手紧紧握拳。

我刚才在睡觉，哪里知道有什么地方不行！

"有很多方面。"她干巴巴地说。

"请你具体说给我听。"

"下一期苏暖不来了，她说要把明星换成张小翰。"高爽终于看不下去了，轻声提醒米兰。

"是，张小翰。首先，你能肯定张小翰一定有档期吗，这样匆忙去联系的成功率几乎是零。就算张小翰有空，也愿意来，她和这一期的主题'美女与才女'都不搭边。匆忙之间，很难找到其他同等级的明星，找二线明星你们又会不愿意，我们编导真的会很难做。"

高爽没想到米兰居然会一口气说那么多，而且那么不客气，诧异地看着米兰。韩可馨只觉得腹部隐隐作痛，心情糟糕到了极点，话也开始不客气："那你有什么高见？你又能请什么明星回来？"

"为什么……为什么非要找明星呢？可以把第二期的养生专家提到第一期啊。"米兰下意识地说，看到韩可馨面露鄙夷，急忙改口："或者就把我们的遭遇直接公布出来，可以就这个话题本身进行讨论，请导演、制片人来谈谈遇到的极品明星。"

"说下去。"王开会来了兴趣。

"'极品'和'明星'都是最火的词语，把它们组合到一起一定会有一个极具冲击力的效果……"

米兰磕磕巴巴说着，而韩可馨觉得自己好像傻子一样。她突然站起身，跑到了卫生间，歇斯底里地吐了好一会儿，拿纸巾擦擦嘴角，看着镜子里苍白的自己，笑了。

"韩可馨，你这个头可开得不怎么好啊。如果连个小编导都能欺负你，你还不如重新做花瓶主持。"她喃喃自语。

到后来，王开会决定用这个"自己原来就想好，但被米兰抢先说掉"的创意，而韩可馨正式和米兰"结了仇"。而随着工作的展开，她们的矛盾越来越大，到了无法调节的地步。无论是韩可馨还是米兰，都没想到这个世界上怎么会有一个和自己个性截然相反、讨厌得令人难以想象的人存在。

任何事情都追求完美的韩可馨无法理解米兰的"激情式工作"，而米兰对于韩大小姐也几近无语。她不懂明明连王开会都没挑出毛病的稿子在韩可馨面前怎么就变成一文不值的东西，更不懂她为什么会在细枝末节上如此计较。

就比如说背景墙，天空蓝和浅蓝有区别吗？问嘉宾的问题能不能一次性解决，每天都改一遍要她怎么去和嘉宾沟通？给个框架，到时候自由发挥不好吗？

米兰和韩可馨在工作理念上可谓是天差地别，后来到了见面时假装对方不存在的地步。韩可馨试探性地向王开会提出了不再和米兰共事的要求，没想到王开会答应得特别爽快。

"好啊，正好仓库那缺个管理员，就让她去仓库那工作吧。"

"这样会不会不太好？"韩可馨吓了一跳。

"现在只有那里有空的职位，我也没办法。这丫头工作很不行，要不是她怀孕了，我早把她炒鱿鱼了。可馨啊，我这么安排你满意吗？"

眼见王开会的脸越凑越近，韩可馨急忙找个借口离开，而这件事也风一样地传遍了电视台。米兰知道后，气得闯到了王开会办公室，也说不希望和韩可馨共事。对此，王开会的答案是："好啊，那你辞职啊。"

米兰怒气冲冲："我是孕妇，你没权利辞退我！"

"韩可馨是台花，你是壁花，你以为我会为了狗尾巴草放弃玫瑰吗？"王开会冷笑，"要么接着干，要么去做仓库管理员，我很民主的，随便你选。"

算你狠！

米兰在心里给韩可馨狠狠记上了一笔，然后开始了她的报复行动。她想不出太高明的招数，只是给韩可馨的咖啡里加点白猫啊，给她的电脑里下点病毒啊，但即使这样也让韩可馨头痛万分。

一开始，韩可馨还维持形象不和米兰计较，但当她看到抽屉里的青虫时终于不淡定，也开展了她的报复计划。她更为严苛地要求米兰，而米兰也更有兴趣地报复她，这两个全台的焦点就这样成了死敌，也成为大家茶余饭后的谈话素材，甚至有人为她们谁能胜利而下了赌局。

明天就要正式开播了，在彩排的时候韩可馨和米兰又是大吵一场。韩可馨愤愤地在QQ上噼里啪啦地和杨波诉说今天遇到的委屈和烦恼。令她气恼的是，她发十条，杨波才回一条，而且都是劝她不要小题大做的意思，一点都没安慰到点子上。其实，她何尝不知道米兰的提议很不错，但她要的只是丈夫站在自己这一边，帮她出气罢了。

真是书呆子！韩可馨暗暗骂道。

她已经有了一个多月的身孕，整天整夜地吐，什么东西都吃不下，人都瘦了一圈，心情也极其抑郁。午休的时间到了，她干脆没去吃饭，而是去了星巴克，捧着咖啡望着窗外发呆。

以前上学的时候，她也经常和现在一样在咖啡馆里一呆就是一下午，但自从工作后，好像"安静"都成了一种奢侈。就算她根本不爱讲话，也必须对着同事热情微笑，对着镜头夸夸其谈，甚至连回家也不得安宁。

对于未来，她的心中一片迷茫。就算她对杨波言之凿凿，但她真的对"瞒天过海"这件事没多大信心。

就算真的能成功瞒过一阵，但接下来呢？休产假的时候位子会为她保留吗？还有那个杨波，都三十岁的人了，但一回家就玩手办，情商就好像学龄前儿童一样。到时候，家里俩孩子，那可怎么活！

韩可馨想着，心中满是绝望。她掏出镜子，打算补一下粉，然后很快发现为未来绝望是一件多么可笑的事情——有空想那些有的没的，不如先想想看这眼角处多出来的疑似斑点的东西吧！她不住用纸巾去擦，但除了把粉擦掉外，那斑点纹丝不动。而她知道这可能只是开始罢了。

不要很久的时间，她的脸上会长满斑点，胸部下垂，腰腹全是赘肉……天啊！

韩可馨想着，胃部又反酸起来，急忙起身，去洗手间吐了个干净。她吐得腿脚发软，满眼通红地走出洗手，没想到脚下一滑，险些和一个人撞到一起。那人眼疾手快地把她扶住，惊喜地问："可馨？"

是认识的人吗？

韩可馨虚弱地抬起头来，然后觉得整个人都凝固了。她呆呆看着来人，后退几步，立正站好。失态仅仅是一秒钟的事情，她朝来人温和笑着："宋宇。"

"你……一直在无锡吗？"

"嗯，我在这里工作。"

"我来这里出差，顺便买杯咖啡，真没想到会见到你。"

"是啊，真的好巧。"

"小丫头，几年不见，还真和我生分了。不叫我'师兄'了吗？"

"你好，师兄。"

看着宋宇，韩可馨是那么庆幸她把每次出门都当做上战场，没有偷懒穿运动服，而是每个细节都几近完美——就是刚才呕吐完后没有及时喷香水，不知道身上会不会有酸臭味？

多年不见，她暗恋了五年的师兄看起来比以前成熟了很多，也更有男人魅力了。烟灰色的衬衫和他内敛的个性很衬，而他手腕上的江诗丹顿正是对他这么多年生活的最好诠释。五年了，时间飞逝，而他们却还和以前一样，看起来近在咫尺，但其实远在天涯。他永远是她的师兄，而她永远只是他众多"小师妹"中的一个。

"可馨，吃午饭没？"

"没有。"犹豫下，韩可馨还是说。

"走，我请你吃饭。"

宋宇的脸上带着令人无法拒绝的笑意，以前的韩可馨无法拒绝，现在的她也是如此。她轻轻点头："好。"

当韩可馨与宋宇共进丰盛午餐时，米兰正一边啃馒头一边指挥同事布置现场，一直忙到晚上9点才结束。散场后，米兰企图和高爽说话，但高爽一言未发，让米兰心里很不好受。突然，走在前面的米兰看见纪凯也朝电梯走去，急忙侧身，下意识躲到了道具室里。纪凯好像察觉到了什么，往她们方向看去，然后进了电梯。等纪凯走后，高爽去敲道具室的门，终于开口和她说话："出来吧，纪凯都走了。"

"高爽，你终于和我说话了！"米兰激动地抱住了高爽。

"你抱住我，是在向我暗示你的性取向吗？"

"不是不是，我喜欢的是男的！你怎么这么讨厌！"

米兰急忙松手，真是哭笑不得，而见到高爽眼中的狡黠光芒后终于了然。她讪讪地说："高爽，之前骗了你，真是对不起。"

"没关系，只是抢了我孩子的父亲罢了，让它成为一个永远无法成为受精卵的卵细胞罢了，没什么大不了的。"

"高爽……"

"几个星期前我已经去网上买了迷情药水和性感睡衣，以及安眠药和绳索，准备今天下手。可是我现在只能改变计划，寻找下一个目标——哈，或许那个目标再也不会出现。"

"买性感睡衣也就算了，买安眠药和绳索做什么……不，这个不重要。高爽，真的对不起，但我是有苦衷的。你原谅我，好吗？"

高爽干脆点头："好。"

米兰没想到高爽居然会如此爽快地答应，呆呆地看着她。高爽轻声说："比起精子来，还是你比较重要。"

于是，米兰的心瞬间被温暖所填满。此时，过多的言语好像没什么意义，她忍住眼中的酸涩，拉住高爽的手："走，我们去吃好吃的。"

第四章 怀孕同盟成立了

"你请客吗？是吃泰国菜吗？是点香辣炒蟹和咖喱牛腩吗？"

"是，是，都是！你想吃什么都行！"

"那我想在饭后再吃冰淇淋会不会有点无礼？"

"别废话了，快走吧！"

米兰带着高爽去一家泰国餐馆大快朵颐，两人终于和好。吃好饭，米兰正准备回家，突然接到了陆露的电话，她的声音听起来很崩溃："米兰，顾文明外面有人了！"

"什么？你不要急，慢慢说！"

"他洗澡的时候手机响了，我过去一看，一个陌生号码说什么王丽就要生了，让他马上去医院！你说，这孩子要不是他的他干嘛去医院？他是大夫还是活雷锋？这个王丽肯定就是他在外面的小三，她现在在给他生孩子……"

陆露说着，又啜泣了起来，米兰急忙安慰："你千万别急，会不会是你看错了？"

"我又不是文盲，怎么可能看错！他现在已经出去了！"

"那你现在在哪里？"

"我在开车跟踪他，他应该是往二院去了。"

"二院……潘杰的朋友不就是二院的妇产科医生吗，我们过去找他了解情况不就行了？你千万要稳住，在门口等我，不要自己进去，听到吗？"

米兰再三强调，后来陆露终于抽泣着答应，她才松了一口气。米兰心急火燎地打车去医院，在花坛上发现了坐着哭泣的陆露，轻轻拍她的肩膀。陆露见到米兰，猛地擦干眼泪，说："走，去找顾文明算账去！"

"万一这件事是误会，你要怎么收场？还是先问问张旭吧。"

"张旭会帮我吗？"陆露泪眼婆娑地问。

"他不帮忙的话，我揍他！"

于是，两个杀气腾腾的女人就这样进了医院，直奔张旭的办公室。她们运气很好，张旭今天值班。可见到她们的时候，张旭居然认不出来她们是谁。陆露气得就要掀桌子，而米兰悠悠地说："哟，你连抢你朋友的小三儿都不认识，这警惕性可够低的啊。"

"你是……米兰？"

"是啊，就是我！那天你害我在同事面前丢脸，成为她们的笑柄，我今天是找你算账来了！"

米兰说着，恶狠狠地一敲桌子，而张旭不住地往后退。他胆战心惊地环视四周："你想干嘛？那天不是误会吗，过去了就过去了，行不行？"

"不行！我要报复！我要让全医院的人都知道你和潘杰……"

米兰话音未落，张旭急得一把捂住了她的嘴。米兰凶狠地瞪着他，张旭气馁地松开手，带着哭腔急忙求饶："姑奶奶，你到底要怎样才放过我？"

"刚才有个男的去了妇产科，叫顾文明，你去查查他是病人的什么人，来这做什么，然后回来告诉我。"

"病人的隐私我们不方便透露……当然，今天就很方便，特别方便。"

眼见米兰嘴角的冷笑，张旭非常识相地改了口，然后走出门去。他没过多久就回来，说："刚才是有个叫顾文明的来为一个孕妇刷卡，因为那个孕妇今天有早产症状……"

他的话还没说完，只见陆露率先跑了出去，而米兰也一溜烟似的不见了。他愣愣地看着硝烟远去，继续说："可孕妇的老公钱没带够，他给人家付了钱。"

顾文明，我和你拼了！

陆露好像女战士一般往妇产科冲去，大有把医院炸为平地的魄力。米兰紧随其后，一把抱住了她，不断示意她要冷静，但陆露怎么听得进去？她大哭："当初那么多人追我，我选了顾文明，为的就是他忠厚老实，对我好，可我真是瞎了眼！别说包二奶了，他现在孩子都有了！我要离婚！"

"是，我支持你离婚，但我们也要有证据！"

"我到底要怎么办？"

"先听听里面在说什么。"

米兰说着，率先把脸贴在门上，陆露也急忙跟上。陆露在心里咒骂医院的门为什么隔音效果那么好，隐约听到里面的人在说"怀孕""不公开"这样的字眼，更能听到男人和女人的轻声争执。陆露再也忍受不了，一个箭步冲了进去，一把掀开帘子，破口大骂："死不要脸的狐狸精，我和你拼了！你跟你的孽种去死……啊？"

满腔怒火突然就卡了壳，而米兰也愣住了。她呆呆看着小腹微凸的韩可馨，以及站在韩可馨身边的陌生男人，和韩可馨异口同声："是你？"

"是你！"

"对不起……"

"滚出去！"

韩可馨怒气冲冲地朝米兰怒吼，米兰被她的气场所震慑，竟乖乖走了出去。她没走几步，就又走回来了，笑眯眯地问："你怀孕了？"

韩可馨对她怒目而视："没有！"

"那你肚子里的是什么？昨天吃剩的西瓜吗？这B超显示的又是什么？"

"米兰，你到底想怎么样？"韩可馨咬牙切齿地说。

"没什么，恭喜你一下罢了。"

米兰和韩可馨目光交错，而陆露突然开口："我懂了！"

所有人都看着她。

韩可馨暗想这个疯女人终于知道自己认错人了，松了一口气。而陆露手叉腰，对她破口大骂："好你个韩可馨，你背着我偷我老公，还背着我老公偷男人！贱货，我和你拼了！"

"真是神经病！"韩可馨又气又急。

陆露又要去厮打韩可馨，被米兰一把抱住。米兰一边抓她的手，一边艰难地说："她和你男人没关系，没看到她老公在旁边站着呢嘛！"

"真的没关系？你不骗我？"

"真的没关系！不然顾文明怎么会不在这里！"

陆露听米兰这话有道理，松了手，然后又哭了："顾文明那混蛋到底在哪里？"

"小王，你小心点，慢慢走。"

她的话音刚落，就见顾文明搀着一个孕妇慢慢走了进来。顾文明是那么小心，那么温柔，没注意到有那么多双眼睛一直盯着他。陆露呆呆站着，眼泪大滴大滴滚落，只觉得有千言万语，却不知道该如何说起。他们之间只有一米的距离，她就这样静静看着他。

"顾文明。"她终于叫出了声。

顾文明猛地抬起头来。

他没想到会在这里见到自己的妻子，脸上满是错愕。但在下一瞬间，愕然转为愤怒："你怎么会在这里？"

"这句话我问你比较合适吧。"

"你跟踪我？"

"不跟踪你怎么能看到这出好戏，怎么会知道我们家又要添丁？顾文明啊，顾文明，你好，你真好！"

陆露步步紧逼，吓得孕妇步步后退。顾文明忙挡在孕妇前面："她和我没关系，你别胡思乱想，在医院里丢人！快回去！"

"你不说清楚，我绝不回去！"

"不要胡闹了，快回去！你可别给脸不要脸啊！"

"顾文明，偷情的是你，不是我！你有什么资格对我这么说话！"

"我都说了这孩子和我没关系，她是我单位员工！你们不信，我有什么办法！疯子！"

第四章 怀孕同盟成立了

看到陆露的泪水，以前的他会心疼，但现在有的只是无奈与愤怒。就在他们僵持之际，门又开了，一个男人走了进来。他没想到小小的办公室里有那么多人，愣了一下，然后对顾文明说："顾总，今天真的多亏你了！这钱我一定尽快还，一定！"

"不用着急，孩子要紧。"顾文明拍拍他的肩膀。

"老公，顾总为了我们都被夫人误会了，你快解释清楚啊。"孕妇轻声说。

"啊？你是我老婆，你肚子里的是我的孩子，有什么好误会的？"

"现在你信了？"顾文明对陆露冷笑。

陆露一句话都说不出来，只好转身离开，米兰也急忙跟了上去。

"顾总，真是对不起，没想到会给您添麻烦。我给您太太解释下，您看……"

"不用管她。"

顾文明生硬地说，一言不发地走了出去。他走到长廊，顿时有人勾住了他的手臂："刚才怎么回事儿？她怎么来了？"

"她跟踪我。"

"呀，你老婆怎么这样不信任你啊！"

"我不想说这个。"

女人小心翼翼地问："咦，你的脸是怎么回事儿？"

"没什么，不小心撞了下。走吧，你不是说要去看电影吗？"

"好啊。"

女人笑着，把头歪在了顾文明的肩膀上，而顾文明没有拒绝。

陆露的遭遇让米兰一晚上都没睡好，也让她对婚姻和男人更为恐惧。昨天发生的事情确实是陆露误会了，但要是他平时足够好的话，陆露为什么会疑神疑鬼？

米兰不懂为什么在婚姻中牺牲的总是女人，更不懂是什么能让男人既享受女人的付出，又对女人有诸多要求，简直希望自己的妻子会是家务、事业的十项全能。他们也不想想，正是由于女人身上那些被他们所看不起的缺点，才让她们没能嫁到更好的人家，而是只好嫁给他们。

看着手机，米兰有些郁闷地发现，自从她上次拒绝纪凯后，纪凯真的消停了。他不再每天都发一些肉麻到令人发寒的短信给她，也不再每天送玫瑰，更不会持之以恒地打电话叫她起床，世界真是太清净了，甚至有点孤单——不，一点都不孤单！怎么会孤单？

米兰绝对不承认生活中突然缺少了死缠烂打的纪凯有点寂寞，猫着腰拖地的时候，手机突然响了。她浑身一颤，把拖把一丢，飞速跑了过去，气喘吁吁地打开手机。可是，发件人不是纪凯，居然是韩可馨。她约米兰中午在一家日式餐馆见面。

她找我做什么？难道是为了昨天的事情，想贿赂我，破财消灾？既然这样，就给她一个机会吧。我倒要看看她还怎么傲气！

米兰想着，烦躁被一扫而空，露出的是最灿烂的笑颜。

当她到餐馆包厢的时候，韩可馨已经到了，一如既往的光彩照人。她问米兰要吃什么，米兰轻声说："什么都能点吗？"

"当然。"

"那每样来一份吧。"

韩可馨愣住，服务员也呆住了。米兰等的就是她们呆滞的表情，哈哈大笑："开玩笑的，来B套餐就好了。可馨，你能不能再做一下刚才的表情给我看看？真好玩啊！"

"你真是幽默。"

韩可馨淡淡笑着，随便点了几道菜。服务员退出去后，房间又安静了下来，她们两个人相视无言。后来，米兰一边转着杯子，一边说："有人去王开会那说我坏话了。"

"这是谣传。我相信你是一个有理智的人，难道你会相信这不实的谣言？"

"可王开会也告诉我说，你不希望和我合作，想让我去做仓库管理员。"

第四章 怀孕同盟成立了

"当然没有这回事！米兰，你是一个很好很好的姑娘，和你合作很开心，我怎么会做这种事情？你这样猜忌我，真是让我……不知道说什么好。"

韩可馨充分发挥了出色的演技，演出了被怀疑后的震惊、伤心和绝望。连米兰都开始觉得自己是不是做得太过分了。她干巴巴地问："真的吗？可我们之前还经常吵架。"

"工作是工作，生活是生活！工作上我们可能是有争执，但那都是因为我们对工作精益求精的关系。这也代表我们的脾气、性格其实非常像，不是吗？"

韩可馨的微笑让米兰逐渐忘记了自己来这儿的目的，被吹捧地飘飘欲仙，简直都快忘记自己姓什么了。韩可馨殷勤地给米兰倒酒，米兰爽快地喝了，头也开始犯晕。后来，她只听韩可馨说："昨天的事情……"

"昨天什么事情？哦，我看到你怀孕的事情啊！这是好事儿啊，真要恭喜你！"

"呵呵，你看错了哦。"韩可馨用力挤出笑容。

"不会啊，你的肚子真的是凸了起来嘛。你几个月啦？"

"你……真的……看错了。"

韩可馨直直看着米兰的眼睛，而米兰也火了："你是看不起我的视力，还是看不起我的脑子？你有没有怀孕我能看不出来？"

"首先，我没有怀孕，这是毋庸置疑的。其次，万一你某个同事怀孕了，你也会为那个同事保密的，对不对？"

"你怀孕了要我保密？"

韩可馨实在没办法，只好非常轻微地点了点头。

"哈，你早说嘛，一天到晚扯那些有的没的干吗？给你保密也可以，但我这人呢一不开心就会喜欢说话，也会容易说错话。所以，只要每天开开心心的就好咯。"

米兰笑嘻嘻地说，而韩可馨浑身发寒——她在要挟她！她早就做好了最坏的打算，要是米兰开口要的钱是她能力范围内的都没关系，但她偏偏提出了一个虚无缥缈的"开心"？她是在玩她吗？

"这就是你的要求？"

"是啊。"

"既然这样……"

那就别怪我也无情了。

韩可馨想着，突然想起身，手触碰到了米兰的腹部，轻轻一捏——软软的肉就好像棉花一样，在她手中绽放。米兰呆呆看着她，过了很久才反应过来，尖叫一声："你干什么！流氓！"

"米兰，你根本没怀孕。"

韩可馨的笑容逐渐扩大，米兰看着她，在瞬间好像看到了盛开在热带雨林里的食人花。酒意在瞬间清醒，她忙说："你别瞎说！我要告你诽谤！"

"第一，怀孕以后肚子不可能这样软绵绵；第二，你怀孕了根本不可能喝酒；第三，张旭可是什么都告诉我了。"

"张旭那混蛋！"

米兰咬牙切齿，决定拆散张旭和潘杰，死都不让他们在一起。韩可馨居高临下地看着她："现在，我们可以平等地谈了吗？"

"你到底想谈什么？"

"很简单，我们各有把柄在对方手上，而且这件事不希望第三个人知道，对不对？"

米兰想了一下，勉强点头。

"两败俱伤对大家都没好处，对不对？"

米兰继续点头。

"坦率说，我对你的保密能力不太放心，你也不放心我，对吗？"

"当然。"

"所以，为了保障大家的共同利益，我们只有——建立怀孕同盟军。合同我都已经起草好了,你现在要看吗?"

看着韩可馨从精致的 LV 包里拿出了一叠整整齐齐的打印纸,米兰真的不知道说什么好。她摆手:"你到底想怎么样?"

"很简单,你掩饰我怀孕的事实,而我协助你演戏,不让别人拆穿你的假肚子。在工作和生活上,我们都能互相帮助,互通有无。米兰,你觉得怎么样?"

看着韩可馨势在必得的笑容,米兰觉得自己一点选择都没有。她伸出手:"成交。"

"合作愉快,米兰。"

第五章　孕妇与英雄救美

米兰与韩可馨和解后的第二天，经过精心准备的"你说、你说、你说说"节目终于开播。

与一般的访谈性节目不同的是，此次节目全程直播，并与观众完全互动。随着观众逐一坐下，工作人员已经忙成了一团。灯光师在调试灯光，化妆师忙着给韩可馨做最后的补妆，米兰紧张地试话筒，而王开会则负责一边巡视一边骂人。那么久的努力，成败就在今天了。

"大家好，我是'我说、我说、我说说'节目的主持人可馨。今天，我们邀请了'金牌经纪人'赵涛老师、'资深化妆师'MIMI老师以及'著名导演'王晓刚老师来到现场。掌声在哪里？"

随着掌声的响起，节目正式开播，而米兰和高爽终于能稍稍松口气。她们坐在一角，看着韩可馨与各位嘉宾相谈甚欢，再看到现场气氛还算热烈，心也放了下来。米兰轻声说："不知道这个节目会不会火。"

"这个和我们的工资又没关系。"

"是啊，可总算是全程跟进，有一种它是我孩子的感觉。"

"是孕激素刺激你对什么都充满了母爱吗？那你现在看王开会怎么样？"

米兰看了一眼正在剔牙的王开会，觉得自己要吐了。高爽拍拍她的肩膀，松了口气："还好你的孕激素没刺激到你对王开会也……"

"高爽，我是怀孕了，不是脑子坏掉了！"

"啊，对不起。"

面对高爽非常没有诚意的道歉，米兰也不好再和她计较。此时，导演王晓刚正说到某位被人昵称成"不可说姐姐"的女演员耍大牌的事情，MIMI和赵涛也来了兴趣。MIMI甚至爆料说这个女演员平时吃饭都要助理喂，全场一片哗然。米兰注意到，此时的收视率节节攀高，觉得自己当时建议把这个话题作为开场节目真是太明智了。她正沾沾自喜，只听王开会大笑："我的选题真是太完美了！"

"那当然，王总出马可是谁都比不上！"

"王总，这节目肯定会比'非诚勿扰'还火，您就等着看吧！"

米兰的笑容凝固在了脸上。

转眼间，一个小时过去了。虽然大家都有些意犹未尽，但中场休息的时间还是到了。导播忙着插播广告，韩可馨和米兰则在洗手间相遇。这次的见面让她们都有些尴尬，米兰只好说了中国人见面都会说的话："吃了吗？"

"米兰小姐，你觉得在洗手间问这个问题是不是有点不适合？"

"呵呵呵……你今天真漂亮。"

精心装扮过的韩可馨，释放着她的美丽，就好像一朵盛开的红玫瑰，芳香而诱人。虽然早就知道韩可馨很美，但平时的她都是素淡优雅的打扮，而眼前的她就好像一团火，简直好像能燃烧到每个人的灵魂。韩可馨用水整理了一下头发，笑着说："谢谢。"

"衣服也很合身。"

韩可馨穿的是有些宽松的蝙蝠衫，不仅一点都看不出微微凸起的小腹，反而显得时尚又大方，她的审美观真让米兰又羡慕又妒忌。韩可馨微微顿了一下，然后笑着说："米兰，有些事情你最好忘记，这样才不容易说错话。"

"我们的秘密嘛，放心，我当然不会说。"

"当然。"

韩可馨看着米兰傻乎乎的样子，极为轻微地摇了摇头，但脸上没有显露分毫。米兰只觉得韩可馨的目光特别真挚，倒是有些不好意思，认真地说："真的。"

"我信你。时间差不多了，我们回现场吧。"

"好啊。"

米兰和韩可馨一前一后往演播厅走去，发现嘉宾席那儿围了很多观众，倒也没放在心上——"粉丝"这种生物可是无处不在的。可是，她们很快发现了不对劲，因为本应和谐的"粉丝会"里居然传来了争吵声。她们挤进去一看，只见一个穿着蓝色T恤的男人正在"舌战群儒"。

"我不许你们说我们家蝶蝶的坏话，说她吃饭需要人喂都是对手的造谣！蝶蝶是世界上最漂亮、最善良的女孩子，所以她绝对不会做出那种事情来的！"

"因为她漂亮，所以她善良，所以她不会做出这种事情来？这里面没任何因果关系啊！"导演嗤之以鼻。

"反正她就是不会！她做的话也都是你们这些坏蛋逼的！"

"我们每天没事干就逼着女明星做坏事，也太闲了吧。"

导演悠悠地说，全场都发出一阵笑声，米兰也忍不住偷偷笑了起来。韩可馨看节目播出的时间就快到了，打算让那观众先回到自己座位上，没想到那观众大手一挥，情绪非常激动："你……你让那个秃头向蝶蝶道歉！不然这节目不要播了！"

"你喊谁秃子呢你！"

导演最恨别人喊他"秃子"，一下子就火了，有一种要暴走的趋势。就在米兰想说服男人回座位的时候，突然看到他从手里拿出了一个小瓶子，然后冲着韩可馨冲去。米兰一下子愣住了。

韩可馨……她可是孕妇！不，我不能看着她和孩子受伤！

米兰的身体反应比思维还要快，一下子往韩可馨身上扑去，想把她推开。她最后见到的是韩可馨惊恐的眼神，然后只觉得手臂一疼，回头一看，只见那观众一把捏住了自己，另一只手里还拿着一个矿泉水瓶。在挣扎中，陪伴了她五年的手机掉在了地上，摔了个粉碎，让她心痛不已。

搞什么啊！难道我会怕矿泉水吗？

米兰用一种看白痴的目光看着他，刚要鄙夷他的智商，那观众猛地把瓶盖打开，大声说："不许动，不然我毁你容！"

"这瓶子里有硫酸，大家退后！"

不知道谁喊了一声，大家果然都退到了十米外，米兰和那观众孤单单地站在聚光灯下，一动不动。那观众恶狠狠地说："让那秃子给蝶蝶道歉，不然我就泼你！"

米兰忙求救地看着导演："秃子大哥……啊不，导演大哥，你就听他的吧。"

"我不会道歉的！这样的人都是社会败类，不能姑息！"

米兰急了："那你能不能先道个歉，让他放了我再不姑息啊！合着被威胁的人不是你！"

韩可馨若有所思地看着米兰。

在那观众朝她冲来的那一瞬间，她知道自己可能逃不掉了。在那一瞬间，她以为自己会想很多，但她只是呆呆站着，脑中一片空白。

她绝对没想到米兰会去救她。

场面很乱，但她清楚看到了米兰是怎么冲在她前面，为她挡住了那致命的一击，虽然她一点都不理解米兰为什么要这样做。她们从头到尾都是敌人，都是相互利用，她们从来都不是朋友。

难道，那个傻瓜真的会相信她的话？真的觉得她们……是朋友吗？

韩可馨觉得心里某根弦好像断了。转过身，她冷静地对摄影记者说："快拍，这可是绝好的素材！"

于是，靠看肥皂剧打发时间的观众有了新惊喜——肥皂剧变成凶杀案了！大家呼朋引伴地来看电视，微博上有人开始直播，甚至商场里也开始播放这"别开生面"的电视节目。于是，有越来越多人看着米兰被那观众劫持，颜丽的吼声也响彻全城："放开她！米兰可是孕妇，一尸两命你负担得起吗？"

呀，歹徒劫持的是孕妇！太没人性了！

在等待警察到来期间，收视率以惊人的速度升高，而正在商场买相机的纪凯也路过了人群。他只听到大家纷纷在说什么"劫持""孕妇""海洋台"，下意识地看着电视机，然后见到了他根本无法想象的一幕。他看着电视中脸色苍白、微微发抖的米兰，突然觉得脑子里一下子就空了。

茫茫人海中，他就这样站着，而过去发生的一切也好像电影一样在他的脑海中回放。微笑时的她、哭泣时的她、让人恨得牙痒痒的她……

而她，可能真的会离开自己。

想到这个，纪凯只觉得心的某个部分好像被挖走了，空荡荡的。他飞奔了出去，一路上撞到了好几个顾客。别人的咒骂声他根本听不到，他只知道，他要去电视台，他要去救米兰。然后，他拨通了一个号码。

"这位大哥，你的手举了那么久不酸吗，要么把瓶子放下来，我们好好谈？"

"别想骗我，退后，退后！"

有工作人员企图说服那观众，但他非常狡猾，无论韩可馨说什么都不肯听，而要求也从让导演道歉，变成让他的"小蝶蝶"来现场和他见面。韩可馨早就让人联系该明星，但首先她远在国外，其次她怎么可能会和这样危险的人接触？

谈判就这样陷入了僵局。

那观众对着镜头诉说着自己对小蝶的喜爱之情，甚至还想展示印有小蝶头像的内裤，被众人极力阻止。转眼间，二十分钟过去了，警察还在路上，保安们碍于米兰被劫持丝毫不敢动弹，观众也慌成一团，电视台演播室简直乱成了一锅粥。米兰只觉得汗水从额前滴滴滚落，带着哭腔问："你到底要劫持我到什么时候啊？"

"等小蝶愿意见我为止。"

"那不是要劫持我一辈子？能不能打个折？"

"小龙愿意见我也行。"他想想说。

"他也是一线明星啊，怎么可能见你！再打个折？"

"不要！"

"大哥，你要见他们劫持我真的没用，起码得劫持他们的父母亲人才行！我们在这儿瞎闹，他们还在海岛晒太阳，你这又是何必？"

"你是不会懂我的。你们谁都不懂！"

那观众说着，又开始激动了起来，而米兰只好闭嘴。没有人知道她有多后悔居然在情急之下救了韩可馨，然后把自己陷入这样危险的境地！她视线所及范围内都没有韩可馨的踪影，也不知道这个忘恩负义的混蛋躲到哪里去了。

要是言情电影，现在正是男主角出场的时候，从天而降的骑士会打败恶势力，抱着公主在欢呼声中离开；要是喜剧电影，劫匪会突然扔掉手里的硫酸，和大家一起手牵手跳起江南style；要是恐怖电影，此时的她应该突然变身成长满触手的外星人，一举把触手插进歹徒的咽喉，洒下一地的黏液……

而真实情况却是那么多人中唯有她倒霉。没有王子救她，也没有骑士救她，甚至连一边挖鼻孔一边出场的马夫都没有。

虽然早就习惯了，但或多或少还是会有不甘心啊……

"张峰，你好。"

悦耳的女声突然传来，米兰瞪大眼睛看着面前那个穿着白色短裙、编着麻花辫的美女，真的不知道该说什么好。

虽然她很清纯，很漂亮，简直像是女明星从荧幕上走下来……但有谁能告诉她这个韩可馨到底在搞什么？要显摆自己漂亮也要挑个时间！她决定了，就算是做鬼也不会放过这个韩可馨！

张峰的手渐渐松了，失神地说："小蝶，我的女神，我的梦，我的阳光……不，你不是她，你是山寨的！小蝶的脸没你那么大！"

韩可馨强忍住把他一脚踹死的冲动，微笑着说："是，我不是小蝶，我是可馨。张峰，你过来，我们一起合个影好吗？"

"为……为什么啊？你又不是小蝶！"

"根本没有女人愿意和你说话，你就知足吧！到底过不过来？"韩可馨按照纪凯教她的话说。

"好吧。"

张峰思考了一下，想想也是，拉着米兰一起过去，而全场顿时有一半人仆倒！韩可馨也没想到纪凯出的主意居然那么管用，不动声色地和张峰以及被张峰劫持的米兰三人合影，轻声说："你不觉得有她在我们身边很碍事吗？"

"虽然她难看了点，但好歹也是个女的，他们都会羡慕我左拥右抱的。"张峰认真地说。

你才难看，你全家都难看！

米兰被气得简直想咬人，但韩可馨给她眼色，示意她安静。诡异的气氛中，他们就这样拍了数十张合影，张峰也从一开始的拘谨变成后来的如鱼得水。他拉着韩可馨，摆各种姿势拍照，笑得简直能让人看到他牙床上的葱花。

米兰被他拉得跌跌撞撞，但也感觉到他的手逐渐松开。她不由自主地看着韩可馨，突然听到一个非常像纪凯的声音响起："魔兽今天新服公测，快回家！"

"是吗？"

张峰急了，手一下子就松了，而米兰也趁机挣脱开来。保安一拥而上，张峰此时才发现自己居然中了计，气得发狂。在挣扎中，这个人踩了那个人的脚，那个人掐了那个人的鼻子，还有人的头撞到了一起……张峰手中的液体不断摇晃，最后终于倒了出来！

"啊！"

那尖叫声却是韩可馨的。

韩可馨真的没想到到后来倒霉的那个人还是自己，感觉到液体触碰脸颊的时候只觉得心跳都停滞了。在那么一瞬间，她终于懂了什么叫绝望。

结束了吧……就算再努力，一切还是结束了。是，她可能真的会一战成名，也终于能摆脱"花瓶"的宿命，但是她下半辈子就要顶着一张毁容脸了！再昂贵的化妆品也不能妆扮她的美丽，她可真成了实实在在的"实力派"了！

幸好，还有杨波。不管她变成什么样，她相信杨波一定都会守护在她的身边。

直到失去的瞬间，韩可馨才察觉到自己的留恋。她等着脸颊上传来刺痛感，但过了很久，脸上除了油腻感外，居然没有其他感觉。她忍不住问："你到底在我脸上洒了什么？"

被众保安制服的张峰艰难地说："卸妆油……"

……

于是，一场剑拔弩张的警匪剧就这样成了一场闹剧。所有人都围着韩可馨，问她有没有危险，问她是怎么在这样紧急的情况下想出这样的妙计，而原先被劫持的米兰则被遗忘在角落里。米兰看着人头攒动的远方，捡起地上的手机残骸，揉揉被张峰捏到发青的手腕，努力朝外走去。刚走几步，她怔住了："纪凯？"

他怎么会来？刚才那人……真的是他？

那么爱漂亮的纪凯现在却是米兰从未见过的狼狈样子。他满头大汗，头发都黏在了一起，眼下正步步朝她逼近。米兰不知道他又抽什么风，而眼下她已经没有丝毫力气了。她艰难后退，而纪凯突然一把抓住了她的手，带着她往外走去。

"你干什么？"米兰急忙挣脱。

纪凯不回答。

"喂，你又发什么疯啊？大家都在那边，你找错人了！韩可馨在那边啊！"

纪凯猛然停了脚步，出神地看着她。

场面还是那样混乱，但米兰突然觉得时间好像停滞了一般，仿佛全世界只有他们两个人。她看着纪凯乌黑的眼眸和认真的神情，突然不知道说什么好。她低垂眼眸，不敢和他对视，纪凯问："有没有事？"

"没……没有。"

"走吧。"

"去哪里？我……我还没打卡啊！"

米兰下意识问，而纪凯并没有回答。她也不知道自己怎么就进了纪凯的车子，而纪凯的神情肃穆到令她不敢问他到底要去哪里。她没想到纪凯居然开车到了她的小区，熟络地按了电梯，把她送回了家。米兰坐在沙发上，看着嫌弃地看着她房子的纪凯，忍不住问："你怎么知道我家住在哪里？"

"颜丽说的。"

"这八婆！咦，她怎么会把这个告诉你？你给了她什么好处？"

"我向女人要情报，需要给好处吗？"

"嗯？"

"只要这样深情笑着就好。"

纪凯说着，对米兰摆出"深情微笑"的造型，把米兰吓得不行，也悄悄松了口气——他终于恢复正常了！她说："谢谢你送我回家。时间也不早了，你要不要回家吃饭？"

"想吃什么？"

"啊？"

"你家也没什么菜，我只能煮粥了。菜粥可以吗？"

"不用，我不饿。"

米兰话音刚落，肚子突然猛烈叫了起来，她的脸一下子就红了。纪凯笑吟吟地看着她："那刚才是肚子在唱歌？"

"纪凯，你到底要怎么样？我今天真的没有心情和你吵架！"

"没心情就好好歇着，好好睡一觉。"

纪凯说着，就进了厨房，居然真的开始收拾了起来。米兰暗想家里也没什么值钱的东西，倒也不怕纪大少爷发现什么，真的打算稍微休息一会。她没想到这一觉睡得极沉，醒来的时候发现天都黑了。她急忙走出卧室，然后突然发现自己不知道身在何方。

曾经又脏又乱的房间突然变得光洁如新，地板的光芒甚至刺得她睁不开眼睛！米兰呆呆看着四周，再看着桌上摆放地整整齐齐的碗筷，忍不住朝餐桌走了过去。掀起砂锅，诱人的香味扑鼻而来，轻轻一尝，这粥味道好得几乎让她落泪。

这是怎么了？前几天买的田螺变田螺姑娘了？只做饭还是太低级了，要么向她许愿，让她给我套别墅什么的？

米兰脑中幻想着温柔可爱的田螺姑娘悄悄帮她做家务的场景，突然看到纪凯从厨房里走了出来，手里正拿着一盘红烧田螺。米兰的美好想象就这样破成了碎片，干巴巴地说："你……你还没走啊？"

"不然你以为你的房子为什么会变得这么整洁？有田螺姑娘吗？"纪凯没好气地问。

"呵呵……"

"别傻站着了，吃饭吧。"纪凯摇头。

吃人嘴软！

米兰乖乖坐下，和纪凯一起吃晚饭。身为一个善良的好姑娘，米兰实在没有立场对纪凯摆脸色，但觉得他们这样一起吃饭的样子实在太怪异，所以打开了电视机。

现在正播放着城市新闻，她惊愕地发现自己被劫持的事情居然上了新闻频道。她还没看清楚电视里的自己到底是什么样子，镜头突然转到了韩可馨身上。然后，整个报道就"美丽女主播智斗歹徒"一事进行了深入报道，甚至还有专家对"疯狂粉丝"这个社会群体进行心理点评。而她，就好像涟漪一般，只起了轻微的波纹，然后就不见了踪影。

真是……好文艺的比喻！米兰你又厉害了！

米兰在心里美滋滋地赞美自己，但到底没忍住，托着脑袋轻轻叹了一口气。纪凯一下子就知道她在想什么，似笑非笑："我以为你早就习惯了。"

"是啊，不就是被忽视吗，那么多年了，早就习惯了。比起人前的辉煌，我更喜欢这样的低调奢华。"

"我怎么闻到了一股酸溜溜的味道？"

"你鼻子出问题了。吃饭吧。"

米兰换了频道，在欢快的"喜羊羊"的音乐中把饭吃完。饭后，米兰去收拾碗筷，但纪凯居然又不让她插手。米兰只觉得纪凯脸上写满了阴谋，干脆由他去。她取出破裂的手机，发现怎么都开不了机，非常郁闷地放弃——这下好了，又要花钱买新的了。在她折腾手机的时候，纪凯终于说："我要为我的言行道歉。"

"你做了很多讨人厌的事情，说了很多讨人厌的话，不知道你要为哪次的无礼举动，哪句令人厌恶的话道歉？"

"对不起，我不该把我的个人意愿强加在你身上。以后不会发生这样的事情了。"

看着纪凯，米兰有些恍惚。她记忆中的纪凯，是优雅的和张扬的，她很少见到他这样认真的样子。她也不愿意在这话题上纠缠："算了，过去的就过去了吧。好啦，饭也吃了，你的情我也领了，有什么事情直说吧。"

"好，那我就直说了。我妈想请你吃饭，谈谈结婚的事情——别急，这粥还很热，泼我脸上可就毁容了！放下来，乖——我知道你也不想嫁给我，说实话我也不想那么早就结婚，但这很可能是我妈最后一个心愿了，我想让她圆梦。"

"然后和我有什么关系？"

"我想请你出席。"

"纪凯,去吃一顿饭没关系,甚至去吃几顿也没关系,但谎言总有被拆穿的一天。你妈现在的要求是吃饭,过几天就会要求双方家长见个面,再过几天就要我们办婚礼了!到时候要怎么收场?"

"是的,吃饭只是初步,她还希望你和我住在一起,她经常可以来看望……"

"纪凯,你知道的,这绝对不可能。"

"好,我知道用孩子来说事儿没用。那么,钱呢?"

"你在羞辱我吗?"米兰冷笑。

纪凯忙说:"不,绝对不是!这孩子毕竟是我的,我真的想给你一些补偿。你放心,我绝对不会出现在你的生活里,也不会干涉你的人生,我只是想让妈妈走得安心点。"

米兰不开心了:"所以说,你也根本不想为孩子负责,只是想让他哄你妈开心?"

"不,当然不是!"

"那你是想让我把孩子生下来以后把他抢走?"

"怎么可能!"

"哦,那你根本不想要你的亲生骨肉?"

纪凯只觉得自己说什么都是错,汗流浃背。他下意识地想抓米兰的手,深情解释,但被米兰毫不客气地一筷子打在了他手上。他们两人僵持之际,门外突然响起了敲门声。米兰把纪凯一把推开,透过猫眼往外看,然后一下子僵住了。

"谁啊?送快递的吗?"

"闭嘴!你妈才是送快递的呢!"

"什么?是你爸妈?"纪凯高声喊。

"你还可以叫得再大声点!"

纪凯的嗓音让米兰恼火,她眼明手快地捂住了纪凯的嘴巴。声音在瞬间停止,而她的手掠过纪凯温热的嘴唇,不知道为什么会有一种他在吻她的错觉。米兰的脸一下子就红了,急忙松手:"不要再发出声音,我们假装不在家。"

"小宝贝,你要假装不在家啊?你又调皮了!"门外一个男声中气十足地说。

"啊呀,老公,你好好说话,拿刀干吗?米兰,快给我们开门,不然你爸就要砸门了!快点!"

米兰深吸一口气,环视四周,思考哪里可以藏得下纪凯这个大活人,但她悲哀地发现哪里都不行!她灵机一动,打开窗:"你顺着水管爬下去吧。"

"米兰,你家是二十楼。"

"我知道是二十楼,要是二楼的话就叫你跳下去而不是爬下去了。快点下去啊!"

"你到底在怕什么?"

"如果你妈回家后发现你家里有个女人,你会是什么反应?"

"她会让我注意身体,然后给我煲汤。"

"禽兽,真是禽兽!你快下去吧,快啊!"

米兰说着,就去推纪凯,可怎么都推不动。纪凯无奈,大步朝门口走去,在米兰反应过来之前飞快把门打开。然后,他看到了举着刀的中年男人,以及正抱住自己老公的漂亮女人。

"还真进了贼了!你把我的小米兰怎么样了?"

"爸爸好,妈妈好。"纪凯有礼貌地打招呼。

"咣当。"

米兰爸爸的刀就这样掉到了地上。

"你……你喊我什么?"

"爸爸啊。忘了介绍,我叫纪凯,是米兰的未婚夫。"

"好啊,那就是你小子让我家米兰怀孕的!我要宰了你!"

半小时后，米兰爸默默地收拾着满屋狼藉的房间，时不时狠狠地瞪纪凯一眼，目光让一贯厚脸皮的纪凯不寒而栗。米兰无力地问："妈，你不和我爸环球旅行呢吗，怎么突然回来了？"

"我早上就给你打电话了，可你手机一直关机！别转移话题，快说，你什么时候有了孩子的，你怎么那么不小心？"

"这个问题我晚点再解释……"

"不行，现在就告诉我！不然你就等着你爸把房子拆了吧。"

"你先回答我为什么会回来这个问题。是不是有人对你说了什么？"

米兰说着，瞪着眼睛看纪凯，而纪凯对她无辜地笑。米兰妈怒气冲冲地说："我和你爸刚回无锡，你舅妈打电话给我，说你二表哥的三姨夫的同学的岳母的儿媳妇的邻居看到了你被劫匪劫持，电视台里还说你是孕妇！这到底是怎么回事？"

"妈，那只是节目需要，只是个噱头罢了！我没怀孕！"

"是吗？"米兰妈一脸不信，指着纪凯："那他是怎么回事？"

"他是我同事。"

"同事会三更半夜在你家，同事会喊我'妈'？你真把我当三岁小孩啊！"

米兰爸听到这儿，随手抓起了拖把："我要杀了他！"

"闭嘴！那个叫什么纪凯的，过去的事情我们先不说，你就说你打算怎么办？"

"我想和米兰结婚，但她不愿意。妈，你帮我劝劝米兰，好吗？"

"别叫得那么亲热，我可不是你妈！米兰，你到底怎么想的？"

"你们一个个的非要逼死我吗？好吧，我实话告诉你们，我……"

米兰在气愤之余刚打算说实话，突然看到门边还有一个身影，顿时把没说完的话咽了下去。李秀梅不知道在门口站了多久，见大家终于注意到她，捋捋头发，端庄地笑道："希望我没打扰到你们。果篮放这里可以吗？"

纪凯诧异地问："妈，你怎么来了？"

"今天我看到米兰有危险，想着你们可能在一起，就来这里看看——对不起，你家的地址是我问电视台的人要的，希望没给你带来困扰。这两位是你的父母吗？"

"哼！"米兰爸扬起了头。

米兰妈僵硬地说："是，我们是米兰的父母。"

"看你们的样子好像是刚结束了旅行，一定很辛苦。这样吧，我定家餐馆，我们一边吃一边聊？好吗？"

"谁要和你一起吃饭！"

"老公，不要这么没礼貌！好啊，那就麻烦您了。"

米兰爸在米兰妈的威胁下，终于屈服，和李秀梅一起走出门去。他们走到电梯口，一起回过头："米兰，纪凯，你们怎么不出来？"

"走吧。先过了眼前这一关再说。"纪凯在米兰耳边轻声说道。

米兰发誓，这顿饭绝对是她二十五年来吃得最痛苦的一顿。

进了餐馆后，她老爸就开始对这里的布置、装修、氛围横挑鼻子竖挑眼，盛气凌人的样子让她都脸红。妈妈倒是一如既往地保持微笑，但也会时不时问出"纪凯为什么那么大年纪还和妈妈住是不是有恋母情结，需不需要看心理医生"这样的问题，让纪凯的脸色特别难看。当然，一切在李秀梅说明自己的身体情况后停止了。米兰爸结结巴巴地说："对不起，我们都不知道……"

"没什么，生老病死都是人生必经之路，我能在死前看到儿子娶媳妇，媳妇怀孙子已经是莫大的幸福了。米爸爸，米妈妈，我早就该拜访你们，去你们家提亲，拖了这么久是我不对。米兰已经有两个多月的身孕了，你们看是不是能让这两个孩子把终身大事给解决了？"

"米兰，你怎么想的？"米兰妈忍气问。

"我……我不知道……"

"你今年二十五岁了，不是五岁，什么叫你不知道？这孩子是从天上掉下来的吗？"

"妈……"

"妈，请你不要责骂米兰。都是我的错。"

"不要喊我妈！"米兰妈恶寒了一下。

"妈，我可能不是你心目中的女婿人选，但我能说，我爱米兰超过了我的生命。我和她，是在一个雨天初次邂逅……"

纪凯绘声绘色地讲述着一个让米兰觉得陌生无比的"爱情故事"，其曲折动人程度让当事人都忍不住沉浸其中。纪凯把他们的一夜情生生说成了痴男怨女克服八十一难后的艰难结合，再说起米兰对他的残忍和决绝，简直是见者伤心，闻者流泪。

连米兰爸也忘记自己要狠狠揍这个臭小子了，拉着米兰妈的手，深情地说："他们的爱情故事和我们好像。那时候，我也是一直跟在你身后，可你连正眼都不肯瞧我。我去你家干活，可每次你爸都会拎着扫把把我赶出来，害得我现在见了扫把都会发憷……"

"啊呀，都那么大把年纪了，还提这个做什么？"

"我想说，老婆，真是苦了你了。我一直承诺带你去周游世界，没想到等我们老了以后才能实现，是我没用。"

"已经很好了，我很知足。你看我们邻居张大妈，她买菜多花了几毛钱都要被老公骂，你真的对我很好很好了——啊呀，说这个干嘛！李姐，对不起，让你看笑话了。"米兰妈忙说。

"看着你们，我就会想起我死去的丈夫，心里这真是……不管怎么样，大家都能平平安安活着就是最大的福气。"

"是啊……"

随着李秀梅的突然落泪，三个大人突然开始忆苦思甜起来，纷纷说着自己那个年代对感情的忠贞与负责，谴责现在的年轻人把感情当儿戏。

李秀梅察言观色，试探地提出希望米兰和纪凯尽快结婚的请求，米兰爸脸色又是一变，而米兰妈则冷静地表示这是女儿的私事，他们不能影响她的任何决定。于是，焦点兜了个圈，又回到了米兰身上。所有人都等着她的最终回答。

"我……我……"

就算再不习惯说"不"，此时也必须拒绝。不然，面临的将是无止境的谎言与麻烦。

米兰咬牙，鼓足勇气想表示反对，而李秀梅突然捂住腹部，失手打碎了手边的杯子。

"妈！"

"李阿姨！"

米兰没想到李秀梅的病突然发作，呆住了，而纪凯立马冲上前，从妈妈的皮包里找药。米兰爸和米兰妈一个倒水，一个帮忙扶起李秀梅，而李秀梅摆手，不肯吃药，羸弱地等着米兰的回答。看着李秀梅充满渴求的眼神，再看着纪凯的一脸绝望与悲伤，米兰闭上了眼睛。她知道，要是李秀梅有个三长两短的话，她一辈子会于心不安。

"不就是结婚吗……结就结！"

"真的？"李秀梅颤颤地问。

"真的。"

"太好了！小兰啊，要是纪凯欺负你，只管和我说，我打断他的腿！"

李秀梅中气十足地狠狠敲了纪凯的脑袋，然后又捂着脸虚弱一笑，表情转换之快让所有人都无言以对。纪凯轻轻咳嗽一声，深情款款地抓住米兰的手："亲爱的，谢谢你。我会永远呵护你，照顾你，让你成为世界上第二幸福的女人。"

"为什么会是第二幸福的女人？"米兰妈忍不住问。

"因为第一幸福的女人当然是我漂亮、优雅，还有一个出色女婿的丈母娘了。米兰，你不介意吧？"

"纪凯，你这孩子嘴真甜，就爱说实话！"米兰妈羞涩地笑了。

看着气息虚弱却脸色红润的李秀梅，米兰有一种上当受骗的感觉。

可是，她都已经上了贼船了，唯一的期盼就是能早点脱身。

真的……能脱身吗？

当大人们终于就他们的婚姻大事达成共识后，纪凯迎着米兰爸爸炯炯的目光送米兰回家。他一边开车，一边若有所思地说："你爸妈和我想象的很不一样。我以为你爸会杀了我。"

"哟，你忽略掉他掐你脖子的事情了吗？"

"可他后来还是松了手。他们真是一对很可爱的夫妻。"

"呵呵……"

说实话，米兰也没想到她的父母居然会是这样一种态度。

作为最老牌的大学生，她爸妈一向以"时尚、洋派"自诩，从小就对她进行放羊式教育，她上大学后的学费都是采用了借款的形式，必须打工才能偿还。她不是不羡慕那些被爸妈千宠万爱的同学们，可她也是那么庆幸从小到大都能自己做主，而她的父母只对她起到建议作用。

他们告诉她，她的生活是自己的，任何人都没有资格决定她的人生。

所以，即使搞出了"未婚先孕"的丑闻，即使他们面临着无数亲戚的责难与嘲讽，他们一句话都没提让她去堕胎。这样的父母，令她感激，也令她骄傲。

"纪凯……"

"嗯？"

"你妈刚才是真的不舒服吗？"

"你怎么会问这么冷血的问题？"纪凯的表情非常诧异。

"我只是觉得很奇怪……为什么我一答应她的病立马就好了？"

"精神动力对病人的身体有很大影响。你该知道，安慰剂的效果已经得到了世界公认了。"

"所以说我的作用就是安慰剂？"

"你不光是安慰剂，更是我的兴奋剂，我的幸运女神。"

"说来说去，我还是药——算了。那个……你不会真的打算……结婚吧？"米兰吞吞吐吐地问。

"如果你想结婚，我会非常感激；如果你不想结婚，我也会尊重你的想法。米兰，不管你做什么决定，我请求你这几个月都能装出我们很恩爱的样子，让我妈不要带着遗憾离开。这样，你爸妈也能放心。你也不想他们带着担心去旅行，是吗？"

米兰点头："是啊，我妈最大的心愿就是环游世界，我可不想因为我影响了她的计划。"

"我们有着一样的目标——让父母放心，对不对？"

"嗯。"

纪凯缓缓给她催眠："所以，我们要团结起来，一致对外。你扮演好好媳妇的角色，我当然也会完美演绎最佳女婿。我想，你父母也最多呆几个月就会出国了，所以我们只要表演这几个月就好。至于以后的事情就以后再说，你看怎么样？"

"嗯……几个月，那到底是几个月？"

"十个月。如果你十个月还不能喜欢我，我会立马消失，绝对不会出现在你的面前。当然，如果你十个月内爱上我的话，我们会举行一个盛大的婚礼。给我一个机会，也给你自己一个机会，好吗？"

纪凯的声音带有某种魔力，成功把米兰绕晕了，她傻乎乎地点头，而纪凯满意地勾了勾嘴角："所以说，从今天开始，我就是你的男朋友了。"

"嗯……不对，你怎么就成了我男朋友了？"

"亲爱的，只是男朋友罢了，不是结婚，你不要那么着急。我们爸妈都是人精了，要是我们还和现在一样生分，你以为他们会看不出来？既然做戏，就要做全套。"

"可你不是我喜欢的类型，我也不要被同事杀人灭口。"

"趁着年轻的时候就要勇于尝试，你怎么知道我这款就不对你的胃口？这样吧，我努力追，你随意，如何？"

纪凯的脸上带着淡淡的笑意，但神情却没有往日的轻佻，米兰看得出他是认真的。她看着他，终于开口："我家到了。"

"我等你的答复。"

目送纪凯的车远去，米兰第一次觉得自己的心有些乱了。抛下不该想的，她快步上楼，在家门口就听见父母在争吵些什么。她没开门，把耳朵贴在门口听，只听父亲劝说母亲出国参加小提琴大赛完成昔日的梦想，而母亲却坚持要留下来照顾米兰。米兰知道母亲有多爱小提琴，也知道她是为了自己才放弃梦想的，顿时推开门："妈，你去参加比赛，我没事的。纪凯他……对我特别特别好。"

"不行，你怀了孩子，娘家人不在身边怎么行？"

"妈，孩子才两个月，我真的没事儿！你放心出去，等我快生的时候再回来不就行了？"

"可是……"

"啊呀，你就别唧唧歪歪的了，你参加比赛赢了奖金也能给你未来外孙买礼物，多好啊。就这么说定了啊！"

米兰笑嘻嘻地说，不住说着纪凯和李秀梅对自己有多好，到后来父母终于当了真。米兰爸一想起闺女要结婚，就哽咽着跑出去了，而米兰妈轻轻抚摸着女儿的头发，伤感地说："唉，我怀你的时候还就在眼前，一转眼小姑娘都要当妈啦。未婚先孕其实没什么，只要你们都认定对方，那就只是把幸福预支了罢了。纪凯是个好男人，但妈很担心你是不是为了孩子才和他在一起——孩子再重要，也没有你的幸福重要。米兰，告诉妈，你没有这样。"

"当然没有。"米兰神色平静地撒谎。

"那就好。兰兰啊，你想要什么结婚礼物？妈给你带。"

安抚完父母后，米兰再三说自己很好，逼他们回家睡觉，而父母走后她独自在厨房，一边做蛋糕一边发呆。她没想到这件事会闹得这么大，大到超乎她的想象，而现在她唯一的选择就是把谎言继续编下去。父母那儿她并不担心，到时候说明情况，相信他们也会理解，但李秀梅那儿可真是个难题。

好儿媳……到底什么样才算是好儿媳？难道真要和纪凯谈恋爱吗？

米兰耳边回响着纪凯说的那句"我认真，你随意"，心突然猛烈跳动了起来。她从未想过这样的男人会如此温柔地对她说话，祈求她的爱情，就算是再控制，但心里的喜悦与虚荣却无法抵挡。

就算她并不欣赏纪凯的为人，但她不得不承认纪凯可是大家公认的"高富帅"，和他在一起收获了多少艳羡的目光，也让多少人终于知道电视台里有个人叫"米兰"。平平淡淡生活了二十五年，也许真的该给自己一个放肆的机会。毕竟，再不疯狂，她可就老了。

至于爱情……有那么重要吗？她只要享受被一个优质男当作公主来呵护的快乐就好。

米兰想着，把蛋糕放进烤箱，也终于下定决心，主动发短信给纪凯："我父母下周会离开，这个礼拜你要好好表现。"

纪凯回复得飞快："当然。明天我接你上班？"

米兰的心猛地一跳："好，我等你。"

看着短信，纪凯微微一笑，然后把手机放在了床头。"烈焰红唇"的手臂缠上了纪凯："给谁发短信哪？不会是那个怀了你孩子的女人吧？"

纪凯笑笑，没有否认。

"还真是她啊！看来你真是要洗心革面做好爸爸了，我还留着干吗啊？"

烈焰红唇说着，作势要走，而纪凯把她一把搂住。

第六章　爱是一场重感冒

当米兰和纪凯一起出现在公司时,整个公司都沸腾了。有人恭喜米兰终于"修成正果",但更多人则开始猜测多久的时间里米兰会被纪凯抛弃,悲惨地度过余生。

米兰最担心的就是高爽,但她却很平静,甚至问米兰介不介意她说服纪凯把精子给她用,她们的孩子就可以做兄妹。米兰想了想,用"万一两个孩子长大后相爱了却发现自己是兄妹实在太虐了"为理由拒绝,高爽想了一下,终于点头。米兰小心翼翼地问高爽能不能原谅她,高爽却疑惑地问:"你有对不起我吗?他又不喜欢我。"

"可是你喜欢他啊。"

"我说过,我只是喜欢他的精子罢了。就好像我喜欢吃鸡蛋,就一定要喜欢生蛋的母鸡吗?"

米兰一想,还真是这么回事儿——哈,要是纪凯知道了自己在高爽眼中就是一只"母鸡"会是什么心情?米兰看着高爽,一把抱住了她,轻声说:"不管怎么样,我们都是好朋友。"

"嗯。"高爽拍拍米兰的肩膀。

中午,纪凯请部门的同事吃饭,算是正式宣布她和米兰的关系,王开会和徐秘书也出席。看着王开会难看的脸色，米兰感觉格外扬眉吐气！王开会皮笑肉不笑地说："那个米什么啊，我们都一直很担心你会不会嫁不出去，没想到你真是一鸣惊人嘛！准备什么时候结婚啊？"

"定酒店要一段时间，我们打算过阵子再举行婚礼。"米兰说。

"还是早点办好，不然肚子可不等人。你们这些小年轻啊，真是没说的，我们以前可不会像你们这样搞出什么未婚先孕的事情来。我劝你们还是早点办酒，迟则生变啊。"

王开会这话说得极重，米兰一下子呆住了，一时之间不知道该说什么好。纪凯举起酒杯，神态自若："王总说得很对，但我希望给米兰一个最完美的婚礼，当然要时间精心准备。说起来，现在真是对员工的私事宽容了很多，刚才见到台长，他都恭喜我可以娶到米兰。台长还开玩笑，要是我早生了二十年，那可就是'耍流氓'，是要被开除党籍的。王总，你说对不对？"

王开会年轻的时候曾经把女同事搞大肚子，然后被开除党籍的事情在电视台可谓是人尽皆知，但没有人敢像纪凯这样光明正大地说出，大家都纷纷低下了头。米兰目瞪口呆地看着纪凯，发现这个二货在关键时刻还真是霸气十足！她当然知道纪凯是为了她才公开和王开会叫板，心里甜滋滋的，没料到王开会突然把手伸向她的肚子："哈哈，你的肚子怎么不见大？可要多吃点啊！"

糟了！

情急之下，米兰对准王开会的脸就是一耳光，而世界瞬间安静。王开会看她的目光简直要喷出火来，纪凯也愕然地看着她。危急情况下，米兰反应迅速："对不起，我怀了孩子以后就有点神经过敏，谁摸我的肚子我就抽谁。我去看了医生了，医生说这是工作压力太大的条件反射，没有办法治疗，只能要辛苦大家了。王总，你不会怪我吧？"

"哈，哈！"

王开会愤恨地冷笑，而米兰一脸无辜。要是平时，他能把米兰骂得半死,但偏偏纪凯家和台长家有着不一样的关系!他生生压住怒气,而米兰急忙轻轻擦拭额头上的汗水,下意识地看了纪凯一眼,发现他没在意才松了一口气。韩可馨递给米兰一个纸盒:"米兰,这是我的小小心意,谢谢你昨天救了我。"

"没什么……呀,是苹果手机?你也太大手笔了吧。"

米兰没想到韩可馨居然会送几千块的东西给她,瞬间觉得她是这个世界上最可爱的人!她急忙推辞,但韩可馨真挚地说:"昨天你是为了救我才把手机摔坏的,我这只是一点小小的心意,你不收下的话,我以后可没脸见你了。"

"可这个太贵重了……"

"只是一部手机罢了,你就别推辞了。你要是过意不去,过几天请我吃饭啊,我也有事情要求你帮忙。"

韩可馨说着,对米兰飞快眨了下眼睛,而米兰瞬间领悟,也就不再推辞。她们之间的互动被纪凯看在眼里,他悄悄把买好的手机盒重新放了回去,心里有些不是滋味。

大家开始谈论昨天的惊险一幕,韩可馨当然是话题的焦点。看到米兰被忽视,纪凯心里不知道为什么,有些不太舒服,而米兰的一脸平静自若更是出乎他的意料。他第一次觉得,米兰身上还有太多、太多的秘密。

"米粒,我敬你!干了!"

王开会借着酒意,非要给米兰敬酒,别人怎么劝他都当没听到,甚至纪凯代酒也不行。米兰知道他是为了报复刚才的那一巴掌,坚决不喝,而王开会借酒装疯,死活相逼。徐秘书狗腿地附和:"米兰,你就给点面子,喝一口也是好的。"

他们两个一个唱白脸,一个唱红脸,让米兰万分为难。这时,韩可馨突然摸摸肚子,对米兰轻轻一笑。米兰顿时了然,猛地把王开会推开:"我要吐了……"

"别吐我身上啊!"

王开会顾不得装醉,急忙让开。米兰用力把他推到了一边的桌子上,顺利跑到了洗手间。她对着镜子,想到刚才自己赢了一局就忍不住"嘿嘿"地笑,连韩可馨什么时候进来了都不知道。韩可馨轻声问:"你打算怎么收场?"

"什么意思?"

"你和纪凯的事情。"她盯着她的肚子。

"到时候再说吧。"

韩可馨不再说话。

其实,她对米兰处理问题的方式非常不理解,认为她这样简直是给自己埋了一颗定时炸弹,玩火自焚。可是,她和米兰说白了也是彼此利用的关系罢了,她不打算管她的私事——有什么后果,她就自己担着吧。她正洗手,米兰突然问:"韩可馨,你怎么脸色那么难看?"

餐厅里的灯光很昏暗,韩可馨看起来还不错,但在洗手间的强光下她的脸色简直是蜡黄色的,一看就有问题。韩可馨勉强一笑,突然捂住嘴进了厕所,过了好久才出来。她擦擦眼角的泪水,疲惫至极:"唉,最近真是吐得厉害——对不起,我接个电话。喂,你好。"

接电话的时候,韩可馨在瞬间恢复成精神饱满的样子,电话那头的人绝对想不出这个人就在刚才吐得险些昏厥过去。韩可馨等了许久,电话里终于传来一个她最不想听到的声音:"可馨,我听秘书说……总之,你还好我就放心了。"

"我的事情算什么,应该说那块地皮被你拿到,你就放心了吧。"韩可馨柔声说。

"可馨,你这工作太危险,不想做的话就来妈妈公司帮忙吧。"

"我的事情不用你管。"

韩可馨说着,挂断了电话,心情糟糕到了极点,而电话那头的韩晓也久久不能言语。韩可馨不让自己再去想韩晓的事情,问米兰:"米兰,你那个叫陆露的朋友看起来身体很好的样子,有空的话你能不能请她出来,向

第六章 爱是一场重感冒

我传授一下怎么才能缓解孕吐？"

米兰知道，这是"怀孕同盟"开始合作了。为了表达诚意，她忙说："这个当然没问题。你经常吐吗？"

"几乎吃什么吐什么。我怀孕两个月，一斤都没胖，反而瘦了两斤。"

"那你产后瘦身可就简单了。"米兰羡慕地说。

还真是站着说话不腰疼！你天天这么吐试试！

韩可馨心里暗暗腹诽，摇头，对着镜子为自己补妆："怀孕之前我也是这样想，但我现在哪里会担心自己以后身材怎么样，唯一担心的就是我这样让孩子吸收不到营养。唉，要是可以不再吐，我胖十斤——不，胖五斤都甘愿。"

"真有那么难受？"

韩可馨冷眼看她："你觉得呢？"

看来我装呕吐的时候还是太平淡了，下次要激烈点。米兰暗暗想着。

"米兰，你就这样得罪了王开会，不怕他报复吗？"

"我反正早就得罪他了，也不怕多得罪多少。"

"嗯，你说得很对。你的'肚子'是你最大的杀手锏，有什么没法解决的事情只要装头晕肚子痛就行，他肯定不敢再做什么。米兰，你刚才的反应真是超棒，以后有谁摸你肚子你就抽，一定不会再有人来乱摸了。你是怎么想到那么聪明的招数的？"

"呵呵，当时也就是灵机一动，没什么啦。"

韩可馨的恭维让米兰简直飘飘欲仙，觉得忽略韩可馨爱显摆的个性的话，和她交谈还真是一件很舒心的事情。她暗暗记住了韩可馨的话，决心以后不管发生什么事情就装肚子痛，有谁想摸她的肚子就抽。她们又寒暄了几句，一前一后出了洗手间，走出门的时候都吓了一大跳——餐馆里所有客人都不吃饭了，等韩可馨出来签名！

"可馨，帮我签个名吧！"

"我也要！可馨，我们合个影吧！"

看着热情的市民，韩可馨终于明白什么叫"一夜成名"。她整理下发型，拿出从她入行第一天就准备好的万宝龙金笔，认真地在本子上签上自己苦练许久的大名——她等这一天，真的等了太久太久。而此时，米兰的同事们都酸得不行了："哟，那么快就签上名了，还不是咱栏目收视率高！"

"是啊，那天就数她最出风头，她估计心里都乐坏了吧！"

"这下好了，她成小名人了，下一步就该嫁入豪门了。"

同样是电视台的员工，但只有韩可馨如此受欢迎，所以大家心里或多或少有些不爽，只能靠说坏话来排解心中的妒忌。韩可馨签字签得手都酸了，脸也快笑僵硬了，但她心中有着莫大的满足。突然，她听到了一个熟悉的声音："可馨？"

抬起头，印入眼帘的，是杨波妈惊讶的面容。

韩可馨手里的笔顿时掉在了地上。

"可馨，你怎么会在这里？怪不得你不回家吃饭啊！"

杨波妈今天带着新鲜菜蔬来看儿子，打算好好给他补补身体，也让媳妇好好学习，却没想到韩可馨根本没回来，真是气得不行。杨波喜欢吃这家餐馆的巧克力派，她就在饭后出来去买，没想到居然见到了传说中加班的韩可馨——什么加班啊，明明是在和同事吃香的喝辣的！枉费她还做了一桌子的菜！而且还勾三搭四，还真以为自己是明星啊！

"可馨，喊你呢，你怎么不搭理，真没礼貌啊！"

"这老太太是谁啊？是不是韩可馨的妈？"

"不知道。她们长得并不像啊，韩可馨也不像是认识她的样子。估计是哪个神经病医院里跑出来的吧。"

"很可能，怪不得说话声音那么大！我们可要离远一点！"

杨波妈听力极好，大家的窃窃私语声她都听到了，顿时气得发颤。米兰见韩可馨脸色不对，忙问："她是谁？"

"是我……我婆婆。"韩可馨极为轻声说。

"啊？"

"米兰，帮我！"

韩可馨突然抓住了米兰的手，她的指尖非常冰凉，身体都在颤抖。

她当然知道现在最好的办法就是矢口否认，回家再慢慢解释，但杨波妈要是不管不顾闹起来可怎么办？她好不容易才做到今天的位子，有太多人想看她倒霉，她不能在这里止步，不行！她到底该怎么办？

韩可馨绝望又祈求地看着米兰，米兰突然有了一种英雄救美的使命感。她对韩可馨淡淡一笑，用嘴型轻声说"一起走"，然后捂着肚子，尖叫一声，缓缓倒下。

"米兰，你怎么了？你不要慌，我送你去医院！"

韩可馨也尖叫了起来，在众人没反应过来之前扶住米兰，一溜烟地跑了，而在场的其他人都面面相觑。

"刚才是怎么了？"

"好像米兰身体有点不舒服，然后韩可馨把她带走了……是吧？"

"发生得那么快，我也没看清楚啊。好像是吧。"

大家说着，都下意识地看纪凯。纪凯顿了一下，觉得自己应该焦急地冲出去，于是忙快步走到门口。可是，米兰和韩可馨早就不见了踪影。

"刚才倒下的时候真是吓死了，要是你不扶住我的话，我可就白摔了，幸好你反应快！韩可馨，我刚才演得不错吧！"

"演得特别好，特别逼真。米兰，你真该去报电影学院！"

"是啊，说不定真的能考上。"米兰美滋滋地说。

"那是当然。记得高三那年，我偷偷去参加电影学院的考试，录取的人可是一万比一，可我居然被录取了。可后来我发现自己不喜欢做荧光灯前的花瓶，更喜欢做主持人这样有难度和挑战性的工作，就放弃了电影学院，去了传媒大学——电影学院的老师前段时间还打电话联系我，说我不去电影学院太可惜了呢。"

韩可馨笑着说，米兰觉得自己的好心情与自信心真是被她弄得消失殆尽。她撇撇嘴，决定不和她计较："现在反正也没事儿，不如我们去按摩下？孕妇也可以按摩吗？"

"我们去做SPA吧，我有会员卡。对了，喊上你朋友，让她一起来吧。"

"那可说好了，今天我请客。"

"你还真是……行，你请客，那可谢谢你了！"

韩可馨报了地址后，米兰顿时打电话给陆露，而她居然有时间来，真是让她非常意外。她们在SPA馆门口见面，陆露没想到米兰居然约她来这么高级的地方，吓了一跳："你在这里做脸？我听说这里可贵了，做一次脸要七八百！"

韩可馨忙笑着解释："相比其他美容院而言是有些昂贵，但她家的产品都是纯天然的，美容师手法也很专业，还是物有所值。我已经做了她家三年会员了，觉得还挺满意的，所以介绍你们来。"

陆露疑惑地问："那你的皮肤也没特别好啊。"

韩可馨觉得自己的笑容就要保持不住了："呵呵，可能是最近有些精神不好。"

"啊呀，陆露你别管了，我出钱，你享受就行！你怎么那么事儿啊！"

米兰说着，硬是把陆露推了进去，一起换衣服，而韩可馨就在外面和美容师交代她们一会儿要做的美容项目。陆露见韩可馨没进来，抓紧时间问："你怎么不告诉我她也在这里？"

"忘了说了。陆露，你对她怎么那么大意见啊？"

"你还有脸问我，我还没找你算账呢！人家劫持的是她，要你做什么英雄，要什么能耐？万一你有个三长两短的，可怎么办？"

"我现在不是好好的吗，过去的事情就别说了。还有，她知道我没怀孕的事情了。"

"什么？"

米兰急忙捂住陆露的嘴："小声点！不过也没什么，我们也知道她的秘密啊。"

"你是说……天啊，你们电视台里可真都是疯子！你们就不怕被揭穿吗？"

"走一步算一步，想那么多事情让自己烦心干吗？总之，她现在也算是我这边的啦，你对她态度好一点嘛——虽然她确实够讨厌的。"

"唉，你啊，真是……"

"你今天怎么有空出来？"

"小慧上托儿所了，我也终于能白天的时候空下来了。唉，她上托儿所的时候和被拐卖似的，简直哭得不行了，看得我真心酸。"

陆露说着，拿出钱包，看着钱包里顾诗慧的照片就开始流泪。她伤感地说："我已经5个小时没看到她了。不知道她现在有没有在哭，有没有吃饭，有没有小朋友欺负她？她在托儿所受苦受难，我却在做美容，我真是坏妈妈。"

"姐姐，就你闺女那样子别说被欺负了，不欺负别人就不错了！而且我们小时候不也这么过来的吗，过几天她就会开开心心去上学啦。对了，你和顾文明和好了吗？"

陆露的神色瞬间黯淡了："我们已经好久没说话了。"

"不是吧！那你要不要和他道歉？"

"再说吧。"

陆露没有告诉米兰，这几天她多想当面和顾文明说一声"对不起"，但顾文明住在了次卧，而且早出晚归，她愣是连顾文明的面都没见到。她不愿意再去想这些，看着韩可馨进来，她们也自然闭了口。韩可馨好像不知道她们在说私房话，笑盈盈地说："走吧，都准备好了。"

要得到女人的友谊很难，因为女人天生是彼此仇视又敏感的生物，一句话、一个表情就能让友情支离破碎；要得到女人的友谊又很容易，只要说几句好听的话、一起逛街、一起吃饭，她们就可能把你当作毕生的知己——当她们做完脸，米兰和陆露已经忘记了对韩可馨的敌意，拼命问她保养方法。

"呀，皮肤真的好白嫩，比我自己在家做面膜好多了！可馨啊，我的黑眼圈还有点重，怎么祛除黑眼圈啊？"

"可馨，刚才美容师让我办个精油护肤的卡，你说我选什么精油好？薰衣草和玫瑰我都很喜欢啊！"

米兰和陆露这两个"土包子"好像发现了新大陆一般，拼命缠着韩可馨问保养秘诀，而韩可馨耐心解答。她们在休息室里聆听着悠扬的音乐，看着远处的青山，品着冰凉的橙汁，米兰深深呼吸："这才是生活啊！我真觉得我以前都白活了！"

"是啊，皮肤一下子滑腻了很多，比涂百雀羚真是强多了——就是价钱有些贵。"

米兰鄙视陆露："你老公一年赚几百万，你还计较这些小钱干嘛，我真是看不起你。"

"勤俭持家总没有错啊！"

韩可馨打圆场："勤俭持家当然没错，但女人总要对自己好一点，时刻保持魅力和新鲜感，这样也有利于家庭的稳定。"

"说说简单，但有了孩子以后可就做不到了。就好像我，每天一大早就要起来做早饭，哪有时间收拾自己？做好早饭，我要送小慧去托儿所，然后去菜场买菜，中午要去托儿所看她睡午觉，下午要打扫卫生，然后做晚饭等老公回家，做好晚饭要洗碗……"

陆露喋喋不休地说着，米兰听得一愣一愣的，而韩可馨皱了眉。她没有再劝陆露，而是问："陆露姐，我现在孕吐得厉害，几乎吃什么吐什么，只好什么都不吃了，可这样孩子的营养肯定跟不上。亲爱的，你生过孩子，有没有什么经验可以传授？"

"就算持续呕吐，也千万不要绝食啊。你可以吃冰淇淋或者喝凉果汁补充营养，早晨起床时如果情绪不好，可以在床上吃点苏打饼干。如果实在不想吃东西，可在嘴里含块冰块，让胃部冷却。我怀孕的时候还自己做了话梅，对孕吐帮助挺大的，你要的话，我下次带给你吃。"

"那怎么好意思！"

"又不是什么值钱的东西，你那么客气做什么。"陆露豪爽地说。

韩可馨没想到这次找陆露真的找对人了，不住问她怀孕的注意事项，而陆露也好为人师，她们两个谈得简直是热火朝天。米兰发现，无论是什么年龄和性格的女人，只要做了妈妈，或者想做妈妈，那就会变身成同一种生物，真是太可怕了。她的手机响了，纪凯不断打电话给她，她根本不敢接，急忙问韩可馨："纪凯打电话我了，怎么办？"

韩可馨一把接过了电话，示意大家噤声："纪凯，我是可馨。嗯，我现在和米兰在一起。你放心，医生说她只是孕期贫血，只要好好休息就没事。对，她和孩子都很好，你放心。我们现在在吃东西，一会儿我送她回家。"

韩可馨说完，把电话挂断，递给了米兰。米兰对她真是崇拜无比："你睁着眼睛说瞎话的功夫实在是太好了。"

"是啊，简直一点都没有撒谎的痕迹——我真的相信你能让大家都不知道你怀孕的事情。"

韩可馨摸摸微微凸起的腹部，笑而不语。

她们聊了很久，要不是陆露必须去托儿所接女儿简直都舍不得分开。去更衣室换衣服的时候，韩可馨发现连衣裙上的蝴蝶结松了，可她怎么也系不好——这些工作平时都是她的造型师做的。陆露见状，主动请缨，帮韩可馨系好，纯熟的手法让韩可馨格外惊奇。米兰笑着说："陆露大学里主修的可是时装设计，还是班里的第一名，不会比咱电视台的造型师差劲。"

韩可馨若有所思，问陆露："现在台里招聘化妆师，你有没有兴趣？"

陆露急忙推辞："你让我去做？不行不行，我都好几年没给别人化妆了，哪有那本事。"

米兰忙说："你可别谦虚，上次你给我化了个妆，大家都说我比平时漂亮十倍，你的手艺可是一流的！反正现在小慧上托儿所了，你也一直想找工作，不如去电视台试试看呗——最多不顺心辞职嘛。"

"我真的不行……"

"陆露,我也只是给你一个机会,到底能不能录取,还是要看你自己的表现。你不想证明自己的实力,还是对自己一点都没有信心?"

"那我去试试看。"陆露考虑了很久,终于说。

"希望你能成功。"韩可馨微笑着说。

各自道别后,米兰哼着歌回家。她推开房门,没想到纪凯居然在,吓了一大跳。一见她进来,她爸妈顿时冲了上来,问长问短,简直恨不得掀起她的衣服看看她的肚子怎么样了。米兰忙解释说自己一点事儿都没有,米兰妈还好,但米兰爸狠狠瞪了纪凯一眼就回房了。米兰妈笑着说:"估计你爸回房间哭去了——或者扎小人。"

"扎小人?扎谁?"纪凯不解。

两个女人无奈地相视一笑,没有告诉纪凯,米兰爸最可能扎的人就是他。米兰妈去厨房忙活去了,而米兰一把把纪凯拉到房间,然后关上了房门。纪凯特别有闲情逸致地打量她的房间,笑着问:"你爸妈还在外面呢,你就那么迫不及待?"

"纪凯!"

"好,不开玩笑了。你到底有没有事?"

"没事啊——不,原来有,但现在没了。你怎么会在我家,我爸妈又是怎么知道的?"

"这么大的事情,我当然要告诉叔叔和阿姨。你不会打算自己瞒着吧。"

"我只是头晕了一下,什么事情都没有,你说你惊动我爸妈干嘛啊!万一他们担心我的身体,就在家里常住可怎么办!真是被你害死了!"

"所以以后有事情提前和我打招呼,不然我根本不知道你想怎么办。把手机拿来。"

米兰依言把手机给了纪凯,纪凯往里面存入了号码,说:"这是我的私人号码,二十四小时都会开机,以后你就打这个电话找我。"

"哟,你到底有几个'私人'号码?"

第六章 爱是一场重感冒

"亲爱的,给点我个人空间可以吗?"

"但你不是追我吗,拿出点追求的诚意来嘛。"

纪凯叹了口气:"没多少,也就四五个吧。单位的同事一个,女朋友那两三个,朋友那一个,还有一个只有你和我妈知道的私人号码。"

米兰抑郁了:"带那么多手机在身边你就不觉得沉吗?为了追女孩儿,你还真是不怕辛苦啊!"

"亲爱的,这是以前的事情了,我们要向前看。我向你保证,只要你想找我,就能随时找到我。就算身在天涯海角,我也会瞬间出现在你身边。"

"你是有小叮当的任意门还是怎么着,还能随时出现在我身边了?要是你在美国,坐飞机起码要十几个小时才能到吧!难道你坐火箭回来?"

米兰没有被纪凯的甜言蜜语所感动,反而分析纪凯逻辑中的错误,让纪凯有点郁闷。他看着米兰,轻声问:"可以摸摸你的肚子吗?"

"不行,我有条件反射!"

"就一下。"

"真的有条件反射!你闪开啊!"啪!"对不起!"啪!

纪凯的手刚想抚摸上米兰的肚子,米兰一个耳光就干净利落地抽在他脸上。她的左手抓住自己的右手,拼命把右手按下,但右手控制不住地往纪凯脸上抽。纪凯抓住了她的手,但她还是不住地做抽人状,带着哭腔:"你离我远点,好像你离我近了,我就会犯病!快点啊!"

纪凯被抽怕了,只好放开米兰的手,迅速离开,而米兰的右手终于慢慢平静了下来。她内疚地走到纪凯身边,低着头:"纪凯,对不起,可我真的控制不了自己……怎么会这样?我好想把我的手砍掉!对不起,打疼你了吧!要么你也抽我吧!"

米兰说着,把脸凑了上去,眼中满是愧疚。她原以为纪凯会严词拒绝他,却没想到纪凯真的伸出了手。

他敢打我我就扇死他!

米兰对纪凯怒目而视,没想到纪凯极轻地摸了一下她的脸颊。她只觉得身体好像有电流经过，身体都忍不住轻轻颤抖了一下。她瞪大眼睛看着纪凯，纪凯温柔地说："傻瓜，我怎么舍得。"

"我我我去看看妈妈那要不要帮忙。"

米兰说着，夺门而出，一下子跑到了洗手间。她看着镜中两颊绯红的自己，暗恨自己的定力实在太差，居然被他的一个微笑、一句不要钱的甜言蜜语弄得乱了心神。不过，她好歹狠狠打了他几巴掌，真是太过瘾了！韩可馨这招可真管用！做孕妇实在太爽了！

米兰想着，对着镜子微微笑了起来。当她其乐融融吃饭的时候，韩可馨正面对着一脸冰霜的婆婆。

"妈，你怎么不吃饭？不饿吗？"

"不吃，饿死我算了！"

杨波妈玩起了绝食，就算杨波拿着饭碗可怜巴巴地祈求，她也不动容。杨波看看妈妈，再看看韩可馨，总觉得她们之间好像有什么事情。他轻声说："老婆……"

"你喂你妈吃饭就好，我有手，可以自己吃。"

杨波妈气得大声咳嗽："儿子啊，她哪里是上班，就是忙着和同事吃香的喝辣的！还给那些乱七八糟的人签名，还真把自己当明星了！我喊她也不答应，她不是嫌弃我老太婆给她丢人是什么？"

杨波妈说着，越想越委屈，忍不住哭了起来，杨波急忙给她递纸巾。杨波不可置信地看着自家老婆："可馨，妈喊你，你真的没答应？你是不是没听到？"

"妈，当时的情况你也看到了，我同事突然肚子痛，我要送她去医院，哪有时间和您打招呼？"

"你别找借口了，你就是不想认我，觉得我丢人！儿子啊，你妈真是命苦啊，那么一大把年纪了还被媳妇欺负！"

"妈……"

杨波不知道是该向着冷若冰霜的老婆，还是帮一脸泪痕的老妈，只觉

第六章 爱是一场重感冒

得一个头变成了两个大。杨波妈倒也不纠缠杨波,逼问韩可馨:"你说你没那个意思,那为什么你和杨波结婚都不请你单位的同事,他们逢年过节也不来你家看看?"

"现在是什么年代了,怎么会和你们当时一样结婚把几个村子的人都请上?你真是多心了。好了,时间不早了,我要去休息了。"

"你……杨波你看她这是什么态度!"

"妈,你少说两句吧。"

"不行,她不道歉,我就不吃饭!"

"你不吃饭,我也只好不吃饭了。"

"儿子,你是长身体的时候,怎么能不吃饭,不许任性啊!乖,吃一口,张嘴。"

"我不要吃青菜,不要!"

"好好,以后妈不买青菜了啊。"

关上门,还是能听到客厅里可笑的对话,韩可馨只觉得疲惫至极。从小到大,她看惯了阴谋与算计,所以杨波单纯的微笑打开了她的心扉。就算明知道杨波的经济状况很一般,有一对她无法理解的父母,明知道他的情商就和孩子一样,她还是义无返顾地嫁了他。婚后,她当然没什么不幸福,但总觉得和预想的婚姻有很大差距。

"可馨,你们不是一路人,嫁给他一定会后悔。"

耳边突然响起那个女人的预言,韩可馨摇摇头,极力不让自己再想下去。就在这时,手机提示有邮件,看到来信人的名字,韩可馨的心猛地一跳。她慢慢打开了邮件,然后看到了年少的自己。

照片上,她穿着漂亮的红色礼服,笑容张扬肆意,而宋宇穿着黑色西装,略略笑得有些拘谨。她当然记得这是他们第一次赢得全国演讲大赛时的照片,却没想到他还会留着。

"可馨,我想见你。"

只是短短六个字,却让韩可馨心绪难平。她猛地打开窗子,看着皎洁的月亮，思绪一下子飞到了远方。

　　宋宇，已经五年没见了吧……既然如此，为什么还来找我？呵，还以为我是当初那个傻傻爱着你的小丫头吗？

　　韩可馨想着，想顺手把邮件删除，但到底没舍得。

　　第二天上班的时候，韩可馨脸色十分苍白，连高爽都看出她的不对劲。大家纷纷逼问米兰，韩可馨是真的把她送去医院，还是把她扔在路上自己就跑了，而米兰真是没想到韩可馨的人缘差到了这个地步。她拼命为韩可馨解释，把她塑造成新时代的"女雷锋"，而她们又开始怀疑韩可馨的动机。

　　"我看她就是为了成名不择手段，拿米兰当跳板。"

　　"嗯，我也是这么认为。"

　　"米兰你可小心点，别又被她利用了。"

　　面对大家的"好意"，米兰真的不知道说什么好。她第一次深刻感觉到无奈，真不知道韩可馨是怎么在这样的氛围中活下来的。这时，高爽叫米兰去接电话。大家都同情地看着米兰，米兰只好慢悠悠地朝着电话走去。

　　这日子什么时候是个头啊！米兰郁闷地想。

　　如果说打电话给韩可馨的都是表扬她和崇拜她的热情"粉丝"的话，打电话找米兰的只有一个可能——旭日公司来砸场子的。打给王开会的电话都会先经过徐秘书，而徐秘书接电话接到不耐烦，干脆把米兰的办公电话给了他们，还威胁米兰不许不接，顺利把矛盾转移。米兰每次接他们的电话都和受刑一样，可只能慢吞吞地拿起话筒："喂？"

　　"你好，请问是米兰吗？"

　　咦，好像不是来砸场子的。难道是关心我的观众？

　　米兰激动极了，声音都在颤抖："我就是米兰，请问您是……"

　　"你是不是怀孕了？"那人直白地问。

　　"啊……是！"

"都怀孕了,为什么还不知道要保重身体,贸然去救那个女主持人?人家的命是命,你自己的命就不是了吗?你真是脑子有病哦。"

"啊?"

米兰还没来得及说什么,电话就挂了,让她不知道该生气被骂,还是该高兴终于有人关心她的"死活"了。这件事她很快就忘之脑后,因为韩可馨从王开会办公室出来后,告诉米兰让陆露来面试的事情已经搞定。米兰没想到事情进行得这样顺利,电话那头的陆露明显也懵了。她结结巴巴:"我……我真的要去面试啊?可我大学毕业后就呆在家里,哪里会考试啊!"

"只要来给韩可馨化妆、做造型,又不要考语数外,没什么好担心的。快来啦,不要迟到——对了,记得穿正装。"

米兰很担心陆露和出席婚宴一样,穿着大汗衫就来了,多嘴说了一句,却没想到带给陆露无限痛苦。陆露挂断电话后就冲到衣柜处,把所有衣服都翻了出来,发现自己唯一的正装就是大四那年买的小西装,现在穿在身上简直勒得人不能呼吸。

天啊,我怎么会变得这么胖!

陆露咬牙,硬是把自己塞进了西装,然后匆匆把头发盘起。她原打算化个妆再出门,突然想起不知道要面试多久,就打电话给顾文明,让他晚上去接孩子。她一口气打了十来个电话,可顾文明都没接,而时间已经来不及了。她只能匆匆给顾文明发短信,然后出了门。

看着电视台高大的建筑,陆露觉得有些眩晕,也有些不可置信。

上大学的时候,她一心想成为白领丽人,在这样的高楼里工作曾经是她最大的梦想。可是,大学毕业后,她没有和同学们一起走进职场,而是走进了家庭。婚姻生活曾经带给她满足与快乐,但近几年来更多的是痛苦与失落。

除了做家务和带孩子外,她几乎没有其他爱好,和顾文明之间的距离也越来越远。以前,顾文明还会赞叹她为家庭的牺牲,但现在他只会嫌弃她的"无知"和"世俗"。

呵，难道她想和现在一样吗？她就不喜欢每天打扮得光鲜亮丽，和朋友一起喝下午茶，谈谈诗歌和文学吗？可是，家务活要做，小慧要照顾，他顾文明自从结婚后就从来没自己洗过一次衣服！他的时间值钱，难道她的时间和青春就这么低贱吗？

和顾文明争吵后，她赌气去投递简历，但她悲哀地发现没有工作经验是她履历中的硬伤，除了保险公司外，没有任何公司愿意给她一个面试的机会。这个现实让陆露沮丧了很久。她原以为自己已经和理想无缘，却没想到时隔五年后会和梦想离得那么近。

我一定要成功。她在心里悄悄对自己说。

"对不起，小姐，你找哪位？"

在前台处，陆露被颜丽拦了下来。陆露忙说："我来找丁洁，我是来应聘化妆师的。"

"哦……请稍等。"

颜丽上下打量陆露，撇撇嘴，暗想是谁那么不长眼居然会喊她来面试，穿衣这么没品位的女人是绝对不可能成为化妆师的。她漫不经心地把陆露带了进去，看到陆露险些崴脚的样子更加鄙夷。颜丽的神色给了陆露很大的压力，而专业的化妆室更是让她有些无所适从。丁洁眯起眼睛，打量陆露："你就是陆露？"

"是的，你好。"陆露拘谨地摸着裙角。

"做这行多久了？给谁做过造型？"

"我……我上大学的时候学的是设计专业。"

"然后你就没做这行？不是吧，介绍的这都是什么人啊！"丁洁火了。

"丁姐，你消消气，这可是韩可馨亲自介绍的。"有人对丁洁使了个眼色。

"她介绍的又怎么样，我们这里是靠实力说话，而不是靠脸蛋！好了，反正你现在素颜，你就给自己化个妆，做一个职场造型吧。"

"好……好的。"

陆露手忙脚乱地打开化妆包,慌乱之中化妆品都掉在了地上,更是引来丁洁的不屑。陆露颤颤地拿出粉底,轻轻往脸上抹,然后悲哀地发现因为太久没有化妆手都生了,竟是一下子把半盒粉底都抹在了脸上。她急忙把纸巾擦拭,而丁洁已经懒得看她,自顾自玩起了手机。

陆露,冷静,冷静!你一定行的!

陆露不住在心里给自己打气,努力静下心来为自己化妆。最初的生涩过后,她的手法纯熟了许多。半个小时后,她看着镜中妆容勉强过得去的自己,惴惴不安地等待着丁洁的答复。可是,丁洁一直低着头玩手机,她等了许久都没看她一眼。

"丁小姐……"她忍不住轻声呼唤。

"啊,你好了?就这样?"丁洁皱眉。

陆露手足无措,不知道丁洁这样到底是满意还是不满意,慌乱地点点头。丁洁挑挑眉,说:"好,我已经知道你的能力了,请回去等通知吧。"

"请问,我是被录取了吗?"

"我说了,回去等通知。"

"知道了。"

陆露知道自己被录取的几率几乎为零,极力抑制住泪意,缓缓转过身。这时,化妆室突然涌进了十几个人,都在大声说着什么,丁洁和陆露一句都没听清。当丁洁终于搞懂后,尖叫一声:"十分钟后就开播了,你让我给你们十几个人梳头做造型?不可能,这绝对不可能!"

"丁姐,我们的化妆师突然肠胃炎,你让我们怎么办啊?快点,这是台长都发了话的。"

"我这加我才三个化妆师,你们都要盘头发,时间绝对来不及!这是不可能的事情!"

"你有功夫拒绝不如就开始工作吧!你这人怎么那么拎不清?"

"你说谁拎不清……你在做什么!"

当他们吵架期间，陆露已经开始帮一个小姑娘编麻花辫、化妆，而且居然已经编好了。丁洁呆呆看着陆露，还来不及责骂，陆露头都不抬："下一个！"

……

当他们终于从化妆室离开，跑到录制现场时，丁洁只觉得自己的手都要断了，而陆露却好像什么事情都没发生一样。虽然不喜欢陆露小家子气的个性，她还是忍不住说："你的手脚真是有够快的。你以前练过？"

"以前是练过，但速度快多亏了经常给女儿编辫子。小丫头就爱乱动，我要最短时间内帮她穿衣服打扮好，所以慢慢的就……"

"你说你已经很久没化妆了？"

"嗯，有四五年了。"

"为什么？这以前可是你的专业啊。"

"因为结婚、生孩子以后，生活重心也都在丈夫和孩子身上，反而忘记了自己。说实话，我这身衣服还是大四的时候买的，除了居家服外我简直没有什么能见人的衣服。丁小姐，我知道我不太能胜任这份工作，但还是谢谢你给我这个机会。至少，你让我感觉自己还是有用的。谢谢你。"

陆露说着，对丁洁轻轻一笑，转身就走，而丁洁叫住了她。丁洁踌躇了一下，还是说："要不要你可不是我说了算，要看王总的意思。"

"那丁小姐的意思是……您这儿我通过了？"陆露不可置信地问。

"你去和王总聊吧，我带你去。"

半小时后，陆露慢慢从王开会办公室出来，悄悄掐了一下自己的手臂，因为她简直不敢相信曾经的梦想就这样成了真。

电视台的化妆师，虽然不是正式编制，但这是多么体面的工作啊！以后同学问她在哪里工作，终于能大声说自己在"电视台"，而不是小声地说在家带孩子了！以后别人问起小慧，她也能骄傲地说"妈妈在电视台工作"，多好！

陆露想着，美滋滋地笑了起来，然后笑容突然凝固了。她掏出手机，发现手机上的时间居然是下午5点，顿时慌了神！她急忙开车到幼儿园，但幼儿园早就关了门，哪里还有小慧的身影？她拼命给老师打电话，老师过了好久才接，说出来的话更是让她心惊："小慧被她爸爸接走了。"

顾文明接走了小慧？不，他一天到晚忙工作，怎么可能来接女儿？小慧，你到底在哪里？

快急疯了的陆露飙车回家，怀着最大的希望开了门，然后见到了正在一个人玩堆积木的女儿。看着顾诗慧，她的眼泪一下子就掉了下来，一把抱住了女儿。顾诗慧擦去陆露脸上的泪水，笑着说："妈，你为什么哭？那么大了还哭，羞羞！"

"妈妈没有哭，这是妈妈的眼睛在下雨。"

"啊？什么下雨？"

"陆露，你过来下。"

顾文明突然从书房出来，对陆露厉声说，而陆露愣了一下，就跟着他进了书房。顾文明关上了门，第一时间开始发作："你到哪里去了，这个家你到底是怎么管的！老师打电话找不到你人，只能找我，你知道我推了多重要的客户吗？这个也就算了，要是我今天也不去接小慧，你打算让她一个人在幼儿园里呆着吗？要是她被拐走了，我看你有什么脸回家！你今天到底去哪里了？"

"我去电视台面试化妆师。"陆露平静地说。

"化妆师？就你？"顾文明笑了，笑容很轻蔑："那样的工作一个月才多少钱，我顾文明还不至于让老婆出去抛头露面。不就是要钱吗，我以后每个月多给你2000，你只要把家打扫干净，把小慧照顾好就行，其他你什么都不用干。"

"顾文明，你怎么这么和我说话？我的人生价值就是在家里带孩子吗？"

"不然你还想怎么样？好了，我要出去了，晚上不回来吃饭。"

顾文明说着，拿起外套就走，陆露追到门口时正好看到他的汽车远离视线。顾诗慧拉拉陆露的衣襟，高兴地说："妈妈，我图画比赛得了第一名，老师把我的画挂起来了，还给了我一朵小红花！"

"小慧真厉害。"陆露心酸地抱着顾诗慧。

"我刚才也告诉爸爸了，但爸爸都没有表扬小慧。"

"爸爸最近忙，小慧你要理解他。你想要什么，妈妈买给你啊。"

"我想让爸爸妈妈带我去游乐园玩。小朋友都去过了，就我没去。"

"好，妈妈有空就带你去。"

"有空是什么时候？爸爸也要一起去！"

"这个……"

陆露想着顾文明的冷漠，眼泪又忍不住掉了下来。顾诗慧擦去陆露脸上的泪珠，开心地说："妈妈，你的眼睛又下雨了！"

是啊，眼睛又下雨了……

"小慧喜欢下雨吗？"

"下雨湿湿的，不能去公园玩，我才不喜欢呢。"

"嗯，那妈妈的眼睛以后不会下雨了。"

亲亲女儿的额头，陆露决心告别那个只会哭泣的家庭主妇。她要让顾文明看到，她陆露绝对不是他的附庸，而是有着自己的事业与能力的。

这样，他也许会把目光在她身上多停留一会儿吧。陆露悲哀地想着。

第七章　恋爱中的女人

陆露和顾文明就她去电视台上班的问题吵了一架。顾文明拿从此以后不会再给生活费威胁陆露，但陆露不为所动，坚持去上班，也终于迎来了第一次胜利。

顾文明不肯找保姆照顾女儿，陆露只好早上起来送顾诗慧去托儿所然后才去上班，下午把女儿接到单位——她是那么庆幸电视台怀孕生孩子的女人实在太多，以至于电视台内部都有一个小型托儿所，专门给妈妈"存放"小孩用。今天，陆露的心情不太好，因为托儿所老师说顾诗慧有了撒谎的坏毛病。她骗小朋友们说她爸爸是神仙，还组织小朋友一起来参拜"神仙的女儿"，骗他们把零食都上供给她，不然就会"遭天谴"，天天晚上尿床。老师哭笑不得："小慧的想象力值得肯定，但这样宣传封建迷信思想可不好。家长给小朋友讲故事值得赞许，但要把握好一个度。"

"知道了，老师。我会和小慧谈谈的。"陆露当时郁闷地说。为了挽回点面子，她故意说："小慧的画不是得了第一吗，带我去看看可以吗？"

"她没有得第一啊。"老师诧异地说。

陆露不信，去学校宣传栏看了很久，都没看到女儿的画作，终于灰了心。她去接顾诗慧，看着女儿欢笑着朝自己扑了过来，却没有了平日的喜悦。

"妈妈，你来接我啦！我们去游乐场玩吗？"

"不，妈妈要去上班，你和妈妈一起去单位。游乐园下次再去吧。"

"妈妈，你答应带我去的，你骗人！"

"电视台有很多明星，还有你喜欢的橘子姐姐，真不去吗？"

顾诗慧艰难考虑，最终重重地点头，跟着陆露往电视台赶去。陆露的心乱糟糟的，很难相信顾诗慧居然会有撒谎的坏毛病，试探地问："小慧啊，上次你说自己画得了第一名，老师给你什么奖励了吗？"

"奖励了我一朵大红花。"

"那红花什么时候给妈妈看看？"

"老师说要把红花放在幼儿园里，督促其他小朋友进步。"

还编得有鼻子有眼了！陆露忍住揭穿她的冲动，缓缓说："小慧，还记得匹诺曹的故事吗？小朋友说谎会怎么样？"

"鼻子会变长。"顾诗慧闷闷地说。

"所以？"

"小朋友不能撒谎。"

"对，小朋友撒谎就不可爱了。小慧会是诚实的好孩子，对不对？"

顾诗慧轻轻点头。

看到顾诗慧好像若有所思，陆露松了一口气，决定这次还是给女儿一点面子。到单位后，她把顾诗慧送到电视台的托儿所，亲亲顾诗慧的脸颊："小慧乖，妈妈要去做节目了，你就在这里好好看书，知道吗？"

"妈妈，我也要去！我要看橘子姐姐！"

"今天橘子姐姐没上班，下次吧。小慧乖啊，妈妈一个小时以后就来找你。"

陆露对顾诗慧好说歹说，她终于答应乖乖念书，等陆露前来。当陆露赶到化妆室的时候，米兰和韩可馨都在等她了。米兰悄悄瞪了她一眼，陆露会意，忙说："可馨，对不起啊，小慧太粘人了，我好说歹说她才肯放我

第七章 恋爱中的女人

过来。"

"小孩子都这样，没关系的。以后你把她带到化妆室玩好了，她一个人在幼儿园多没意思。看着你们，我会想起小时候陪伴我长大的保姆，真是好怀念啊。"

"咳咳，可馨，这是嘉宾的资料和供你参考的问题，你看看有没有问题吧。"

饶是已经习惯了韩可馨的说话风格，但米兰还是佩服她有着能得罪所有人的勇气与超强实力。韩可馨慢慢翻着文件，陆露在为她卷头发，而米兰则低着头忙着和纪凯发短信，时不时轻笑出声。韩可馨见米兰心情很好，笑着揶揄："上次你曝光的那家月子中心都寄律师函来了，王开会在台长那儿可是把所有事情都怪到你身上。你现在还有心情谈恋爱，就一点不担心吗？"

"有什么好担心的，台长不会让王开会置身事外的，月子中心光是和我过不去也没意思啊。再说了，最多赔点钱呗，他们又不能把我开了——我可是孕妇。"

"是，你是孕妇你最牛！"韩可馨揶揄。

说笑期间，韩可馨的造型已经做好。现在离节目开播还有一段时间，陆露从包里拿出中药用温水热了，然后痛苦地喝着。米兰一边吃话梅，一边好奇地问："你生病了？"

"没有啊。"

"那你喝中药干吗？"

"调理一下身体。"

"我还没喝过中药呢，给我尝尝。"

"药也能瞎喝啊，别胡闹。"

"就尝一口嘛，没事的。"

米兰好说歹说，最后直接抢了陆露手里的中药，用力吸了一口，然后喷了出来。她不断吃话梅，过了好久才缓过来："这什么啊，也太苦了吧！"

"中药本来就是苦的，谁让你瞎喝的。"

米兰不住地追问这药到底是干什么用的，到后来陆露终于无法自圆其说，只能招认："这是促怀孕的药。"

"什么？天啊，你至于喝这种药吗？你喝了多久了？"米兰大惊。

"喝了有一年了吧。"

"为了生二胎，你还真是……"

中药很苦，米兰喝了一口就受不了，要是让她喝一年的话，她情愿去死，看陆露的目光顿时满是敬佩。陆露皱着眉把药喝完，擦擦嘴角："唉，可是喝了一年还是没怀上。要不是生了顾诗慧，我简直怀疑自己是不是不孕了。"

"你就那么想生二胎？人家怀不上的都没你那么心急吧！"

面对质疑，陆露只是轻轻一笑，没有回答。她是那么希望快点怀上第二个孩子，这样婆婆那里有交代，而且他们说不定能回到从前——美好的从前。

"米兰，谁是米兰？"门口有人问。

"啊，我是。"

"有你的快递，签收下。"

"好，谢谢。"

米兰在快递单上签了字，好奇地看着盒子，暗暗猜测是谁给她寄了东西。陆露问她在淘宝上买了什么，米兰摇头："什么也没买。我也没听说有谁要送我礼物啊。"

"那就是意外惊喜咯，肯定是纪凯送你的。快拆拆看里面是什么。"

"他哪会送东西给我啊。"

米兰撇嘴，但眼中是浓浓的笑意与好奇。她拿陆露的眉刀把包装盒解开，发现里面又是一个被包的整整齐齐的礼品盒。她满怀期待地把礼品盒打开，然后一声尖叫，把盒子用力一扔，正好扔到了陆露脚下。陆露也是一声尖叫，把盒子用力一踢，踢到了韩可馨身边，吓得韩可馨顿时从座位上起身,然后扭了脚。三个女人在化妆室尖叫不止,米兰甚至跳到了桌子上,当纪凯赶到的时候真是惊呆了。

"出什么事了?"他紧张地问。

米兰一边尖叫一边指地上死不瞑目的老鼠。

纪凯抓起礼品盒就走,把老鼠扔到了垃圾桶,然后把还站在桌子上的米兰一把抱了下来。在他的怀里,米兰还是尖叫,纪凯只好轻声安慰:"好了,那老鼠早被我扔掉了,你看地上什么都没有了。"

米兰慢慢睁开眼睛,看到地上果然空空如也,终于松了一口气。她此时才发现自己居然在纪凯怀里,忙一把把他推开,不好意思地擦擦泪水:"你怎么来了?"

"我们心有灵犀,我知道你有危险,当然要来英雄救美了。"

"说人话!"

"你的叫声那么有穿透力,估计隔壁楼的都听到了,更何况我正好路过。乖,不要叫了啊,你看你叫得嗓子都疼了。"

纪凯特别自来熟地哄米兰,而米兰只觉得自己在陆露和韩可馨面前丢尽了脸面。她狠狠瞪了纪凯一眼,还是韩可馨想到了事情的不对劲:"米兰,是谁寄那只死老鼠给你的?你最近得罪了什么人?"

"我怎么知道!"

纪凯走过去,捡起了快递的包装盒:"寄信人叫莫名,地址是宏村——可能是假的地址,不过查查快递单号就能查到真实信息。"

"把盒子拿走,我不要看到!"

"亲爱的,你最近得罪了什么人吗?"纪凯问了同样的问题。

"我每天就上班、回家睡觉,哪有空得罪人啊?哦,得罪你算不算?"

"那只能从快递单上找线索了。"纪凯摸着下巴说。

她们三人惊魂未定,但节目开播的时间就快到了,也只能硬着头皮去工作。聚光灯下的韩可馨光芒四射,一点都看不出刚才惊恐的一面,而陆露惊魂不定地问:"上次你就是在这里出事儿的吧?一会儿被劫持,一会儿被恐吓的，这是电视台还是疯人院啊！小慧那会不会有问题？万一有疯子去幼儿园对她不利可怎么办？那里的老阿姨看起来可不是凶手的对手！"

"姐姐，你觉得保安会放疯子进电视台吗？那些别有用心的人不去对明星、主持人下手，千里迢迢跑到另外的楼里去对付一个小丫头？你觉得这样现实吗？"

"可是总是会不放心啊。你没当……"

陆露下意识地又要说教，被米兰狠狠瞪了一眼，接下来的"妈"字就这样活生生被咽了下去。高爽好奇地歪着头："没当什么？"

"每当我轻轻走过您窗前，明亮的灯光照耀我心房。啊，每当想起您，敬爱的好老师，阵阵暖流心中激荡——我唱的还不错吧？"

"没听过。"

高爽很快就对陆露不感兴趣了，而米兰真是冷汗直流，狠狠掐了陆露一下，而陆露急忙讨饶。她们一起关注着节目的进展，看着那个穿着高跟鞋，骄傲地挺着肚子展现身姿的女明星，都有点囧了。米兰对她佩服极了："你看她除了肚子以外没有其他地方长肉，这到底是怎么弄的？你怎么就全身都胖？"

"人家有专门的营养师、美体师，一般老百姓哪有这条件啊。你们这节目啊，也只是让大家看看有钱人是怎么生活的罢了，没啥实用性。"

"嘘，这话被王开会听到你可就死定了。"

米兰和陆露轻声聊天期间，纪凯也来到了她们身边。其他人都很识趣地躲开了，米兰轻声问纪凯："查到什么了吗？"

"显示确实是那个地址寄出来的信件，但人名估计是假名。"

"我家祖宗十八代都没宏村的亲戚，是谁那么无耻地想害我？会不会寄错人了？"

纪凯轻轻掠过她的发丝，柔声说："别想了，这件事情交给我办就好了。结束了我们去吃饭，然后看电影吧，我订好了位子。"

"我正好要去看冰川世纪，那就晚上一起去吧。"米兰闷闷地说。

第七章 恋爱中的女人

"好,我让人网上买票。你还有什么想去的地方?"

纪凯说着身体越来越近,手也有一种要搭在米兰腰上的趋势。米兰警惕地后退一步:"没有。"

看着米兰,纪凯顿时有一种逗小猫的感觉。他进一步,她就会退一大步,但是当他后退的时候,她就……

她就会头也不回地跑了吧?

纪凯想着,脑海中浮现出米兰戴着猫耳朵的样子,忍不住笑了起来。米兰的直觉告诉她纪凯的笑容很有内涵,但她来不及想,因为手机突然震动了。她走出去接电话,又是一个有些苍老的女声:"电视台喊孕妇来作秀,你们的良心都到哪里去了?你自己也是当妈的人,你到底怎么想的?"

"你是谁啊?"

"我只是一个你们不会关心死活的普通人,问了我的名字又有什么用?送给你的礼物还满意吗?"

"礼物?那只死老鼠是你送我的?你到底是谁,和我有什么仇啊?"

"呵呵,这只是个开始。这是对你说谎的惩罚,米兰。"

"你怎么知道我的名字,怎么知道我的电话?你到底是谁?喂!"

米兰拼命问,但女人已经挂断了电话。米兰眼前又浮现出那只死老鼠来,顿时跑到洗手间,结结实实地吐了一场。她一边流泪一边洗脸的时候,吴葵也正好挺着大肚子从厕所出来。她同情地安慰米兰:"吐得厉害啊?"

"嗯,是啊。"米兰忙说。

"我刚怀孕那会儿也是这样,吃什么吐什么,那叫一个郁闷。不过没事儿,过了三个月就会好了。你现在几个月了?"

"两三个月吧。"米兰一边擦眼泪一边说。

"你怎么当妈的,怎么孩子多大都不知道?得了,看你都吐晕了,我扶你出去吧。"

吴葵说着,扶着米兰走了出去,扶她坐在沙发上,给她倒了一杯热开水才离开。米兰早就习惯了吴葵对她呼来唤去,没想到自己也有被照顾的一天，觉得这个世界都不真实了。她虚弱地在休息室坐着，纪凯推开门，看到的正是她流泪的情景。在那一瞬间，纪凯觉得自己的心轻轻一颤。

强烈的白炽灯下，米兰的脸色是那么苍白，身体也显得那么单薄。她好像小猫一样蜷缩在沙发上，眼角还有未来得及抹去的泪痕。她呆呆看着手上的杯子，而纪凯就在不远处，一直注视着她。他发现，他真的一点都不了解这个即将为他孕育生命的女人。

有时候她很柔弱，有时候她坚强得可怕。她会不假思索地拒绝他，却也会对陌生人绽放笑颜。女人都是天生的演员，可她从来不在他面前哭泣。你到底在想什么，米兰？

纪凯想着，就这样远远地看着她，却没有走进去。

他觉得自己的心好像有点乱了。

这一期的节目非常成功，没出现疯子劫持，也没出现嘉宾甩脸子，大家都特别愉快地收工。米兰走出单位的时候，突然发现天空不知道什么时候下起雨来，再看到其他同事都从包里拿出雨伞，顿时急躁了起来。就在她打算厚着脸皮蹭陆露的雨伞去公交站台时，突然看到纪凯正撑着伞，站在雨中。注意到她的目光后，纪凯慢慢朝她走来，而米兰只觉得这样的场景似曾相识。

她怎么会忘记，她喜欢上王志鹏就是因为一把雨伞。

当时，也是这样的雨天，大家都放学回家了，而忘记带雨伞的她只能站在教室门口发呆。随着天色变黑，她干脆打算一咬牙冒雨回家，没想到王志鹏居然把他的雨伞给了她。看着"校园王子"的微笑，米兰红着脸连句"谢谢"都说不出，撑着伞回家的时候，总觉得王志鹏就在她身边似的。因为少女的羞涩，那把伞她一直没有勇气还给王志鹏，但就算时光流逝，就算那把伞已经在岁月的侵蚀中变得不堪入目，但她永远记得当时那心动又温暖的感觉。

"我就知道你没带伞。"

第七章 恋爱中的女人

纪凯把伞撑在米兰头顶，搂着她的肩膀，让被冷风吹到发抖的米兰瞬间温暖了起来。陆露和韩可馨都对她别有用意地笑了一下，一起把她抛弃，而米兰脸红心跳地问了一个白痴问题："你在这里做什么？"

"接我的公主去吃晚饭。"

在众人艳羡的目光中，米兰别别扭扭地钻进了纪凯的车子，觉得脸上的红晕就一直没有褪下来过。他们一起吃饭、看电影，走出电影院的时候已经是晚上9点了，而雨也已经停了。米兰想起好笑的电影情节就乐不可支，看着纪凯萎靡不振的样子奇怪地问："你怎么了，怎么脸色那么难看？"

"没什么，就是太阳穴有点疼——你不觉得刚才电影院里太吵了吗？"

"还好吧。"

"呵呵。"

纪凯记忆中的观赏电影是一种身心的放松和情感的交流，从没想过看电影居然会成一场噩梦。

那个该死的《冰川世纪》居然不是灾难片，而是动画片！电影院里的不是恩恩爱爱的情侣，而是尖叫着跑来跑去的小朋友，他们还拿爆米花扔来扔去！其实吵闹一点他可以忍，身边的女人一直傻笑他也能忍，他想拉米兰小手的时候，她却拿起了旁边的可乐瓶，他也能忍，甚至有个孩子把爆米花的碗扣在他头上，他还能忍……

但为什么有个孩子哭着走到他身边，说要去嘘嘘？他又不是孩子的爸爸！喂喂，你解开裤子干什么？

纪凯极力想遗忘那悲惨的一幕，而米兰没放过他："我没觉得电影院很吵，但刚才那个叫你爸爸，让你带他去上厕所的孩子真是太好笑了！他爸妈都险些吵起来，哈哈！"

"走吧，我们去兜风。"

准备好的情话在电影院里一句都没用上，只能去湖边看看有没有机会一展身手了。纪凯开车到了太湖边上，和米兰一起绕着河堤慢慢走着，看着在灯火照射下波光粼粼的太湖，只觉得心情都平静了下来。空气中传来沁人的香味，不知道是花香还是米兰身上的香气。纪凯突然驻足："米兰，你用的是什么洗发水，味道非常好闻——就像你一样。"

纪凯轻轻抓起米兰的一缕头发，手指划过她的脸颊，把她的发丝放在鼻下轻轻一嗅，对她勾魂一笑。米兰狐疑地说："可我已经两天没洗头了，怎么会有香味？哦，你说的可能是刚才洗手间里空气芳香剂的味道。"

纪凯心里吐槽，但神色不变。他放下了米兰的秀发，摸摸她的脑袋："你可真有趣。"

米兰懒得理他，扭过头，玩着头发，出神地看着不远处的游乐园。纪凯看出了她的心思："走，我们过去玩吧。"

"不好吧，多幼稚啊。"

"你会在意别人怎么看？"纪凯反问。

米兰一愣，然后轻轻摇头。

"那不就得了。去吧。"

纪凯说着，拉住了米兰的手——这是他们第一次牵手。纪凯的掌心是那么温暖，暖到让米兰觉得烫得惊人。她尝试着想把手抽出来，但纪凯握得是那么紧，简直丝毫动弹不得。纪凯装作没察觉到米兰的纠结，拉着她的手走到游乐场："开始吧。"

他的笑容简直比星空还要璀璨。

抓娃娃、鬼屋、旋转木马……米兰和纪凯一起疯笑、尖叫，觉得自己就要沉醉在这个充斥着音乐和爆米花香味的地方了，而纪凯的手一直没有松开。到了射击的摊位前，米兰的眼睛盯着巨大的熊宝宝就挪不开。纪凯看出她的心思，问："我赢了这抱抱熊，你给我一个吻怎么样？"

"这可是一等奖，要十发十中，你能吗？"

"可以吗？"

"好，但是你做不到的话，怎么办？"

"我给你一个吻。"

"纪凯,你真当我傻啊。"米兰黑线。

他们说话间,有对情侣走了过来。那个染着紫色头发的非主流小妹娇声娇气地对她的光头男朋友说:"老公,我要那个抱抱熊!"

"好,老公赢了给你!老板,两把枪!"

老板打哈哈:"实在不好意思,现在只有两把枪,已经给了刚才的客人一把了。你们挨个儿玩,可以吗?"

"喂,大叔,你把枪给我,我女朋友要玩。"小光头不客气地看着纪凯。

"大叔?"

纪凯的笑容凝固了,而米兰忍不住大笑了起来。纪凯瞪了米兰一眼,米兰忙说:"脾气不要那么大嘛,大叔。"

"大婶,你让你男人把枪让给我们啊,反正你们也不会玩。"

死丫头,竟然敢喊我大婶!米兰瞬间变了脸色:"不给。"

"大婶,你们干嘛玩我们年轻人玩的游戏啊!你们要寻找童年的话,去坐坐木马,躺在摇椅上晒晒太阳就好了啊!"

"第一,我今年才二十多岁,不是什么大婶;第二,你以为玩这个我们会输?"

"啊,我好怕啊!那比比?"

"来啊。输了怎么办?"

"输了就打巴掌哦!"他们贱贱地笑着。

"好!"

米兰爽快接受了挑战,然后问纪凯:"你会赢的,对吧。"

纪凯无奈地说:"你既然有疑虑,为什么要答应?"

"因为我对你有信心。努力啊,少年。"米兰语重心长地拍拍纪凯的肩膀。

在那一瞬间,纪凯真的为自己的未来担忧起来。

他们的比赛规则很简单,每人10发子弹,打中气球最多的一组获胜。非主流情侣们一边嚼着口香糖一边打情骂俏,但射击水平却是出乎意料地好。一局下来,男人打中了9个气球,女人打中了3个,店主只能苦着脸送给他们一大一小两个娃娃，然后他们就抱着娃娃嚣张地对着纪凯和米兰吹口哨。米兰简直想把他们痛扁一顿："现在的孩子真是太招人厌了。"

"所以我们要给他们一点厉害看看。"

纪凯说着，把外套脱下交给米兰，解开了衬衫的两粒扣子，然后慢慢把袖管挽起。褪去了"精英"外皮的他，充满了侵略性，米兰似乎能感觉到他浑身的血液都在燃烧。纪凯甩甩头发，摆出了帅气的姿势，引来游乐园的小女生连连尖叫，甚至把非主流少女的目光都吸引了过去。小光头有点不开心，强迫女朋友看着自己，而此时纪凯已经开始射击了。

一枪、两枪……米兰看到气球一个个爆破，开心地尖叫了起来，只觉得此时的纪凯简直是帅气逼人。小光头见女友的双眼都开始发光，心里烦躁，故意走到纪凯身边，狠狠撞了他一下，纪凯最后一枪就这样射偏了。他装模作样地道歉："啊呀，刚才脚滑了一下真是抱歉啊！大叔，你不会和年轻人计较的，对吗？"

纪凯懊恼自己就差一个气球就能为米兰赢得抱抱熊，对这个小光头没了好脸色，而米兰轻轻拽他的衣袖，让他不要生气。纪凯回过神来，暗自为自己方才的孩子气好笑，柔声说："你只要也打中3个就和他们平手了——打不中也没关系，开心就好。"

"知道了，我会尽力。来，帮我拿外套。"

米兰学着纪凯的样子脱下了外套，把袖子卷起，然后走到气枪面前。这时，非主流少女笑着说："大婶，别浪费钱了，快认输吧。"

米兰没有搭理她，只是眯着眼睛瞄准气枪。随着枪响，第一个气球应声爆裂。纪凯高兴地鼓掌，心里却知道这只是米兰运气好罢了，而他却没想到米兰居然接二连三地打中，周围的观众也看傻了眼。

当最后一个气球被米兰打破的时候，摊主终于反应过来。他几乎是屁滚尿流地把抱抱熊和优惠券递给米兰，哭着说："妹妹好身手，以后不要来玩了吧，我们小本经营也不容易。这熊您拿好，慢走不送啊！"

米兰抱着抱抱熊，对纪凯和非主流情侣傲然一笑，在那瞬间纪凯好像看到了谈笑间樯橹灰飞烟灭的女将军。他几乎不敢相信米兰还有这样彪悍的一面。米兰傲然站在非主流情侣面前说:"是你们自己来,还是我帮你们?"

"大婶……"

"还叫大婶!叫姐姐!"

"姐姐我们错了!错了啊啊啊!"

米兰终于心软。她狠狠弹了他们每人十下脑门儿,只觉得神清气爽。她抱着大娃娃,笑容竟是比收到玫瑰花的时候还要灿烂。纪凯出神地看着她,真的不懂为什么这个最多值 100 块的东西怎么会比昂贵的玫瑰花和耀眼的钻石戒指还受她的欢迎。他突然想了解她——他未来孩子的母亲。

"纪凯,你看老板送给我们摩天轮的免费券,我们去坐吧!"

"时间不早了,我们先回家,下次再坐怎么样?"

"你不想去吗?"

纪凯干笑。

米兰温柔地说:"不坐算了,我们回去吧。"

"亲爱的,你真是善解人意。"

"以后别找我出来。"

……

纪凯想从米兰的脸上看出她到底是不是在开玩笑,最后他绝望了。他闭上眼睛,深吸一口气:"真的要去?"

"有免费券不去,你是傻瓜吗?"

"好。"纪凯的脸上带着悲壮。

当纪凯和米兰一起坐上了摩天轮,喧嚣的环境突然安静了下来。米兰悠然看着身下的风景,而纪凯一直闭着眼睛。米兰好奇地问他是不是不舒服,纪凯轻轻摇头,深情地说:"你在我身边的感觉真是太好了,我想细细回味。"

切,你就矫情吧!

米兰简直懒得理他，而不知道为什么，纪凯的话特别多："米兰，我发现我们之间好像还不太了解。既然决定谈恋爱，说说你的故事吧。"

"我没什么故事……"

"这摩天轮坐到顶端需要三十分钟，正好让我了解你。摩天轮下去的时候也是半小时，你可以随便问我问题，很公平吧。"

"可我真的没什么好说的啊。"

"你可以和我聊聊大学学的是什么专业，怎么会进电视台？"

米兰认为自己的经历根本没什么好说的，但抵不住纪凯有技巧的提问，倒是把她的生平都交代了个遍。她把她的倒霉事情都说了，当提到她暗恋王志鹏十年，但王志鹏居然和其他人结婚的事情，她的鼻子又开始泛酸："十年啊，十年！我人生最美好的年华就在暗恋里度过了！他娶别人也就算了，为什么娶了王艳那丫头！她哪点比我好！想起这件事，我就想从摩天轮上跳下去！"

"可爱情是没有先来后到，也没有对错的。"

"就好像你能喜欢很多很多人？真的把一个人放在心上的时候，是容不下其他人的。"

纪凯愣住了。

他记得，很多很多年前，他说过这样的话，但他后来发现这句话是多么可笑。他以为自己早已忘怀，但眼前还是清晰地浮现出过去那个少年倔强的身影。他的手轻轻握拳，又缓缓松开，笑容是那么桀骜："你信这个？"

"当然是相信的。"米兰轻声说。

"所以你在金钱、地位、前途和爱情之中，选择的会是最虚无缥缈的爱情？"

"我并不认为爱情是虚无缥缈的。就拿我爸妈来说，我认为爱情就是你口渴时候的一杯水，你疲惫时候的一声问候，还有牺牲自己，却帮助对方实现梦想的勇气。我希望的，也是这样的爱情。"

"你一定会得到。"纪凯轻声说。

他想,他终于知道米兰为什么会喜欢娃娃而不是喜欢昂贵的项链了。

这样的感觉还真是奇妙……就好像她是真的爱着他似的。

纪凯想着,忍不住微笑了起来,而米兰看着他紧闭的双眼只觉得有些来气。纪凯的声音在摩天轮里显得很空旷,没有了惯有的热情,非常平静:"你们女孩子好像都很喜欢摩天轮。"

"比起摩天轮本身来,是更喜欢和心爱的人共处一室的感觉吧。我记得上学的时候大家都说在摩天轮上……其实也没什么,怪无聊的。"

米兰险些说出情侣要是在摩天轮最高点的时候接吻就会一辈子不分离,但后来意识到这话很像在暗示纪凯,生生把剩下的话咽了下去。纪凯好笑地追问她:"就会怎么样?"

"没什么……哈,你说这摩天轮不会出故障吧。如果它出了故障,我们就只能呆在半空中了,多可怕啊。"

"当然……"

纪凯一句话没说完,突然摩天轮剧烈震荡了一下。米兰都来不及尖叫,一下子冲到了纪凯的怀里,而纪凯也终于睁开了眼睛。他们愕然地看着摩天轮就这样停在了距离最高点仅五米的地方,米兰只觉得冷汗一下子就流了下来。她讪讪地笑:"呵呵,好像运气还是一如既往的好……也许我该金口玉言说我明天就要中彩票?咦,你的脸色怎么那么难看?"

米兰突然发现纪凯的脸苍白得可怕,忍不住摸摸纪凯的额头,然后觉得他的身体简直冷得不像话。她害怕地摇晃纪凯:"纪凯,你别吓我,这样不好玩!"

"宝贝,你别再摇我可以吗?"

"你到底怎么了?"

"再晃我真的会……"

纪凯一句话没说完,就倒在了米兰身上,吓得米兰都要哭出来了。她正琢磨要不要牺牲自己给他做人工呼吸,纪凯轻声说:"我有轻微的幽闭空间恐惧症。"

"就是……就是'我的秘密花园'里玄彬的那种病？"

"嗯。我不能在密闭的空间呆过长时间，不然就会是现在的状况。不过不要紧，要不了命。"

纪凯说着，勉强对米兰一笑，想让她放心，但他虚弱的样子让米兰更加担心。她急忙捂住纪凯的眼睛，柔声说："这样会不会好一点？"

"嗯。"

纪凯的甜言蜜语在瞬间消失无踪，就好像孩子一样，虚弱得需要人照顾。米兰抱着他，不知道做什么好，只好不住地说话，到后来轻轻唱起歌来。歌声中，纪凯只觉得紧绷的神经慢慢松弛了下来，而他出神地看着米兰，第一次觉得这个女人美丽得惊人。

"你看我干什么？"米兰羞涩地问。

"你……很像我妈。"

……

"混蛋！"

美好的情绪在瞬间消失殆尽，米兰猛地去推纪凯，然后惊喜地发现摩天轮又动了起来，已经快升到了顶点。就在米兰舒了一口气的时候，纪凯突然一把抱住了米兰，吻上了她的嘴唇。米兰没想到纪凯突然会吻她，惊讶地睁着眼睛，而纪凯身上的气息也源源不绝地传过来。他的身体是那么炙热，热到让她想起那天晚上的缠绵。她觉得自己似乎听到了两个人的心跳声。

"五、四、三、二、一……有礼物送给你，米兰。"

纪凯说话期间，突然有烟花在不远处绽放，简直触手可及。米兰呆呆地看着漫天的烟火，再看着在火光中容貌极其柔和的纪凯，觉得有什么东西从心里涌了出来。那么多年，他是对她最好最好的男人，他让她感觉自己不是芸芸众生中的一员，而是独属于他的公主。她的声音是那么轻柔，好像怕打破美好："谢谢，我很喜欢。"

"那有没有爱上我一点？"

看着纪凯在烟火的火光中微笑的容颜，米兰失了神。

不是爱上你一点……

而是再这样下去，我可能真的会爱上你吧。米兰默默想着。

当湖边的烟花就为米兰一人绽放的时候，韩可馨的小区里也放着孤零零的烟花。她闻不了硫磺味儿，把窗关上，走进卧室，见杨波企图关机就知道他又干坏事了。她恶狠狠地瞪他，原以为他又在打游戏，却没想到居然是在和同学聊天——而且还是女同学。那个网名叫如梦的家伙居然在向他的老公表白，而杨波居然没拒绝！这对狗男女！

"老婆，她只是说她上学的时候暗恋过我，她现在都结婚了，我们不会有什么的。你不要骂我们狗男女嘛。"

韩可馨倒是没想到自己居然会把心里想的话说出来了，懊恼地捂住了嘴巴，然后厉声说："杨波，你可真行，你老婆怀着孩子，你就在外面拈花惹草！"

"老婆，我们只是在聊以前上学的事情啊。她都结婚了，我们真的没什么的。"

"哟，她结婚了，你话里话外的怎么那么遗憾呢？要是她没结婚，你是不是就要离婚以后娶她，和她共续前缘啊？"

"老婆，你胡说什么啊！我有你，有儿子，怎么会想别的女人？"

"我是沾了儿子的光了，不然早就被你甩了吧？"

饶是平时再优雅大方，钻进死胡同的韩可馨和所有女人一样，最擅长的就是胡搅蛮缠。她不住尖叫和哭泣，对杨波拳打脚踢，然后摔门离去。疾驰的汽车窗外的风有些凉意，也让她慢慢冷静。

其实，她也知道杨波并没有和女同学说什么暧昧的言语，但她总以为遇到这样的事情，杨波的第一反应就是严词拒绝，而不是和现在一样态度暧昧。她喜欢的就是杨波的诚实与单纯，但这样的男人真的是她心目中的那个人吗？他真的不会背叛吗？

更何况，自己现在又是这个样子……

韩可馨看着汽车后视镜中的自己。虽然眼角的斑点不是很明显，但这斑点就像白纸上的墨点，生生印在了她的心上。因为呕吐的关系，她倒是没变胖，但头发掉得厉害，皮肤也变得很粗糙。她几乎可以预想到五个月后的自己——肥胖又丑陋，就好像任何一个生了孩子的女人。而那个女人不再是漂亮的韩可馨。

韩可馨越想越郁闷，猛地停了车，此时才发现自己居然开到了一所大学前。她干脆停下车，慢慢走进大学，学生们的笑声是那么近，又让她觉得那样遥远。她信步走到了图书馆前，打算混进去，却被管理员叫住："请出示一下证件好吗？"

"对不起，我的学生证忘在宿舍了。"韩可馨眨着眼睛对他放电。

"那请问老师您教哪一科的？"

"老师？我是大四的学生啊。"

管理员不再说话，但看韩可馨的眼神满是怀疑，韩可馨只觉得羞愧欲死。她毕业也就四年时间，自我感觉保养得还算不错，也总有人夸她年轻，难道这一切都是骗局吗？或者说怀孕对她的影响有那么大吗？

韩可馨越想越绝望，脸色一片灰白。她撩下头发，厉声说："怎么看不出来我才二十多岁吗？我看起来有那么老吗？你的眼睛真该好好擦一下了！"

"同学，请进，快请进！"

图书管理员生怕这个女人情急之下做出什么事情来，居然放韩可馨进了图书馆。韩可馨冷哼一声，昂首走了进去，但心情已经变得更为糟糕。她在图书间慢慢走着，突然想起了和宋宇第一次见面的情景。

那时候，她大一，宋宇大三。因为开着保时捷来上学，她军训第一天就成了全校的焦点，给她发短信、打电话的男生从早到晚简直没停的时候，而她只能从宿舍逃到图书馆找清净。她在书架上看到有卡夫卡的文集，伸手想去拿，没想到和另外一只手握在了一起。她猛地把手抽回，然后见到了一张温润的脸。他的笑容，就这样印在了她的心田。

"同学，好巧。"宋宇笑着对面红耳赤的韩可馨说。

在安静的图书馆，韩可馨不由自主地想起自己年少时期的青涩恋情，有些唏嘘——不知不觉，时间过得那么快，他们都老了。就算再自欺欺人，就算化妆技术娴熟，她也不是当初那个少女了。她看到书架上有一本莫言的小说，想拿下来看看，却没想到拿的时候感觉到对面也有一股力量传来。这一次，是韩可馨先放了手，然后见到的是宋宇诧异的面容："可馨？"

"师兄……好巧。"韩可馨愣住了，好久才说。

"真的好巧。去喝杯咖啡怎么样？"

韩可馨似乎找不到拒绝的理由。

与韩可馨上大学的时候不同，现在大学的咖啡馆装修得非常豪华，咖啡也是现磨的，味道非常好。韩可馨喝着咖啡，怀念的却是上学期间5块钱一杯的速溶咖啡，以及当时那美妙的心情。宋宇轻轻抚摸着咖啡杯，笑着说："现在的大学生物质生活很丰富，和我们以前真是没法比。"

"是啊，现在的孩子还真幸福。"

我好后悔就这么出来了没化妆！最近的商场在哪里？韩可馨郁闷地想着。

"我是这所大学的客座教授，今天和几个学生聊论文，没想到会碰到你。可馨，我一直给你发邮件，你一封都没有收到吗？还是说，你不想回复？"

"我……师兄，我不知道该怎么回复。"

"和我结婚吧，可馨。"

韩可馨没想到宋宇会突然来了这句话，惊讶地看着他，简直怀疑自己的听觉出现了问题。她猛然起身，衣角带动了桌上的果盘，水果就这样撒了一地。她急忙低下头来捡果盘，而宋宇一把抓住了她的手："对不起，我原来想慢慢的来，循序渐进，但你让我感觉到随时会离开我。可馨，我爱你，我想和你结婚。"

"师兄，你是不是喝多了，都开始说胡话了。"

"这句话,二十岁的宋宇就该告诉你,但他因为自卑,也因为年少时的自以为是,一直压在心里没有说。那时候的他觉得漂亮的韩可馨是他这样穷苦出身的人所高攀不起的,所以他只能努力学习来改变自己的命运,希望可以和心爱的女人有一天站在一样的高度。现在,三十岁的宋宇还算有了一定的事业,终于说出了那句话。"你愿意给暗恋了你十年的男人一个机会吗,可馨?"

韩可馨的心一下子乱了。

那么多年来,她都默默喜欢着宋宇,等待着宋宇的表白,可等来的却是他毕业后和李莹一起出国的消息,暗自神伤了很久。有很长一段时间,她都沉浸在痛苦中,直到遇到了杨波,才慢慢抚平心中的伤,也把宋宇藏在心里的角落。她原以为这段初恋是一厢情愿的,会随着时间的流逝无疾而终,却没想到宋宇居然对她有着同样的心思……

因为自卑而不敢高攀?她能说她当时是一样的心情吗?他可是全校最优秀的人,就算骄傲如她,在他面前也会感觉到他高不可攀……

真可笑。明明彼此喜欢,却就这样错过了。

"你说你喜欢我?"

"是的。"

"那李莹算是怎么回事?"

"我们从头到尾只是同学罢了。"

"可她出国之前,告诉我你们在一起了,让我不要来打扰你们。"

宋宇的呼吸急促了:"不可能!我知道她对我有好感,但我早就和她说清楚我们只能做朋友,她怎么会找你说那种话?所以你从来不回复我邮件,和我就这样断了联系,是吗?"

韩可馨呆呆看着他,一时之间不知道宋宇说的是真是假。可是,她情愿相信他,相信她的青春并不只是一场单恋,是一场最美丽的误会与悲剧。

可是,真的能放下吗?为什么这样比他不爱她还令她难过?

"可馨,相信我,我和李莹绝对没有任何关系。我们是一起出国,去了同一所大学,但我们从头到尾只是同学,她毕业后也嫁在了美国。我真的不知道她对你说了这个。"

"现在说这些已经没意义了。"韩可馨轻声说。

"不,当然有意义。你喜欢过我,对吗?"

韩可馨不由自主地轻轻点头:"曾经。"

可也只是曾经。

"可馨……我真的没想到,我们会这样错过。可是,现在还不晚。请让我重新追求你。"

"师兄,不要开玩笑了。我们都不是当年那个人了。"

"可我喜欢你的心没有变。给我个机会,可馨。"

"我……我走了。"

韩可馨慌乱地挣开宋宇的手,跑了出去。看着夜空中的皎洁月亮,她只觉得心乱如麻。

米兰并不知道韩可馨在老公与旧爱之间的纠结,也不知道宋宇对韩可馨采取了猛烈的攻势,只觉得她最近越来越沉默——哈,终于可以不要听她炫耀,可真是太好了!而令她悲伤的是,她的父母也终于要踏上行程。

米兰父母出行那一天,纪凯特地请假送他们去机场。他看到米兰爸抱着米兰痛哭,一边擦眼泪一边进安检的样子,只觉得无法理解。

从小到大,他都是在妈妈的棒子下长大的,记忆中的父亲也是严肃儒雅,他简直无法想象身为一个父亲居然会像孩子那样哭泣。察觉到纪凯的眼神,米兰又心酸又觉得丢脸,给爸爸擦眼泪:"爸,你别哭了,你是出去玩,又不是被卖出去打工!啊,我不是凶你,别哭了啊……"

"别理他!和我出去有那么憋屈吗,真是的!在国外的时候也是,看到什么好东西就想着回家送给闺女,怎么不想到买个给我?"米兰妈吃醋了。

"妈,你还和我吃醋啊!别撅嘴了,这嘴都能挂油瓶了!大家都说女儿就是老爸前世的情人,你个正室还和个二奶计较啊?走啦,上飞机了!"

米兰的话让大家都笑了起来，离别的情绪也一扫而空。米兰爸在进安检前，突然把纪凯拉到一边说了什么，然后才和米兰挥泪告别。目送他们进场后，米兰和纪凯一起回公司，好奇地问纪凯："我爸和你说了什么？"

"你猜猜看。"

"是不是说你不许欺负我，要是欺负我的话，不会放过你之类的？"

"不。"

"那是什么？"

"说你有低血糖，记得给你买糖和巧克力。家里的巧克力放在抽屉里，你一翻就能找到，但你总不记得买，让我当心。还说让我控制自己的欲望，要是把你弄伤了，他会阉了我。"

"……"

爸爸，你好彪悍！米兰默默想着。

"所以，为了我下半生的幸福着想，我会对你很好。"

"后半句话是你编的吧。"

"被看穿了啊。"纪凯厚脸皮地说。

从机场回来后，他们一起到办公室。纪凯拿给米兰一大包巧克力，让她放在单位慢慢吃，大家纷纷起哄，米兰又是恼怒又觉得心里有些甜滋滋的。她大方地和大家一起分享，高爽边吃边问："那你和纪凯准备结婚了吗？"

"那个还不好说。"

"他不要你？"

"咳咳，怎么可能！是我不要他！"米兰忙说。

而其他人都饶有意味地看着她，脸上分明写着三个字——不相信。

"实话告诉你们吧，他都和我求了好几次婚了，可我要看他的表现再决定嫁不嫁给他。真的——真的！"

韩可馨笑眯眯地说："好啦，我们相信你是真的。不过你也别太端着，要松弛有度，因为男人可没有那么好的耐心。"

第七章 恋爱中的女人

"切，说得好像我很稀罕他似的。"

米兰不屑地撇撇嘴，手机突然响了，是李秀梅打电话来问她最近身体如何。她不住吹嘘自己吃得有多好，睡得有多足，李秀梅终于满意地挂了电话，而米兰有些心虚——向来都是李秀梅打电话给她，她从来没关心过李秀梅的身体健康，实在是太不懂事了。米兰说话间，韩可馨的手机也突然响了，她以为是杨波问她回不回家吃饭，没想到来电人居然是宋宇。她愣了一下，把手机按了静音放在了一边，但眼睛还是止不住地往手机上看。理智告诉她绝对不能接宋宇的电话，但感情上为什么会那么不舍？

"可馨，怎么不接电话啊，是不是男人打来的？"

米兰一把搂住韩可馨的肩膀，大喇喇地开玩笑，肢体接触让韩可馨非常不适应——从小到大，她从来没和同学这样亲密接触，更别说成年以后了。她不知道该怎么开口让米兰把手放开，只好装作不在意的样子："胡说。"

"切，我看你脸红红的，一看就是思春的样子，就别不承认了。是那谁吧？"

因为高爽在场，米兰不好问得太直白，只好拼命眨眼睛，而韩可馨无语至极——她哪里是暗示，简直就是明示！陆露一把拉过八卦到极点的米兰。轻声说："那么三八干嘛，又不关你的事。"

"我关心朋友嘛，不行啊？"

朋友？韩可馨的心微微一颤，而米兰的注意力很快就转移了："陆露，你干嘛呢？"

"看小慧的照片啊。"陆露不住地注视着手机链上的照片，甜蜜地说。

米兰黑线："托儿所放学就能见到她了，你至于吗？"

"没有当妈妈的人是不会懂当妈的心的——等你生了就知道了。"

"切，真是受不了，怎么当了妈妈就会这么恋子啊。"

高爽推推眼镜："恋子情结是由于母亲在自己老公那里没有得到她所需要的关注和爱护时，将这种需求转移到了自己的儿子或者女儿身上的一种心理和行为。我认为现在的家长对孩子的溺爱一方面是变相满足自己的童年梦想，另一方面则是对自己的肯定——孩子优秀在某些方面也代表着自己的优秀。陆露，你觉得这个说法对吗？"

陆露呆了："哪有那么复杂，我只是很喜欢自己的女儿罢了。虽然她有时候很烦，但她微笑起来的样子就像是天使。"

高爽与米兰交换了眼色，两个人都不再说话，而陆露知道她们心里指不定怎么编排自己。她只好说："我没生孩子之前，真的也无法理解有些人会喜欢孩子喜欢成那样，但当你们经历了十月怀胎，千辛万苦地养育，看着孩子慢慢长大，慢慢会说话、走路，心情就会不一样了。说直白点，不是每个妻子都愿意为老公死，但是百分之九十九的母亲都会愿意为孩子去死。这就是血缘的力量。有句话叫'女人是弱者，但母亲是强者'，意思就是为母则强，这样的感受是你们现在无法理解的。"

看着米兰和高爽还是呆呆的样子，而韩可馨若有所思，陆露接着说："我已经快三十岁了，你们也差不多都是这个年纪。年龄就好像时钟，会在一定时刻发出适当的声音。在我们二十岁的时候，呼唤爱情；我们二十五岁的时候，呼唤性爱；我们三十岁的时候，呼唤的就是家庭。这是最神奇的生命规律，每个人都无法避免。"

陆露说着，办公室里一片安静。陆露没想到自己还有这样的好口才，心中微喜，高爽突然严肃地看着米兰："米兰，我听到了你的呼声。"

"哈，你听到什么了？"

"你的肚子在呼唤：吃饭、吃饭、吃饭……"

"你才是吃货呢！你的子宫在呼唤精子、精子！"

米兰和高爽打打闹闹地出去上洗手间了，房间只剩下陆露和韩可馨两个人。韩可馨微微一笑："虽然一样大年纪，可她们就好像小孩子一样。"

"是啊，真是羡慕啊。"

"谢谢你给我的梅子，吃了以后确实好多了。"

"吃完了尽管问我要。"陆露笑着说。

"那多谢了。"

陆露突然想到顾诗慧喜欢吃的小饼干就要吃完了,就打算让顾文明下班的时候顺便去超市买一下。电话那头,顾文明很严厉地指责陆露把女人该做的事情甩给他做,陆露气得眼圈都红了。从顾文明口中,陆露知道了顾诗慧居然假装自己和她去了游乐园,对顾诗慧的说谎真是又生气又着急。她冥思苦想到底该怎么教育孩子,韩可馨冷眼旁观,终于忍不住说:"陆露,有句话我说出来可能有点无礼,希望你不要介意。"

"啊,你说。"陆露忙说。

"你明明很会化妆,也很会打扮,为什么不把自己打扮一下?你身上这衣服都是几年前的款式了吧?"

陆露低头,有点害羞:"是啊,可我都当妈的人了,哪里还管这个。"

"话可不能这么说。以前女人的生活重心就是生育,所以生产完后会任由自己变成黄脸婆,但我们可是职业女性,男人和家庭并不是我们的所有生活重心。就算有了孩子,我们也能继续做最漂亮的妈妈,赢得男人的爱情与骄傲——要知道,男人可是世界上最专一的生物。"

"男人专一?你这话说反了吧。"

"十五岁的时候,我们喜欢学习好的男生;二十岁的时候,我们喜欢长得帅又叛逆的男生;二十五岁的时候,我们喜欢成熟稳重的男人;三十岁的时候,喜欢的则是会照顾家庭的男人,对吗?"

"当然,很对。"

"可男人是从八岁开始,到八十岁,喜欢的都是十八岁的漂亮的身材又好的女人。从这方面来说,他们非常专一。"

"……你说得很有道理。"陆露流汗。

"所以说,女人一定要对自己好一点。男人是视觉动物,就满足他们的视觉需求,这样才可以为自己争取到最大利益。如果因为这样的原因被男人远离,不是有点太可惜了?到时候,新的继任者可是会睡你的房、花你的钱、打你的娃……"

韩可馨说着,不动声色地摸摸腹部,想起脸上的斑点,越发郁闷了起来。陆露沉默了一会，突然笑了："如果嫁给了一个只爱漂亮脸蛋的男人，那有什么意思？我们女人会老，他也会老，我们都不嫌弃他，他有什么脸嫌弃我们？要是真的嫁给了这样肤浅的男人，这样的男人不要也罢。可馨，谢谢你的提醒。你真是好人，怪不得米兰喜欢你。"

好人？喜欢？

这样的词，韩可馨原以为一辈子都和自己无缘，可她偏偏得到了。她的心里突然温暖了起来："谢谢。"

她们说话之际，米兰和高爽从洗手间回来了。米兰带来了一个大八卦："可馨，我刚才听说节目换嘉宾了。"

"我怎么不知道？"韩可馨皱起了眉。

"说是原来的心理学教授家里有急事，最近几期只好找人代替了。"

"会找哪个明星？"陆露好奇地问。

米兰充满了向往："据说是找了国外某大学毕业的高材生，具体我也不清楚。说不定会找个年轻英俊的教授来增加收视率。"

高爽吐槽："再年轻、再英俊也和孕妇没关系。"

"高爽，你真讨厌！"

就在大家叽叽喳喳说笑之时，王开会打电话过来，找韩可馨去办公室。韩可馨保持最完美的微笑，轻轻敲门，然后在他的办公室里见到了一个几乎无法相信的人。笑容就这样凝固在了脸上，而宋宇伸出手，笑着说："你好，韩小姐，我叫宋宇。今后的工作请多多关照。"

"宋先生，你好。"

在触碰宋宇手掌的瞬间，韩可馨的手轻轻颤抖了起来。

第八章 我认真，你随意

　　因为工作的关系，韩可馨和宋宇的接触越来越多，心情也越发复杂。她很害怕跟宋宇的见面，却又期待着他看到她时惊艳的表情。

　　她原以为那么多年过去了，他们都会变得很不同，却没想到他们之间的默契居然和五年前一样。点餐的时候，他们会点一样的套餐；说话的时候，他们会异口同声……这样的默契，让其他同事都开起了他们的玩笑，而宋宇没有否认，反而认真地说自己在追求她，希望大家给予帮助。这下，她再一次得罪了单位的女同事们，她们羡慕妒忌恨的目光让她无奈至极，也有些骄傲。

　　这么一个顶级男人倾慕她——这是一件多么美好的事情。

　　与以前相比，宋宇越发成熟。他不动声色地追求韩可馨，会给她带亲手煮的粥，会送上她最喜欢的花，会为她跨越半个城市去买她喜欢的咖啡，却不会高调示爱，带给她任何压力。韩可馨想着宋宇，再看看自己的丈夫，不由得有些郁闷——杨波活脱脱就是个孩子。她简直无法相信自己会嫁给了这样孩子气的人。

　　"老婆，你回来啦！我把饭做好了，很厉害吧！"

　　杨波对着满桌饭菜，得意地对韩可馨表功，韩可馨好像看到了他的后面长出了尾巴，对她拼命摇晃。韩可馨冷着脸不理他，杨波可怜巴巴地说："老婆，你还生气哪？我都把她的 QQ 和电话都给拉黑了，以后再不联系了，老婆你就消消气吧。"

"哼！"早知今日，何必当初！

"老婆，我最喜欢你了，我的心里只有你！除了你之外，就算是范冰冰在我面前，我都会不为所动！"

"你又不喜欢范冰冰，拿她举例子做什么！要是汤唯站在你面前呢？"

"也要你。"杨波痛苦地说。

"在我和你的钢铁侠手办之间选一个呢？"

杨波痛苦地沉思。

韩可馨气得推他："晕，你还真的要考虑！你不该直接说我肯定选你吗？"

"可是我真的很喜欢钢铁侠啊！"

"真是懒得理你这个宅男，你就孤独终老去吧。"韩可馨觉得再和杨波说下去，自己就要吐血了。

"老婆，相信我，我对你真是忠心不二！"

"我相信你忠心，可我真的很难相信你不二。"韩可馨冷笑。

"老婆，我好爱你，你不要不理我嘛。"

"你为什么爱我啊？"

"因为……你是电，你是光，你是唯一的神话，我只爱你，You are my super star！你主宰，我崇拜，没有更好的办法。只能爱你，You are my super star！"

杨波说着说着就唱了起来，韩可馨愣住了，后来终于忍不住笑了。她轻轻捂住额头，声音终于放软："天啊，怎么会有你这样的笨蛋？我真是服了你了。"

"老婆……老婆……"

杨波不住地往韩可馨的身上腻，韩可馨终于撑不住了。她板着脸说："就喊老婆？你不会叫好听点的三个字的？"

"老……老太婆？"

"杨波！"

"你是我的老天、太太和管家婆，不就是老太婆吗？我们一定会白头到老的，可馨。"

韩可馨没想到杨波的口中居然会说出甜言蜜语，一下子愣住了，而杨波迅速亲了一下她的面颊。韩可馨所有的怨气终于烟消云散，指指肩膀："这里酸，帮我捶捶。"

"好嘞！"

眼见老婆终于愿意搭理，他顿时高兴地找不到北了，殷勤地给韩可馨捶背："老婆，最近身体怎么样？咱儿子有什么动静没？"

"才三个多月，能有什么动静啊。"韩可馨没好气地说。

"可你上次还说感觉到咱儿子在动啊。"

韩可馨实在不愿意提及上次在医院打算堕胎时的失误。什么孩子的胎动啊，那根本就是肠子蠕动！害得她还伤感了很久！可是，她偏偏不能对任何人说这个失误，只能说这个孩子确实和她有缘。

"动什么动啊，起码再过一个月才行。还有，你老说儿子儿子的，这话我可不爱听啊。难道生了女儿你就不喜欢了？"

"生女儿也好，我可喜欢女儿了。"

"说得好听，那不就是生儿子好，生女儿也好吗。到时候你肯定会抱着'也好'哭的。"

"老婆，我真的不介意生男生女！就算第一志愿没完成，咱也有第二志愿啊！只要你生，随便生出个什么都好。"

韩可馨简直是哭笑不得："随便生个什么都好？你这话怎么听着那么别扭？"

"不别扭，不别扭！"

"好了，别捶了，我骨头都要给你打散了。我慢慢吃饭，你有事情就去做吧。"

"老婆，你真体贴！"

韩可馨挥手示意杨波离开，杨波就听话地钻进书房了。虽然韩可馨有些嫌弃丈夫的孩子气，但不可否认的是杨波真的是个会照顾人的好男人，也有许多方面让她既心疼又心动。只是，他永远不会和宋宇一样，只要一个眼神就知道她的所想，也不会和宋宇一样冷静地提出对她工作有用的想法……

打住！我已经结婚了，怎么可以拿老公和别人相比？这样真是太……难道你要做和那个女人一样的人吗？

韩可馨想着，只觉得通体冰凉。她想到自己怀孕三个月以来，杨波就孤单单地做和尚，还时不时出去洗凉水澡，不由得心疼了。她搂住杨波的腰，杨波的身体一下子就僵硬了："老婆，别闹。"

"三个月没有那个了，你想吗？"

"怎么可能不想。"杨波痛苦地说："可是老婆最重要。我可不想儿……孩子出来后拿手戳我，说让你戳我，我现在也戳你！"

"没事，我能用别的方法。"

"老婆，还是算了吧，孩子最重要。你就忍忍，乖。"

杨波说着说着反而来安慰韩可馨了，韩可馨实在是为老公的好意志力骄傲。她的手轻轻抚摸杨波的肌肤，在他耳边柔声说："这个问题你不要担心。老公，今天晚上我完全属于你，你想做什么就去做，我都不会反对。"

"真……真的吗？"

"当然。我先回房间。"

韩可馨给杨波一个媚眼，然后回了房间，在床上摆好了最诱人的姿势。可是，她等了很久都没见到杨波的踪影，身体酸痛不已。她怒气冲冲地披上睡衣，推开书房的门，却见杨波正在她的电脑上打魔兽。韩可馨一下把电脑关了，杨波郁闷地说："老婆，你说你今天晚上都属于我，让我随便做什么都行的啊。"

杨波的脸上写着"老婆是个大骗子"，而韩可馨真是无语至极。她冷笑:"你今天晚上就和你的电脑睡吧!你好好对它,它说不定会给你生个IPAD!"

"老婆……"

杨波想去抓韩可馨的手,但韩可馨已经离开。捂着凸起很大一块的小腹,韩可馨真是无法理解自己居然会为这样的男人生孩子。

后悔还来得及吗?她呆呆地想着。

韩可馨在宋宇与杨波间摇摆、彷徨,而米兰已经快被那个暗算她的神秘人逼疯了。那人会不分白天、黑夜地打电话给她,有时候自顾自说话,有时候就是嘿嘿地笑着,让她几近崩溃。除了死老鼠外,她又收到了蜘蛛和青虫大礼包,她简直怀疑再接下来就要收到"五毒"全家桶了!有人同情米兰的遭遇,也有人觉得米兰是得罪了人活该,而纪凯说:"礼拜天和我一起去宏村。"

"去那里干吗?"

"你不想知道是谁给你寄这些东西的吗?"纪凯晃晃青虫礼包。

"扔掉,快扔掉!别让我看到这些!"

男人这种生物怎么可以豁达面对这些肮脏的东西而面不改色呢?也许他们本质就是同一科吧!这些青虫软软胖胖的,一踩一包浆……不行,不能再想下去了!

米兰脑海中想象着青虫被踩扁的样子,脸一下子变白了,酸水也开始涌了上来——她是那么憎恨自己超级有画面感的想象力!她急忙喝了柠檬水,把酸意压下去,而纪凯就默默注视着她。他发现米兰最近居然瘦了一些,忍不住问:"你最近胃口怎么样?孕吐还那么严重吗?"

"其实还好吧,呵呵。"她尴尬地笑,"对了,你怎么知道那人是在宏村?"

"我去快递公司查了单据,也查了打电话给你的人的地址,两者是符合的。它们都来自宏村,手机号码的机主叫吴春华。不管这件事是不是吴春华做的,她应该认识那个人。"

"我还是想不到我哪里得罪了人。"

"去了不就知道了。"纪凯微笑着说。

"是啊,去了就知道了。"

米兰和纪凯都是说做就做的性子,周六一早就朝宏村出发。纪凯穿着休闲装,耐心在米兰楼下等着,看到米兰居然穿着冲锋衣、冲锋裤,戴着头盔,手里还拿着一根擀面杖,顿时被雷到了:"米兰,我们是去查访,不是去打人,你没必要把自己装扮成飞虎队吧。"

"谁知道到了那里会发生什么事情,有备无患总是好的。你带了什么武器?"

纪凯指指自己的脑袋。

"什么?头?"

难道遇到坏人的时候他打算用头来撞?

"是脑子。我要用智慧来帮你找出真凶。"

"得了吧。"米兰轻蔑地笑。

"你不信我?"

"信,当然信!喏,这个给你。"

米兰递给纪凯一个手电筒,纪凯好奇地要把手电筒打开,米兰急忙阻止:"别乱动,这可是防狼棒,有电流!你要是被这么电一下,起码两个小时才能醒!"

"你还带了什么?"

"辣椒水、绳子、针……"

"打住!米兰,我们是去查访,剩下的事情该交给警察处理。"

"知道啦。"

米兰点头,但明显不打算听纪凯的话,纪凯突然后悔带她一起去了。上车后,米兰发现汽车后座堆满了零食,有各色各样的巧克力,居然还有好些瓶酸梅、腌黄瓜。她看着纪凯,纪凯忙看着窗外:"巧克力是我买的,酸梅也是我买的，腌黄瓜……是我妈做的。她说你可能爱吃这个。"

"帮我谢谢阿姨。"

"你亲口和她说谢谢的话，她会更高兴。安全带系好，我们出发了。不舒服的话，记得和我说。"

"知道了，别婆婆妈妈的！"

纪凯的车子平稳地往宏村开去。米兰开始还兴奋地看着周围的景色，但后来越来越困，竟靠着玻璃就这样睡着了。纪凯眼睁睁看着她重复着"靠玻璃睡觉——撞到玻璃醒过来——靠玻璃睡觉"的历程，往玻璃上放了一个棉垫，嘴唇勾出了一个好看的弧度。他特意把车速降低，当他们到达宏村的时候，已经是傍晚了。

米兰一睁眼，见到的就是落日的余晖和袅袅升起的炊烟，一时之间竟不知道自己身在何方。纪凯为她打开车门，抓着她的手，带着她在泥泞的小路上一步步往前走。纪凯轻声说："记住，我们是自驾游的游客，过来玩的。"

"知道了，撒谎我还用你教啊。"

"你听起来好像很擅长撒谎？"

米兰立马警惕："当然不是，只是在家里预先演练过罢了——我们现在就是侦探，多刺激！"

"友情提醒你，警察局距离这里起码有半小时的车程，就算我们报警的话，等他们赶来的时候估计也没戏了。所以，你少说话，听我的，能做到吗？"

"知道了，我又不是小孩子，一句话要说那么多遍。"

米兰轻声说，而纪凯想起她在车上不住撞头的样子，笑了起来。他们谈笑间到了一所房子，看到了一个正在做饭的老人家。这个老人看起来有六十多岁，十分爽利。纪凯拿出对付女人的一贯手段，摆出帅气的姿势："这位大姐，请问您这是什么地方？"

"大姐？她起码六十岁了，你该叫阿姨吧。"米兰忍不住轻声说。

纪凯没回答，而老人家抬起头，笑眯眯的：“我都那么大年纪了，哪里还是什么大姐，这小伙子可真会说话！这是宏村啊，你们不知道这是啥地方怎么就来了？”

"我们是自驾游，看到哪里漂亮就哪里玩，没想到玩着玩着天都黑了，就想找个地方住一晚上。大姐，您这儿有什么旅馆吗，能不能带我们去？"

"我们这穷乡僻壤的哪里有旅馆啊！倒是有个招待所，就是那里的条件真不咋地，半夜可少不了老鼠。"

"老鼠？"米兰惊恐地后退一步。

"大姐，那招待所不能住的话，我们能不能住您这儿？放心，我们给钱！一晚上五百行吗？"

"不是钱不钱的事儿，我们这儿条件也不好，哪里能住人？你们城里人不会习惯的。"

"有老鼠吗？"米兰问。

"那个当然没——我家有猫。"

话音刚落，一只大黄猫对米兰懒懒地打了个哈欠，然后伸了下爪子，让米兰感觉到莫大的安全。她急忙说：“好吧，那我们就住这里吧。纪凯，你说呢？”

"亲爱的，我当然听你的。"纪凯深情地说。

"好了，够了啊。这位……大姐，不知道您怎么称呼？"

"我叫吴春华，你们喊我华姐就好。"

吴春华？

米兰迅速和纪凯交换了个眼色，纪凯一把抓住了米兰的手，而米兰极力让自己冷静。她不知道自己这是什么样的人品，居然一下子就住到了仇人家里！不过，这次自己在明，而她在暗。

多好的感觉！

"那麻烦你了。"米兰阴阴笑着。

第八章 我认真，你随意

纪凯硬是要给吴春华钱，吴春华推辞了很久终于收下，但米兰总觉得她收下钱后简直掩饰不住窃喜的神色——明明很想要钱，还假装不要，真是太虚伪了！可能是拿人手软，她说要去菜地给他们摘点新鲜的蔬菜后就出了门，而米兰和纪凯终于有机会交谈。米兰打量着简陋的房子，啧啧有声："这房子看起来就好像是变态住的。她一定是想钱想疯了才会做这样的事情，想敲诈我破财消灾。"

"也许吧，但也有可能有别的原因。不然她为什么不敲诈别人？她又是怎么知道你的地址和电话的呢？"

"我哪里知道！也许她从黄页上随便找了个地址，随便写了个名字，然后我就中了招？"

"而且还随便打了个电话，而那电话号码正好是你的？这样的几率你觉得有多少？"

"百分之零点五吧。"

"所以，我们要沉住气，小米兰。她还要过会儿才回来，我们去村子里随便逛逛吧。"

"我哪有心情。"

"可我们是游客，不是吗？"

纪凯说着，很自然地拉着米兰的手就往外走，顺便带上了零食，米兰也只好跟他走了出去。不知道是不是心理作用，她觉得乡下的天空比城里蓝，空气比城里新鲜，甚至跑来跑去的孩子们都比城里的孩子多了些天真和活力。她发现孩子们都用一种奇异的眼神打量着她和纪凯，那眼神太狂热，让她不知所措。她忍不住轻声问纪凯："我脸上有东西？为什么他们一直这么看着我？"

"可能是倾倒在你的美貌之下了吧。"

"讨厌，老是不说实话！我可是有自知之明的，我情愿相信他们都倾倒在你的美貌之下。"

米兰说着，饶有意味地打量着那些怯怯躲在树后看着他们的孩子，顺

- 177 -

着他们的目光看着自己手里的塑料袋,终于懂了。她叹气,然后笑着招手:"有谁想吃零食?"

孩子们都看着她,目光更火热,但没有人敢出来。

"真的不吃吗?哇,这薯片好香,这虾条好鲜!"

米兰故意大声地吃着零食,孩子们的眼神几乎要把她手里的袋子戳穿。后来,一个小男孩走了出来,米兰忙给他一块巧克力。他慢慢撕开包装袋,小小地吃了一口,然后眼睛都开始发光。米兰笑眯眯地摸着他的头:"好吃吧!好吃,你就多吃点!你们也来吃啊!"

一开始只有五个孩子围着他们,后来是十个,再后来他们被三十多个孩子团团围住!他们带的零食有限,晚来的孩子只能分到几口,但饶是这样,他们的脸上还满是幸福。米兰看他们狼吞虎咽的样子呆了,轻声问:"难道他们平时都不吃零食吗?这些也不是什么好东西啊。"

"你没发现什么不对劲的吗?"

"有什么不对劲的?"

"这个村里只有老人和孩子,没有任何青壮年。"

经纪凯提醒,米兰才发现到村子以来真的没看到任何青壮年,实在太匪夷所思了。她想了一下,说:"也许他们都去种地了?"

"可现在是吃晚饭的时间。全部去种地,你觉得可能吗?"

"你不会要提醒我,这里其实是鬼村吧。"

米兰的脑中瞬间浮现出看过的小说,一下子紧紧抓住了纪凯的衣袖,声音都在颤抖。纪凯真是服了她的想象力,弹了一下她的额头:"别胡思乱想。想知道答案,问问这些小朋友就好了。"

米兰犹豫了一下,就问离她最近的小男孩他父母去哪里了。小男孩擦擦嘴巴,含糊不清地说爸妈出去打工了,其他人也都是一样的答案。米兰还想问下去,吴春华突然出现了。她见孩子们都在吃米兰带来的零食,非常惭愧,不住地说:"怎么好意思让你们破费!这帮孩子,嘴太馋了,回家我去教训他们!"

"只是一点零食罢了,又不值钱,阿姨,你真客气。"米兰冷冷地说。

"我摘了菜,咱回家吃饭吧!小崽子们,回家吃饭咯!"

吴春华招呼着大家吃饭,那帮孩子居然都争先恐后地往吴春华家里跑去,她家不大的客厅里居然呆了三十个孩子!他们叽叽喳喳地等开饭,而吴春华笑着把米兰和纪凯请进了房间,然后就去做饭。屋外的吵闹声实在太大了,米兰一边咬着筷子一边说:"你说这个吴春华会不会是人贩子?"

"你怎么会那么想?"

"不然为什么会有那么多孩子?"

"你见过那么光明正大,又受小孩子欢迎的人贩子?"

"这都是表象……也许这帮小孩很蠢,或者他们被打得不敢告诉我们真相。"

"我想,我们很快就会找到答案的。耐心点,米兰。"

他们说话间,吴春华端着菜上来了。金黄的鸡汤、鲜绿的青菜、白嫩的萝卜……虽然都是农家菜,但色泽艳丽,味道爽口,米兰的筷子简直不想停下来。吴春华笑眯眯地问他们叫什么名字,纪凯抢先说:"我叫纪凯,她是我的妻子,你喊她小兰就好。"

"小……小兰啊。"吴春华眸光一闪。

"阿姨,是不是村子里有其他人也叫这个?我看你好像对我的名字很熟悉的样子。"

"没有,哪会有!只是觉得你名字很好听,呵呵。吃完饭喊我下,我来收拾碗,你们的被窝我也收拾好了,床单和被子都是新的。"

"谢谢阿姨。"

吴春华对他们笑着点头,然后退了出去,而米兰透过门缝暗暗观察着她的一举一动。她看着吴春华喂孩子吃饭,给他们擦去嘴角的米粒,也看着孩子亲热地抱着她,缠着她讲故事。虽然她可能不是好人,但米兰看得出,她是真心喜欢孩子,孩子也是真心喜欢她。

这么喜欢孩子的女人会是幕后黑手?她想得到的到底是什么?

米兰突然觉得迷茫了起来。

她回头想和纪凯说话,突然看到纪凯的脸红肿得吓人。纪凯痛苦地捂着胸口,一下子倒在了米兰身上,米兰只觉得浑身的血液都凝固了。她拼命摇晃纪凯,桌子上的菜一下子就掉在了地上。吴春华听到声音急忙冲了进来,米兰怒气冲冲地骂道:"你在菜里放了什么东西,你想谋财害命吗?告诉你,我已经报警了,你逃不掉的!"

"这个小伙子怎么了?"

"他吃了你的菜才会变成这样的!我告诉你,他有个三长两短的话,我绝对不放过你!"

看着纪凯虚弱的样子,米兰脑中叫做"理智"的东西瞬间消失不见,有的只是愤怒与恐惧!这是她的地盘怎么样,她只是独自一人又怎么样!要是她想谋害纪凯,她一定要让他们吃不了兜着走!

吴春华着急地想上前查看情况,突然觉得眼睛一阵刺痛,而米兰的手紧紧抓着防狼喷雾不放!她另外一只手拿着擀面杖,把擀面杖甩得风生水起:"你再敢上前我就打瞎你的眼!"

她学着周杰伦MV的样子舞动擀面杖,没想到手一滑,擀面杖就这样掉在了地上。她急忙把擀面杖捡起,继续敌对地看着吴春华,而纪凯艰难开口:"不关她的事情……是我对花生过敏……"

"你说什么?"

"这菜里是不是有花生……"

"问你呢,这菜里是不是有花生!你为什么下花生来害他!其余的花生在哪里?"

"这菜是加了花生酱,我们这里都是这么吃的啊!这花生酱是家里新做的,怎么会有毒呢!你不是也吃了吗?"

吴春华指着桌上的一道肉菜,惊慌地说,而米兰反应过来自己确实也吃了,还比纪凯多得多。纪凯艰难地说:"是我吃了花生就会过敏,不关她的事……"

"那我该怎么办？我送你去医院吧！"

"我吃得很少，喝点热水吐了就没关系了……"

纪凯虚弱地说，勉强起身，往洗手间走去，米兰急忙去扶他。纪凯想把她推走，但米兰执意不肯："你那么虚弱掉在厕所怎么办，我扶你。"

"不用，真的……"

纪凯不住地拒绝，但他已经痛得连路都走不动了，到后来只好任由米兰把他带进了洗手间。他对着马桶吐得不行，出了一身汗，头发就这样粘在了额头，衣冠不整，狼狈不堪。他没想到这样难堪的一面居然会被米兰看到，强撑着站直身子，摸她的脸颊："亲爱的，你是在心疼我吗？看我的眼神真让我心动……呕……"

"好了，你都吐得和孕妇一样了，还想着调戏女人呢！唉，真是服你了。"

米兰真是又恼怒又好笑，轻轻给他捶背，然后递给他一杯热水。喝完热水后，纪凯觉得整个人终于活了下来，但身体还是疲惫得不行。他的头搁在了米兰的肩膀上，终于轻声说："你能忘了这件事吗？"

"忘不了！我还真是第一次看到吃花生会吐成这样的人——你简直好像被蜜蜂蛰了。"

"我对花生过敏，别说吃了，就是碰到皮肤都会起红疹。"

"你怎么从来没说过，单位也没人知道？"

"这么幼稚的病很影响形象啊。"纪凯虚弱地说。

"幽闭空间恐惧症、花生过敏……你还有什么病，一起告诉我吧。"

"没了。"

"真的？"

"真的。米兰，我觉得好丢脸。"

"没关系，丢着丢着就习惯了。"

"看来我们只能在这里住一晚上了。"

"只能这样了。"

其实米兰很担心半夜吴春华有什么举动,但她不想给纪凯增添负担,什么也没说。后来,她和吴春华一起把纪凯扶上床。吴春华一副欲言又止的样子,米兰轻轻叹气,和颜悦色地说:"阿姨,我不知道他花生过敏,对你大呼小叫的,真是对不起。"

"原来他花生过敏啊!"吴春华明显松了一口气:"不,是我不好,没告诉你们菜里有花生酱……幸好小纪没什么事,不然我可怎么活!"

"阿姨,他再喝点热水应该就没什么事了,我们先出去,让他好好休息吧。对了,我的房间在哪里?"

"你的被子也在床上啊!"

"什么?"

米兰转过头,果然看到了床的另一边有一床碎花被,而这被子的一角已经被纪凯压在了身下!她觉得这场景简直比村里只有老人和孩子还令人惊恐,忙问:"家里没别的房间吗,我怎么能和他住?"

"你们是夫妻啊,不一起住要怎么住?"

"我……我睡相不好,在家里也是分床睡的。"

吴春华为难了:"可我家就一个客房……要么他住在这儿,你去和我睡?"

"不要!"米兰立马说。

"那……那我和小纪住?"

米兰想点头,但看到纪凯虚弱的样子,还是违心摇头——她可不要做杀人凶手!她纠结了很久,终于说:"算了,和他住就和他住吧,只是一晚上,也没什么。"

"行,我去给你们打水洗澡!"

吴春华说着,就去打水,米兰实在无法让老人家这样为他们忙前忙后,就跟着一起去。路过餐桌的时候,她惊讶地发现孩子们桌上的菜肴居然和他们的不一样,白菜和粉丝孤零零地掉在桌上,分外凄凉。想到孩子们看零食时渴望的神情,她好像懂了什么,但还是无法理解吴春华到底为什么要寄死老鼠给她。她试探地问："阿姨，你平时有什么消遣？"

"我哪有什么爱好，就看看电视、织织毛衣，和你们城里人没法比。"

"你爱看什么节目啊？"

"就瞎看，呵呵。"

"我最近在看'你说，你说，你说说说'，觉得这节目挺有意思的，你看过没？"

"啊，水开了，我给你们端过去啊！"

吴春华没有回答米兰的问题，而是把水端去了客房，米兰也只好跟着她走了进去。吴春华热情邀请他们把身体养好了再走，不多要他们房费，但米兰和纪凯都没答应，只是笑着感谢了她的好意。吴春华离去的时候有些失望，纪凯若有所思地说："看来她打算让我们在这里长住了。"

"鬼知道她在打什么主意。按我说，我们就该直接问她为什么寄死老鼠给我，打她个措手不及。"

"发现结果的过程是快乐的，你这样会少了很多乐趣。"

"是啊，会少了呕吐和拉肚子的乐趣。"米兰忍不住讽刺他。

纪凯的脸果然黑了。

"好啦，开玩笑的。你现在好点没？会不会发烧？"

米兰低下头，伸手去摸纪凯的额头，长发就这样从纪凯的脸上扫过，留下淡淡的芬芳。之前恭维她身上有花的香味那是纪凯的惯用套路，其实他根本不喜欢太过甜腻的香水，但他居然真的在米兰身上闻到了清香的味道，觉得她好像是由阳光、肥皂水和青草做成的似的。他近距离看着她，发现她的眼睛不算大，但是眼珠子乌黑，睫毛很长；鼻子不算挺拔，但是很小巧；嘴唇有些苍白，但是唇形完美……

纪凯悲哀地发现，自己对于"美女"的标准好像越来越低了。米兰的手有些凉，但纪凯却偏偏感到了某种灼热。闭上眼，他脑海中浮现出儿时生病时母亲照顾他的场景。低垂眼眸，他轻声说："米兰，谢谢你。"

"回去请我吃饭！"

米兰有点尴尬，故意重重打了纪凯一下。她没想到正好拍到了他的胃部，然后纪凯用一种特别怨恨的目光看着她，又往厕所跑去！米兰看着自己泛红的手掌，捏捏泛红的脸颊，轻轻笑了起来。

　　当月亮高悬的时候，米兰就这样睡到了纪凯的身边。
　　上次酒醉的时候意识模糊不清，所以这次算他们第一次同床共枕，米兰心里非常紧张。她蜷缩在被子里，把自己裹得紧紧的，突然庆幸纪凯今天虚弱得路都走不动，当然更不会对她做出什么事情来。
　　屋子很安静，她能听到彼此的呼吸声。米兰辗转反侧，怎么都睡不着，纪凯也是如此。他们都想装作若无其事，但心到底是乱糟糟的。米兰时不时看门口的柜子有没有被挪开，房梁上的面粉是不是还在，又担心吴春华会突然破门而入，觉得自己就要疯了。身边人的辗转反侧极大考验着纪凯的忍耐力，他终于忍不住哑着嗓子问："在想什么？"
　　"在想吴春华半夜过来怎么办，我能不能打过她。"
　　"好失望啊。"
　　"嗯？"
　　"我以为你会在想我。"
　　纪凯说着，翻过身，正好和米兰面对面。他呼出的热气带有男子最灼热的气息，米兰觉得自己的身体一下子就石化了。她看着纪凯仍然红肿的脸，结结巴巴："有……有什么好想你的啊！你不就是在我身边吗！"
　　"是啊。我们觉得我们从来没有这样接近过。"
　　纪凯握住了米兰的手。
　　他的手掌宽大而温暖，米兰小小的手被他就这样包了起来。米兰转过头，不让纪凯看见自己的表情，心跳快得不行。黑暗中，纪凯轻声说："我今天很丢脸。"
　　"因为脸肿得像猪头和呕吐的事情吗？没什么啦。"
　　"我只是吐了一次就很难受，你的孕吐一定更折磨你。"

第八章 我认真，你随意

"啊，其实也还好，呵呵。"

"米兰，我很期待我们孩子的出生。要是儿子，我会教他骑马、打弹弓，让他从小就是万人迷；要是女儿，我要给她买裙子，给她扎辫子，然后等那些混小子追她的时候把他们一个个赶出去。真的，很想见到宝宝啊……"

纪凯的声音是那样富有磁性，但米兰没有一点喜悦，反而烦躁了起来。纪凯让她感觉自己就是一个生育工具，除了肚子之外没有半点可取之处。她翻过身，不再看纪凯，而纪凯接着说："米兰，我想我可能喜欢上你了。"

米兰的心猛地一跳，转过身，看到的是纪凯淡淡微笑的容颜。她想开口，但是什么话也说不出。最后，她只能装作什么事情都没发生的样子，轻声说："肿得和猪头一样就别勾引女人了。好累，我先睡了。"

说着，她率先闭上了眼睛。

纪凯，我承认你特别吸引我，但人这辈子，会喜欢很多人，可是只会爱上一个人。你可能是喜欢我，但令你动情，让你想一辈子厮守的那个人不是我。为了不要在将来伤心，只能现在就放弃吧。

只是，会舍不得啊……

就在米兰遐想时，纪凯突然捂住了她的嘴。米兰惊慌地看着他，真害怕他求爱不成要杀人灭口，而纪凯在她耳边轻声说："嘘，我看到有人在我们的车子旁边。"

米兰松了一口气，但突然也有些失落。她顺着纪凯的目光往外看，果然看到有个人影在车子那儿鬼鬼祟祟的，从动作来看……应该是在戳轮胎？

她跳了起来，在纪凯没反应过来之前就抓着擀面杖往外冲，开门的瞬间被她放在屋顶的面粉洒了一脸！她非常霸气地把面粉擦干净后又冲了出去，而纪凯坐起身，轻声说："这个笨蛋……轮胎坏了就坏了，反正还有备用的！唉，真是拿她没办法……"

屋外，米兰屏住呼吸，慢慢走近戳轮胎的贼，然后拿起擀面杖就朝他的头抽去。她没想到那人脑袋突然一偏，擀面杖生生打在了车上，把纪凯的车子打出了一个深坑。米兰心虚地摸摸车上的坑，再对那个小贼怒目而视，惊讶地发现那人居然是吴春华！吴春华也没想到会和米兰打照面，急忙把东西往身后藏，而米兰不客气地说："你的手里是什么？"

"没什么。"

"我看到是刀了，还说没什么！你是不是想杀了我们，劫财害命？"

"没有，绝对没有！"

"我看就是！你先下毒把纪凯给毒倒，然后把我们的车子弄坏，然后我们就能任你宰割了！真是最毒妇人心！不，是最毒老女人心！"

"不是的，真的不是这样的……"

吴春华拼命摆手，拼命解释，但米兰什么都不听。她要报警，她要离开这里，她不能让纪凯陷入危险！眼见米兰真的拿出手机，吴春华急了，上前去抢。她的刀一直在米兰面颊前晃来晃去的，米兰虽然心中恐惧，但还是奋力反抗。争夺中，手机掉在了地上，米兰的手臂也被她捏得青紫一片。她很愤怒自己没用到连个老太婆都打不过，干脆用脚踹她，终于踢中了她的膝盖。她还没来得及高兴，突然见到吴春华拿着刀朝自己跌了过来，而她已经躲闪不及。

今天就要交代在这里了吗？

眼前发生的一切好像突然变慢。她生生看着刀就这样往自己的眼睛戳去，越来越近。可是，在刀靠近眼睛只有一厘米的时候，一只手出现在自己眼前。

鲜血，顺着那只手滴在了地上，触目惊心。米兰缓缓朝来人望去，眼前一片模糊，眼泪也一下子就涌了出来。她情不自禁地扑上去，勾住纪凯的脖子，用尽了全身的力气。

"别哭，哭了就不漂亮了。"

纪凯温柔地擦拭米兰的泪水，用力把刀扔在了地上。他冷漠地看着吴春华，而吴春华也终于捂着脸哭了起来。

"对不起,我只是想让你们再多留几晚,真的对不起……你们不要报警,不要……我什么都告诉你们……"

屋子里,米兰在给纪凯包扎,而吴春华把所有的事情都说了。

吴春华承认那些东西都是她寄给米兰的,目的只有一个——把她引到宏村来。她告诉米兰,村子里的青壮年都去外面打工了,带着孩子不方便,所以他们都把孩子留在了老家。这些爹妈平时只给孩子一点生活费,他们到现在连学都没法上,而孩子们最期盼的就是能见父母一面。

她曾经让媒体来报道一下"老人孩子村"的状况,但没有哪家媒体愿意来,她无奈之下只好出此下策。至于为什么会瞄上米兰,原因很简单,她觉得孕妇会理解孩子想见父母的心情,从而帮助他们实现愿望。

"米兰,对不起,你打我骂我都行,但孩子们真的想见爸爸妈妈啊!求求你们了,报道报道我们这儿,让孩子的爸妈回家……生了却不养,这是什么样的父母!钱就那么重要吗?"

吴春华哭着说,泪水让米兰的心也沉重了起来。她的脑海中回放着那些孩子单纯又羞怯的眼神,想起他们吃零食时的狼吞虎咽,觉得眼睛酸酸的。就在她被伤感所包围的时候,纪凯凉凉地说:"亲爱的,你想把我的手包成团子吗?"

米兰回过神,发现她手里的纱布已经用完,纪凯的手被她包成了木乃伊。她急忙把纱布扎好,看着纪凯,等待着他的决定——毕竟,这件事受到伤害最大的那个人是他。

"这件事情的真实性我会找人查证。但就算是真实的,你所做的事情也是违法的,要受到法律的制裁。"纪凯说。

吴春华的身体轻轻一颤,然后默默点头。

"还有,你刚才说的理由我并不信服。米兰只是一个编导,她的影响力绝对不会有那些主持人大,是什么让你舍弃找韩可馨,而是对米兰威胁恐吓?你这分明是恶意报复!你就不怕她因为恐惧而出事?这样的责任你担当的起吗?"

"我……"

"我要听实话。不然，我现在就报警。"

在和纪凯的对视中，吴春华败下阵来。她喃喃地说："我承认有蓄意报复的成分……就是因为她，我女儿还在停职，甚至有可能失业！这对她不公平！"

"你女儿？"

"她叫张红。是旭日月子中心的月嫂。"

米兰一下子想起了她写的关于张红的负面报道，真的没想到会有这么严重的后果。纪凯看着她求证这件事的真实性，米兰轻轻点头，皱着眉问："张红真的是你女儿？你做的事情她知道吗？"

"她都不愿意回家，她又怎么会知道我这个老太婆做了什么？"吴春华苦笑。

"你做了这么多，就是为了给女儿报仇？"

"不，不是的！我只是想让你们过来看一眼啊！那么多孩子，他们的父母是怎么舍得抛下他们的，那可是他们的亲骨肉啊！"

米兰沉默了。纪凯轻轻拍拍她的手，说："我们明天一早就会回去。"

吴春华满怀期待地看着他："那这里的事情……"

"你觉得我们会听凶手的话吗？"

吴春华眼中的光彩瞬间黯淡了，但她什么都没说，默默地关上了门。米兰一点睡意都没有了，叹着气："想不到事情居然会是这样。她也真是的，要找记者来就去找，为什么非要采取这么过激的行为？"

"如果她不这样，你会来吗？"

米兰下意识地摇头。

"所以说，可恨之人也有可怜之处。"

"那你真的要报警抓她吗？"

"你觉得该怎么做？"

"说实话，我也挺恨她的，可刚才她哭的时候又觉得她很可怜。唉，这件事说到底我也有错，而且她进监狱的话，这帮孩子可怎么办？估计连白菜粉丝都吃不上了吧。"

米兰想到那些孩子可怜的遭遇，心里就酸酸的，一时之间也不知道怎么办才好。纪凯用没受伤的手把她搂在怀里，说："你不想让我追究她？"

"纪凯……请问你怎么可以一边说正经事一边调戏我呢？"米兰真是抑郁了。

"不，调戏你才是我的正经事。"纪凯认真地说。

看在纪凯也算救了她一命的份上，米兰不再在这个问题上纠缠，乖乖被他搂在怀里——虽然这样的感觉真是奇怪。她突然觉得，她和纪凯之间的关系实在是太近了，他们这样简直就像是谈恋爱。更奇葩的是，她好像一点都不抗拒纪凯的怀抱……

她想着，心慢慢沉了下来，而纪凯把头放在她的肩膀上。他轻声说："刚才我很害怕。"

"害怕的话还拿手去抓刀？"

"我害怕就这么失去你了。真的，很怕。"

纪凯紧紧抱住米兰，就算她就在怀中，但他也无法忘记方才发生的惊险一幕。

当看到米兰和那个人扭打起来的时候，他只是觉得不耐烦，想让她不要那么没风度，但当看到那把刀出现的时候，他的呼吸都停滞了。身体比思维反应得还要快，他居然一只手抓住了那把刀，而他脑子里只有一件事——不能让米兰有事。

无关孩子，无关责任，也无关诺言。他只是不想看到她哭泣的样子，不想失去她罢了。

幸好，她还在我身边。纪凯抱着米兰，默默想着。

纪凯的臂弯是那么温暖，暖到米兰几乎想落泪。所有的言语好像都没有了必要，她只知道，自己就想沉醉在此，再也不放手。破天荒的，她抬起头，轻轻吻上了纪凯的唇。纪凯愣住了，然后飞快地反应过来，狂热地回应。要不是纪凯的手受伤，她又有了"身孕"，她简直怀疑他们会在这里"春风一度"。后来，还是纪凯用理智战胜了欲望，苦笑："还没满四个月，还不行——忍忍，乖。"

"谁谁要和你那个了！你的思想真龌龊！"

"米兰，你害羞的样子真可爱。"

纪凯低声说，在米兰通红的脸颊上轻轻一吻，而米兰的脸更红了。她觉得自己一定是抽风了，才会主动吻这个种马，但此时抽身好像已经来不及了。纪凯搂着她，微笑着说："你喜欢的花是白百合，喜欢的颜色是粉色和紫色，喜欢的菜是酸甜口味。你讨厌吃辣，讨厌人多的地方，讨厌开会，紧张的时候会结巴……"

除了上次在摩天轮上米兰告诉他的之外，其余的事情纪凯也件件都说准了，听得米兰目瞪口呆。她咽咽口水，艰难地问："你怎么知道的？"

"因为我把你放在了这里。"纪凯把米兰的手放在自己胸口。

米兰感受着他的心脏强有力地跳动，觉得心瞬间被什么东西填满了。眼睛酸酸的，而她再也不想逃避。她出神地看着纪凯俊逸的容颜，轻声说："纪凯，其实……"

"嗯？"

看着纪凯疲惫又温柔的面容，米兰想说的话怎么也说不出口。她多想告诉纪凯她的肚子里其实没有他的孩子，但是当她说了以后，纪凯会怎么样？他是会失望离去，还是会暴跳如雷？就算要说实话，也等他的伤好了，也让她多享受几天这样的温柔。

"我想，我也喜欢你了。"她终于喃喃地说。

"你说什么？"

"没什么——啊，时间不早了，快睡吧。"

"我好像听到某人说喜欢我。"

"你听错了。"

第八章 我认真，你随意

"再说一遍嘛。"

……

当第二天的太阳升起时，米兰和纪凯走出了房间，吴春华已经给他们做好了早饭。她明显一晚没睡，眼中满是血丝。她用哀求的目光看着纪凯和米兰，但他们都没有和她说一句话。

李秀梅的司机连夜赶来，就在门口等着他们，纪凯的车子由另外一个司机开回去。他们看到纪凯的手受伤都急了，急忙问发生了什么事，但纪凯什么都没说。米兰和纪凯上车前，又看到孩子们躲在远处的树丛里看着她，心里非常酸涩。她坐上车子，有个小男孩终于朝她走来，轻轻敲车窗。米兰把车窗打开，小男孩飞快地把什么东西扔在她身上，然后迅速跑了。

米兰呆呆看着座位上的漂亮花环，把它拿在了手中。这个花环应该是新编的，花朵散发着最清新的味道，姹紫嫣红的好看非常。车子飞速往外开，她回过头，看到那帮孩子居然一起朝她挥手。她忍不住也朝他们挥挥手，轻声说："这些孩子很可爱。"

"是啊。"纪凯也出神看着他们。

米兰情不自禁打了个哈欠："昨天没睡好，好困啊。"

"那就路上睡一会吧，到家了我叫你。"

"嗯。"

终于放松下来的米兰闭上了眼睛，很快就进入了梦乡，头也不知觉地放在了纪凯的肩膀上。纪凯轻轻摸摸她柔软的发丝，忍不住微笑了起来。这时，司机问："纪凯，她就是你的未婚妻？长得还不错啊。"

"当然。"纪凯笑着说。

第九章　对不起，我爱你

回到电视台后，米兰把事情原原本本地告诉了大家，大家听了都沉默了很久。米兰央求韩可馨把这件事报告给台长，在节目中邀请吴春华来做嘉宾，用媒体的力量号召那些外来务工的父母回家。韩可馨摇头："我可以把事情报告给台长，但是他不会同意的。"

"为什么？"

"米兰，我们的栏目以娱乐为主，这样的事情不可能给我们带来任何好处。而且，现在无锡有用工荒，我们宣传让外地人回家的话，政府那儿也会有意见。"

"那就不能帮他们了吗？"

"我们只能私下给他们汇些钱，别的真的无能为力。"

虽然韩可馨委婉拒绝，但米兰还是不死心。破天荒的，她主动去了王开会办公室，向他汇报了这件事，而王开会冷笑着拒绝："米酒，你当电视台是做什么的？慈善机构？这世界上可怜人多了，你是不是还要给桥洞底下的乞丐来个专访，号召大家去给他钱啊？你怎么就一点经营头脑都没有？

"王总，这次采访可能是没有多大的经济利益，但是能提升我们电视台

第九章 对不起，我爱你

的形象和知名度啊。"

"电视台的知名度不需要你关心，有可馨在就好。米饭啊，老话说得好，做人啊，要谦虚，不要太看得起自己。你还真以为你是救世主啊。"

后来，米兰和王开会大吵一架，气得七窍生烟。她第一反应就是找纪凯诉苦，可纪凯的手机居然一直不通。她好不容易才熬到下班时间，去公司附近的超市里买了点青菜和猪肝打算回家烧饭，从超市门口出来时一辆黑色轿车在她身边停下来。车窗摇下，李秀梅对她招手："米兰，上车。"

"阿姨？"

米兰呆了。她想了半天，实在找不到拒绝的理由，只好上了李秀梅的车。她是那么后悔自己居然穿着家居服来上班，手里还拎着菜，蹩脚的衣服和高级的轿车真是格格不入！她羞愧欲死，而李秀梅却对米兰的满意又多了一层——这样贤惠、聪明又简朴的女人去哪里找啊！李秀梅笑呵呵地问："米兰，你最近是不是很忙？怎么都不来家里吃饭？"

"啊，是有点忙。阿姨，对不起。"

"傻丫头，你这个年纪就是忙工作的，有什么好对不起的。工作还顺心吗？"

"还行吧。"米兰挠挠头。

"要是工作不顺心就和我说，纪凯那小子欺负你也和我说，阿姨帮你。"

"谢谢阿姨。阿姨，你最近身体怎么样？我看你气色还挺不错的。"

"和以前比那是好太多了，也没那么疼了，医生都说我是个奇迹。我对纪凯说，你这媳妇找对了，绝对是旺我。"李秀梅乐滋滋地说。

"嘿嘿，阿姨你都说的我不好意思了。"

米兰和李秀梅有一搭没一搭地说着，到后来简直是相见恨晚。李秀梅绘声绘色地对米兰说着纪凯小时候尿床的事情、脱掉底裤在幼儿园里瞎跑的时候，米兰笑得嘴巴都要抽筋了。后来，李秀梅装作漫不经心的样子，小心翼翼地说："你们的结婚日子定了吗？"

"啊？那个啊，据说现在的饭店很难定。"

"你也可以在家里办草地婚礼嘛。婚纱、喜糖、蜜月地什么的我都帮你看好了，费用我来承担——当然，要征求你的同意。"

米兰有点不知所措："阿姨，你好好调理身体，不用那么操心的。"

"你是我儿媳妇，我不对你好对谁好？"

看着李秀梅和蔼的面容，米兰的心里酸酸的，不知道说什么好。而就在这时，李秀梅说："米兰，我们到家了哦。"

米兰呆呆地看着面前的欧式别墅，终于明白了李秀梅的意思——什么草地婚礼啊，这里简直是一个公园，都可以踢足球了！看着每一块瓷砖都散发着耀眼光芒的别墅，她突然有了一种很奇怪的感觉，觉得身体的每一个毛孔都在叫嚣。

真的好像城堡啊……这样的房子，我连看都没看过，但我现在居然有可能成为它的女主人……不，米兰，你不能那么虚荣，不能！你以为他们发现了你的谎言之后，你还有机会站在这里吗？

米兰想着，极力把心里的那丝渴望抑制了下去，恢复了惯有的神色。李秀梅有些失望，笑着说："进去吧，中午我喊张阿姨做饭给你吃。"

米兰和李秀梅说说笑笑地往别墅走去，而此时的纪凯正被烈焰红唇紧紧抱着。烈焰红唇从他身后抱住了他的腰，把脸贴在他背上，悲伤地说："最近打电话找不到你，发你消息你也不回，你是不是不想和我在一起了？还是说你真的喜欢上了那个怀孕的丑女人？"

"别胡说。"

"是不想和我在一起是胡说，还是喜欢那个怀孕的女人是胡说？纪凯，你看着我。"

烈焰红唇走到纪凯身边，让他看着她，然后把他的手放在了自己的胸上。她把纪凯压在身下，轻声说："纪凯，你是爱我的，对吗？"

"当然。"

"那你亲口说你爱我。"

"乖乖的，不要闹了。"

第九章 对不起，我爱你

"纪凯，你说你爱我！"

虽然纪凯还是和以前一样温和，但烈焰红唇敏锐地感觉到了他的变化和漫不经心，失去他的恐惧把她的理智消失殆尽。她用力亲吻纪凯，纪凯虽然也动情，但还是把她推开了。

"为什么？"她受伤地问。

纪凯沉默。他也不知道自己为什么会拒绝，但总觉得要是这样继续下去的话，那个家伙……可能会很生气吧。

"我都不介意做你的情人，你介意什么？别告诉我你还有什么责任感那么可笑的东西。你好没用啊，纪凯。难道真的和个十八岁的小伙子一样坠入情网了？"

烈焰红唇用头发在纪凯脸上甩来甩去，纪凯终于动容。他不愿意承认米兰会影响他的性格和生活，而他反驳的方式就是做她不喜欢的事情。他搂住了烈焰红唇，轻佻地笑着："胡说什么，我是那种人吗？"

"嗯，这样才像你，痴情少年什么的可真是傻透了。"烈焰红唇娇声说。

当纪凯心里的防线就要被攻破的时候，无意识地往窗外瞄了一眼，然后瞬间石化。烈焰红唇还没反应过来，纪凯抓起外套就把她往外面推。她踉跄地走了几步，终于忍不住发火："怎么回事啊！"

"有人来了，你快出去。"

"来就来，怕什么啊，我又不是见不得人。说起来，我早就见过家长了呢，晚上一起吃饭啊。"

"下次吧，乖。"

"纪凯……"

"亲爱的，我明天陪你去逛街，你爱买什么买什么，可以吗？"

"那可是你说的啊。"

烈焰红唇迅速盘算了下，终于点头。他们此时跑到了门口，而纪凯分明听到了母亲掏钥匙的声音！他终于理解当时米兰为什么想把他从楼上推下去，因为他此时也极其盼望着这样做。他见势不妙，把烈焰红唇往楼上带，烈焰红唇被他拉得险些摔倒在地，只觉得屈辱至极。她打算给这个男人一点教训。

所以，当李秀梅和米兰开门的时候，呆呆地看着纪凯和一个女人纠缠在一起。米兰手里的购物袋一下子就掉在了地上。

"亲爱的，记得给我打电话哦。"

烈焰红唇抛给纪凯一个媚眼，袅袅离开，而米兰的心里只觉得酸楚无比。

纪凯……你还是原来那个你。

我用一个小时和你邂逅，用一百天和你交往，用一瞬间爱上你，没想到失恋也只用了一秒钟。我不知道是该憎恨你的背叛，还是该庆幸自己能在还没陷太深的时候抽身。

米兰愣愣想着，而门就这样被烈焰红唇关上，发出了刺耳的响声。米兰不哭也不闹，只是静静看着纪凯，而纪凯突然有了一种心虚的感觉，躲闪掉她的目光。

"这……这是怎么回事？你这混小子！"

李秀梅是第一个采取行动的人。她顺手拿起皮包就往纪凯身上砸，坚硬的鳄鱼皮包砸在身上实在是太疼了，纪凯不住地闪躲。他的闪躲让李秀梅越发恼火，顺手抓起家里的大象木雕就朝纪凯身上扔，然后又去搬动高达一米的大花瓶。纪凯没想到母亲的生气程度都到了拿花瓶打他的地步，不住地后退，而米兰终于看不下去，去阻止这场闹剧。

"阿姨，不要打纪凯了。"

"这小子就是皮痒欠揍！米兰，你不要生气啊，生气对孩子不好，我来教训他！"

"阿姨，真的没必要。纪凯，我们结束了。"

米兰最后看了纪凯一眼，冷漠地转身，打算骄傲地离去，没想到一脚踩在了李秀梅刚才丢在地上的皮包上，狠狠摔了一跤。她压在了自己刚才买的猪肝上，起身的时候裙子上满是血迹，而李秀梅和纪凯集体崩溃了。

"米兰！"

第九章 对不起，我爱你

"米兰，你不要动！妈送你去医院！不要动！"

李秀梅飞快地跑到米兰身边，看着她雪白衣衫上的血迹，一向雷厉风行的她第一次手足无措。纪凯也懵了，简直不敢相信自己的眼睛。他朝米兰跑了过来，然后被李秀梅干脆利落地打了一巴掌："混小子！要是米兰和孩子有个什么万一，我再也不要看到你！咳咳……"

李秀梅被气得剧烈咳嗽了起来，脸红得可怕，而纪凯只会呆呆站着，都不知道怎么办才好。米兰只是膝盖跌伤了，很想爬起来说自己什么事都没有，但李秀梅已经硬逼着纪凯把她抱上了车。米兰根本不想看到纪凯，不住地挣扎，李秀梅不住地说："米兰，我知道纪凯对不起你，回去我再收拾他！你看在我的面子上先去医院……咳咳……有什么事我们回来再说……"

李秀梅一边咳嗽，一边利落地指挥司机往医院开去，一直握着米兰的手不肯放开。米兰真的很想解释这血是猪肝的，不是她的，但李秀梅和纪凯根本不让她插嘴。他们把她送到了离家最近的二院，推着她往妇产科跑去，而米兰真的要崩溃了。她无法想象自己没怀孕的事情就这样被揭穿会有什么后果，一咬牙说："阿姨，其实我没有……"

而李秀梅突然倒了过去。

纪凯眼明手快地抱起李秀梅，急忙喊医生，而李秀梅的目光一直在米兰身上。她费力地说："米兰，我会教训纪凯的，你和孩子千万不能有事……千万不能啊……"

她的脸色，简直让米兰怀疑她知道了孩子根本不存在的话，会立马昏过去，有些话她怎么也说不出口。眼看护士就要把她送到检查室，她灵机一动，大喊："我要见张旭！他是我的主治医师，除了他，我谁都不要！"

纪凯急忙安慰她："米兰，听话……"

"滚开，我就要见张旭！不见他我就自杀！"

米兰说着，真的从轮椅上蹦起来，作势要跳楼，把大家都唬住了。有个护士呆呆地问："主任，这就是传说中的孕期神经病吗？"

"小李啊,什么孕期神经病,是产褥期精神病!早就让你认真念书了,你就是不好好念!"

"那我们要怎么办?"

"不能刺激她,尽量满足她的要求吧——张旭那小子怎么还不来?"

"主任,我看她很面熟……呀,不是上次电视里的那个救了可馨的孕妇吗?她怎么会成这样?难道是被家暴?"

有人认出米兰来,大声喊其他人来围观,所有女性都用谴责的目光看着纪凯。纪凯真是百口莫辩,而李秀梅的目光更是写明了恨不得把他塞回去重生。他看着满身是血的米兰和瘫倒在地的母亲,觉得简直是头痛欲裂。而此时,张旭终于赶到了。

"张旭,救我!"

"米兰,你又怎么了?"

"张医生,她可能流产了,只肯让你看,你快来啊!"

流产?

张旭怀疑地看着米兰,而米兰一把握住了他的手,然后用力掐了一下!张旭只好说:"推她去我的办公室做个检查——我一个人就好,病人不愿意见其他人。"

于是,米兰就被推进了张旭的办公室,其他人被关在了门外。一进办公室,米兰立马起身,而张旭无奈至极:"姑奶奶,你又怎么了?"

"我摔了一跤,他们认为我流产了。"

"天!你怎么能撒这样的谎!你到底想干什么!"

"我是摔了一跤,可没想到自己摔到了买的猪肝上,弄的一身血!"

"你该庆幸他们没认为那块猪肝是你流出来的孩子。"

米兰想象了一下,恶寒,觉得没出现张旭描述的景象已经非常幸运。她托着下巴,苦恼极了:"我要怎么办?我真的好想和阿姨说清楚,但她现在的样子……"

"她的身体情况很不好,你现在说的话很可能带来无法预估的后果。而且，医生和护士都认出你来了，你打算向所有人宣布你是假冒孕妇吗？"

"不行！"

米兰想象着自己被戳穿，被所有人扔香蕉皮和烂番茄的场景，拼命摇头。她绝望地问："那我只能继续装下去吗？"

"装下去的话，随时会有被戳穿的可能，而且越到后期你的谎会撒得越大，无法收场。"

"我现在说的话，阿姨可能会死！以后说的话她会生更大气！我到底该怎么办！"

"这是你的事情，你好好考虑。"

张旭幸灾乐祸地拍着米兰的肩膀，而米兰就在他的办公室里痛苦地纠结。她一会儿就想直接冲出去说明真相，但一会儿又担心真相会给事情带来无法收场的结果，简直是进退两难。就在她纠结得快死掉的时候，门外突然响起了敲门声，而她迅速反应过来，病怏怏地坐在轮椅上。纪凯看着米兰病态的面容，内疚至极："医生，米兰她要不要紧？"

"不好说。"

"什么叫不好说？"

"米兰，你要不要紧？"

张旭把皮球踢给了米兰，米兰闭着眼睛装晕。纪凯走到米兰身边，握着她因为紧张而冰冷的手，喃喃地说："对不起。妈妈已经进了急诊室，要是你和孩子有什么三长两短，我真的……米兰，答应我不要有事。"

"纪凯……"

米兰装作刚苏醒的样子，柔弱地睁开眼睛，看到的是纪凯憔悴的容颜。她用力把手抽出来，轻声问："阿姨她要不要紧？"

纪凯没想到米兰第一句话不是指责他，而是关心他的家人。他沉默了一会，说："情况不太好，医生说她受到了很大的刺激。你怎么样，要不要紧？"

"我……我……"

"米兰，你要不要紧？"

"妈，你怎么来了？医生不是让你去检查身体吗？"

"混小子，米兰这样我怎么放心！你……"

李秀梅又习惯性地打纪凯，但手一动就咳嗽起来，喘不上气。她是那么热烈地看着米兰，等待着她的回答，米兰终于闭上了眼睛："我没事。"

"那真是太好了！"李秀梅松了一口气，放下心来。

李秀梅见米兰没事，终于肯进急诊室，而纪凯则在李秀梅的严厉斥责下留下来陪米兰。他责问张旭为什么不给米兰用药，张旭只好开了"保胎针"，而米兰眼睁睁地看着护士拿着粗粗的针管朝自己走来。她再也不想管别人的事情了，一下子从轮椅上跳了起来，而纪凯一把抓住了她的手："米兰，乖，这针对你好。"

"我不打针，我很健康！"

"乖，听话，一点都不疼，很快就过去了。"

"不疼的话，你打啊！我才不是傻子！"

米兰天生畏惧医院，更畏惧打针，看到针管什么都不顾了，只想逃走。她拼命挣扎，要从轮椅上站起身，而纪凯把她死死抱住，让护士上前打针。米兰惊恐地看着护士越来越近，知道自己今天是逃不掉了，干脆一口咬在纪凯的手臂上。针刺入肌肤有多疼，她就有多用力。当她终于瘫倒在轮椅上的时候，纪凯的手臂已经有了一个新鲜的牙印，血迹斑斑。可是，他没有注意，只是担忧地问米兰："好点没？"

而米兰干净利落地给了他一个巴掌。

"米兰，你怎么才能原谅我？"

"想让我原谅你，除非你对每一个被你伤害的女孩都说对不起！滚，我不想看见你。"米兰哑着嗓子说。

而她真的就从此再也没见过纪凯。

"听说了吗，这次派去美国学习的名单下来了。"

第九章 对不起，我爱你

"是谁得了这个美差啊？"

"是纪总监。"

"啊，纪总监要去美国两年，那我们不是很久都不能见到他。"

"不过等他从美国回来后肯定会升职，而且所有费用都是公司来，这可是求也求不来的。"

"这倒也是。可他不是有孩子了吗，那要怎么去？"

"谁知道。"

于是，纪凯要去美国的消息暗暗在办公室里流传，但居然没有一个人在米兰面前提起，所以米兰对此一无所知。她很奇怪近期都没看到纪凯的身影，但她觉得这样对谁都好——他们都需要时间来冷静。

她决定三天后就是她"流产"的日子。因为，那天正好是她和纪凯上床四个月的纪念日。她想在这个特殊的日子里，亲手为自己画上一个句号，从此，她和纪凯会再也没有交集。

可是，为什么没有豁达的感觉？为什么心会那么疼？

"米兰，你还好吧？怎么脸色那么难看？"

"没什么，就是最近没怎么睡好。"面对陆露的关心，米兰勉强一笑。

就在这时，门突然开了，韩可馨带着笑容进来，然后怒气冲冲地把包一甩，大口地喝着咖啡。米兰和陆露互视一眼，米兰开口问："可馨，你怎么了？"

"啊，没什么——LV的新款漆皮包居然到现在还没货，大陆的商场真是太差劲了。还有，GUCCI新出的香水为什么没有我喜欢的花香型，爱马仕的丝巾居然会卖断货？大世界影城的贵宾厅居然满员了？还有预约的SPA为什么要等到明天？真是太令人烦心了！"

她的烦恼好高级。米兰和陆露默默想着。要是她们，恐怕只会为青菜每斤又涨了五毛才烦恼吧。

"还有，为什么杨波他就是不理解我？"

韩可馨终于说出了烦恼的根源，苦恼地喝着咖啡，等待着米兰和陆露的疑问。可是，她等了很久，只见她们居然在电脑上玩起了连连看，顿时崩溃。她咳嗽一声："你们就没什么好说的吗？"

米兰疑惑地问："可馨，你是要我们过问你的私事吗？你确定？"

"当然。反正除了你们，我也没有其他朋友，不问你们问谁？"

"可是说私事可是闺蜜的特权。你确定要我们做你闺蜜？"

"闺蜜？"

"闺蜜的意思就是比朋友更进一步，可以分享私事与不幸，也意味着不背叛和绝对的真实。你愿意吗？"

韩可馨从没想过有人会问她这样的问题，而她居然比杨波向她求婚的时候还紧张。看着米兰和陆露真挚的面容，想着米兰为她所做的一切，她点头："当然愿意。你们都是我最好的朋友——啊不，是我一辈子的闺蜜。现在，我可以说了吗？"

"当然。"米兰和陆露互视而笑。

于是，韩可馨把事情的经过都告诉了她们。

上个礼拜，她的婆婆又不请自来，美其名曰说是来照顾他们小两口，但她只管杨波的吃喝拉撒，对她则是指手画脚。她原想婆婆最多住一个礼拜，忍忍也就算了，没想到她居然每天都逼她喝一些看不出成分的中草药，说这样有益于怀孕，她不喝的话，婆婆还不乐意。后来，婆婆见她宁死不屈，居然把药偷偷放进她每天喝的豆浆里，还骗她说豆浆因为是黑豆打的才会是黑乎乎的。拜托，就算她不认识黄豆和黑豆，至少她有鼻子，好吗？

为了报复婆婆，她故意把"豆浆"给杨波喝，喝得杨波上吐下泻，这下可把婆婆心疼坏了。她原以为婆婆会就此收手，没想到她反而把杨波吃坏肚子怪到她头上，骂她歹毒心肠，她也终于按捺不住脾气，和婆婆大吵一架。婆婆悲愤地说她是"不下蛋的鸡"，说她是"长不出庄稼的盐碱地"，这些粗俗的话语是她简直无法想象出来的。她气得一句话都说不出来，指望杨波为她辩驳，但杨波只是捂着肚子一遍遍往厕所跑。

要这样的男人有什么用！

第九章 对不起，我爱你

她的脑海中一直浮现着这么一句话，干脆收拾衣物离家出走，而杨波根本没追出来。

"让他和他妈去过吧。"韩可馨最后冷冷地说。

"所以说，你真的就拿那个药给杨波喝了？要是他喝出事情来怎么办？"米兰不可置信。

"你婆婆给你的什么药？真的有用吗？"陆露问。

"陆露！"韩可馨和米兰异口同声地斥责她。

"好吧，我不问就是了——那你就真的不回家住了？"

"嗯。"韩可馨满脸写着"我真的很霸气"。

米兰好奇地问："可你为什么不把你老公和婆婆赶出房子，而是自己走？"

韩可馨愣住了。她不愿意承认自己在气急败坏的情况下做了这样傻的决定，只好说："因为我尊老爱幼。"

"可馨，你真是伟大。"

米兰由衷地赞美韩可馨，但韩可馨听了非常不是滋味，觉得她和这样的未婚女性根本没有共同语言。她求助地看着陆露，陆露沉吟了一会问："这就是说，你现在的问题是你和婆婆关系不好？"

"比起婆婆来，我更在乎杨波的态度。我不求他什么事情都顺着我，但他至少要公平、公正，而不是让我退让来讨好他妈。这样的男人让我觉得很没有担当。"

"可是这个世界上不可能有为了老婆抛弃老妈的男人。就算真的有，他为了一个认识了十年的人，抛弃了养育自己几十年的母亲，你会觉得这样的男人可靠吗？恐怕你会想他十年后也会为了别的小姑娘抛弃你吧。"

"要是不相爱了，我们和平分手，各走各的路就是。"

"你现在说这话很轻松，但当你生了孩子后，你就不这么想了。可馨，给孩子一个温馨可靠的家是比什么都重要的。我相信你和你老公还是相爱的，只是处事方式上存在着一些差异，你们需要的是良好的沟通。"

"你和你老公是怎么沟通的？"

陆露哑然。她当然不能告诉韩可馨她和顾文明之间现在几乎没有交流，只能勉强一笑。她走到韩可馨身边，摸摸她的肚子，问："现在感觉怎么样？"

"不吐了，但是腰一直发酸，半夜起来上厕所的次数也很多。"

"这只是开始。以后，你的腰会酸得几乎抬不起来，晚上睡不着觉，连翻身和上洗手间都要人帮忙。"

"而且脸上会长斑，腹部会长妊娠纹。陆露，你说女人为什么会这么和自己过不去？"

"因为你爱那个男人啊。只有爱，才会让女人觉得牺牲都是一种幸福。"

韩可馨一愣，轻轻摸着腹部，有些若有所思。

她爱杨波吗？其实她自己都不知道答案。

她喜欢的一向是成熟稳重、风度翩翩的男人，但杨波只是个孩子罢了。他是在她最脆弱的时期出现，再加上母亲的反对与她的叛逆心，她冲动地做了和他结婚的决定。婚后的生活没有她所希望的那么完美，但也没那么糟糕，她曾经以为她会和这个不太聪明却特别爱她的男人就这样过一辈子——如果没有那难缠的婆婆的话。

如果只是嫁给杨波，而不是嫁给他家，会不会比现在幸福得多？

韩可馨不知道，因为这个世界上没有"如果"。

陆露纠结了一会，终于说："可馨，我问你个问题啊，希望你不要介意。"

"没什么，你问吧。"

"你和那个宋教授是不是之前就认识？"

"你为什么这么问？"

"很多人都在传你们在谈恋爱。"

"哪有的事！我们只是同学关系好了。"韩可馨忙说。

"是啊，我也是这么想的。"陆露明显松了一口气。

米兰一脸迷茫，不知道她们在聊什么，而韩可馨知道陆露是在隐晦地提醒自己要注意和宋宇的关系，心中一凛。她当然知道自己已经没有资格和宋宇谈情说爱，但现在宋宇没有把窗户纸捅开，她要如何拒绝？她要怎么说出口自己已经没有被爱的资格？

"算了，不说我的事情了。"韩可馨急忙把话题扯开，"米兰，你是不是和纪凯说实话了？"

"什么意思？"

"不然他为什么要去美国？"

"纪凯他要去美国？"米兰呆住了。

"你……你不知道吗？"

米兰茫然摇头："什么时候的事情？"

"一个星期前。大家都在猜测你们是不是出现了什么问题——你居然都不知道他要出国？"

"没有人跟我说。"

"他们一定是以为你早就知道了，不想在你心口戳刀子吧。你和纪凯到底怎么了？"

"我们……什么事也没有。"米兰轻声说。

韩可馨和陆露在说什么她一句也听不清了，她只是望着桌上的玫瑰发呆。以前纪凯送花给她的时候，她只觉得丢脸和心烦，而当他真的从她生命中消失的时候，她又开始怀念曾经拥有的惊喜和温情。

玫瑰花枯萎了，她的爱情也和这花一样枯萎了吧。

而她却舍不得把这已经枯萎的玫瑰丢弃，还真是可笑。

韩可馨见她一直出神地看着桌上的玫瑰，笑着问："这花是纪凯送的？摆了挺久的了吧。"

"一个多礼拜了。枯了，早该扔了。"

米兰说着，拿起花就要往垃圾桶里扔，而韩可馨阻止了她。她低下头，含笑说："多漂亮的玫瑰花，扔了不是太可惜了。你往水里放一点盐，或者放点阿司匹林，这样花开放的时间会久一点。"

"还有这说法？花开的时间还能自己控制？"

"当然。感情也是一样哦。觉得平淡的时候加点盐，或者加点药片，情况会大不一样。"

"你是在暗示我什么吗？"米兰小心翼翼地问。

"不是暗示，是明示。你喜欢纪凯吧？"

韩可馨话音刚落，米兰手里的杯子一下子掉在了办公桌上。她手忙脚乱地把桌上的水擦干，低着头，看都不敢看韩可馨一眼。她紧咬嘴唇，最后终于说："你怎么知道？很明显吗？"

"不是啊，我猜的，没想到猜对了。"

"韩可馨！"

"亲爱的，不要生气嘛。那你们现在到底是什么状况？他知道你的肚子……"

"我也不知道我们现在是什么状况。他对我表白说喜欢我，但我在第二天就看到他和其他女人在一起。"

"那你是怎么想的？"

"我想，我们是不合适的。就算他真的喜欢我，但那也是暂时的，他过不了多久就会被其他人吸引过去。与其一天到晚担心他出轨，不如现在就放手。"

"可你真的能放下吗？"

"只能尽量吧。"

接触过阳光的人，怎么会继续呆在黑暗里？享受过爱情的人，怎么会容忍苍白的人生？

可她必须趁早把这段感情斩断。

米兰想着，看着自己的手，好像上面已经沾满了鲜血似的。韩可馨看着米兰，轻声说："别给自己太大的压力，想做什么放手去做就好。做女人不需要太聪明，这样会比较容易得到幸福哦。"

第九章 对不起，我爱你

"所以你那么幸福吗？"米兰认真地问。

而韩可馨一时之间不知道该怎么回答。

米兰不再看韩可馨，而是出神地看着桌上的玫瑰，不再言语。

离下班只有两个小时了，但这两小时对米兰而言，比两天还要难熬。她打电话的时候频频拨错号码，把要复印的文件送进了粉碎机，别人和她说话的时候，她也神游太空。

她都不记得自己是怎么跟着韩可馨和陆露进的餐馆，也不记得自己到底吃了什么，顾诗慧的哭声才让她恢复了理智。她愣愣地看着坐在自己身边的小朋友已经哭得一把鼻涕一把眼泪，而她的手指直直指着她这个"罪魁祸首"。

"妈妈，米兰阿姨吃我的饼干……呜呜呜……哇哇……"

顾诗慧大声哭着，米兰看着自己手里的小熊饼干，顿时有一种食不下咽的感觉。她没想到自己居然会吃了顾诗慧的饼干，急忙讨好地说："阿姨错了，待会儿阿姨给你买棒棒糖吃怎么样？"

"不要，我就要小熊！"

"小熊还剩下一条腿，你要吗？"

米兰说着，把吃了一半的小熊给了顾诗慧，而顾诗慧哭得越发起劲。陆露真是头痛，只能拼命安慰顾诗慧，答应她周末带她吃肯德基、看电影，而这小家伙终于止住了哭泣。顾诗慧泪眼婆娑："妈妈，你不许骗人。"

"妈妈不骗人，不哭了啊。"

顾诗慧擦擦眼泪，不再哭泣，而米兰捂着头，说："我觉得哪天爆发了战争，可以组织一百个小孩到前线放声大哭，那简直就是生化武器。陆露同学，一个就够你受的了，我简直无法想象你家要是有两个孩子会闹成什么样。"

"等你生了小孩就知道有这样的宝贝陪伴在你身边是多么幸福的事情，我和你这样的未婚女人没共同语言。可馨，你现在就很盼望着小孩快点出世吧？"

"啊，是啊。"韩可馨僵硬地笑。

"切，我看她是恨不得这孩子一辈子在肚子里呆着，好不穿帮。"

"米兰，你怎么说话哪！"

"米兰说得很对，我现在真是特别发愁。三个月的时候我还和以前差不多，为什么四个月一到肚子就变得那么大？你说穿束腹衣会有用吗？"

韩可馨对自己日益增长的腹部烦恼不已。虽说她很瘦，穿得宽松些看不出腹部有凸起，但现在已经有同事暗暗议论她比以前胖了许多，让她郁闷不已。陆露急忙打消她的念头："怀孕还穿束腹衣？你不怕孩子缺氧，生下来是个痴呆啊？"

"可我看到肚子上的肉就心烦！"

"说真的，你的身材已经够好了，怀孕四个月都和米兰这样没怀孕的看起来差不多。你都不知道我有多羡慕你。"

"陆露，你安慰韩可馨就好好安慰，你扯上我干嘛啊！"米兰不高兴了。

"对不起，对不起！喏，这个送你。"

陆露说着，从包里拿出来一个东西，米兰拿在手里，好奇地问："这是什么？"

"假肚子。你四个月了，应该显怀了，过一个礼拜就把它绑在肚子上。唉，你说你一个'怀孕'的都不关心你的肚子，还要我来操这个心！"

"陆露最好了。"

米兰笑着把那个"假肚子"绑在腹部，拿衣服盖了起来，发现外观上果然和韩可馨的一模一样，三个女人就这样笑成一团。顾诗慧好奇地摸韩可馨的肚子，问："阿姨，你肚子里是什么？"

"是小妹妹呀。"

"阿姨，你喜欢小妹妹吗？"

"当然喜欢。"

"那你为什么要把小妹妹吃到肚子里？"她皱眉问。

"这个……"

韩可馨不知道该怎么回答，求助地看着陆露，而陆露和韩可馨笑得都要抽筋。顾诗慧不明白这帮大人在笑什么，白了她们一眼，自顾自地拿出画笔画起图画来。米兰见她画地认真，说："小慧画得那么好，是不是长大以后要当画家啊？"

"嗯。"顾诗慧点头，"老师都让我做小老师，教别的小朋友画画。"

"小慧那么厉害啊！"

米兰敬佩地看着顾诗慧，而陆露皱起了眉。她忍耐许久，最终说："小慧，小朋友如果说谎会怎么办？"

"会不讨人喜欢，长大以后没出息。"顾诗慧顿时蔫了，闷闷地说。

"那妈妈再问你一次，你真的在幼儿园里做了小老师，教别的孩子画画吗？"

顾诗慧眨巴眼睛，不再说话。

"快回答！"

顾诗慧看着陆露严厉的神色，吓得哭了起来。米兰急忙安慰："小慧不哭，不哭啊！陆露你也真是的，对小孩子那么凶做什么！"

"我现在不管让她撒谎，她长大以后可怎么得了！顾诗慧，我告诉你，你的事情老师都告诉妈妈了，你的画根本没有得奖！你再说谎我可要关你禁闭了！"

陆露骂得顾诗慧哭得上气不接下气，保证自己以后再也不说谎才住了口。她们没有了吃饭的心情，提前离开，而米兰和韩可馨都对未来的生活充满了恐惧。米兰低下头，轻声说："亲爱的肚子，过不了几天就要和你说再见咯。"

"米兰，你要……？"

"嗯。"

"你和纪凯说实话了？"

"还没有。不过他的意见不影响我的任何决定。"

"你不担心你未来婆婆身体不行了？"

米兰一顿，然后说："那是他的事情，和我无关。"

"我相信你会把这件事妥善解决的。有什么要我帮忙的尽管开口。"

"到时候你和陆露负责把我送到张旭那儿就行了。唉，从今以后又要是苦命的小员工，孕妇的待遇是一样都享受不了了。趁我现在还'怀着'，快来给姐捶肩揉背！"

"想得美！"韩可馨笑着说。她感慨极了："想怀孕的怀不上，不想怀孕的偏偏有了，真不知道这世界到底怎么了。"

米兰指指自己："还有不想怀孕，也没有孩子，但是偏偏恬不知耻地装成孕妇的。可馨，我能摸摸你的肚子吗？"

"好啊。"

米兰小心翼翼地摸了一下韩可馨的肚子，觉得孕妇的肚子实在是太神奇了。

和自己松松垮垮的赘肉不同，韩可馨的腹部非常结实，给孩子提供了一个最安全的港湾。简直无法想象，生命就是从中孕育的啊……米兰忍不住问："我打算过几天就'流产'，你是什么打算？总不能一直瞒到生产吧。"

"节目好不容易火了，让我现在请孕假不就是为她们做嫁衣吗？别说这些烦心事了，我们去逛街吧。"

"啊？"

韩可馨好像对于逛街有着极大的热情，硬是把米兰拉去了本市最昂贵的一家商场，直奔最贵的柜台。米兰站在门口抱着门柱誓死不肯进："那么贵的地方我才不去，你自己进去就好了。"

"试试看嘛！那件衣服就很适合你啊。"

韩可馨逼米兰试穿的红色露背裙居然和米兰两年前买的一样，这样的巧合让米兰失了神。她当然知道自己穿这条裙子会很美，但那样嚣张的颜色她根本不可能穿出去，买了也只能放在衣柜里积灰尘罢了。

第九章 对不起，我爱你

　　她誓死不肯试穿，后来韩可馨只好拿了一条米白色的连衣裙给她。米兰实在抵挡不了韩可馨的热情，试穿了出来，发现这裙子的效果还算不错。她去更衣室把裙子换下来，还给服务员，没想到韩可馨已经悄悄买了单。米兰急了："你怎么就买了！这裙子可要两千多！"

　　"算是我送给你的'闺蜜'礼物。"

　　"你上次给我的手机就五千了，我怎么能又收你的礼物？绝对不行！"

　　"你不也回礼送了我一条金项链吗？亲爱的，闺蜜就是要互相送礼物的，你就收下吧。等我看上什么，我可会毫不犹豫地向你开口的哦。"

　　"然后我们就互相送，便宜了商场是吧？白富美的思维真是一般人无法理解的。"

　　米兰真是拿韩可馨没办法，但也是真的喜欢这条做工精美的裙子，只好收下。韩可馨逼着她穿着新裙子离开，陪她买了配套的高跟鞋和手包，给她化了妆，到后来米兰简直是焕然一新。米兰摸着脸说："你把我打扮得那么漂亮，我真舍不得回家卸妆了。"

　　"那就不要浪费今天的美丽。我们去酒吧玩吧。"

　　"酒吧？你确定？"米兰看着韩可馨的肚子。

　　"确定！我要和个平民一样喝得醉醺醺的，说不定还会和哪个人来个一夜情！亲爱的，你觉得怎么样，是不是够贱？"

　　韩可馨的话简直是字字戳在了米兰的心窝，而她只好苦笑。她实在放心不下今天精神状态明显出了问题的韩可馨，和她一起去了酒吧——居然是她和纪凯初识的那间。她不知道韩可馨为什么会选择这家，看着熟悉的环境，突然有一种如梦似幻的感觉。

　　四个月前，她在这里和纪凯相遇。那天，她做了人生中最疯狂的事情，也引起了她无法预估的后果。纪凯带给她厌烦与恐惧，却也给了她激情与梦想，让她的人生不再是苍白一片。她确实是憎恶着纪凯的背叛，但她又何尝不是在撒谎？

　　所以，就让一切停留在还算美好的一刻吧。

米兰出神地想着，果断阻止了韩可馨喝酒的企图，让服务员递给她们两杯果汁。韩可馨有点郁闷："我都四个月没喝酒了。"

"算了，再忍忍吧，你也不想你孩子以后是酒鬼吧。"

"当然，我的孩子一定要是最一流的。"

韩可馨恋恋不舍地看着吧台上的酒，眼神可怜巴巴的，让米兰看了想笑。她环视四周，突然发现酒吧里居然都是不同类型的漂亮女人，除了酒保外，简直没一个雄性生物。她忍不住轻声问："这里怎么都是女人啊？"

"不知道。"

"难道是……"

韩可馨有些紧张："是什么？"

"笨蛋！是蕾丝酒吧啦！现在的女同性恋也长得太漂亮了吧！"

"呵呵，谁知道。"

韩可馨低下头喝果汁，不再理会米兰，而米兰继续饶有兴趣地观察。她突然看到一个熟悉的身影从入口处走来，竟是下意识低头，藏到了桌子底下。韩可馨急忙去拉她，轻声问："你怎么了？"

"见到一个不想看见的人。"

"谁啊？"

"穿豹纹紧身裙和红鞋的那个。她是走进来了，还是在门口站着？"

"还在门口站着。"

"那我们怎么走？"

"你干嘛那么怕她啊？你欠她钱了？抢了她男朋友？"

"她就是纪凯的那个'烈焰红唇'。"

"什么？"

韩可馨失声叫了出来，然后觉得这样很影响形象，急忙捂住嘴。她轻轻拉米兰，真是怒其不争："你有什么好怕她的，你又没对不起她！认真追究起来，可是她抢你男人，你该狠狠地扇她两个耳光。"

"我不要，我就是不愿意再看到她。"

第九章 对不起，我爱你

"米兰，你起来！不然我可看不起你。"

"看不起，随便看不起。她走了没啊？"

无论韩可馨好说歹说，米兰就好像在地上扎根了一样，就是不肯起来。就在这时，酒吧里突然响起了悠扬的钢琴曲，一个穿着黑色西装的男人也走到了台上。见到那个男人的瞬间，所有女人都尖叫了起来，而叫声中米兰也缓缓起身，出神地看着那个多日不见、容颜疲惫的男子。

纪凯。居然是他。

他又要做什么？

"王凡、李颖、张娜娜、赵琳、徐艳静、李艳珍、范琼、魏薇、还有李佳璐……谢谢你们今天能来。和你们交往期间，你们带给我美好的记忆，可我却伤害了你们的感情，我欠你们一句'对不起'。我愿意承受你们的所有责骂。"

纪凯说着，对她们深深鞠躬，酒吧顿时沸腾了。所有女人都没想到纪凯居然会有那么多女朋友，而且胆敢把她们集合在一起！在喧嚣声中，有人喊："纪凯，道歉有用的话，要警察干嘛！你和我谈恋爱的时候说这辈子只爱我一个，为什么三个月后就不见了踪影，害得我以为你死了！你知道我难过了多久吗？我哭得眼睛都成双眼皮了，就现在还双着！"

"对不起。"

"纪凯，你这混蛋骗我说我是你的心肝宝贝，你就是这么对你的心肝的吗？我哭着求你不要分手，又下跪又自杀，你为什么就是无动于衷？你的心是铁做的吗？"

"对不起。"

"纪凯？原来你叫纪凯！你为什么骗我说你叫纪旦！害得我的微博名字都改成了'我只爱纪旦'，被大家嘲笑是吃货！你到底有几句话是真的？"

大家越说越气愤，到后来酒吧都险些被这帮女人掀翻。烈焰红唇走上前，率先给了纪凯一个耳光，又狠狠踩了他一脚，而其他人也都不甘示弱。一时之间，纪凯的衬衫被抓破，脸上也满是血痕。

虽然他和米兰距离有十米远，但米兰知道他在看她。

"想我原谅你，除非你对每一个被你伤害的女孩都说'对不起'！"

说出的话就在耳边，她没想到纪凯真的这样去做，而且做到了。他的花心、他的谎言和他的无耻就这样被他自己暴露在了阳光下，不留一丝虚伪的美丽。他是那样狼狈，没有了高高在上的帅气与豁达，但偏偏这样的他令米兰心疼，令米兰心动。她愣愣地看着纪凯，终于忍不住冲上前，张开双臂护着他："够了。你们打也打了，骂也骂了，还不满足吗？"

"你谁啊你，姐姐的事情要你插嘴！"

"我是他的女朋友，要打他，先过我这一关！"

米兰坚定地说，毫不示弱地和她们对视，此时韩可馨笑着说："忘了告诉你们，我们是电视台的，我想我们的同事很乐意来拍美女打架的场景，你们的亲友也会乐于看见的。"

前女友们听了这话，终于恨恨地离开，而韩可馨也和她们一起离去，留给他们独处的空间。米兰看着狼狈不堪的纪凯，扭头就走，纪凯一把抓住了她的手。他笑着说："女朋友，你不陪陪我吗？"

"陪？呸！"

米兰别过头，继续嘴硬，但泪水逐渐涌了出来。

"米兰，我听过一个故事。以前，有个国王，他有两个女儿。她们有着神奇的魔力，泪水都会变成昂贵的珍珠。大女儿嫁给了一个王子，小女儿嫁给了一个牧羊人。十年后，王子因为大女儿的珍珠买了很多城堡，而牧羊人还是非常贫穷。国王非常困惑，问牧羊人为什么不用小女儿的珍珠来改善生活，牧羊人只说了一句话——她是我的珍宝，我怎么舍得让她哭。"

纪凯说着，轻轻擦拭米兰面颊上的泪珠，而米兰愣住了。纪凯把她抱在怀里，继续低沉地说："直到现在，我才懂了这句话的意义——爱一个女人，绝对不会舍得让她哭泣。米兰，我曾经不相信爱情，我曾经很花心，直到遇上了你。说实话，一开始和你在一起只是为了我妈，为了孩子，可你就好像一张网，让我渐渐深陷其中。有时候，真的只有失去了才懂得珍惜。你离开我的日子里，我才发现你有多可贵。除了爱你，我真的想不出能使我继续活着的理由。米兰，就在刚才，我已经完全告别了我的过去，从此以后的纪凯绝对不会花心，也绝对不会让你难过。原谅我，和我在一起，好吗？"

纪凯的声音好像带着魔咒，让米兰忍不住沉沦。当米兰闭上眼睛，和纪凯热烈拥吻的时候，韩可馨的左手也被戴上了一枚亮晶晶的钻戒。她目瞪口呆地看着手捧大束玫瑰，单膝跪地的宋宇，再看着四周不停尖叫的人群，强忍住惊慌说："师兄，你这是做什么？"

"可馨，我希望你嫁给我。"

"可我……我有男朋友了。"韩可馨终于说。

要是五年前，韩可馨会因为激动而流泪，但此时的她有的只是伤感。她早就没有和宋宇走下去的资本了。

"可馨，你有男友了？"宋宇不可置信。

"嗯。"

"祝贺你，可馨，我也真羡慕那个幸运的男人。他一定比我优秀得多，能带给你完美的生活。"

宋宇非常难过，但还是勉强自己说出祝福的话，强颜欢笑的样子让韩可馨觉得心疼。她转身就走，而宋宇在她背后轻声说："有男朋友也没关系，就算你结婚了也没关系，我总会等你的。"

"师兄，我们年纪都不小了，不要那么幼稚了。"韩可馨轻声说。

"在对的时间遇到对的人是幸福，在错的时间遇到对的人叫青春。可馨，你就是我的青春，我永远不会放弃。"

面对宋宇坚定的面容，韩可馨真的不知该作何选择。她只有摘下钻戒，还给宋宇，转身离开。而泪水，顺着脸颊逐渐滚落。

第十章　一夜成名的孕妇

虽然住的是五星级宾馆，设施一流，但韩可馨一晚上都在辗转反侧。

离家出走后，杨波不断给她打电话，她一个都没接，因为她知道就算和好，矛盾还是一直存在——他已经是个成年人了，必须承担起保护妻子和孩子的责任，而不是一辈子被妈妈保护在羽翼下。有时候，她也会禁不住想，要是没有怀孕，面对着宋宇的追求，她会不会动心，到时候杨波又会如何。

可是，这个世界从来没有"如果"。

第二天上班的时候，韩可馨精神疲惫到了极点，但还是要和米兰、王开会一起去旭日月子中心采访——或者说"道歉"更为合适。她们到达月子中心的时候才上午10点，但前台小姐说宋总吃饭去了，就把他们晾在门口。王开会哪里受过这样的气，就骂米兰："都是你惹的祸，一会儿你可要向宋总好好道歉！要是宋总不原谅你，你也用不着在这里做了！"

"切，你欺负不了别人，也就会欺负我了。"米兰轻声说。

"你说什么？"

"我说我一定会努力的。"

"你啊，就是没文化才闯的祸！你要多读书，读好书，才能顺应社会的潮流！唉，不过现在的大学生也不值钱了，我当年读书的时候能上大学的可都是万里挑一。我记得我上大学的时候，乡里乡亲都敲锣打鼓地送我，那场面就一个成语能形容，你猜是什么成语？"

我怎么知道形容把祸害赶跑后大家喜悦心情的成语是什么？米兰默默想着。

王开会没理会米兰的沉默，继续说下去："那就是四个字——夹道欢送！到了大学后，校长就握着我的手，对我语重心长地说，小王啊，你是祖国的花朵，未来可都靠你们年轻人了。现在，我多想握着你们的手，也这么对你们说这样的话，但我哪里找得到可以说这话的人？"

王开会眼睛看着米兰，却去握韩可馨的手。韩可馨急忙把手抽了出来，面露厌恶，笑容都要维持不住了。王开会似乎没想到韩可馨居然会当众不给他面子，掩饰地笑，高声说："前台的那个谁啊，快点去催催你们宋总，我一会还有事。我的事情可是很紧急的，很重要的，不能耽误。"

这下，前台小妹连看都懒得看他了。

米兰一行傻兮兮地等了两个小时，还是等不到宋总的大驾光临，肚子倒是饿得不行了。王开会见势不妙，假装说自己有饭局然后溜走，只剩韩可馨等人陪她。米兰实在不愿意浪费时间，对韩可馨使个眼色，捂着肚子说："肚子好疼……"

韩可馨立马会意："米兰，你怎么了，是不是孩子有什么事？"

"我不知道，好疼啊……"

"你们这有没有医生、护士，快让我们进去啊，快点！"

韩可馨对前台怒吼，前台呆呆地开了门，急忙为米兰找护士。当护士们都赶过来的时候，米兰坐起身，笑嘻嘻地说："啊呀，突然不疼了。真是麻烦你们赶过来了。"

顿时，从护士们的表情中可以看出，她们简直恨不得把米兰生吞活剥。

"你就是米兰？"

身后传来一个严厉的女声，米兰回过头，见到的是一个戴着黑框眼镜、穿着职业套装的中年女人。她长得并不算十分美丽，但气质非常优雅，饶是在漂亮的护士中也非常吸引眼球。米兰下意识地点头，女人微微一笑："你们该做什么就做什么，你和那个韩可馨到我办公室来喝点茶吧。"

"谢谢宋总。"

韩可馨忙说，然后拉着米兰去了宋总的办公室。在布艺沙发上坐下，喝着香喷喷的花草茶，米兰忍不住说："宋总，上次的负面报道给您带来了很大的困扰，我们今天来是为了道歉，也是为了给月子中心做一次正面宣传，为你们正名。我们会从采访月嫂、产妇和专家，还有介绍月子中心这几个方面入手，会起到很好的宣传作用。"

米兰还想继续说，但宋总阻止了她。她笑着说："我看你们栏目也不是一天两天的事情了，你们的水平我放心。只是，光是这样就能弥补我们声誉遭受的损失了吗？"

"宋总，对此我们非常抱歉。但事情已经发生，与其沉浸在过去，不如想想以后怎么做才能反败为胜，提升月子中心的形象和知名度吧。"

"你几个月了？"

宋总突然问米兰的孩子有多大了，米兰一愣，然后忙说有四个月了。宋总上下打量她，终于认出她来："我说你怎么那么眼熟，你就是那个被疯子劫持的人吧？"

"其实他当时是想劫持我的，米兰挺身而出保护了我。"韩可馨笑着说，"宋总，米兰真的是一个特别好、特别善良的丫头，可她只是一个小职员，有些事情只能听命行事。宋总，希望您能原谅米兰，给她一个机会，不然她生完孩子恐怕就面临着失业的风险，而生孩子、养孩子可是很大一笔开销。"

"是她救了你？当时是怎么回事？"

宋总对米兰舍身救人的事情很感兴趣，而韩可馨深情并茂地把故事讲述给宋总听，她口中的米兰简直是继雷锋之后的中国第二大英雄，都让米兰不好意思了。宋总沉吟片刻说:"要我撤诉也可以,除非你答应我一个条件。"

"什么条件?"

"我要你做月子中心的形象代言人。"她的手指着米兰。

米兰惊叫:"我?代言人?不行,我可做不来!"

"为什么?你只需要代言一年,我可是会给你三十万的代言费。"

"宋总,我很乐意帮您,我也很乐意赚这个钱,但这个活儿我真的不能做。我又不是什么大美女,我都能做代言人的话,那可馨早就去做世界小姐满世界宣传世界和平去了。"

"米兰,坦率地说你确实不算特别漂亮,但你的气质很好,有一种温和和令人亲近的感觉。与一般的月子中心不同,我创办的这家打的并不是高端牌,也不是为富婆和明星服务,而是希望一般的老百姓也能在这里享受到最实惠、最专业的服务,你的形象很亲民,正适合。而且,你上次被劫持的事情其实挺多人知道的,但只是对你宣传不多罢了。我觉得可以把你包装成'最美孕妇',一定会深受市民欢迎。"

"宋总,我真的不行。"

"为什么没尝试就给自己下定论?我喊小王陪你参观一下月子中心,你们顺便聊聊,改主意了打电话给我。"

后来,米兰只好收下了宋总的名片,和小王一起参观起月子中心来。她认出这个小王是上次她来暗访时接待她的咨询师,有点尴尬,但忍不住打听张红的消息。小王有点懒得理她,但还是说:"张红姐现在在餐厅里当服务员,具体情况我也不太清楚。"

"她不是金牌月嫂吗,怎么会去做服务员?"

"你的报道一出来,都没人敢来我们月子中心了,宋总只好把张红姐停岗。这还是宋总好心,要是在一般公司恐怕早就把张姐开除了。听说张姐家里还有两个孩子,真不知道服务员的那么点工资怎么让她过下去。"

"你有她的电话吗?"

在米兰的不断哀求下，小王到底把张红的电话给了她，而拍摄也在不知不觉间结束了。收工的韩可馨打算和米兰一起吃饭，但米兰说："我就不去了，我约了人。"

"你又要去和纪总监约会了？"

"是啊，是啊！倒是你，还住酒店啊，什么时候搬回家？"

"等他认错的那一天。"

"他不是早就认错了吗？"

"认识得还不够深刻。他哪天明白妈妈确实是重要的人，但妻子才是陪他共度一生的人，我才会回去。好了，不说这个了，祝你和纪总监约会开心！"

韩可馨笑着和其他同事一起离开，而米兰拨通了那个电话。

"喂，哪位？"

"是张红姐吗？我是米兰，我有些事情想和您说。"

半小时后，米兰到了张红工作的餐馆。现在是下午4点，还没有人吃晚饭，但服务员必须待岗，所以张红只能在餐馆和她见面。见到米兰，张红有些手足无措，拼命给米兰倒茶。米兰笑着说自己来，然后说："张红姐，我的报道给你带来麻烦了，真是对不起。"

"不怪你，不怪你！就算你不报道，那位大姐也会天天来医院闹，我也没法做下去。说起来我也对不起你，我妈给你添麻烦了，谢谢你没和她计较。"

"都过去的事情了，算了——那我们也算扯平了，谁也别说'对不起'了，行吗？"

"行！"张红笑弯了眼睛。

在交谈中，米兰得知外表看起来有四十多岁的张红今年居然才三十出头，看来是辛苦的工作和过大的压力让她提前衰老。张红告诉她，她的丈夫在无锡做卡车司机，收入并不多。她以前做月嫂的时候虽然劳累，但还算赚得不少，但现在大幅缩水，所以她只能白天做服务员，下了班去卖夜

第十章 一夜成名的孕妇

宵,同时干两份活。米兰听得心里酸酸的,忍不住说:"对不起,我知道这么问可能比较失礼,但我算了下,就算只做服务员的话,你的家庭总收入也有5000块一个月,在无锡可以过还不错的生活了。既然这样,你为什么要打两份工?"

"趁着年轻,我们要努力赚钱,能多赚一点是一点。"

"你可能觉得我站着说话不腰疼,但我现在的工资也只有三四千。张红姐,我觉得你没必要把金钱看得那么重要。听说你的儿子还在宏村,你为什么不经常去看看他?你知道他,还有那帮孩子,是多想妈妈吗?"

提起儿子,张红的眼眶红了。她轻轻擦干眼泪,哽咽地说:"怎么会不想,可我回一次家就要花好几百,还要扣工资,我怎么能经常回去?"

"金钱比亲情还重要吗?"米兰忍不住问。

"米小姐,你从小就没为钱发过愁,你当然不知道钱有多重要。我们村子很穷,种地根本赚不了几个钱,我二十岁的时候就出去打工,终于有钱可以给爸爸看眼睛,给妈妈买护肤品,让他们不再那么操劳。村子里和我一样的年轻人很多,大家都把在外面赚的钱寄回家——他们也都想回家,可是回家以后要怎么赚钱给父母养老,给父母看病,让小孩读书?又有谁知道我们的苦?有多少次,我只能看着遥遥的照片哭泣?又有多少次,我明明受了委屈却还要笑着和家里报平安?"

张红说着,忍不住哭了起来。米兰急忙递给她纸巾,轻声说:"对不起,是我想得太简单了。"

"我知道那么多孩子都由老人带着肯定不行,但他们没到上学的年纪,幼儿园连城里人都难进去,更何况我们?所以,我和老公商量好了,努力赚钱,然后去村里开一家幼儿园,也算给伙伴们做点好事,解了他们的后顾之忧。"

米兰惊讶了:"你要开幼儿园?这很难吧。"

"造房子、装修、请老师,统共加起来起码要五十万。现在我才存了二十万,还远远不够。"

"就没有人支援你们一点吗?"

"这世上穷人多了去了,和他们比起来,我们的日子又好过得多。所以,我们不愿意去抢那么点救济,就想靠自己的双手把幼儿园建起来。"

张红的声音很轻,却是那样坚定,让米兰心中一颤。她的眼前不自觉地浮现出孩子渴求的眼神,几乎下意识的,她喃喃地说:"你这忙我帮了,你就等着好消息吧。"

"啥?"张红愣愣的。

"她要给我三十万,你这也缺三十万,简直就好像是命中注定。说到底,算我欠你的,也该我偿还……幼儿园正式建成的时候记得找我去。那帮孩子很可爱,我真想再看到他们。"

米兰说着,对张红微微一笑,然后离开。出了餐馆,她第一时间给宋总打电话:"宋总,我愿意接受你的条件。那钱……能不能先给我?"

米兰要去做旭日月子中心形象代言人的消息很快就传遍了电视台。有人羡慕她的好运气,有人妒忌她"母以子贵"才有这样的机会,一时间流言如沸。陆露不住地摇头:"米兰,你看你是疯了。你真以为你肚子里有货啊!"

"可我都收了人家钱了。"米兰小声说。

"那就退掉!"

"那钱我早花了,退不掉了。现在新闻也都报道了,我已经没法回头。"

"米兰,你不是贪财的人,你到底为什么要冒这个险?你就没想过事情败露后的结果吗?你到底为什么急着要那么多钱?"

米兰架不住她们逼问,只好把事情原原本本说了,到后来她们都沉默了。陆露的眼泪简直止不住,哭着说:"这帮小朋友真的好可怜啊。米兰,你做得很对,我支持你。但你自己怎么办?"

"只是拍几组照片罢了,应该不难吧。"

韩可馨无奈:"所以你'流产'的日子又要推迟了?"

第十章 一夜成名的孕妇

"我可提醒你,你的肚子可是要五个月了!再过几个月我看你生个什么出来!"

"到时候再说吧。"

米兰嘴上逞强,但已经心虚到了极点。她有些担心纪凯会不会也以为她是为了出风头,试探纪凯的意见,而纪凯说:"这是你的事情,你自己做决定就好。"

"你就不怕我做了明星然后甩了你?"

"不怕,核心部门上有我的人。"

纪凯说着,就要摸米兰的肚子,而米兰急忙躲闪。她嘴硬地说:"我只是答应做你的女朋友,可没答应嫁给你。你不要瞎摸啊,我可是会控制不住打人的。"

"亲爱的,你那怪毛病还没好?"

"不好,永远也不好!凡是摸我肚子的人,我都打!"

米兰说着,挥舞着拳头,而纪凯忍不住大笑。他摸摸米兰的面颊,轻声说:"谢谢你给妈妈送的蛋糕,她很喜欢,说从来没吃过那么好吃的甜点。"

"阿姨的身体还好吧?"

"已经出院了,现在在家里休息。要是你经常去看她的话,她一定会很高兴。"

面对着纪凯微笑的面容,米兰发现自己永远无法拒绝。她点头,轻声说:"等我拍好宣传照,晚上就和你一起回家吃饭。"

宋总把拍摄地点选在了电视台的摄影棚,请来的摄影师据说颇有名气。米兰在化妆室检查绑好了的假肚子,不住地在镜子面前走来走去,模拟孕妇的样子,生怕被人发现有什么不对劲。

与她的烦恼不同,韩可馨则在陆露的帮助下穿上了韩版的娃娃裙,凸起的腹部被褶皱与蝴蝶结隐藏起来,不细看根本看不出。可是,饶是这样,她还是郁闷非常。

"唉，我怎么会胖成这样？肚子上居然有那么多赘肉，要是被健身教练看到了，他一定会气得骂人。除了这次，我人生中脂肪比例最高的时期估计就是三个月大的时候了。"

"可馨，你是孕妇，肚子上的不是赘肉，而是你宝宝的保护外衣啊。和其他孕妇比起来，你已经胖得够少了，你就知足吧。我生小慧的时候可是胖了六十斤。"

"六十斤？你确定？"韩可馨简直不敢相信。

"当时吃得比较多，体重涨得厉害，但小慧生下来可有十斤，被我养得白白胖胖的。虽然现在还没完全恢复身材，但我一点不后悔。"

看着陆露清汤挂面的面容和还有些臃肿的身材，韩可馨的眼前突然一阵模糊。在朦胧中，她好像见到了自己胖成200斤、连进门都困难、一手抱着一个孩子的样子，忍不住打了个寒颤。她发誓，绝对不会让自己有朝一日会成为那样，她要永远是最漂亮、优雅的韩可馨。这时，高爽突然推门进来："米兰，摄影师快到了，你可以过去了。"

"好，我这就走。可馨、陆露，陪我一起去嘛。"

面对米兰哀求的眼神，韩可馨和陆露只好陪她一起去了摄影棚。摄影棚里有不少电视台的员工忙里忙外，米兰看着他们，只觉得心情越来越紧张，几乎都站不稳。她在紧张状态下等了许久，但摄影师一直没来。高爽打电话联系，然后面无表情地说："摄影师找错地方了，不出意外的话，他现在应该在流云街。"

"可流云街和这里是两个方向啊！他不就住在皇冠酒店吗，那里距离电视台才十分钟的路！"

"我去找他。"

高爽说着，推门出去，打车去了流云街。她快到的时候不断打摄影师的电话，但他始终没有应答。高爽没办法，只好把每条小巷子都找了个遍，在一所技校门口看到几个男孩子正围成一团，殴打什么人的样子。她目不斜视地从他们身边走开，突然停住了脚步，从包里掏出一张照片，对比了

第十章 一夜成名的孕妇

一下，然后问："被打的那个，请问你是罗逸摄影师吗？"

"是，我是！快救我！"

罗逸艰难探出头来，不住地护着自己的摄影器材，很快又挨了好几拳。有个染黄头发的男孩斜着眼睛说："臭三八，你别多管闲事，不然连你一起收拾！"

"罗逸，你还要多久结束？我们拍摄时间还有十分钟。"高爽看着手表，皱眉说。

"我怎么知道他们还要多久才能停止抢劫！你这个问题还真稀奇！"罗逸愤怒地喊。

"迟到了不好。"

"姐姐，我在被揍啊，被揍！你当我想迟到啊！"

"那就没办法了。"

高爽轻轻叹气，闭上眼睛，再次睁开的时候眸光中已满是罗逸看不懂的神色。她大喝一声，以手为刀，轻而易举地劈倒了刚才的黄毛。罗逸只觉得她的动作一下子变慢，看着她光洁的大腿、白嫩的手臂、飞舞的长发还有眼镜下的迷人眼睛，觉得自己的心猛地跳了起来。他知道，自己寻找的那个人终于出现了。

"还不滚，等着警察来抓你们吗？"

听到高爽所言，被打倒在地的小混混急忙爬起来，而高爽也慢慢朝罗逸走去。罗逸觉得自己的心就快蹦出来了，急忙捂住胸口。而高爽偏偏还半蹲了下来，问他："还可以走吗？"

"可以。"罗逸觉得声音简直不像是自己的。

罗逸根本不记得自己是怎么跟着高爽走进了电视台，只是呆呆地坐在椅子上发呆，而其他人不敢打扰他，纷纷悄声议论。

"他就是知名摄影师？怎么光对着窗户傻笑，像白痴似的？"

"谁知道。也许艺术家都是这么奇奇怪怪的吧。"

"我刚才给他倒茶，那么烫的茶他居然一下子就喝光了！天啊，他的喉咙是怎么长的啊！"

"嘘，他在一边笑一边吃道具！"

看着罗逸啃道具苹果的样子，大家都对这个传说中的摄影师非常失望，特地打扮得花枝招展来看他的女员工更是恨恨离去。此时的罗逸并不知道大家都在注视着他，一直沉浸在眼镜女孩的美丽与潇洒之中，幻想他们相识、相恋，一起走进婚姻的殿堂，一起生儿育女……那个眼镜女孩叫什么名字？她现在在哪里？

罗逸终于反应过来，丢掉手里的苹果就往外走，却被一个人挡住了去路。韩可馨微笑着说："罗逸先生，您看是不是能开始拍摄了，我们模特都等了一个小时了。"

罗逸答非所问："刚才你见到有个穿黑西装、戴眼镜的人从这里走出去了吗？她个子大概这么高，很漂亮。她的眉毛弯弯的，眼睛不是很大，但非常有神，就好像黑玛瑙一样。她笑起来的时候左脸颊有一个小酒窝，可爱得让人一辈子忘不了。她的右脸颊有一颗黑色的痣，涂着粉色的指甲油……"

"她叫什么名字？"

"啊，时间太紧，我没来得及问。我甚至连她长什么样子都没看清。"罗逸痛苦地说。

"呵呵，都知道那姑娘脸上有小酒窝和黑痣，还真是没看清啊。"陆露忍不住嘲讽。

"罗逸先生，您看这样行不行？我会帮您去找那位'眼镜女孩'，但现在时间实在是不早了，能不能麻烦您开工，我们早点开始，早点结束？到时候，说不定您还可以和'眼镜女孩'共进晚餐哦。"

韩可馨察觉到她说的话罗逸显然都没放在心上，急忙加上了最后一句，而罗逸果然两眼放光。他一把抓住了韩可馨的手，深情地说："那就拜托你了，姐姐！来来来，我们开工！"

谁是你姐姐！韩可馨的手僵硬在半空，过了很久才放下，而她的眼睛

第十章 一夜成名的孕妇

已经折射出熊熊火光来。

"灯光强一点！左肩稍微往下放一点，很好！美女，笑一个，把手放在肚子上，做出甜蜜的表情来。不不，你这表情不是甜蜜而是瘆人，想着你们一家三口一起在海边撒欢……停，你的表情怎么那么恐怖？"

罗逸看着僵硬微笑的米兰，叹了一口气，真不知道这工作要怎么继续下去。米兰都快哭出来了："大哥，我都笑成这样了，还不行吗？你随便拍几张不就行了！"

"不行，我可是有节操的摄影师，我的作品绝对不会不完美。我们再来，你低头，看着肚子，想着你未来的宝宝，脸上洋溢着幸福的笑容。"

他说的明明是中国话，他让做的动作米兰也都能做到，但他所要求的"幸福的微笑"米兰真的不知道该怎么体现。时间一分分过去，她的笑容越来越僵硬，而罗逸的表情也越来越难看。他真的不知道客户为什么会找这样的外行来当模特，这样下去拍摄怎么可能顺利结束？

"米兰，你想想你的代言费，那可是三十万！"陆露试着提醒米兰。

对啊，三十万！我可以付一套房子的首付，能买一辆最炫的跑车，还能买最大的钻石——可真相是我已经答应把这钱给张红回家修幼儿园，我一分钱都拿不到，还是和以前一样穷。米兰啊，米兰，你说你充什么大款？就算是你害的人家没工作，这补偿也太大了点吧！

米兰想着，嘴角稍稍动了一下，露出了一个微笑的弧度，然后又耷拉了下来。后来，还是韩可馨想到了一个好办法："纪总监，你什么时候来的？"

纪凯来了？

米兰下意识扭过头，脸上的幸福微笑连她自己都没察觉，但被罗逸完美捕捉下来。罗逸一口气连拍了数十张，把她的羞涩、期盼、幸福一一记录，回放照片的时候终于满意。他说："对，就是这样的状态！想象一下，你和纪总监一起共同烹饪晚餐，你们点着蜡烛，还放着最悠扬的钢琴曲。

他送给你红色的玫瑰花,而你送给他一个甜蜜的吻……来,手放在肚子上,脸稍稍左转……"

他在胡说什么啊?

米兰呆呆听着,却下意识地想象着他所描绘出的画面,也按照他的指令行事。她情不自禁地在脑海中描绘出她和纪凯一起幸福生活的场景,觉得连空气中都弥漫着甜蜜的气息。他们一起潜水,一起爬山,一起读书,一起期待着孩子的出生……

"老婆,加油,你一定能行!加油啊!"

纪凯面色凝重地站在产房门口,汗水从他英俊的脸庞下滚滚落下。米兰在房中紧咬牙关,一边生一边骂:"混蛋,要不是你的话,我怎么会怀孕,怎么会受这样的罪!我不生了!"

"亲爱的,坚持住!吸气、呼吸、吸气、呼气……"

"吵死了,你闭嘴啊!"

"亲爱的,虽然妈妈喜欢儿子,但生女儿也好,你千万不要有压力!随便你生什么,他都是我们的小宝贝,也是我们爱情的结晶。米兰,你一定很想看到我们的孩子长什么样吧!加油,我们很快就能看到!"

"米兰,加油,看到孩子的头了!努力,努力!啊,生下来一个好可爱的小枕头!瞧着雪白的布料,真和爸爸一模一样!"

护士小姐高兴地把雪白的枕头给米兰看,米兰一下子就愣住了,猛然直起身。而此时,纪凯一下子就冲了进来。他一把抱住枕头,深情地亲吻米兰的额头:"是啊,这枕头真像我,和我小时候真是一模一样!老婆,来,我们一家三口合个影!茄子……"

不,不能发生这样的事!

米兰想着,拼命摇头,瞬间回到了现实。而此时,罗逸严肃地说:"好,我们拍最后一组照片,请把衣服掀起来,让我拍一些肚子的特写。"

肚子的……特写?之前可没听说有这个项目!

米兰一下子就急了,求救地看着陆露和韩可馨,她们非常义气地挡在了米兰的前方。韩可馨笑着说:"罗逸啊,我觉得你刚才的照片已经非常完美了,就不要落入俗套,拍得和一般的孕妇照一样了吧。我觉得,客户要的是一种意境,一种美丽,你的照片已经完美实现了。"

"不,我认为女性的裸体是这个世界上最美的风景,而孕育着生命的女性更是最美风景中的一颗明珠。你放心,我的作品绝对不会和色情有任何关系,而是一种原生态,是一种对于生命的赞美!所以,请把衣服掀起来吧。"

"不行,掀起来会着凉,孩子感冒了怎么办?"米兰干巴巴地说。

"只要五分钟,不会对你的身体造成任何影响。"

陆露也忙说:"米兰不愿意拍就别拍,又不影响你收钱,你这人怎么那么倔啊。"

他们好说歹说,罗逸都坚决不肯松口,到后来居然惊动了王开会。王开会双手叉腰,霸气地说:"客户要求你拍肚子,你就得拍!我们是最讲诚信的了,收了钱一定要办好。如果我是你啊,别说要拍肚子,就算客户要我拍裸体,我也会为了客户而牺牲!"

"王总好厉害!"

"好感动哦!"

狗腿子们在徐秘书的带领下都争先恐后地鼓掌,王开会在掌声中越发得意,甚至打算顺应民心,脱下衬衫来个裸体写真来回馈一直关心和支持他的人们。他盯着米兰,大声命令:"米兰,别浪费人家罗大摄影师的时间,快点拍啊!"

"我……我不能拍。"

从来不会说"不"的米兰,终于说出了"不"字,王开会没想到自己居然会被拒绝,一下子变了脸色。他恶狠狠地问:"那个谁,我刚才没听清,你再说一遍?"

"我说,我不!是,我是电视台的员工,也和宋总签订了合同,但这一切的主体是'我',而不是我肚子里的孩子。虽然他还没出生,但他也是一个独立的个体，有自己的想法和尊严。你们觉得不经过他同意，甚至在他还没有民事能力的情况下就给他做决定，让他暴露在大众的视线下是一件无所谓的事情吗？如果有人拍下你们儿女洗澡的照片放到网上，你们会觉得无所谓吗？会吗？"

米兰的话铿锵有力，而所有人都呆住了，说不出一句话来，没有人发现顾诗慧正蹲在地上玩些什么。王开会自觉在罗逸面前丢了面子，正要大发雷霆，片场突然响起了掌声。宋总带头鼓掌，笑着说："米兰，你不愧是我看上的'最美妈妈'，你对孩子的爱真是令人感动。我对你的代言充满了信心，我们一定会成功！"

宋总说着，不住鼓掌，后来掌声稀稀拉拉地响起，连顾诗慧都懵懂地跟着鼓掌。人群中，纪凯默默看着米兰，只觉得此刻的她简直美丽得惊人。

他觉得，此时此刻，自己好像真的爱上这个女人了。

"好，那就按照你说的，我们再拍一组你裹着白纱的吧。小张，把灯光打一下。"

"知道了——啊！"

小张没想到自己的鞋带被顾诗慧绑到了一起，突然往前冲去，一把抓住了女助理的裙子，女助理在条件反射下顺手给他一个耳光，然后身体不受控制地朝着右边撞去。她撞到了布景，布景朝顾诗慧砸去，但被陆露及时赶上，一拳把布景打向了另一边。在所有人都松了一口气的时候，那布景摇摇晃晃地朝着罗逸的方向砸去，而罗逸猛然一推，手不偏不倚地摸到了米兰的肚子上。

好软啊。这是罗逸的第一想法。

咦，这肚子怎么好像有一点掉下来的感觉？难道她被我拍得流产了吗？

罗逸呆呆地看着米兰有点往下移的腹部，正在沉思，而米兰已经迅速反应过来，急忙给了他一巴掌。罗逸捂着脸，失神地看着她，而米兰只觉得浑身都颤抖了起来。

第十章 一夜成名的孕妇

她真的没想到一切谎言会在今天被揭穿。王开会的得意,同事的嘲讽,陆露的担忧,还有纪凯的伤神……每一样,都是她所承担不起的。

"你的肚子……"

"米兰,你的外卖到了。"

门外突然传来一个冷冰冰的女声,高爽拎着外卖盒,好像根本没看到凄惨的现场一样,绕过倒成一地的设备走到米兰身边。见到高爽的瞬间,罗逸所有的理智都消失殆尽。他红了脸,期期艾艾地说:"好巧啊,怎么又见到了你了!不,我的意思不是见到你不高兴,我的'又'字只是单纯描述!啊,今天的天气真不错啊,我真爱无锡的天气。"

话音刚落,雷声大响,所有人都捂住了耳朵,而罗逸还是呆呆笑着,好像窗外发生的事情和自己一点关系都没有似的。高爽看着她,再看看窗外,终于问:"你是不是有病?"

"吃饼?不,我怎么好意思让你破费请吃饭,当然要我请你啊!我知道一个不错的宾馆——不,我的意思是餐馆。"

高爽白了罗逸一眼,利落地转身就走,而罗逸就好像失了魂一样跟着她走出去,把方才的疑惑早就忘了个光。纪凯握着米兰冰冷的手,问她有没有事,米兰不住摇头。她忍不住指着自己的脑袋,问:"那个罗逸……是不是这里有点问题?"

"他啊,可能是遇到了自己的真命天女了吧。"

"啊?你们认识?"

"嗯,我们以前是同学。别管他,晚上去家里吃饭吧,阿姨做了不少你爱吃的。"

于是,一场闹剧就这样莫名其妙地落下帷幕,而米兰的照片以一种惊人的速度在网上、报纸上和电视栏目中出现。一时之间,许多人都记住了这个英勇救人又笑容清澈的"最美孕妇",米兰和韩可馨的风头简直是平分秋色。现在打进来的热线电话除了要找韩可馨外,居然还有很多是找米兰的，甚至还有媒体要联系米兰做专访。她出门买菜的时候都会被人认出来，要她签名合影。她终于尝到了被注意、被重视的快乐，但烦恼也随之而来。

这位大姐，说的就是你！我们很熟吗，能不能不要夸我的同时摸我的肚子！什么一看就是生儿子的命，你还能更不靠谱点吗？

还有这位阿婆，请问你为什么把脸贴在我肚子上，还说能听到孩子的呼吸？算了，看在你多送了我一棵大白菜的份上就不和你计较了！

还有这位卖猪肉的大叔，请不要把油腻腻的手往我肚子上碰，也不要抱起我说可以感觉出我有多重！你才有120斤呢，你全家都有120斤！

还有……

"安静！"

米兰终于控制不住，大吼一声，而菜场终于安静了。大家都举着照相机和签名本看着她，米兰很霸气地说："要签名可以，一个个来，秩序不许乱！女士优先，第一个签名的要是你们这里最漂亮的女士！"

"啊，那不是说我吗？"

"你牙齿都掉了怎么会说你？肯定是我啦！"

"该死的，你找打吗？"

"打就打，怕谁啊！"

女人们就这样打成了一片，而米兰的计划终于成功。她在混乱时偷偷溜出人群，撒丫子就跑，远离人群后终于松了一口气。她不敢再在菜场晃悠，拎着菜跑回家，让陆露和韩可馨大吃一惊。陆露笑着说："你看你辫子都被扯乱了，衣服也被撕碎了，简直好像被人欺负了一样。你到底是去买菜，还是去卖身啊？早知道这样，我们中午就在外面吃了，也不用赶到你家尝你的手艺啊。"

"切，在外面吃的话可馨还得端着，哪有在家里舒服。可馨，是吧？"

"当然。"韩可馨一边吃水果，一边笑眯眯地说。

因为不在单位，也不怕面对陌生人的关系，韩可馨把妆都卸了，穿着拖鞋和睡衣，别提有多自在了。她摸着滚圆的肚子，感慨地说："还是这样

第十章 一夜成名的孕妇

舒服啊，简直让我想起了在夏威夷海滩上晒太阳的美妙时光。亲爱的，你到底出什么事了，难道你遇到劫匪了？"

"不是劫匪，是粉丝。"米兰又快乐又痛苦，"唉，我买菜的时候被一帮阿姨认出来，她们真是热情啊，都险些把我吃了！可馨，你的粉丝也这样疯狂吗？你说这日子可怎么过啊！"

"我想起了在美国上学的时候曾经和布拉德皮特共进晚餐，当时有很多记者来拍照，也有很多粉丝哭着跑了出去。我当时手足无措，可他告诉我作为公众人物，在享受爱戴的同时当然要牺牲一些什么东西。那天，我们聊得很开心，真是令人怀念啊。"

"可皮特已经和朱莉结婚了啊。他们孩子都有了。"

"是，所以我不能和他在一起。"韩可馨遗憾地说。

她真讨厌！米兰和陆露心里都浮现出这句话。

"那个，你们慢慢聊，我去做饭。"

"米兰，我来吧，你笨手笨脚的哪里会。"

"我虽然没你做得好吃，总比可馨要好一点。陆露同志，你在家里还没忙够啊？今天就歇着，做一天公主吧，劳碌命！"

"是啊，你就歇着，我们两个已婚妇女聊聊天。我还有很多事情要请教你呢。"

在韩可馨的劝阻下，陆露终于放手让米兰去做饭，只觉得浑身闲得难受。她见米兰客厅的茶几脏了，就顺手拿抹布去擦，而韩可馨真是又无奈又敬佩："陆露，你还真是没有闲的时候。"

"呵呵，我就见不得家里有一点乱。啊，等等。"

陆露突然拿着皮包进了洗手间，出来的时候步伐极慢，和刚才风风火火的样子相比简直好像变了一个人。韩可馨见陆露从洗手间走到沙发旁居然用了一分钟，再看着她小心翼翼坐下的样子，忍不住问："你怎么了，不舒服吗？"

"今天我排卵。"

"啊？"韩可馨觉得自己突然听不懂中国话了。

"刚才我去测了下排卵试纸，看到了强阳反应，12小时后就要开始排卵。可是顾文明今天要出差，要明天晚上才回来，所以我要减少运动，尽量让卵子在体内多呆一会儿。可馨，你帮我买一下去苏州的火车票好吗，我要过去找顾文明，可不能错过这个机会。"

"哦，好。"

虽然对陆露对于排卵的病态执着不以为然，但韩可馨什么都没说。她很快就帮陆露买好了晚上出发的火车票，轻声问："那个，你怀孕的时候，和你老公有没有那什么？"

"什么？"陆露迷茫地问。

"就是那什么啊！"

韩可馨对对手指，天真无邪地笑，陆露终于懂了。她笑着说："不就是做爱吗，你说得么含蓄做什么！"

"你轻点声！你怎么能就这样把那个词说出来了？"

"你不管这个叫做爱，你叫什么？难道叫和谐？"

"我们一般管它叫SEX，英文听起来会比较含蓄——好了，我们不要讨论那个词到底该怎么说了！医生说，怀孕前三个月不能那什么，我现在四个月了，是不是就可以……这样会不会对孩子有什么影响？"

"是不是你老公憋不住了？对了，你不是离家出走吗，就这么和好了？"陆露调侃地问。

"是啊，看在他认错态度还不错的份上就算了。网上的答案我不相信，你告诉我啊。"

韩可馨怎么会告诉陆露，她"离家出走"的第三天，杨波这傻瓜才终于找到了她在哪里——枉费她在家里留下了那么多线索，甚至把酒店的卡片放在了最显眼的位子。

把无锡各大宾馆都找了个遍的杨波憔悴极了，见到韩可馨就扑了上来，把头在她的胸口蹭啊蹭的，简直像是巨型犬科动物，也让韩可馨一下子心软。她用尽力气也推不动，只好恶狠狠地说："你来干嘛啊，在家里和你妈喝药喝得多开心啊。"

"老婆，我已经劝过我妈了，她以后再也不会给你喝那些乱七八糟的东西了。你就原谅我，回家吧。"

"杨波，你说世界上你最重要的人是谁？"

"是老婆和妈妈。"

"只能选一个。"

"老婆……"

"嗯？"

"非要选一个人的话，那个人会是老婆。虽然我也很爱妈妈，但是老婆才是陪伴我走过下半生的人。从今以后，你们发生矛盾的话，我一定会向着你，绝对不会再让你生气。"

韩可馨狠狠掐他："这话是谁教你的？"

"是我网上看到的。"杨波得意地说。

"哟，你背得可真熟啊。"

"为了老婆，我什么苦都能吃。老婆，跟我回家吧，我好想你。"

后来，韩可馨实在架不住杨波撒娇，只好半推半就地回了家。杨波妈居然还没走，但做好了一桌的菜等着他们，态度殷勤得可怕，倒让韩可馨根本没有发火的理由。她注意到杨波妈一直用一种渴求的眼神望着自己的肚子，回房后狠狠掐了杨波一把："你把我怀孕的事情告诉你妈了？"

"老婆，妈妈一直逼问我们什么时候才能要孩子，我实在没办法，就只能说了。老婆，你打我吧，我错了。"

杨波可怜兮兮地看着韩可馨，而韩可馨居然一点没生气，只是叹气："算了，她迟早要知道的，能瞒到现在已经不错了。你有没有和她说不要和别人瞎说我怀孕的事情？"

"我告诉她你去算命，生产前都不能被其他人发现你怀孕，不然孩子大富大贵的命格就会改变。"杨波奸诈一笑。

"想不到你还挺有心眼的啊。"

"为了老婆嘛。"

因为他们已经几天没见，激情之下难免擦枪走火。杨波在激动之下，但还不忘征求韩可馨的意见："老婆，可以吗？"

"不行，要等等。"

杨波撅嘴："要等多久？老婆，老婆……"

"五、四、三、二、一——好了，现在距离我发现怀孕的时间正好有五个月。医生说前三个月不能SEX，四五个月的时候可以，所以现在可以开动咯。"

"老婆，我爱你！"

韩可馨闭上眼睛，享受着杨波的亲吻和爱抚，觉得自己好像置身于一汪春水之中，每一寸肌肤都在颤抖，在渴求。其实，不光是杨波憋得难受，连她的身体也对他极度渴求。她的手指在他的皮肤上一点点游走，到后来杨波的声音既快乐又痛苦："老婆，我要……"

韩可馨微微一笑，正准备闭上眼睛，享受一场性爱，没想到门外突然传来杨波妈的声音："儿子，你要什么让妈妈去拿，别烦可馨！可馨啊，你明天想吃什么，妈给你买好啊！"

韩可馨郁闷地把枕头丢了过去，而杨波一下子疲软了。

韩可馨想到杨波后来居然试了几次都没成功就觉得恼火，但这话又不能对陆露说，只能借着这个由头引陆露慢慢回答她想知道的问题。陆露果然上钩，热情地给她做了一堂健康讲堂，告诉她女人怀孕时适度地进行性生活其实是有利于生产的，对夫妻感情也有益处。韩可馨虚心听取，然后装作漫不经心地问："那男人几个月都不能SEX，会不会对身体有什么影响？"

"你的意思是会不行吧。那怎么可能啊，他们又不是一次性筷子，用了就坏了。"

陆露说着，干脆利落地把米兰桌子上的一次性筷子掰断，而韩可馨心中莫名一凉。她想，她至少得到了几个有用的信息——孕期性爱是可以的，男人不可能因为女人怀孕而疲软，还有孕期更要重视感情的维护，心情压抑对自己和孩子都不利。她想到婆婆渴求的眼神就心烦，笑着问陆露："亲爱的，那你那时候的频率是多少？"

"大概一个月一两次吧。"陆露含含糊糊地说。

"呀，频率那么高？那你们现在多久一次？"

"一个月一两次。"

"怎么现在的频率和你怀孕的时候一样？你老公今年才30岁啊。"

"他工作很忙，很辛苦。"

陆露的心顿时苦涩了起来。现在，他们之间的夫妻生活从每周3次到每周一次，再到除了排卵期外根本没有，最后到了现在的几个月都不一定有一次。陆露不知道这样怎么可能怀得上顾家期盼的男孩，但顾文明却把所有责任都怪到了她头上，好像对她的肚子已经绝望了一般。

"可能是我年纪大了，又生了孩子，对他没什么吸引力了吧。这也是没办法的事情。"

陆露说着，轻轻叹了一口气，根本不想再谈论这个问题。韩可馨上下打量着陆露，说："你最近瘦了不少，皮肤也好了，走出去都有男人偷偷看你，他不可能对你没感觉啊。"

"有吗？"陆露摸着面颊。

米兰端着菜出来，说："当然啊，你没照镜子吗？我看你起码比几个月前瘦了十斤，脸蛋都尖了。你这样子啊，起码恢复了以前的一半吧。你以前是校花级的美女，现在也算是路人级的美女了。"

"我把这话理解成你在夸我。"陆露郁闷地说。

"当然是在夸你了！陆露，你工作以后比以前漂亮了很多，不信你照照镜子。"

因为电视台里的氛围就是每个女人都打扮得花枝招展，为了不成为异类，陆露只好把以前的居家服都放在了衣柜里，穿起正装来，倒也像模像样。她看着镜中还算清秀可人的自己，郁闷地说："唉，我前几天还说自己的脸瘦成瓜子脸了，可顾文明立马说我是瓜子脸的妈——向日葵脸，可把我给郁闷的。"

"不会吧，他嘴巴怎么那么毒啊！"

"我学肚皮舞水蛇手臂在家里练习的时候，他还说我那是蟒蛇手臂，害得小慧都闹着要去动物园看蛇！他还说我和他妈掉在水里一定救他妈，因为我肚子上的救生圈就能把我浮起来，怎么都淹不死！"

提起顾文明的毒舌，陆露就气不打一处来，而韩可馨和米兰互视一眼，都没有说话。后来，米兰终于试探地问："他这么和你说话，你都不生气的吗？你为什么不告诉他你并不喜欢他这么说？"

"他才不会管我怎么想呢。"陆露苦笑着说，"可馨，我有个事情想请教你一下。"

"好啊。"

"我有个朋友吧，她和她老公结婚好几年了，孩子也很大了，最近她老公对她好像一直很冷淡。昨天她打电话的时候，她老公说在开会，但她在一个别墅区看到他了，但后来跟丢了。回家问他的时候，他死不承认，还说这车子是司机开去办公了。你说，我那朋友该相信她老公吗？"

陆露说完，米兰和韩可馨的表情都凝固了。韩可馨轻声说："看她怎么想了。要是不惜一切代价想知道真相，只管闹；要是想保护自己的婚姻，就要学会忍耐与睁只眼闭只眼。"

陆露怔怔的："你的意思是，我朋友的老公真的在外面有人？"

"可能有，也可能是她在胡思乱想，谁知道呢？与其跟在男人背后想他们在想什么，还不如把自己拾掇得美美的，等着男人在后面追。"

韩可馨说着，微微一笑，而陆露发现即使穿着松垮的睡衣，扎着随意的马尾，韩可馨也美得惊人。她的自信和优雅，曾经也在陆露的身上出现，到底什么时候让她变得这样卑微，这样患得患失？

"你说得对，我会转告我朋友的。"

第十章 一夜成名的孕妇

陆露平静地说着，推开了窗，出神地看着外面的建筑，已经心乱如麻。她见米兰家的玻璃上有很多污渍，极力想忽视，但实在忍不住。她顺手拿布去擦，然后突然顿住了。她清晰地看到顾文明的车子停在了米兰家楼下。

"陆露……"

"闭嘴！"

陆露厉声说，一把捂住了米兰的嘴，米兰觉得自己就要被陆露掐死了。陆露目不转睛地盯着楼下，眼睁睁地看着顾文明从车里走出来，然后一个穿着红裙的女人同样走了出来。顾文明和那女人一起去了隔壁的大楼，而陆露只觉得浑身酥软。她一下子就瘫倒在地上，急得米兰不住摇晃她："陆露，你怎么了，你可别吓我！"

"她可能是中风了，米兰，你别随意摇她！"

"啊，对不起！"

米兰松手，而陆露就这样直直地倒在了地上，已经是满脸泪水。米兰尖叫连连，要去打120，但陆露阻止了她。过了很久，她才轻声说："顾文明出轨了。"

"天啊，怎么回事，什么时候？"

"就在刚才。"

"什么？"

"我看到一个女人从他车里下来，去了隔壁的楼。呵呵，昨天被我撞破的时候还骗人说把车子借给同事了，还说我小心眼只会瞎想，可他……他就是在这里出差的吗？枉费我还想去苏州找他！"

陆露说着，不住地落泪，再也说不出话来。米兰做饭的心情没有了，不住地安慰陆露，而过了许久，陆露终于说："如果他真的背叛了我，我一定会离婚。我容不下家里的污渍，更容不下感情上的污渍。所以，我要去捉奸。"

陆露说着，推门就走，一点都不记得方才因为排卵期都不敢有剧烈动作。看着陆露几近疯狂的面容，米兰吓得一句话都不敢说。

陆露一改惯有的温柔，像个女战士一样冲到了隔壁楼层，然后傻了眼——她没门禁卡，不能进去，而且她甚至不知道顾文明和那个女人到底在哪层楼，哪个房间。陆露情急之下就去踹门，而韩可馨一把抓住她的手，说："你是不知道她在哪个房间吧，我来搞定。"

韩可馨说着，朝正朝他们走来的保安走过去，笑盈盈地说："师傅，我们是5楼的住户，忘记带门禁卡了，麻烦您帮我们开一下门行吗？"

"你是住五零几的？"

"五零一。"

"好，你们等等啊。"

保安说着，就去开门，韩可馨示意米兰先进去，然后和保安聊天："师傅，我看最近乱停车的人越来越多了，你们怎么也不管管？"

"乱停车的那帮人都是你们业主的亲朋好友，我管了还不被你们骂死啊。"保安笑呵呵地说。

"话不能这么说，我的朋友就是在外面停了车才进小区的，可遵守规范了。你看这车，就抢了我的车位，真烦心。"

韩可馨说着，指着顾文明的车，而保安迷惑地说："这车位本来就是苏B9845的啊，没错啊。"

"不是吧，这车位是我的啊！这个车主一定不是小区里的。"

"顾先生的房子就在6楼，你们从来没见过？"

"还真没见过！大哥，不说了，我先上去了啊。"

韩可馨说着，和已经被气得发怔的陆露走了进去。陆露不知道顾文明到底是住在6楼的哪个房间，每个都敲了一遍，用尽了所有的力气。可能是噪音太大的关系，有个女人探出头来："谁啊，声音那么大，让不让人休息了啊！"

陆露转过头，看到她身上的红裙，眼睛顿时红了。她"嗷"地一声就冲了过去，用力去抓那个女人的脸，而女人不住地尖叫。正在洗澡的顾文明听到叫声也急忙赶了出来，看到陆露后顿时傻了眼。陆露眼明手快地把房门关上，阻止顾文明逃回房间，冷笑着说："顾先生，请问您现在是做什么？别告诉我您公司的业务都开展到小区了啊。"

"陆露，别胡闹。你怎么会在这里？"顾文明尴尬地问。

"呵，我还算好了排卵期打算去苏州找你，到时候你又要编什么谎话骗我？你和她好了多久了？"

"你回去，我晚点跟你解释。"

"回答我！你和她好了多久了？"

顾文明沉默，而那个女人终于忍不住了。她愤恨地说："你就是顾文明的老婆吧，好，我们今天正好说个清楚！顾文明早就不喜欢你了，你怎么就是霸着他不放啊。我是你的话就早退出了，省得丢人现眼。"

"小美，别胡说！老婆，等我回去向你解释。"

"别的不说，在你为公司的事情发愁的时候我在做什么，她又在做什么！她的价值就是一个伺候你的老妈子罢了，但我才是和你心心相映的人。文明，是吗？"

小美说着，含泪看着顾文明，而顾文明一言不发。陆露冷笑："看来时代真是变了，我从没见过做小三的还能那么无耻，你们真是让我恶心。顾文明，你要和我离婚吗？"

"不，当然不。"顾文明下意识地说。

"文明！"

小美不可置信地看着顾文明，而顾文明只觉得自己头痛欲裂。他确实对小美的青春和美丽动心，所以有些半推半就，但他从没想过要和陆露离婚。他的犹豫不决让小美非常伤心，而陆露走上前，给了顾文明一个耳光。

"你搞什么！"

顾文明下意识地想还手，但看到陆露冷漠的眼神，竟是生生把手放下。陆露一边笑，一边流泪："呵，当初追我的时候说我是天上的月亮，现在一天到晚说我是月饼，你想过我的感受吗？你只会说我是家庭主妇，和我没有共同语言，但请问你身上干干净净的衣服是怎么来的，每天晚上的饭菜是怎么来的，孩子又是怎么长到这么大的！是因为家里有田螺姑娘吗？顾文明，你做人不要太过分！你放心，我不要你的臭钱，我只要小慧。我不会缠着你，因为你让我恶心。"

"陆露，请你责怪我之前想想你自己！除了要孩子之外，你都不肯和我做爱，你这样让我觉得自己就好像种马！你不知道你现在很变态吗？"

顾文明狠狠抓住了陆露的手臂，米兰和韩可馨急忙去劝阻，但尖叫的不是陆露，而是顾文明。陆露一把把顾文明的浴巾扯掉，在顾文明反应过来之前就把它扔到了窗外，于是米兰一下子看到了不该看的东西，闭上了眼睛。顾文明急忙捂住下身，气得脸色发青，陆露头也不回地离开了。

"陆露，你还好吧？"

回到家中，米兰递给陆露一杯温开水，担心地问。她只觉得心乱如麻。

她见证了陆露的爱情，亲眼看着顾文明是怎么从追求校花不自量力的穷小子成长为外表光鲜的精英男士，也亲眼看着曾经和公主一样的陆露怎么坠落。

她，从高不可攀的白云变成跟随在顾文明身后的一缕青烟，从皎洁的月亮变成为孩子盛菜的瓷碗，从曾经那颗光彩夺目的夜明珠变成了如今黯然无光的鱼眼珠，也终于从从前高高枝头上的一朵娇艳红玫瑰变成了如今白墙上一抹刺眼的蚊子血。这样的变化，米兰发自内心地恐惧，而陆露却心甘如怡。只是现在看来她终于后悔了。

"米兰，他说我变态，我真的这样吗？"陆露哑着嗓子问。

"当然没有！好吧……你有时候是把孩子看得太重了一点，但绝对不是他说得那样。"

"我会和他离婚。"

"你别冲动！"

"虽然我不想承认，但他……确实已经不爱我了。呵，我想要孩子还不是为了他，难道我就想再一次变胖变丑吗？可到头来他却那样说我……没有爱的婚姻，要来有什么用？我以前瞻前顾后，还一直在想自己哪里做错了，现在看来真是笑话一场。李碧华说得对，当一个男人不再爱一个女人，她哭闹是错，静默也是错，活着呼吸是错，死了还是错。不识趣地霸着位子，更是错上加错。"

"陆露……"

"不用可怜我，如果我继续做那个被欺负、被遗忘的黄脸婆那才是值得可怜的事情。米兰，我很庆幸现在的我有工作，有小慧，有你们，而不是孤零零的一个人。谢谢你们。不多说了，上班时间要到了，我们迟到可不好。"

陆露的脸色是那么平静，静到让米兰觉得恐惧。她想说什么，但被韩可馨扯了一下袖子，还是住了口。她们三人就这样沉默地走出小区，没人知道她们刚才的经历是多么惊心动魄。突然，韩可馨停下了脚步，回头望去，米兰都险些撞到她身上。米兰问："怎么了？"

"我刚才看到一个人居然戴着防毒面具从我们身边走过去，有点眼熟——应该是我看错了，怎么会有人戴这个？我们走吧。"

"嗯。"

至于顾文明要怎么回家拿衣服，那又有谁关心？

第十一章　我们的婚事

米兰不知道陆露回家又发生了什么，只发现她逐渐消瘦，但脸色却还可以，让她稍稍松了一口气。她曾偷偷问韩可馨，陆露现在到底是什么状况，韩可馨说："具体我也不清楚，但我有一次听她打电话的时候说离婚起诉书已经送到了顾文明的手上。"

"她是真的打算离婚了？"

"看来是的。"

"可怜的小慧。"米兰感慨地说。

"只是离婚罢了，改变的只是夫妻关系而不是和小慧之间的父女、母女关系，所以我并不认为小慧未来有什么可怜。而且，与其在压抑的家庭环境中生活，还不如各自寻求自己的幸福，这样也是孩子乐于见到的。"

"可馨，你怎么能这么说话！小慧才那么大，她怎么能理解，又怎么能受得了分离？"

"一开始当然会受不了，但习惯就好了。"韩可馨轻声说。

"你说什么？"

"没什么——你的生日快到了，准备请我们去哪里吃饭？"

"你想吃什么？"

第十一章 我们的婚事

"只要不是你做的就好。"韩可馨揶揄一笑。

"可馨!"

她们正嬉笑成一团,突然看到吴葵经过,顿时停止了交谈。米兰目瞪口呆地看着吴葵脸上的防毒面具,简直不敢相信自己的眼睛:"吴葵姐这是怎么了?搞得我们这里和细菌基地一样!难道最近有核泄漏?"

"不,她是担心空气污染对孩子不好。"韩可馨心事重重地说。

此时,高爽突然推门进来,对米兰说:"米兰,王总叫你去他的办公室一趟。"

"知道了,我这就去。"

米兰郁闷地走了出去,而高爽一直盯着韩可馨看。韩可馨被她看得发毛,忍不住问:"高爽,我的脸上有脏东西吗?"

"没有。"

"那你为什么盯着我看?"

"你很漂亮。"她认真地说。

要不是或多或少地了解高爽奇异的个性,韩可馨真的会以为自己遇到了性变态。她一向圆滑,但偏偏不知道要怎么和高爽相处,只能问她:"要喝咖啡吗?"

高爽摇头,然后问了一句石破天惊的话:"你是不是怀孕了?"

……

"怎么可能!你怎么会这么说?"

韩可馨猛然转身,手心开始出汗。她目不转睛地盯着高爽的表情,而高爽慢悠悠地说:"我听到吴葵姐在和其他人说昨天在桃花源小区里看到你穿着睡衣挺着大肚子,还说你一直穿宽松的裙子就是为了掩饰怀孕。她说的是真的吗?"

"当然不是!我喜欢穿宽松的衣服是因为我觉得这样舒服,而且我家根本不是住在桃花源小区,她是认错人了。"

"原来是这样。"

高爽一下子就信了，而韩可馨真是心急如焚。她没想到那天撞见的人居然真的是吴葵，事情不会比现在更糟糕了。她几乎可以预计到，那帮早就看她不顺眼的女人会想尽各种方法来试探她是否怀孕，万一她在现在被揭穿，就一切都完了！

她当机立断地收拾好东西，准备出门避风头、想对策，没想到冲到摄影棚门口的时候，吴葵等人正从影棚里走出来。见到韩可馨，她们迅速交换了一下眼色，吴葵笑着问："可馨啊，你急匆匆的是到哪里去？是不是身体有点不舒服？"

"没什么，就是和朋友约好了一起吃饭。"

"吃好饭我们一起去做瑜伽吧，最近新开了一家挺不错的瑜伽馆。"

"做瑜伽确实对身体有好处，但我今天真的有事，下次吧。"

韩可馨说着，又继续往前走，但吴葵挡住了她的去路。吴葵惊叫一声："你身上怎么有脏东西啊，我帮你拍拍。"

"哪有脏东西，你看错了。"

"真的有，我来帮你啊！"

于是，韩可馨和吴葵的拉锯战正式开始。

吴葵的手用力朝韩可馨的肚子方向伸去，而韩可馨就抓着她的手臂，不让她碰到自己。她们一个脸色通红，一个满脸雪白，都不达目的不罢休，也用尽了浑身的力气。所有人都目瞪口呆地看着这两个漂亮的女人从一开始的试探变成了后期的打斗，这个揪住了那个的头发，那个揪住了对方的衣服。吴葵实在没有办法，只好顺手拿起水杯往韩可馨身上洒去，惊呼："啊呀，手滑了真是对不起啊！我这有干净的衣服，我们去洗手间换一下。你总不能穿着湿衣服出门吧。"

韩可馨的头发和衣服都被淋湿，水顺着她的发丝滚落。她站起身，对吴葵勉强地说："没关系。"

吴葵轻蔑地看着她，暗想她要是再有理由拒绝的话，她就当场帮她擦衣服，当场揭穿她的真面目！只是脸蛋长得漂亮，家里有点臭钱罢了，她凭什么现在做电视台的当家花旦？这个位子明明是她的！

哼，我可是比你早十年进的电视台，这里可是论资排辈的地方。我就是在欺负你，你又能怎么样！吴葵恨恨地想着。

就在吴葵等着看韩可馨笑话的时候，突然看到韩可馨往饮水机走去。她一把举起上面的水桶，然后把小半桶水都倒在了她头上！吴葵气得发怔，而韩可馨微微一笑，娇声说："吴葵姐，对不起，我的手也滑了一下。"

"你！"

吴葵再也不管什么风度，就要朝她冲去，被其他人紧紧抱住——要是传出去，就太丢脸了。韩可馨的心中满是报复的快感，却没想到会在人群中见到了那个人的身影。宋宇的脸上满是不可置信，而韩可馨只觉得心中莫名一酸，然后转身就走。

"可馨！"

宋宇追了出去。

宋宇一直追到公司门口才追到了韩可馨，强迫她停下来。韩可馨无法，只好说："师兄，其实我就是那样的人，那才是真正的我。平时的大度和优雅都是装的，每当她们说我坏话、针对我的时候，我都幻想着像今天一样狠狠地报复她们。今天做的一切，我并不后悔。"

她说着，等着宋宇教育她要宽宏大量，没想到宋宇说："如果你今天没有教训她们，我也会帮你教训她们的。你做得已经够好。"

"你……不会觉得我太小肚鸡肠吗？"

"不，你已经够宽容。你的勇敢实在是太可爱了。"

宋宇的话极大宽慰了韩可馨的心，她忍不住笑了起来，而宋宇也笑了。他说："每看到你一次，我就会更爱你一点。可馨，你说该怎么办？"

"师兄，我真的没你想得那么好。"

"没有哪个人是十全十美的，你的缺点我也喜欢。"

宋宇说着，拿出纸巾，为韩可馨细心擦拭头发和脸上的水珠。看着宋宇温柔的面容，韩可馨的心猛地一颤。几乎是下意识的，她说："师兄，我骗了你。她们说的是真的。"

"什么？"

"我已经结婚，而且怀孕了。为了保住工作，我装单身，骗了别人，也骗了你。师兄，对不起。"

"你说……什么？"

宋宇不可置信地看着韩可馨，而韩可馨对他默默点头，然后把他的手放在自己的腹部。宋宇的脸色一下子变得很难看。韩可馨轻声说："因为害怕被人发现，我连你也骗了，真是对不起。而且，说到底也是我自私地想享受你对我的好罢了。师兄，我不是好女人，你该遇到更好的。我们到底没有缘分。"

韩可馨说着，已经满脸泪水。她转身就走，而宋宇一把抓住了她的手臂。韩可馨愕然地看着宋宇，而宋宇说："我还是那句话——你愿意嫁给我吗？"

"师兄？"

"我爱的是你，当然也包括你肚子里的孩子。我想，你结婚后还要保持单身的状态，一定是对未来，对那个人都没有太大的信心，这也意味着我还有机会。可馨，只要你愿意，我可以做孩子的父亲，和你组成最幸福的家庭。"

"师兄，你怎么会不介意？"韩可馨简直不能理解。

"因为，我爱你。"

韩可馨都不记得自己是怎么回的家，满脑子都是宋宇的表白。说不震惊、不感动当然是假的，她简直无法相信宋宇对她的爱会到了这个地步。她把自己关在房间里，慢慢回味着和宋宇的过往，忍不住微笑了起来。而杨波端着鸡汤进来，兴奋地说："老婆，这公鸡可是我妈特地从乡下带来给你补身子的，你快趁热喝。"

"公鸡?不是一般都喝母鸡汤的吗?"

"是吗?不太清楚。"

"你别装傻,你可比我懂你妈到底在想什么。公鸡汤啊,男孩子的挂历啊,甚至连养的小乌龟都被你妈悄悄换成公乌龟了吧。"

"老婆,这只是老人家的一点念想,你就别和她计较了。"

"算了。你只要她不要每次看到我的肚子都一副恨不得跪下来的样子就好。"

韩可馨看在婆婆每次来都很识趣地回家的份上,也不好和她计较,只能咽下这口气。她和杨波一起吃饭,看着杨波狼吞虎咽的样子,脑中不自觉浮现出宋宇优雅用餐的画面,忍不住感慨人与人之间的差距实在是太大了。杨波察觉到韩可馨在看自己,下意识地擦嘴角,心虚地问:"我又吃饭吃到脸上了?"

"没有。"韩可馨闷闷地说。

"老婆,你最近胃口好了很多,胖了不少吧!"

"你能不能不要用那么幸福的口气说这话?"韩可馨郁闷极了。

"虽然胖,但你胖得可好看了。"杨波立马说。

杨波好奇地盯着韩可馨的肚子,有点不理解为什么这肚子会在短短一段时间里就好像吹了气一样长得那么大——这不符合物理原理啊!他好奇地拍拍韩可馨的肚子,韩可馨只觉得腹部某个方位突然疼痛了起来,而杨波惊喜得话都不会说了:"儿子,我老婆在和我打招呼!你看到没有!"

"你才儿子呢,你这个孙子。"韩可馨轻声说。

"儿子啊,我是爸爸,你快叫爸爸来听听!儿子,你快点出来,爸爸给你准备了好多新衣服和玩具。爸爸要教你学习,教你追女生,教你怎么和朋友相处,也会教你被同学锁在教室里要怎么跳窗。儿子啊,爸爸真爱你!"

杨波说着,在韩可馨的肚子上亲了一下,湿漉漉的大眼睛渴求地看着韩可馨,似乎是期盼她现在就把儿子生下来陪他玩似的。韩可馨重重拍了他一下，眼前浮现出未来的自己养两个"孩子"的场景，忍不住叹气。她突然发现书柜里的芭比娃娃不见了，取而代之的是劣质的玩具手枪，惊讶地问："我的芭比到哪里去了？"

"不知道啊。"杨波躲躲闪闪地不敢看她。

"杨波，跟我说实话。"

"我说实话你会生气的。"

"你不说实话我更生气。娃娃到底去哪里了？"

"被妈带回家了。"杨波支支吾吾地说。

"你别告诉我你妈那么大的年纪还会玩娃娃！"

"她说，家里不要摆女孩子的玩具，要摆男孩子的……"

杨波的声音越来越低，等待着韩可馨的怒气，但韩可馨这次居然没有发火，让他简直难以置信。他低着头，好像做错了的孩子一样等待着韩可馨的惩罚，但韩可馨只是轻轻一叹："杨波，你爱我吗？"

"当然爱了，老婆，你问这个做什么？"

"可我觉得现在的我已经不是当初你认识的那个人了，你也同样如此。我总以为结婚以后，我们两个人会开始幸福的生活，却没想到婆媳关系就让我们争吵了那么多次。这真的和我想的不一样。"

"老婆，你到底怎么了，是产前忧郁症吗？"

"有时候我会想，要是没有孩子的话，我们现在的情景又会怎么样。你妈一定会逼我生儿子，你会左右为难，到后来也会和你妈一起责怪我。杨波，我总以为我才是你最重要的人，但看来不是。"

"老婆，你到底怎么了？发烧了吗，要不要喝水？"

"喝水……呵呵，我发烧让我喝水，我睡不着让我喝水，我咳嗽让我喝水，甚至我心情不好都让我喝水，这水是灵药吗？杨波，其实我说我不舒服的时候，并不是要求你为我做点什么，只要你抱着安慰我就好。你除了让我喝水到底还会什么？"

韩可馨说着，猛地把水杯摔在了地上，而杨波一下子愣住了。他就好

第十一章 我们的婚事

像孩子一样手足无措地站着，慌忙去捡杯子的碎片，没想到一下子被碎片扎到了手。鲜血让韩可馨清醒，她终于意识到自己刚才都做了什么。她的脑海中不受控制地浮现出儿时的画面，身体开始发寒。

那时候，她的父母也是这样争吵，再到后来他们开始砸东西。先是水杯，然后是电视机，再然后是电脑，家里简直没有一样好东西。后来，他们都生气地夺门而出，而幼小的她一个人呆在空荡荡的房间里发呆。她小心捡起玻璃碎片，还没来得及告诉父母那玻璃杯是她在演讲比赛得了第一名拿到的。玻璃扎进了她的掌心，她疼得哭泣，而她绝望的心情直到现在还记忆犹新。

"我长大以后，绝对不会让自己的孩子在争吵中长大。"

韩可馨喃喃地说，泪水一下子就涌了出来。杨波手足无措地上前来安慰，韩可馨握着他的手，轻声问："很疼吧？"

杨波忙摇头。

"杨波，我真的不是一个好妻子。我从来不做家务，一心只想成名，也从来不关心你在想什么，又想要什么。和这样自私的人在一起，你也一定很累吧。"

"可馨……"

这样的韩可馨让杨波恐惧。他总觉得就要失去她了似的。韩可馨只觉得心乱如麻，站起来的时候看到了杨波脖子上淡淡的红色印记。她只觉得浑身都开始发凉。

呵，猫儿怎么可能不偷腥，男人怎么可能不出轨？为什么明明知道这个道理，可是发现的时候还是会那么难过？不过我又有什么资格责怪他？我的心，也曾经离开过啊。这样，又和我父母的婚姻有什么区别。

韩可馨想着，只觉得心灰意冷了起来："杨波，我们分开一阵吧。"

"可馨，你到底怎么了，出了什么事情？"

"我只是累了。"

韩可馨想对杨波微笑，但是泪水止不住地流。杨波紧紧抱住了韩可馨:"老婆,我不明白这到底是怎么回事,但我爱你,我要和你在一起,我不能没了你!"

而韩可馨不再言语。她走去房间收拾东西,但杨波阻止了她。他痛苦地说:"可馨,你真的不想和我在一起的话,该走的人也是我。你好好保重。想我的话,给我打电话,我会马上回家。"

"杨波……"

"我爱你,可馨。永远。"

第二天,韩可馨疲惫地到了公司,红肿的眼睛即使是再好的化妆技术也遮不住。陆露都要急疯了,一边给她抹粉一边问:"你到底怎么了,和杨波吵架了?"

"我们分居了。"

"你搞什么啊!到底出什么事了?"

"没什么。啊,米兰你把嘉宾资料给我一下好吗,我的好像不见了。"

"可资料夹就在你手上啊。"米兰愣愣地说。

"是啊,就在手上怎么会没看到,真是丢人。"

韩可馨不住地笑着,但精神状况简直是一团糟,真让她们忧心不已。陆露沉吟片刻,终于问:"别告诉我是因为宋宇。"

"当然不是。"

"那是为什么?"

"因为我们吵架了。"

"哪对夫妻不吵架啊!我还见过两口子都打起来了,后来还好得和一个人似的!"

"可我特别特别讨厌吵架。再好的感情,也会在争吵中被磨损,到后来变成一地鸡毛。"

"可馨,你们都有孩子了,你不为自己考虑也要为孩子考虑啊!难道你要放弃这个孩子吗?"

第十一章 我们的婚事

"我一个人也会把孩子养得很好。"

直到此时,韩可馨才发现当决心和杨波说"再见"后,自己从来没浮现过把孩子打掉重新生活的念头,即使这个孩子并不是在她的期盼中到来,也可能给她带来无尽的风险。虽然还没和孩子见面,但她已经在心中描绘出他可爱的样子。她想,即使为了他去死,她也是愿意的。

"可馨,我还是劝你谨慎考虑。"

"你不是也打算离婚吗?"

"我们的情况不一样。"陆露艰涩地说。

"你说你们一个两个地闹离婚,这到底是怎么回事儿啊!"

"米兰,你还没有结婚,所以你不懂婚姻对爱情的伤害。就好像你和纪凯,你们现在好好的,但结婚以后你们就面临着父母和子女方面的很多矛盾,多到你无法想象。虽然很多人都说,为了给孩子一个完整的家而不能离婚,但我并不这么认为。比起父母离异而来,生活在一个只有争吵的家里更会让孩子难过。"

"可你只是为了吵架就离婚,是不是太草率了一点?"

韩可馨没有解释,而是转移了话题:"米兰,你生日就要到了,办一个PARTY吧。我给你做总策划,怎么样?"

"只是过个生日罢了,不需要这么夸张吧。"

"生日是你人生新的页张,可是很重要的日子。你放心的话,就把一切都交给我,我保证给你安排一个难忘的生日宴会。"

"那好吧。"米兰不好给她泼冷水,只好答应。

"那你孩子的事情……"陆露担忧地看着米兰的肚子。

"等生日结束就告诉纪凯。真的,不能再拖了。"米兰苦笑。

前几天,米兰把代言的钱通通给了张红,张红感激地对她下跪,米兰急忙阻止。她说:"不管怎么说,你被开除也是我的责任,这也算我给你的一点补偿吧。你放弃了赚钱的机会回家乡,你比我更可敬。"

"米兰小姐,这钱我一定会尽快还你,一定!"

"好啊，那我可就等着了。"

米兰根本没打算张红还钱。虽然一下子给出30万非常心疼，但想到孩子们天真的笑颜，她又觉得一切都是值得的。她真是有些好笑——这装假孕妇还装出母爱来了。她心中满是做了无名英雄的悲壮，也暗暗希望凭借着这件好事，能让她顺利过了纪凯和李秀梅那一关。

她真的不想再装下去了。

潘杰和张旭说得对，每一个谎言需要用无数个其他谎言来圆，不知不觉间，她这个谎已经越撒越大，到了无法收场的地步。她原以为这只是一场玩笑，却没想到自己会站到风口浪尖，更没想到自己会和那个人相爱。她明知道这样的爱情是建立在虚伪之上，当真相到来的那一天爱情会分崩离析，但依然像溺水的人牢牢抓住根本没用的稻草一般，活在虚拟的幸福之中。

再拖几天，再拖几天！她沉浸在纪凯的温柔中，不住对自己说，终于到了今天这样的局面。

"米兰，下班后去家里吃饭，妈妈做了好吃的给我们。"QQ上纪凯这样对她说。

"好啊。"

米兰在网上发了一个笑脸给他，却是轻轻一叹。

李秀梅很疼米兰，做的菜都是米兰爱吃的，把亲生儿子丢到了一边，让纪凯特别"羡慕妒忌恨"。饭后，李秀梅给了米兰一张金卡，逼着他们去逛商场，买点喜欢的东西，米兰怎么推辞都不行。纪凯帮米兰把金卡收下，开车前往商场，一边看商品一边说："我妈的一片好意你就别推辞了。再过几周就是她的生日，你就拿这钱买点东西送给她，借花献佛，皆大欢喜。对了，你和妈妈是一天生日，你们真有缘分。"

"不会那么巧吧！这钱我不能要，阿姨的礼物我会自己准备的。"

"送点你亲手做的小蛋糕，我妈就会比收到金条还高兴。米兰，你怎么光送我妈蛋糕,也不主动送点给我?"

"你还真要吃那东西啊?"米兰只觉得不可思议。

"真的特别好吃,一定能打败其他甜品店。"

"切,你们都哄我,我才不信。"

说话间,纪凯拉着米兰就直奔六楼的婴幼儿专柜,细心看起婴儿服和婴儿奶粉来。他不厌其烦地一一比较奶粉的配方、服装的成分,时不时和营业员讨教一番育儿的诀窍,一副"好爸爸"的模样。

"米兰,你来看喜欢什么颜色的小鞋子?"

纪凯把一红一蓝两双小鞋子放在手心,小小的鞋子在大大的手掌里显得格外搞笑。这鞋子做得实在是太精致了,米兰也忍不住拿起一双在手里比划,轻声说:"原来小孩子的脚这么小啊。"

"是啊,小孩子刚生下来就和小猫一样大,可是晒晒太阳就会和吹了气一样的长,可神奇呢。"营业员笑眯眯地说:"我在这商场做了十几年了,经常看到孕妇和妈妈来买小衣服、小鞋子,老公只等着付钱。你老公这么关心你,你真有福气。"

老公?

米兰下意识地看了一眼纪凯,而纪凯对她微微一笑,米兰的脸一下就红了。纪凯明显很开心,一挥手买了一大堆东西。营业员也乐得遇见个大主顾,递给他们一张卡:"我们专柜在和旭日月子中心搞活动,有免费讲座可以听,正好一个小时后开讲,你们有兴趣可以去听听。"

"旭日月子中心不是你代言的那家吗?"纪凯轻声问。

"是啊。这讲座是在月子中心的SPA馆举行的,宋总前段时间就把入场券给我了。"

"反正我们晚上也没事,就去听听讲座吧。"

于是,米兰被充满激情的纪凯又拉到了旭日月子中心,一进门就受到了大家的热烈欢迎。宋总向准妈妈们介绍米兰,有许多妈妈都上前想要摸米兰的肚子,吓得米兰往后退了一步。纪凯挡在了米兰面前,微笑着说:

"各位美女，原来摸肚子是孕妇之间打招呼的方式？那我们准爸爸之间打招呼的方式是什么？"

大家都笑了起来。

"这个值得探究。"宋总也笑着说。

"我要向大家道歉，因为我的未来宝贝是一个特别有个性的家伙，不太喜欢肢体接触，对此他的父母也非常遗憾和为难。当然，等他出世以后，我们也欢迎叔叔阿姨们前来严厉地谴责他。"

纪凯婉转地表达了米兰不喜欢被人摸肚子的个性，但措辞令人十分舒服，比米兰自己的解决方式要好得多。纪凯拉着米兰的手，在后排坐下，认真听着育婴师的讲授，居然还在笔记本上认真记着什么。米兰什么都没听进去，只是出神地看着纪凯俊美的侧颜，觉得时间仿佛在此刻停滞。

她的面前突然出现了一张小纸条。

米兰吓了一跳，下意识看了一眼还在认真做笔记的纪凯，再看一眼激情上课的老师和认真听讲的学生们，突然有了一种正在上高中的感觉。她悄悄打开纸条，只见上面用漂亮的字体写："无聊吗？"

"嗯，好没劲。"

米兰趁着老师在黑板上写字的时候，把纸条重新丢给纪凯。

"那一会儿我们去看电影？"

"不要了，最近也没什么好看的片子。我们去打电动吧。"

"亲爱的，那里噪音太大，对孕妇不好。"

"你自己不是也去。"

"宝贝，听话，先熬过这一阵，等你生完孩子，我带着你们娘俩一起去。对了，能不能麻烦你帮我的手机冲个电，充电器就在你那边。"

纪凯对米兰殷勤地笑，而米兰虽然见插座就在自己身边，却懒得过去。她眼珠一转，在纸上写："纪凯，我们也在一起这么久了，你没必要一天到晚这么客气。从现在开始，让我们假装是夫妻那样来交往好不好？"

看到米兰的纸条，纪凯眼睛一亮，飞速写下："好。"

"快滚过去自己充!"米兰立马写。

米兰把纸条丢给纪凯,纪凯满怀期待打开,看到字迹时真是哭笑不得。老师要学员们起身互动,说有惊喜给大家,让所有人闭上眼睛,米兰睁开眼睛的时候惊愕发现她面前居然多了一个缠在腹部的假肚子!她的腿一下子就软了,幸好纪凯反应迅速才没让她摔倒。她下意识地去摸自己的肚子,感觉到肚子还是鼓鼓囊囊的才松了一口气,而纪凯担心地问:"不舒服吗?怎么看到这假肚子反应那么大?"

"没有啊,我很好!好得不能再好了!"

为了显示自己身体状况和精神状态都很好,米兰一口气蹦了好几下,吓得纪凯急忙把她一把拉住。此时,老师笑眯眯地说:"本期课程的主题是让爸爸们了解孕妇的辛苦,现在请各位爸爸们把这假肚子缠在腰上。"

所有男人都把假肚子缠了起来。有人笨手笨脚地不会系,还是妻子帮忙系好的。米兰看着纪凯腹部的凸起,特别想笑,捂着嘴不敢看他。纪凯倒是神色平静,还时不时拍打下肚子,把它当成鼓那样来敲。

"挺好玩的,要不要来玩?"他盛情邀请。

"不要了。"

"你说我们要像夫妻那样相处,你怎么能客气?来嘛。"

纪凯说着,抓住米兰的手就往自己的肚子上摸去,米兰只好硬着头皮摸了几把,夸他的肚子又圆又有弹性,纪凯听了特别高兴。老师笑眯眯地看着大家一起玩假肚子,继续说:"各位先生是不是觉得这假肚子很有趣?现在,就请放上第一个水袋哦。"

大家都把桌上的水袋放到假肚子里。然后,有人顿时重心不稳险些摔倒,有人一下子抓住桌子好维持平衡,还有人干脆坐在了地上。所有孕妇都笑了起来,老师也忍着笑说:"各位先生,你们腹部的负重只有10斤,而准妈妈们怀孕后一般会重20~40斤,所以说你们的承重只是她们的一半哦。现在请你们绕着教室走一圈。快,快,快!"

老师击掌,所有男人只能绕着教室走,又是笑料百出。在老师的带领下，他们和妻子一起做孕妇瑜伽，一起学习怎么照顾新生儿，到头来每个男人都是满头大汗。纪凯一边给孩子洗澡一边给他喂奶，情急之下孩子的头一下子就浸到了水里。米兰一声尖叫，纪凯手忙脚乱地打翻了洗澡盆，更是把"孩子"直接摔在了地上，引起哄堂大笑。

纪凯把"孩子"捡了起来，发现他居然一条胳膊都找不到了，急忙四处寻找，在大家的笑声中帮孩子把胳膊按上。老师也笑得不行，不住地说："各位家长，刚才这位先生的示范大家都看清楚了没有？请记住，孩子不是玩具，是你们爱情的结晶。请用爱心和细心来照顾孩子，不要让无法弥补的意外发生。还有，请记住，你们只是暂时怀孕，而你们的妻子却是要保持这样的重负10个月。她们还要工作和照顾家庭，请多给妻子一些理解和关爱。"

老师的话让所有人都沉默了，甚至有多愁善感的妈妈轻声啜泣起来。纪凯一把把米兰搂在怀里，轻声说："对不起，我从来不知道你这样辛苦。"

"其实……也还好啦。"

"米兰，谢谢你。"

纪凯的声音是这样温柔，温柔到让米兰沉醉。她是多么想告诉纪凯，其实她一点都不辛苦，其实她肚子里的和他缠在腰上的一样，只是一个假的，但她什么都说不出口。她喃喃地问："纪凯，你说过你最讨厌的就是欺骗。要是我做了欺骗你和对不起你的事情，你会怎么办？"

"原谅你。"

"啊？你怎么这么没原则啊！"

"我相信你的欺骗是有理由的。一定是我做得不够好，让你没有安全感，让你觉得不能和我交心才会这样。米兰，你要信任我，信任我们的爱情。"

纪凯说着，轻轻摸摸米兰柔软的发丝，而米兰笑得特别勉强。她嘴唇微动，到后来终于说："我有点不舒服，去SPA馆那里喝杯东西再过来。"

"我陪你。"

第十一章 我们的婚事

"不用了，我自己去。你在这里好好听课吧。"

米兰僵硬一笑，独自走到了SPA馆门口。可能是因为晚上不营业的关系，这里并没有工作人员，她只好自己倒了一杯果汁。她见馆内有许多漂亮的蜡烛，忍不住点燃了几根，然后关上灯，静静看着火光，心情终于平静了下来。

"米兰，不要再给自己找借口了。我真是看不起这样懦弱的你。"烛光中，米兰这样对自己说。

她算准了所有的事情，但她唯一没算准自己会爱上那个人。纪凯对她越好，她心里就越愧疚，却又是越离不开纪凯的怀抱。这样的恶性循环让她弥足深陷，她真的不知道什么时候才是尽头。在不知不觉中，她的心变得越来越大，她变得越来越贪婪，不仅想要爱情，更想要天长地久。可是，他们爱情的基石就是谎言，又怎么可能长久？

米兰想着，决定下课后就找纪凯说清楚，无论是什么结果她都只能接受。她结结巴巴地练习着怎么样才能既婉转又清晰地说出自己的意思，没注意到蜡烛的火光渐渐卷上了窗帘，然后火势逐渐蔓延。当她察觉的时候，屋子里已经满是浓烟，她急忙去推门，但因为受热门锁变形，怎么都拉不开。她拼命敲门，但教室里的人都在听音乐做瑜伽，有谁能听到她的呼喊？

"着火了，救命啊！救命！有没有人在？救命！"

一直到二十分钟后，才有个孕妈妈闻到了异样的味道。她说自己闻到了油烟味，但是她老公硬是说这是她馋烧烤臆想出来的味道，两个人争论不休。后来，又有人吸着鼻子："好像真的有味道。这里在烧饭做什么东西吗？"

"亲爱的，我们这里是SPA馆，怎么可能……咦，真的有味道。天啊，有烟！"

"着火了！"

"火灾！"

"爆炸了!"

不知道是谁喊出了"爆炸",所有人都慌成一片。大家争先恐后地朝门口跑去,有的孕妇险些被人推倒,场面一片混乱。纪凯只觉得时间仿佛停滞了一般,朝着SPA馆的方向看去,只见那里已经火光冲天。他一咬牙,朝着那里冲去,却被宋总一把抓住了手臂。

"那里着火了,不能去!快下楼!"

"米兰在那里。"

纪凯轻声说,一把甩开宋总的手,就这样冲进了火光之中。SPA馆烟雾缭绕,他根本看不清门在哪里,更不知道米兰到底在哪一个房间。他拼命喊着米兰的名字,而正坐在地上绝望哭泣的米兰抬起头来。她怀疑自己出现了幻觉,当纪凯声音再次响起的时候,她急忙说:"纪凯,我在这里!在这里!"

纪凯听到了她的声音。他朝着米兰所在方位跑去,拼命开门,但门纹丝不动。他怎么也找不到钥匙,只好用身体去撞门。

一下、两下……

躲在洗手间的米兰听着纪凯撞门的声音,已经泪流满面。她的呼吸已经慢慢微弱,她绝望地喊:"纪凯,我这儿已经全是火,你根本进不来。算了吧。"

"怎么能算!米兰,你给我打起精神来,不许放弃!"

"纪凯,我们都已经尽力了……我真的没想到自己会死在这里。纪凯,能认识你真好。对不起,我骗了你,其实我根本没有怀孕。还有,我爱你。"

米兰说着,眼泪簌簌地落了下来,而纪凯焦躁地说:"你说什么,我听不清!坚持住,门就快开了!"

随着一声巨响,门真的开了,而纪凯一头栽了进去,摔倒在地。他顾不上查看伤口,急忙去洗手间,抱起了蜷缩在浴缸里的米兰。他把毛巾浸湿,捂住米兰的口鼻,然后把她一把抱起。火光中,他把她紧紧搂在怀里,用身体为她抵挡炎热。而米兰一直流着泪看着他，已经泣不成声。

纪凯，你为什么要来救我？你不知道这里很危险吗？我只是一个最平凡的女人，而你却是天之骄子，你连这个都不会算吗？为了这样的我，你值得吗？

纪凯搂着米兰，脸色白得可怕。他极力不让自己去想这是一个幽闭的房间，但身体还是忍不住发软，呼吸也急促了起来。要不是米兰在身边，他毫不怀疑自己下一秒就会晕过去。可是，他不能。因为他身边是他最爱的女人，而这个女人的肚子里还有他的孩子。

房间距离门口只有十几米的道路，但这条路他们走得是那样艰难。当米兰呼吸到最新鲜的空气时，几乎不敢相信就在几分钟前，自己险些就这样天人永隔。纪凯的脸上满是污渍，白衬衫早就脏得可怕，而米兰只觉得这样的他帅气得令人心醉。她猛地吻住了纪凯的唇，而纪凯愣了一下，开始疯狂地回吻她。

只有曾经险些失去，才知道对方有多重要。他如是，她亦如是。

"纪凯，我爱你。"

米兰终于说出了她原以为自己这辈子不会说出的话，而回报她的是纪凯狂风骤雨般的亲吻。四周的喧嚣、消防车的鸣笛、路人异样的眼神都不能阻止他们的亲吻，他们只想把对方揉进自己的身体里，永远不分离。先是一个人鼓掌，然后所有人都鼓起掌来，在掌声中米兰急忙放开纪凯，脸已经变得通红。纪凯亲吻她的额头："嫁给我吧，米兰。"

而米兰含泪点头。

因为米兰的失误，旭日月子中心遭受了巨大的损失，她简直寝食难安。虽然起火原因被认定为电线老化，火灾的损失也都由保险公司赔偿，但米兰还是觉得自己太对不起旭日公司。为了弥补，她经常上电视节目、广播节目去宣传月子中心，也算是在自己"流产"前多为他们做一些好事。她极力避开与纪凯见面，倒是让自以为即将和米兰步入婚姻殿堂的纪凯摸不着头脑。纪凯无数次找米兰，但米兰都以最近身体不好为由拒绝，也让韩可馨和陆露侧目不已。

"米兰，你和纪凯出什么事了吗？"

"没什么。"

"我可看新闻了，说他从火场把你救了出来。你们怎么那么浪漫啊，还玩英雄救美？你当时怎么想的，一定特感动吧！"

"我就在想，我这么死了可怎么行，陆露还欠我十块钱没还呢，我死了做鬼也不会放过她。"

"你真是小气！"陆露呆了。

"好了，米兰是在和你开玩笑呢。米兰，你当时一定很恐慌吧，真是可怜。"

韩可馨温柔地握着米兰的手，米兰是那么庆幸自己终于有了一个不是那么二的朋友！而韩可馨的下句话把她打入地狱："你当时到底怎么想的，一定很感动吧！"

"我当时脑子里一片空白，不住地想自己就要死在这里了。可是，我真的没想到他会不顾危险来救我，真的没想到。"

"那既然这样，你为什么故意躲着他？"

"我爱上他了。"

米兰没头没脑地说了这么一句，陆露没听懂，而韩可馨却懂了。她一下子看出了米兰平静外表下的悲哀，问："想好了？"

"嗯，想好了。其实早就知道该怎么做了。"

"喂，你们到底在说什么啊？"

"没什么，安心看你的杂志吧——咦，又把花丢到垃圾桶里啊，你可真浪费。"

米兰看着陆露把鲜红的玫瑰花就这样丢到了垃圾桶，小市民意识发作，心疼极了。陆露冷笑："以前，他只要送一把青菜都能让我高兴得睡不着，但现在他送再多玫瑰也不能让我感动。男人还真是贱，当我黏着他的时候，

第十一章 我们的婚事

他当我是狗皮膏药；但当我不理他的时候，他又把我当成宝。"

"陆露，你还真打算和顾文明离婚啊？"米兰担心地问。

"我看起来像是在开玩笑吗？"

陆露的脸上没有了往日的彷徨与忧伤，有的是米兰所看不透的微笑，也让米兰觉得有些陌生。米兰小心翼翼地问："那小慧……"

"小慧当然是我的。我是她妈妈，而且我有稳定的工作，法院不可能把小慧给他。"

"那他答应离婚没有？"

"他坚持不肯签字。不过这也无所谓，分居就是，我等得起。"

"陆露，我真没想到你会走到这一步……不管怎么样，我们都会在你身边的。"

"当然。"

"一定。"

三双手紧紧握在了一起。她们都没想到，原先只是为了利益在一起的"怀孕同盟"会给她们带来这辈子最好的姐妹。无论她们以后会前往何方，无论她们今后的工作和生活会是如何，不变的将是她们的友情。

米兰原以为自己的生日是私事，却没想到电视台拿这个大大炒作了一番，一时间她收到的礼物简直可以以斤而论。不管怎么说，收到礼物总是一件高兴的事情。但有谁能告诉她，为什么这些礼物除了尿不湿就是婴儿奶嘴，除了手推车就是婴儿沐浴露！这些东西都够她生 10 个孩子了吧！

"米兰，你的快递，请签收。"

"又是什么啊！"

米兰疲惫地签字，早就没有了一开始的喜悦，见包裹里是一套连环画后郁闷地趴在了桌子上。她疲惫地把这些东西都给韩可馨，而韩可馨不客气地收下，并且替肚子里的宝宝好好谢谢了"米兰阿姨"。米兰注意到，她的肚子已经大到有点不像话，好奇地轻轻戳了一下，问："你什么时候生啊，这肚子怎么能大成这样？"

"再过两个月就是预产期，但医生说胎位有些不稳，有可能会早产。"

"啊，那么危险！那你还来上班？"

韩可馨没有回答，只是出神地摸着腹部。陆露看着心疼极了，说："工作是很重要，但身体更重要。韩可馨，你下个月必须请假！你的情况比米兰的更严重！要是你播节目的时候突然要生了可怎么办，让全国观众看你是怎么生孩子的吗？"

"怎么可能，医生那都是危言耸听的。放心了，我有数。"

他们说话间，王开会又叫开会了，她们拿着水杯袅袅地走进会议室，引来了所有人的关注。米兰跟在韩可馨的身后，感受到同事的目光好像利剑那样往自己身上射来，有点手足无措。她下意识地往角落里的位子坐去，但徐秘书忙说："米兰，你坐到这里来，墙脚那儿靠近饮水机，对你的身体不好！"

"她坐这，我坐哪里啊？"有人不高兴了。

"你坐她的位子上呗。"

"凭什么啊！她进公司才几年，我都在这里二十年了！"

"可是她最近两个礼拜的人气比你在这二十年都高啊。电视台的规矩你懂的。"

徐秘书说着，就这样看着一直爱欺负米兰的老员工，那人只好愤怒地离开座位，拉椅子的声音简直是地动山摇。米兰没想到自己居然也有问鼎那个位子的一天，小心翼翼坐下，觉得坐老板椅的感觉实在是爽到家了。她与韩可馨对视一笑，此时有人酸溜溜地说："米兰啊，听说你要和纪总监结婚了，我们怎么还没收到请帖啊？"

"你这肚子怎么也不见长，不会孩子有什么问题吧？"

"对了，我前几天可看到纪总监和新来的小姑娘一起吃饭，人家又年轻又漂亮，你可要当心啊。啊呀，我可不是说你没人家漂亮，就是好心提醒，你懂我的意思吧？"

第十一章 我们的婚事

这些话,她以前听过多遍,却从来没想到自己也有一天会成为这样的焦点。高爽刚想说话,米兰阻止了她,然后说:"我突然想起了一个很有趣的上下联。上联是:什么时候结婚啊孩子是男是女啊该摆酒啦。下联是:要小心美女啊别让男人出轨啊到时候你就哭吧。你们猜横批是什么?"

大家都呆呆地看着米兰。

米兰慢条斯理地说:"横批就是小S的名言——关你屁事。"

"米兰,你怎么说话呢?"

"我们只是好心问问嘛。"

"你怎么这么说话!"

大家顿时急了,七嘴八舌地谴责米兰。米兰笑眯眯地看着那个问她什么时候送请帖的女人:"亲爱的,你最近又相亲了吗?遇到的还是极品吗?你这把年纪了,可要抓紧啊!不然怎么能嫁的出去?"

"你!"

她又看着怀疑她肚子有问题的女人:"亲爱的,你家孩子最近考试成绩出来了吗?他还不会自己上厕所吗?老师又罚他抄课文了吧?"

"哪有,我儿子可是……"

米兰打断了她,又看着那个暗示纪凯会出轨的女人:"王姐,你最近又胖了吧?脸上的斑点还没消掉吗?减肥药就不要偷偷吃啦!厕所里的味道实在冲鼻啊!"

"米兰!"

"抱歉,我只是想让大家知道,每个人都有不想被外人知晓的私事,有时候装糊涂才最有礼貌。你们不喜欢看我窥视你们的隐私,我同样如此。以己度人,好吗?"

米兰的话让大家都气得说不出话来,但她才不会管别人怎么想,只要自己问心无愧就行。陆露和韩可馨对米兰竖起了大拇指,米兰淡淡一笑,只觉得浑身说不出的轻松。

她终于敢勇敢地说"不"了,这样的感觉还真不坏。

在有些紧张的气氛中，王开会终于到来。他穿着夏威夷风格的花布衬衫和花布裤衩，大喇喇地坐下："上个礼拜那森龙公司的老总非要请我去夏威夷度假，怎么推都推不掉，为了维护客户只好牺牲上班时间去了！唉，做领导就是要这样牺牲自己的私人时间！可谁让我是领导呢！"

他还能更得瑟，更讨厌一点！所有人心里都这么说。

"夏威夷的风景那叫一个美，真是令人流连忘返啊！对了，我给你们每个人都准备了纪念品，人人有份哦。"

"王总，是什么啊？"有人狗腿地问。

"我把夏威夷的照片通通打包发到你们邮箱里了，你们可以看着照片，想象一下那里的美景，就会有一种自己也去过的感觉！怎么样，真是贴心的好领导吧！"

大家都沉默了。米兰悄悄用手机上邮箱，发现王开会果然发了一大堆照片到她的工作邮箱。打开一看，张张都是他叉着腰得意大笑的特写，夏威夷的风景被挤到角落里，小得可怜。米兰默默地把邮件删除，而王开会居然注意到了她，惊讶地问："米佳，你怎么来上班了？听说你前几天被烧死了啊。"

"王总，我叫米兰。还有，前几天我是经历了一场火灾，但没有被烧死，现在好好地站在你面前呢。"米兰咬牙切齿地说。

"哦，那我怎么听说你被烧死了，还打算给你开一场追悼会，让广告客户都投点广告呢！"

王开会一脸遗憾，米兰真是恨不得咬死他。她只能干巴巴地说："那可真遗憾啊，王总。"

"算了，反正下次还有机会！可馨啊，我有一个绝妙的选题给你。你猜我去夏威夷的时候遇到谁了？韩磊！就是那个设计师韩磊！他一直说自己没有女友，哈，他当然没女朋友，因为他有男朋友！他们还穿着史努比的情侣泳裤！我拍到了独家照片，到时候，你故意把话题往他的情感方向靠，诱导他说现在没女友，然后我们把照片一放！得了，第二天各大头条就全

第十一章 我们的婚事

是我们的节目!"

王开会说着,带头鼓掌,其他人也跟着鼓掌,场面格外热烈。韩可馨只觉得心好像被重击了一下。她不否认这是一个很不错的话题,但是这样做真的好吗?以己度人,要是有人揭穿了她精心隐瞒的婚姻生活,她又会是什么心情?韩可馨思考许久,在众人的期待中缓缓地说:"王总,这个选题我觉得有待商榷。"

"你说什么?"王开会决定给韩可馨一个机会。

"我认为,以嘉宾的隐私为卖点并不是一个好主意。我们的节目定位高端,这么做和一般的三流八卦周刊有什么区别?我想,是有一部分观众会关心他的感情生活和私人经历,但更多人关心他的理念、未来和梦想。按照我们原来的计划采访不好吗?"

"韩可馨,你做了几年,我又做了几年?难道还用你来教我?"

"王总,我不是那个意思。当然不是。"

"那你会听话的,对吗?"

王开会站起身,目光炯炯地看着韩可馨,而全场安静得诡异,都能听到彼此的呼吸声。在众人期待的眼神中,韩可馨说:"不。抱歉,王总,我还是会按照原计划去采访做节目。真的,非常抱歉。"

王开会久久没有说话,只是看着韩可馨,而米兰分明看出了他目光中的火星,只觉得不寒而栗。不知过了多久,王开会突然哈哈大笑:"好,有骨气!我最欣赏的就是有想法的年轻人!既然你对自己那么有信心,那么收视率一定不用发愁!现在的收视率是5,下一期破8不成问题吧?"

面对王开会的刁难,米兰和陆露只觉得呼吸都停滞了。而韩可馨说:"好。"

她的微笑,是米兰见过的最美风景。

"可馨,你疯了啊,居然会答应王开会!破8的节目全国都没几个,你觉得我们这破电视台可能吗?"

"不可能。"韩可馨一边冲咖啡一边说。

"既然这样，你为什么要答应？"

"不答应的话，他会逼我问韩磊的隐私。"

"问就问呗，反正你也不是第一次做讨人厌的事情——我的意思是，你没必要为了一个陌生人丢了自己的工作吧。"

"你倒会说我，可你还不是为了宏村的人向王开会大吵大闹的？我们虽然有各自的顾忌，但我们也有追求和梦想——这也是我最引以为豪的东西。要是没有了这个，我将不是我。"

"说得好。"

身后突然响起了掌声，回头一看，宋宇不知道什么时候站在了办公室门口，也不知道他在那里听了多久。韩可馨愕然，而宋宇温柔地说："虽然这个社会把我们的棱角磨平，但这样并不能改变我们的本质。我们就好像经过磨砺的珍珠，只会在岁月的沉淀中绽放着更为温润的光滑。"

"师兄，你怎么来了？"

"来看看你。现在都十二点了，你还没吃饭吧？"

"还没有。"

"我就知道，你这丫头以前就是这样，工作起来什么都不管不顾。走吧，和师兄去吃好吃的去，你们也一起去吧。"

宋宇说着，看着米兰和陆露，而她们立马忽视了韩可馨渴求的眼神，集体摇头叛变。韩可馨心里把她们骂了个遍，不住地推辞："师兄，我去食堂吃就好了，出去怪麻烦的。"

"有我给你护航，一点都不麻烦。走吧。"

看着越来越多的同事把目光投来，韩可馨被逼无奈，只好点头，而宋宇顿时露出了孩子一般的微笑。他帮韩可馨按电梯，在电梯里用身体帮韩可馨挡住人群，让所有人都用"羡慕妒忌恨"的目光看着这个有着细心男友的幸运女人。

韩可馨觉得非常尴尬，好不容易熬到走出电梯，才终于松了一口气。

第十一章 我们的婚事

他们一起朝停车场走去,韩可馨突然见到不远处一个躲在电线杆后面的人非常熟悉,忍不住快步上前。宋宇也注意到那人一直鬼鬼祟祟看着他们,抢在韩可馨前面厉声说:"谁在那里?"

"我……是我……"

杨波可怜巴巴地从电线杆背后走了出来,低着头不敢说话,而韩可馨真是被他气得太阳穴都疼了。她冷冷地问:"你在这里做什么?"

"看看你。"

"无聊。"

韩可馨白了他一眼,就要走开,而杨波快步站在了他面前。他木讷地说:"可馨,回家吧,我买了你最喜欢吃的菜。我错了,你打我吧,我不怕疼。"

杨波说着,用一种视死如归的眼神看着韩可馨,而她真是要被他气笑了。韩可馨一字一句地说:"杨波,你以为我和你闹着玩呢吗?"

"不是闹着玩吗?"

"杨波,我没时间也没精力和你开这样的玩笑。"

韩可馨说着转身就走,而杨波急了,一把抓住她的手臂:"可馨,我到底哪里做错了,你告诉我,我都改啊!"

"你做了什么自己清楚。"

而且,我不能接受我的婚姻与争吵相连,这是我的底限。

韩可馨悲伤地想,甩开杨波的手臂,进了宋宇的车,绝尘而去。开过杨波身边的时候,她忍不住看了他一眼,发现这呆子果然还呆呆站在马路中间,好像感觉不到有车子时不时从他身边经过一样。

被撞到才好呢!韩可馨心中想着,但到底还是担心了起来。

一路上,韩可馨都很沉默,而宋宇也没有开口。韩可馨望着窗外,不愿意再去想杨波,而是轻声问:"师兄,你来之前怎么也不给我打个电话?"

"抱歉,给你带来困扰了,但我打电话的话,你又会用各种理由推掉吧。"

"才没有。"韩可馨解释着。

"可馨,我理解你,可你也要信任我才是。放心,我绝对不会逼你,永远不会给你压力。我给你联系了一家月子中心,我们下午去看看月子中心的环境吧。"

"师兄,这些事情我自己做就好,怎么好意思麻烦你。"

"不麻烦,我乐意之极。听说,你现在和你的那位现在是分居状态?"

"你、你怎么知道?"

"只是猜测,但现在可以证实了。可以告诉我发生了什么事情了吗?"

"没什么——我不想谈这个。"

"当然。"

他们说话间餐馆到了,是本市最有名的一家私房菜。宋宇帮韩可馨打开车门,扶着她一起进了餐馆,而此时韩可馨才发现这里居然空无一人。她惊异地问:"现在都几点了,他们还没上班吗?"

"因为今天这家餐馆只属于你和我。"

宋宇说着,脱掉大衣,对韩可馨做了一个邀请的姿势,而韩可馨一下子愣住了。四周突然响起了钢琴乐,宋宇穿上了厨师服,戴上了厨师帽,走到了开放式厨房跟前。他纯熟地洗菜、切水果:"我记得你非常喜欢吃水果沙拉,你上大学那会儿几乎不吃饭。"

"哪里是喜欢啊?我是易胖体质,吃多少就会长多少,只好装自己喜欢吃水果沙拉,其实我半夜都会被饿醒。"

"是吗?"宋宇笑了。

"骗你做什么。师兄,我记得你以前的饭量也不大,我们还偷偷说你吃得比女孩子还少。"

"我那时候经常半夜饿醒,但为的不是你的那个美丽理由,而是为了省钱。"

"师兄……"

"父母供我上完高中,我已经很感激,学费和生活费都只能靠自己。为了赚钱,我白天上课,晚上做家教,周末还去打工,一天只睡四个小时。现在想来,简直有些无法想象那样的日子是怎么坚持下来的,但我会永远记住那时的苦难。而你,就是苦涩中的那一股甜。"

宋宇说着,把做好的鳕鱼放到韩可馨面前。这鳕鱼被他烹制得雪白诱人,再加上鲜亮的配菜,简直可以做美食杂志的宣传画。韩可馨拿起叉子,却没有品尝,只是出神地问:"师兄,你到底喜欢我什么?"

"你漂亮、善良、努力、大方、可爱、优雅……嗯,这么多形容词够不够?"

"可我不像你想的那么完美。我说谎、虚荣、享受男人的追求、自私自利又冷血。"

"可馨,每个人都有缺点,我也同样不是完美的。可是,爱一个人会喜欢她的优点,包容她的缺点,这才是爱情的意义。"

宋宇说着,轻轻吻了一下韩可馨的额头。韩可馨抬起头,微笑着看着他,突然发现自己心中有的只是平静,而不是年少时的那份紧张与心动。她尝了一口鳕鱼,然后放下叉子,说:"师兄,你的手艺真的很好。"

"可馨,他给你的我都能给你。你知道我在说什么。"

"即使我怀了他的孩子,也不介意吗?师兄,你觉得这样正常吗?"

宋宇愣住了。

"师兄,我相信你很爱我,但你应该问问自己,你爱的到底是当初那个天真骄傲的姑娘,还是现在这个满身赘肉、不择手段的韩可馨。如果你是把我当成爱人那样去爱,你不会那么轻易接受我怀孕的事实,但你不假思索都接受,你觉得可能吗?你爱的,到底是我,还是记忆里的那个我?你想要的到底是爱情,还是年少时未完成的心愿?"

"可馨……"

"就拿这鳕鱼来说吧。是,我上大学的时候是非常喜欢吃鳕鱼,但毕业后一次聚餐中我吃鳕鱼引起食物中毒进了医院,从此再也不敢碰它,一吃就犯晕。我以为师兄做的鳕鱼会不一样,但我发现这个还是一样的味道……"

韩可馨说得很含蓄，而宋宇一下懂了："时间真的是这个世界上最可怕的东西。"

"我们已经有五年没见了。师兄，你不知道这五年来我经历了什么，我也不知道这五年你取得了什么样的成就，有什么样的故事，又有什么样的悲伤，这五年的时间对我们而言是一片空白。其实，我们早就变了。"

"所以，你还是选择他？可馨，你不爱我，我愿意理解，但那个杨波配不上你。你值得更好的。"

不知道为什么，听到宋宇说杨波的坏话，韩可馨突然不舒服起来。她强硬地说："他可能并不是社会所认可的成功，但他单纯可靠、工作努力、脾气好，非常优秀。我们之间是出现了一些问题，但那是我们的私事，我们之间无所谓是不是配得上的问题。他很优秀，真的。"

"所以，你爱他？"宋宇微微一笑。

韩可馨一下子愣住了。

"小师妹，你劝我的时候一套一套的，你自己怎么就看不清？"

"我才没有。"韩可馨喃喃地说。

"唉，被拒绝了真是好难过。这里的食材还很多，你做个三菜一汤给我吃吧。"

"师兄！不是你说做菜给我吃的吗？"

"对待要追求的女人和师妹的态度当然不一样。现在你没口福了。"

看着宋宇理所当然的样子，韩可馨忍不住笑了起来。她知道，她此时终于可以和这个暗恋了十年的师兄说"再见"了。说一点伤感都没有那是假的，但更多的是淡然与祝福。

我们都要幸福啊，师兄。韩可馨默默想着。

第十二章　真假孕妇都烦恼

不知不觉间，米兰的生日到了。而这一天，也是李秀梅举行六十大寿的日子。

因为是六十大寿，又可能是老人最后一个生日，纪凯决定大操大办。他订了本市最豪华的花园酒店，邀请了所有亲朋好友，还暗地请了妈妈最爱的歌星到场，力求给老人一个最完美的生日宴。对于不能在米兰生日那天和米兰二人世界，他非常抱歉，而米兰却丝毫不介意："我只是过个生日罢了，阿姨却是六十大寿，当然要给阿姨过。到时候我多吃几块蛋糕就是了。"

"傻瓜，这是我妈的生日宴，当然也是你的盛宴。我要向所有人介绍你们——这个世界上对我最重要的女人。"

纪凯说着，轻轻吻了一下米兰的手背，而米兰对他勉强一笑。纪凯要带米兰去商场买礼服，米兰摆手："不用，我家里有。"

"宝贝，你一定会给我惊喜。"

纪凯说着，又亲了一下米兰的额头，然后开始工作，米兰就这样看着他。午后的阳光暖暖地洒在纪凯身上，她是这么认真地看着，好像怎么都看不够一样。纪凯停止了打字，回头看她，米兰对他嘿嘿一笑："你干活儿啊，我不打扰你。"

"我打好这个表格再陪你,这个真的很重要。"

"知道,我不打扰你。"

米兰说着,又眼巴巴地盯着纪凯看,而纪凯只觉得米兰在身边,他的精神就无法集中起来。虽然工作很重要,但他更关心她在做什么,是什么样的表情,又会用什么样的眼神与他交流。纪凯强迫自己不去看她:"米兰,你要是无聊的话,可以去书架那里拿书看。"

"好啊。"

米兰蹦蹦跳跳地走到纪凯的书架旁,发现他收集的图书真是包罗万象。有百科全书、英文小说、工具书,甚至还有机器猫的漫画。这些书有的还很新,但有的明显有了一定的历史,但它们无一例外都被保存得非常完好。

他真是一个温柔又念旧的人啊。米兰想。

米兰随手翻阅着书籍,突然一本相册混在其中,相册的第一页是一个简直可以去拍奶粉广告的宝宝,不出意外的话应该是纪凯。她悄悄瞄了纪凯一眼,见纪凯没注意到这边,急忙翻阅了起来。

在相册上,她见到了纪凯不为人知的另一面。

他小时候就长得像个明星宝宝,阿姨们都抢着抱,可他的小脸紧紧皱成了一团;上幼儿园的时候,所有小姑娘都抢着和他合影,可他不知道为什么哇哇直哭;上小学的时候,他是中队长,戴着红领巾笑得骄傲又自豪;初中的时候,他的笑容内敛了许多,抱着篮球不放手……

"很好看?"纪凯抱住了米兰的肩膀。

米兰吓了一跳,相册都险些掉在地上:"你不是干活呢吗?"

"有你在这,我什么都做不下去,在电脑面前呆着也是浪费时间,还不如陪你。怎么样,我小时候很英俊吧?"

"切,你真不要脸。这照片怎么才到你高中啊,大学的照片没有吗?"

"有过,后来都烧了。"

"为什么?"

"那时候被女人甩,觉得自尊心受挫,一气之下把所有和她在一起的照片全部烧了。现在想想，只是觉得好笑罢了。"

"真是想不到我们的纪总监也会被女人甩啊。那是什么样的女人？"米兰心里酸酸的，但还是装作不在意的样子。

"她是学校的学生会会长，也是我的初恋情人，还是全校最漂亮的女人。"

"有多漂亮啊？"米兰更不舒服了。

"米兰，如果恐龙跑到大街上你会怎么样？"

"我会尖叫，然后打电话给动物园让他们来抓——你问这个做什么，别转移话题！"

"如果是动物园的员工看到，一定会想方设法把恐龙抓到动物园；如果是生物学家看到，一定想把它抓回去做研究；如果是厨师看到，一定会把他抓回去研究怎么做菜；如果被我学校的人看到，就会说一句话——禽兽，放开我，校花！"

"纪凯，你的嘴也太毒了吧！人家毕竟是你的'初恋情人'，这么说你舍得啊？"

"我念的是理工科学校，我们班一共有76个男生，4个女生，全校的比例也差不多，所以长得正常的女人在我们那都是美女，要是会打扮一点更是校花。当时的我只是一个毛头小子，见到喃喃的时候只觉得见到了女神。后来，我努力追求她，她终于答应和我在一起。"

喃喃喃喃的，叫得真亲热！米兰妒忌地想。

"后来呢？"

"年轻时候的恋爱和幸福总是相似的。那时候我们都没有多少钱，有时候吃一碗面都要分着吃，但并不能阻止我们的幸福与相爱。年少时的爱情，总是掏心掏肺的，生怕自己爱得不够多，不够好。我曾经以为，毕业以后就会和她结婚，甚至还偷偷打工存钱，买了一枚银戒指，打算毕业晚会那天向她求婚。可是，我看到了她坐在宝马里离我而去。"

"当时一定很难过吧？"

"是绝望。我从小到大都顺风顺水，可以说没经历什么挫折，也没什么得不到的,但偏偏在她身上栽了跟头。她让我知道,男人除了浪漫、耍帅外,更需要的是稳重和责任心,而这对我的未来受益匪浅。可以说,是她把我从象牙塔拉回了现实,我应该感谢她的残忍。"

"那你到底是爱她还是恨她?"

"曾经是爱情,后来是憎恨,而现在只是平静。在对的时候遇到对的人是幸福,而在错的时候遇到对的人才是青春。米兰,她是我的青春,但你才是我的幸福。"

纪凯说着,把米兰搂在怀里。米兰的耳朵紧紧贴着他的胸膛,感受着他强有力的心跳,突然觉得她这醋吃得太没水准了。她不甘心就这样放过纪凯,继续问:"那你们分手后就没一点联系吗?我可不信。"

"真的一点联系都没有。"

"你不想她?"

"亲爱的,你这醋要吃到什么时候才算完?"

"我才没吃醋!"

米兰气鼓鼓地转过头,不再看纪凯,而纪凯笑了起来。他说:"我很高兴。"

我生气了,他还高兴,这个男人有毛病吧!米兰恨恨地想。

"你是在乎我的,米兰。我真的很高兴。"

"什么啊!"

"和你在一起的时候,我特别迷茫,特别没有底气。一般女孩喜欢的东西你不喜欢,一般女孩不会介意的东西你偏偏很介意,我在你面前就好像又回到了什么都不懂的那个年代。亲爱的,你非常优秀,让我时刻担心你会不会被别的男人抢走,也会很阴险地想幸好有咱孩子为我保驾护航。米兰,等妈妈的寿宴办好,我们就结婚。"

纪凯的怀抱是那么温暖,让米兰留恋,但她知道就算再舍不得,她也必须要离开。她轻轻推开纪凯:"纪凯,有件事我要告诉你。"

"什么?"纪凯微笑着看着她。

"其实我……"

第十二章 真假孕妇都烦恼

"等等,我接个电话。"

纪凯的手机突然响了,他走到不远处接电话,而米兰听得一清二楚。她听到他和庆典公司交代礼堂要放妈妈最喜欢的粉玫瑰,要请小提琴手来伴奏,甚至连菜肴的种类、配料、各位来宾的喜好和忌口他都一一提到。看得出,他比任何人都要重视这场宴会,绝对不允许有任何意外发生。他的电话一直打了十分钟,挂断电话后抱歉地说:"对不起,刚才打断了你。你说什么?"

"啊,我就是想问你准备的怎么样了。还有,不如晚宴的蛋糕让我来负责吧。"米兰到底还是这样说。

当生日到来的那天,米兰一早就醒了,怎么也睡不着。陆露一早就赶来为她化妆、盘头发,她从柜子里拿出那条红色的礼服裙,缓缓脱下衣服,把裙子穿上身。她发现,镜子里的那个女人明明还是熟悉的容颜,但眉宇之间的郁结神色早就消失不见,就好像春天的花朵一样充满活力。她简直不敢相信自己会这样美丽。

"米兰,你真漂亮。"陆露不住地赞叹:"你的皮肤白,适合鲜艳的颜色,可你总是穿灰黑色系,反而看起来肤色不好。亲爱的,你早就该这么打扮了。"

"可我以前总是觉得这样的衣服太抢眼。"

"抢眼不好吗?"

"当然好。可以前总是怕被人注意,心态有些不一样。"米兰对陆露微微一笑。

"是啊,你以前走路的时候都是哈着腰,但你做了月子中心的代言人以后越来越自信,也越来越漂亮了。亲爱的,我真以你为豪!"

"别捏我的脸,粉都要被你捏掉了!你今天也很漂亮,终于重现校花风采了。"

陆露今天穿着黑色的紧身礼服,卷曲的头发没有盘起,而是懒散地披在肩头，成熟、妩媚的风情是少女所无法比拟的美丽。陆露听到米兰的恭维没有喜形于色，只是挑眉："我前段时间到底有多丑啊，让你看到我稍微拾掇一下就是这反应？"

"妈妈最漂亮！"顾诗慧拍手。

"乖！"陆露得意极了。

"那米兰阿姨不漂亮吗？阿姨生气了！"

"我说实话阿姨会生气，可妈妈说不能说谎……我该怎么办？"

顾诗慧一脸纠结地进行思想斗争，而米兰黑线："喂喂，小混蛋，你的心理活动我都听到了啊！"

"小慧，别烦阿姨了，自己去那边玩。"

"妈妈，我饿了！我要吃饭！"

"饿的话就啃手指吧，反正你平时最喜欢啃手指了。"

米兰目瞪口呆地看着顾诗慧居然真的啃着手指到旁边看漫画去，简直怀疑自己的视力出了问题。她推推陆露："你到底怎么了？你以前可是从来不会让你的宝贝闺女饿着，更别提让她吃手指了！就算你要改变自己，也别变成这样啊！"

"我啊，现在是看开了。孩子嘛，本来就爱胡闹，不调皮怎么还是孩子？等她上了学，会有那么多规矩管着她，现在就让她过几天消停日子吧。"

"她就不想爸爸吗？"米兰轻声说。

"我原来以为爸爸对她来说就是一个符号，也以为她什么都不懂，但她昨天突然问我是不是要和顾文明离婚了。我问她为什么这么说，她说幼儿园小丽的父母也是这样，小丽告诉她，她父母也要离婚。现在的孩子啊，真是成熟，懂的比你想象的要多得多。"

"那你是怎么解释的？"

"我没解释，因为她问我以后就去睡觉了。我到现在还不知道到底要怎么向她开口——算了，不说这个了，你的肚子到底怎么说？"

"无数次想开口，但无数次又咽了下去。再这样下去，我这怀孕起码要几年才能流掉，或者生个哪吒出来。"

"都什么时候了，你怎么还有心情开玩笑！唉，不过你这谎确实是撒大了。"

"不说这个了，行吗？我今天准备了很多小蛋糕，你尝尝。"

米兰说着，把蛋糕分给陆露和顾诗慧，看到她们吃得热火朝天的样子笑弯了眼睛。陆露不住地赞叹："你在别的方面没什么天分，但烘焙上可真是一流。这些蛋糕就是为了今晚准备的吧？"

"嗯，不知道他们会不会喜欢。"米兰忐忑地问。

"当然会喜欢！这口味可比蛋糕房好多了！那么多蛋糕你做了一晚上吧？"

"是啊，从晚上6点做到了凌晨1点。"

"你真是疯了。"陆露摇头。

"我只是尽一点力罢了。"

陆露当然知道这是米兰寻求心里解脱的方式，不再说话，而是帮她把假肚子戴好，又给她补了妆，然后她们开车前往酒店。米兰把蛋糕交给服务员后，敏锐地发现和纪凯一起在门口迎宾的李秀梅的口红有些花了。她悄声提醒，递给李秀梅一管口红，李秀梅忙和她一起去洗手间补妆。李秀梅擦掉原来的口红，露出了苍白的唇色，自嘲地笑："老了就是记性不好，手也会颤，幸好被你看到，不然可要闹笑话了。"

"阿姨，别这么说，明星走光的也多了去了，谁会管你口红有没有涂花——啊，我不是那个意思，我没说您走光。"

"傻孩子，你的个性我还不了解吗，你是最有口无心的。最近怎么样，孩子还好吗？"

"好，都很好。"

"妈恐怕是看不到这孩子出世了。"李秀梅慈爱地看着米兰的肚子。

"阿姨，你说什么？"

"纪凯和医生都瞒着我，但我自己的身体自己清楚。虽然很想见到你们的孩子，但人生怎么可能十全十美，我能看到纪凯找到幸福已经是上天的恩赐。米兰，听纪凯说你已经答应嫁给他了，谢谢你。这小子虽然玩世不恭一点，但心是好的，对感情也很忠贞，会是一个好丈夫、好父亲。他工作起来经常会忘记吃饭，你要提醒他，还有他独处在封闭的环境里出现问题……"

"阿姨，我记住了。"

虽然李秀梅说得每一件事米兰都知道，但她还是安静地听，时不时点头，心里酸极了——这个老人简直就好像在交代遗言。李秀梅絮絮叨叨地说了十几分钟，揉着太阳穴笑着说："我还真是话多，居然一下子说了那么久。"

"没有啊，我喜欢听阿姨说话。"米兰乖巧地说。

"好孩子。"

李秀梅拍拍米兰的手，然后说："这件事会是我们的小秘密，对不对？"

"当然。"

米兰扶着李秀梅从洗手间出来的时候，客人已经进来了不少。纪凯接过米兰的手扶着李秀梅，满脸担忧，而米兰的心里也是沉甸甸的。她站在他们身后，跟着他们一起招呼客人，突然见到韩可馨用包遮住肚子，对她使眼色。米兰急忙走过去，轻声问："怎么脸色那么难看？"

"吴葵姐刚才摸了一把我的肚子。"韩可馨尽量让自己冷静。

"什么？她怎么会莫名其妙来摸你的肚子！上次的事情不是解决了吗？"

"看来我上次的说辞她们并没有相信。她借着和我打招呼的时候迅速出手，我根本没办法躲开。现在她可能已经确定了，正预谋把我揭穿。"

"事情都到这一步了，你抢在她揭穿之前说得了！这样你还有主动权。"

"不行，她现在一定已经把事情告诉王开会了，我这么说只能是自投罗网。到时候节目不再属于我，我辛辛苦苦经营的一切都完了！米兰，我该怎么办？"

韩可馨的脸色苍白得可怕，身体在颤抖，米兰简直怀疑她会在下一秒钟晕倒。米兰的脑中一片空白，只能握着韩可馨的手，不断鼓励她、安慰她。她拉着韩可馨到附近的沙发坐下，给她拿了一杯热牛奶稳定情绪，而韩可馨脸色终于缓和了一些。她看起来是那么绝望，米兰纠结了一下，到底还是开口："我有办法。"

"什么办法？"

米兰在韩可馨耳边轻声说了什么。

"这样行吗？"

"死马当活马医吧。"

韩可馨看着米兰，咬牙："行，就这么办。"

米兰与韩可馨对视，都在双方的脸上见到了一丝悲壮。米兰高高举起牛奶杯，然后把牛奶往韩可馨身上洒，再然后尖叫："啊，可馨，对不起，你的衣服被我弄脏了！"

"怎么办啊，这里有可以换洗的地方吗？"

"我们去房间换衣服吧。"

她们高声说着，拉上正在和人聊天的陆露，朝着酒店的卧房方向走去，而吴葵等人果然跟了上来。韩可馨的手微微有些颤抖，而米兰不断给她力量。她们进了房间后，迅速换了礼服和发型，韩可馨把头发盘起，而米兰则学韩可馨的样子把卷发放在一旁。她们刚准备好，就听到了门被打开的声音。

是成是败就看这一刻了！

韩可馨躲进了浴室，陆露急忙把窗帘拉上，而米兰则背对着门的方向换衣服。吴葵等人从门缝里往里面看，只见"韩可馨"正在脱掉她的桃红色礼服，惊喜万分，踹门而入。陆露尖叫："有贼啊！"

"我不是贼，不是……"

王开会还没来得及喊，就被陆露顺手拿起的被子盖住头，被劈头盖脸地打。米兰捂着脸哭泣的时候不忘给他们展现出自己毫无赘肉的腹部，然后趴在床上就开始哭。陆露愤恨地说："居然敢到这里来耍流氓，你们死定了！我要报警，把你们通通送到警察局！"

"陆露别打了，这不是流氓，是王总啊！"

"哪个王总？不认识！"陆露又踹了王开会好几脚。

"是王开会，王开会！"

"王总？哟，还真是！那你偷看我们换衣服做什么？"

"只是一个误会……"

"我不活了！"

米兰把头埋在被子里，闷闷地说，而王开会龇牙咧嘴捂着脸的时候还偷偷看她的肚子。可惜，无论他怎么看，那个人的腹部都平坦得好像平原一样，根本没有徐秘书所说的怀孕迹象。王开会气得给了徐秘书一个耳光，而徐秘书一句话都不敢说。

"王总，请出去吧。"

"哼！"

王开会恨恨地往外走，而米兰终于松了一口气。她一下子从被子里钻出来，捂着胸口："真是吓死我了！要是他刚才掀开被子的话什么都完了！"

"米兰，谢谢你。要是没有你，我可怎么办？"韩可馨感激至极。

"别谢了，我们先下去吧，宴会都要开始了。"

米兰看看时间，急匆匆地把假肚子系上，又和韩可馨换了礼服，朝楼下冲去。此时，李秀梅已经开始发表讲话了。纪凯一把把米兰拉到一边："你去哪里了，我到处找不到你。"

"没什么，就去补了个妆。"

"你怎么喘成这样，不舒服吗？"

"不，就是觉得这里的空气有点不太好。"

"待会儿我陪你去公园散步。"

"没关系，我还可以忍。嘘，听阿姨讲话。"

台上，李秀梅正动情地说："人生就好像白驹，一晃而过，此时的我终于懂了这句话的含义。我的前半生忙于工作，直到生病住在医院，才明白自己想要的到底是什么。我们工作、赚钱，为的就是让生活过得好一点，但生活本身与金钱无关。大家都说子女要感谢父母的养育之恩，但我

第十二章 真假孕妇都烦恼

认为我们做父母的同样要感谢子女带给自己的温馨与回忆。纪凯、米兰，上台来。"

纪凯拉着米兰的手，走上台去，脸上带着微笑，但心里酸涩异常。虽然母亲隐瞒了她的病情，但他怎么会看不出她的异常？可是，他只能装作不知道，陪她把戏演下去。李秀梅含笑看着他们，把手腕上的玉镯摘下来，套在了米兰的手上。米兰大吃一惊，急忙推辞，可李秀梅说："这镯子是我婆婆给我的，我想送给我儿媳妇，等着儿媳妇传给我孙子，然后再给孙媳妇。传递下去的不光光是镯子，更是爱。大家说，我儿媳妇的蛋糕好不好吃？"

"好吃！"

听着整整齐齐的回答，米兰的眼眶红了。她轻声说："谢谢阿姨。"

"还叫阿姨啊？你什么时候能改口叫妈？"

"谢谢妈妈。"米兰终于说。

李秀梅含泪笑了。

此时，音乐声突然响起，而纪凯朝米兰伸出手来。纪凯在音乐中缓缓说："米兰，如果你没有怀孕，我不会知道生命是那样神奇。小生命对孕妇来说是外来的东西，会有排异反应，但会慢慢地融为一体，最后成为生命中的一部分，爱情也是这样。刚开始，我们并不彼此欣赏，但我们还是在一起了，我们之间的感情也好像是在孕育小生命。我不是一个完美的男人，任性又自私，但从我爱上你的那天起，我会像父亲那样思考，会想孩子的眉毛像谁，会不会和你一样爱笑；会想咱们之后的恋情，会浪漫得像一支缠绵的钢琴曲，还是如一支热烈的探戈。虽然到现在还不太确定未来到底会怎么样，但我毕竟有了心仪的舞伴，不是吗？现在，我伸出左手，请你伸出右手。然后，整个世界都是我们的舞池。"

情话并没有那么华丽，但米兰几乎泣不成声。就在她看着纪凯，手几乎要放到纪凯手中时，台下也正热火朝天。顾诗慧忙着和一个小男孩抢皮球，后来扭打到了一起。

"顾诗慧，住手！"

"小明，加油！"

陆露喝令女儿放开小男孩的头发，小男孩的母亲却为儿子加油鼓劲，陆露顿时生气了。她不顾女儿，责问那位母亲："孩子打架要劝，哪有叫加油的？你是怎么做家长的！"

"我怎么做家长不要你教！我儿子可是身娇肉贵，经不起你闺女的蛮力！"

"你说谁蛮力呢？"

"怎么样，要打架啊？"

当小朋友扭打成一团的时候，家长也都开始摩拳擦掌。顾诗慧不能容忍自己的皮球被抢，把球藏在怀里就跑，而小男孩急忙追上前去。他一直追到台上，发现皮球不见了，而米兰的肚子却是鼓鼓囊囊的。他蛮横地说："阿姨，把皮球给我。"

谁拿你皮球了！这是谁家的孩子啊！

米兰莫名其妙地看着小男孩，而顾诗慧抢先说："米兰阿姨才没拿你的皮球，她肚子里的皮球是她自己的！我亲眼看到她装的！"

"顾诗慧，你闭嘴！"陆露急忙阻止女儿。

"真的，好孩子不说谎。"顾诗慧认真地说。

"你闭嘴！你米兰阿姨怀孕了，你怎么能这么说她！"

"妈妈你不让我说谎，可我说的就是实话啊！你为什么打我？米兰阿姨肚子里没有小朋友！"

顾诗慧哇哇大哭起来，她的话让许多人摸不着头脑，而米兰的脸色已经变得苍白。她转过身就想走，而那小男孩已经忍不住了，冲到米兰面前就掀起了米兰的裙子，然后全场发出了惊呼声！小男孩抢了米兰的假肚子就跑，而所有人都已经石化。

"米兰，这是怎么回事？你肚子里的是什么？还是我眼花了？"李秀梅急切地问。

"告诉我，这是怎么回事？"

看着米兰平坦的腹部，纪凯觉得声音都不属于自己了，而米兰只是呆

第十二章 真假孕妇都烦恼

呆地看着他，忘记了言语。时间好像停滞了一般，到后来米兰终于说："对不起。"

"你根本没有怀孕，对吗？"

"对。"

"你为什么要说谎骗我？"

"为了不被派去西藏。"

"这样很好玩？"

"纪凯，对不起。"

除了"对不起"，米兰不知道该说什么好，语言是那样苍白无力。纪凯的脸色难看得可怕，而他们身后突然传来了一声巨响。

"阿姨！"

"妈！"

李秀梅已经昏倒在地。

后来，在救护车的呼啸声中，李秀梅被送往医院。她被推进抢救室已经很久，而那盏红灯一直就这样亮着，亮得刺眼。纪凯的眼睛已经满是血丝，焦躁不安到了极点。米兰实在看不下去，去张旭办公室给纪凯倒了一杯热水，但纪凯没有接。他没有责骂她，没有谴责她，他只是无视她的存在，但这样让米兰更加难受。

"纪凯，喝点水。"她轻声说。

而纪凯只是漠然地看着手术室的红灯。

米兰只觉得眼睛一酸，再也承受不住，把杯子一丢就跑到了不远处的长椅上，把头埋在了臂弯里。她知道，再一次闯祸了，而这次的祸事可能无法弥补。她觉得难过非常。

"还好吧？"陆露轻轻拍米兰的肩膀。

米兰轻轻摇头。

就在大家等得焦急不安的时候，手术室的门终于开了，而他们一下子围了上去。医生摘下口罩，舒了一口气："病人暂时没有生命危险，但要好好保养，下次再受这么大刺激就不是被送医院这么简单了。"

"谢谢医生！"纪凯松了一口气。

李秀梅坐在轮椅上被护士推了出来，而纪凯急忙接手，推母亲去病房。李秀梅虚弱地抓住纪凯的手，两个人轻声说些什么，路过米兰身边的时候都没有看她一眼。米兰想笑，但不知道为什么泪水止不住地往下掉。

"早就该这样了。这样也好。"米兰说。

她不明白明明应该放下，为什么又要哭泣？

可是，想明白了又能怎样？

第二天，各大报纸、电台果然都报道了李秀梅生日宴上发生的那场闹剧，米兰痛苦地成为了新闻焦点。一时之间，她的手机都快要被打爆了，她只能关机了事。她先去旭日月子中心道歉，宋总接待了她。宋总上下打量着米兰："我真的不知道你怎么会有这么大的胆子，更不知道你怎么还敢到这里来。你不怕我告你违约吗？"

"当然怕，但是祸是我闯的，当然要由我承担。"

"米兰，我很好奇，你到底为什么要假装怀孕？别告诉我是因为那个代言。"

"当然不是。我当时的想法很简单，只是不想去西藏罢了。"

米兰把事情的经过都原原本本告诉了宋总，宋总饶有兴趣地听着，到后来居然笑了："你还真挺有本事的，居然连我都没看出来。"

"不是我有本事，是一般人都不会想到会有人假装怀孕吧。宋总，你给我的代言费，要还吗？"

米兰怯生生地看着宋总，宋总板起脸："当然要还！我没让你赔形象损失费、精神损失费就不错了！"

"那……我能分期付款吗？"

"你不会把钱都花了吧，那可是三十万！你到底干什么去了？"

"她把钱给我了。"张红突然推门进来。

"张红姐？"

"米兰，我在电视上看到你的新闻就过来了，没想到你真的在这里。米兰，这钱我不要了，我都带上了。"

张红说着，从布袋里拿出一叠叠百元大钞，真是把宋总搞糊涂了。她问："这到底怎么回事？你们认识？"

"宋总，米兰这钱是为了我才要的。她知道我一直想给家里的孩子们建幼儿园，把所有的钱都给了我。幼儿园已经打了地基，现在还有六万零八千五百七十二块，我都给您带来了。她是为我欠下的钱，这钱我来还。"

"又怎么出来幼儿园了？你们到底在说什么啊？"

宋总听了张红解释半天，才明白原来米兰把她的代言费给张红回家建幼儿园去了，自己一分没留。她觉得不可置信："米兰，你是傻子吗？那30万你说给人就给人了？"

"嗯。"

"你简直应该去参加'中国好人'。"

"宋总，你是在讽刺我吗？"

"啊，被你听出来了，看来你也没那么傻啊。"

"宋总，这件事都是我引起的，求求你不要告米兰。我可以在这里干活还债。"

"我都把你开了，怎么可能还叫你回来？你们先走吧，这事儿我想想。"

米兰和张红互视一眼，只好一起离开了宋总的办公室。

张红没想到米兰居然为了建幼儿园的事情牺牲那么多，不住地道歉，而米兰一直在说"没关系"。她说："我装作怀孕是为了保住工作，并不是为了你，你根本没有任何对不起我的事情。是我把工作看得太重，又把自己看得太轻。这样也好，帮我下了一个早就该下的决定。其实看开了才发现，根本没什么大不了。"

"米兰，你到底在说什么？"

"没什么，我自己懂就好。张红姐，我待会儿还有事，就不陪你了。这是我的名片，有事情和我电话联系吧。"

米兰说着，朝电视台走去，因为她怕去晚了就会失去勇气。

进了办公区后，所有人都用异样的眼神看着她，而她还是坚定地走着，不为所动。她径直走进了王开会的办公室，王开会见到她阴阳怪气地说："我当是谁呢，原来是我们的大肚子啊。快坐下，快坐下，你能站，你肚子里的孩子也不能站啊。来，我给你倒茶！"

王开会说着，故意装作要倒茶的样子，等着米兰诚惶诚恐地拒绝，可他等了很久都没听到道歉声，都怀疑自己的耳朵出了问题。他把新泡的铁观音自己喝了，说："那个谁，你惹大麻烦了。旭日月子中心会来控告你，我也要通报批评你！人在这世上最重要的就是诚实，我们这儿不需要像你这样的员工！你的惩罚措施我还在慢慢思考，但你要是聪明点的话，知道该怎么做。"

王开会说着，又靠近米兰，放大的肥脸是那么恶心。米兰对他微微一笑，抬起手就给了他一个巴掌，声音大到让办公室外都安静了下来。她说："第一，我不需要你的惩罚，因为我自己会辞职；第二，你最好对女员工客气一点，如果你不想下半辈子因为性骚扰的罪名进监狱的话；第三，我的名字是米兰，你最好记住。"

"你……你！"

王开会气得发狂，下意识地就要伸手打米兰，然后被米兰一脚踢在了关键部位。他捂着下体滚来滚去，而米兰则甩甩头发，神清气爽地离开。

米兰，你真是帅呆了！她对自己说。

她在大家诧异的眼神中朝着电梯走去，觉得自己这辈子从来没这么轻松过。她甚至后悔自己没有早些做这个决定。

只是一份工作罢了，为什么要把它看得那样重？工作是为了更好的生活，要是生活都没有，那工作又有什么意义。她失去了稳定、乏味的生活，迎来刺激、未知的未来，这笔买卖实在非常划算。

除了……他。

在楼梯的转角，米兰看到了纪凯的身影，和他四目对视。她看着纪凯身边的漂亮女孩，只觉得心痛得就要窒息，但她还是微笑着从他们身边走了过去。

"米兰，你真行。"电梯里，她这样对着镜子说。

她知道，从此以后，她和纪凯不再会有交集。

"所以你又辞职又失恋？还上了电视？还欠那个月子中心 30 万？"

"事实确实是这样，但你可以不用这样提醒我。"

米兰郁闷地看着正咬着吸管喝果汁的韩可馨，真想把她的头按到桌子上。陆露简直不敢看米兰，低着头说："对不起，这件事我必须要负一半的责任。要不是顾诗慧那王八蛋和那小兔崽子闹着玩的话，你的假肚子不会被发现。"

"是暂时不会被发现，但是还有被戳穿的那一天。我不怪任何人，真的。而且，是你教小孩子不要撒谎，她只是说了实话罢了。想想也真好笑，我们大人都活在谎言里，有什么资格教育孩子？"

陆露沉默了。过了很久，她才问："那你以后怎么办？"

"我想开蛋糕店，然后可能的话想出去旅行。"

"大家都爱吃你的蛋糕，这真是好主意。我依稀记得你上高中的时候就说以后想开蛋糕店，做中国版的金三顺。"

"是啊，现在终于可以实现愿望了，多好。"

米兰笑着说，而陆露和韩可馨知道她笑容背后的苦涩和无奈。陆露忍不住问："那你和纪凯现在还有联系吗？"

"当然没有。难道他会原谅一个说谎精、一个把他妈害去医院的女人？"

"可是李阿姨现在情况还不错啊。米兰，你每天都让花店的人送花过去，也都做蛋糕让医院的人交给李阿姨，可你自己为什么不去？这可是一个很好的和好机会。"

"我想，他们都不愿意看到我吧。算了，我不想再说这个。"

米兰说着，出神地喝着饮料，而她们也只好闭嘴。陆露的手机不断地响，她又不断地把电话掐掉，但看得出她挂断电话的时候还有些不舍。陆露一边喝橙汁一边说："现在倒是一天十几个电话打过来，早干嘛去了？男人还真是贱，你在他身边的时候永远看不到你的好，只有你和他拜拜了才知道珍惜。"

"你这话怎么听起来好像还是放不下的样子。"

"你听错了。"陆露别过头去。

韩可馨一直没有开口，盯着窗外，突然说："陆露，外面的是不是你老公？"

陆露也往窗外看，看到顾文明和一个女人在一起走着，只觉得血液一下子凝固了。她的身体不听使唤，手已经不自觉地拿起了一把餐刀。米兰和韩可馨急忙冲上前去把刀抢下来："陆露，你可不要干傻事！你还有孩子！"

"我当然不会做傻事！"

陆露说着，把刀狠狠插在了面包上，真恨不得这刀插的不是面包，而是那个贱人的心口！她抓起包就冲了出去，而米兰等人急忙跟了上去。

她们已经不是第一次跟踪了，所以这次做起来简直是轻车熟路。

她们看着顾文明不住地往前走，最后进了一家KTV。她们忙走进去，却被工作人员拦下："请几位女士出示会员卡。"

"没会员卡就不让进？"

"抱歉，我们这里是会员制，只有会员才能入内。"

找女人都去会员制的了！陆露的怒气愈盛。她发疯一样地往里闯，但被保安拦下，而韩可馨只能出来打圆场："刚才进去的是我朋友，我们只是和他时间上错开了。您看能不能通融下，让我们去见一见他，然后我们马上出来？"

"不行，只有会员才能入内。"

"除了说这一句你还会说别的吗？"米兰怒了，"会员就会员，给我们办个三张！多少钱！"

"一共九万九千九百九十九元，女士。现金还是刷卡？"

第十二章 真假孕妇都烦恼

"多……多少?你多说了一个零吧!"

米兰没想到这里的会员居然可以顶她一年工资,顿时认了怂,往后退了一步,而陆露也愣住了。韩可馨掏出钱包,说:"刷卡,给我办三张。"

"可馨,你疯了!"陆露阻止她。

"没关系,十万块钱罢了。"

"大小姐,你就别在我们面前摆谱了,真的不需要。你的心意我领了,但我为什么要为了这个贱人花钱?算了吧。"

陆露坚决地说,不让韩可馨付钱,韩可馨只好把钱包收了回去。陆露看着远方,满脸沮丧,米兰也不知道该如何安慰她才好。她们正准备离开,突然有人急匆匆跑了过来,说:"对不起,三位女士想进去的话我来带路。"

她们互视一眼,不明白到底发生了什么事,但都聪明地闭口不言。一路上,陆露都能看见浓妆艳抹的小姐走来走去,想象着顾文明在这里的场景,只觉得血液都开始沸腾。理智逐渐被愤怒取代,她再也忍不住,推开一间间包厢的门,后来整个KTV都被尖叫声所包围。服务生都要哭了,但居然没有赶她们走,而是苦着脸说:"姑奶奶们,你们到底要找谁,告诉我,我去帮你们查行吗?"

"我要找顾文明,你会告诉我他在哪里?"

"顾总啊,他在皇帝包啊!"服务生顿时说。

皇帝包!

陆露和打了鸡血一样又要冲过去,被米兰拼命抓住。米兰说:"别冲动,千万别冲动!反正你都要和他离婚了,再为了他闹事倒显得你还喜欢他似的!"

"我才不喜欢他!"

"是啊,所以就别冲动!你不爱他,你很冷静是吗?吸气、呼气、吸气、呼气……"

米兰带动陆露有规律的呼吸,陆露的心情终于平复下来。她长舒一口气,说:"你这招还真有用,你是怎么学会的?"

"啊，上助产培训班的时候老师教的。"

"米兰！"

"好了，咱们的事情以后再说吧。你准备好面对顾文明了吗？"

"当然。"陆露咬紧了嘴唇。

她们一起到了皇帝包。服务员想敲门进去，被三个女人一起阻止。陆露踮起脚尖透过门上的玻璃往里看。她看到里面有三男三女，男的都穿着西服，而女的一个个都往男人身上靠！她极力想听他们在说什么，但这门的隔音效果实在是太好了，她只能看到他们觥筹交错，却听不到任何声音。她一把揪住了服务员的领口："把衣服脱掉！"

"不行，我卖艺不卖身！"服务员大义凛然地说。

"给你一千块！"

"好，拿去！"

服务员干脆地把上衣脱下，然后在洗手间和陆露完成了身份互换。陆露摘下眼镜，头发盘起，给自己化了一个艳丽的妆容，与平日里的形象简直是判若两人。她推着车，气势汹汹走了进去，而米兰和韩可馨都看傻了。

"陆露不会有事吧？"韩可馨担心地问。

"我觉得更该为顾文明担心。"米兰说。

伪装成服务员的陆露进了包厢后只觉得这里面的空气污浊到令人想吐，真不知道这帮男人怎么能在这样恶劣的环境中拈花惹草。有人让她加冰块，她急忙蹲下身掩饰自己，同时竖着耳朵听他们在说什么。这帮男人喝酒就好像喝水一样，拼命灌对方，她眼睁睁看着顾文明在十分钟的时间里喝完一瓶酒，在心里暗暗骂他。

看来你都忘记胃出血住院的时候了，喝死你！

"老顾，爽快！再来一瓶！"

"不行，我真的不行了。"

"别装什么娘们啊！要是你喝完这瓶，我现在就把合同签了，怎么样？"

第十二章 寡假孕妇都烦恼

"老哥,这话可是你说的,要说话算话啊。"

"得了吧,你还不信我?"

顾文明得到了准信儿,立马对准另外一瓶红酒就开始吹。别人都在鼓掌,而陆露看得出顾文明其实喝得很痛苦,他脸上都青筋直暴。陆露从来没想到,她那个春风得意的老公出去陪客户的时候除了花天酒地外,还要好像个小姐那样陪酒——这样的他让她看得心里难受。

"好,爽快!来,合同拿来,我签字!"

当顾文明终于喝完一瓶红酒的时候,大家集体鼓掌,那个起哄让他喝酒的男人终于把合同签了。顾文明踉跄了一下,努力坐好,而此时又有人说:"老顾啊,听说你和你太太分居了?你真不行啊,连个女人都搞不定。"

"我说你现在身价也好几千万,也该换老婆了,把你家那个黄脸婆换了得了。那个小美可是等着你娶她啊,你就真的不动心?"

听到这话,陆露觉得自己的手都在颤抖。她屏住呼吸,等待着顾文明的回答,只听见顾文明说:"不动心。"

"你小子别装了!那丫头可比你家那黄脸婆漂亮多了!你就没想过要换一个?"

"说实话,陆露确实没小美漂亮。她的脸比小美圆一点,鼻子比她大一点,腰比她粗一点,胸又比她小一点。小美会和我谈论诗歌、旅行,而她永远和我谈超市里的鸡蛋是不是便宜了几毛钱。和小美在一起的时候,我觉得自己就好像大学里的小伙子,而和陆露在一起,我觉得自己就好像退了休的男人,永远会为菜价而担心。"

大家都开始大笑起来,而陆露极力克制自己不把冰块都砸到他脸上。

"可我爱的那个人,还是陆露。在我高兴的时候,她会陪我一起欢笑;在我疲惫的时候,她会给我一杯热茶;在我难过的时候,她又会告诉我有她和小慧在我身边,我并不孤独。说真的,我们现在是算混得人模狗样的,但我们谁都不是含着金汤匙出生,生下来就是那样。在我们一无所有的时候,是我们的老婆坚定地陪伴着我们这些穷小子;我们发达了,她们的年纪也大了，当然看她们不顺眼，觉得她们没年轻小姑娘有魅力。可是，我们怎么可以忘记，只有她们爱上的是我们的人，她们是和我们共度一生的人。"

顾文明的话让所有人都沉默了，陆露的眼中也满是泪水。拿冰桶的手开始颤抖起来，她的手一滑，所有冰块都掉在了顾文明脚上。顾文明惊叫着跳了起来，然后愣住了："老婆？"

该死，被认出来了！我化妆成这样他怎么还能认出我是谁！

陆露眼圈一红，用力推他，然后跑了出去。

"老婆！"顾文明急忙冲了上去。

陆露拼命跑，而顾文明就使劲追，后来终于抓住了陆露的手臂，然后一把把陆露抱在了怀里。他轻声说："老婆，你是来接我回家的吗？"

"不是！"

"你不在的日子，我好想你。"

"你是想有人给你免费洗衣做饭吧？"

"老婆，我和那个小美真的什么都没有发生。我承认她对我有点想法，那天我也险些和她……可后来我们真的什么都没做。不怕你笑话，面对她的时候，我不行。"

"编，接着编！顾文明，你以为我会信你吗？"

"我的心会告诉你，我说的都是真的。"

顾文明说着，把陆露的头按在自己胸口。陆露感受着顾文明胸膛的温度，再听着他有力的心跳声，眼泪突然就这样落了下来。

她怎么会忘记，当顾文明第一次表白的时候她也问了这个问题，而他也是这样回答的。

"人的语言会骗人，但是人的心不会骗人。陆露，我爱你，永远都爱！"

曾经的青涩少年别扭又可笑的誓言还在耳边，而转眼间已经十年过去了。十年的时间里，他们的爱情跷跷板悄悄换了位置，而他们也回不到从前。陆露知道自己应该狠心离开，但她还是问："顾文明，你觉得爱情会回来吗？"

第十二章 真假孕妇都烦恼

"不会。因为爱情从来没有走。"

顾文明说着,抱住陆露就亲吻了起来,而全场惊叫、喝彩声响成一片。陆露满脸通红地捶打顾文明,不断踹他、踩他,但顾文明不为所动。到后来,她融化在顾文明的那个吻里,和他肆无忌惮地亲吻着,觉得好像找回了久违的激情。顾文明喘着粗气,说:"现在回家。"

"干什么?"

"造人。"

"啊!"

陆露被顾文明拉着就走,而米兰和韩可馨对视一笑。米兰心满意足地说:"看起来他们是和好了。真好。"

"是啊,真好。"

"可馨,我现在去吃点东西,你要一起吗?"

"不了,你去吧,我还有点事。"

"有什么事啊?"

"一点私事。"

"那好吧,我先走了。你晚上回家小心。"

米兰说着,就和韩可馨告别,而韩可馨挺着大肚子,艰难转身。她看着那个经理,问:"你认识我?"

经理躲躲闪闪:"您这话是什么意思?"

"非会员不能入内,偏偏在我身上破了例,还任由我的朋友砸场子,你一定认识我吧。你是我的粉丝?不像。你被我的美貌迷倒?也不像。还有什么可能呢……"

韩可馨说着,离经理越来越近,而经理急得鼻尖都开始冒汗。他不住后退,简直不敢直视韩可馨的眼睛,暗想一个女人为什么会有这么强的压迫感?韩可馨眯起眼睛:"说,宋宇和你们什么关系?"

"宋宇?"经理愣了。

"可馨。"

身后突然传来一声轻呼,而韩可馨愣住了。她僵硬了许久,极其缓慢地回过头,然后见到了那个令她又爱又恨的身影。语言仿佛在瞬间失去,她呆站了很久,而那个女人小心翼翼地说:"可以和我去喝杯咖啡吗,可馨?"

"抱歉,我还有事。"

韩可馨说着,头也不回地朝门外走去。她觉得自己好像听到了韩晓的叹气声,但她没有回头。

既然抛弃了我,就不要回来。永远不要回来。韩可馨默默地想。

一路上,韩可馨的车子都开得飞快,她觉得脑子里乱腾腾的,而她只想尖叫和发泄。回到家,她没脱鞋子就躺在床上,闭上眼睛,但面前还都是刚才和那个女人的对话。

"可以和我去喝杯咖啡吗,可馨?"

哈,喝咖啡?她怎么能当做什么事情都没发生一样约她去喝咖啡?她就不怕她往咖啡里下硫酸吗?不过就算下了硫酸也没关系,像她这种喝人血、吃人肉的女资产家根本不会介意这个。更何况,她可是冷血到连女儿都能抛弃。

"宝宝,你放心,妈妈永远不会抛弃你。"

摸着腹部,韩可馨轻声对她没出世的孩子说,心终于变得柔软。她口干舌燥,但杨波不在身边,她只能自己下床去烧水。她下床的时候没想到被扔在地上的包绊了一下,穿着高跟鞋一下子就崴了脚,而她重重摔倒在地。她的身体一动不动,只觉得腹部坠涨得吓人,下身更是湿漉漉的。她用手轻轻一抹,摸到了一手血,只觉得呼吸都要停滞了。

不要有事……宝宝,你不要有事!

韩可馨想爬起来,但她的身体好像哪里扭伤了,竟是试了几次也站不起来。电话被摔得很远,她只能艰难地朝着电话爬去。不知道过了多久,她终于拿起手机,第一反应是去拨杨波的电话。她发誓,要是杨波不接电话的话,她一定会杀了他!电话只响了一声,杨波就接了,惊喜地问:"老婆?"

"杨波,快来……我摔倒了……"

第十二章 真假孕妇都烦恼

"老婆，你怎么了？老婆？"

腹部的疼痛一阵阵传来，韩可馨疼得钻心，连说话的力气都没有。手机就这样被摔到了地上，当她清醒过来再次拿起手机的时候，发现手机已经关了机。她恨得把手机丢到了一边，而她只觉得自己从来没有那么绝望过。

难道就要死在这里了吗？我死不可怕，可宝宝还没有见过这个世界！我不能死，我不能……

韩可馨想着，眼中已经满是泪水。

"可馨！"

在朦胧中，韩可馨好像看到了什么人靠近，她勉强睁开眼睛。她看到自己在什么人的后背，那人传来令人安心的味道，是那么像父亲。

"爸？"她轻声问。

"老婆？"

"杨波，是你啊。我就知道你会来。"韩可馨说着，闭上了眼睛。

她只觉得安心无比。

"医生，可馨她怎么样？要不要紧？"

当张旭给韩可馨做了全身检查出来后，杨波急忙问，满脸都写着"要是我老婆有个三长两短，我就杀了你"。张旭白了他一眼："她有些先兆流产，但是现在已经控制住了，只要住院观察两天就能出院。"

"这么说她没事，孩子也没事？"

"是，都没事。"

"太好了！"

"既然你那么高兴，能不能把你的脚从我的脚上抬起来？"

张旭狠狠瞪了杨波一眼，而杨波终于醒悟自己踩了张旭的脚。他匆忙说"对不起"，急忙往病房跑去，又一脚重重踩在了张旭的脚上。他冲到韩可馨床前，看着满脸苍白的妻子，摸着她冰冷的手，眼泪一下子就落了下来。韩可馨好笑地为他擦泪水，柔声说："都那么大了还哭，你还真是越活越回去了。"

"老婆，你没事，真是太好了。不然我真的不知道要怎么办，要怎么活下去。"

"找一个新老婆不就好了？"

"不，我只要你。只要你。"

杨波紧紧搂着韩可馨，而韩可馨虚弱地笑了起来。她问："你是怎么找到我的，怎么知道我在家？"

"我……"杨波躲躲闪闪，不敢说。

"说，不许骗人。"

"每天晚上，我都会在楼下看你。"

"每天？前几天下雨的时候，我看见一个黑影一闪而过，那人也是你？"

杨波羞涩地点头。

"你是白痴吗？那么冷的天你就在楼下傻站着！"

"老婆，虽然看不到你，但看到那灯光，就能想象你在家，陪在我身边。你不要丢下我。"

看着杨波好像被遗弃的小狗的模样，韩可馨再大的怒气也没有了。她疲惫地问："那你身上的吻痕是怎么回事！你和那个女人好了多久了？"

"我哪里有吻痕！"

杨波急了，急忙解开衣服给韩可馨看，而韩可馨再次发现了数道"吻痕"。这次轮到她惊讶了："怎么那么多？"

"这是鱼疗的痕迹，鱼疗！隔壁实验室的小张想要研制新产品，就喊我们过去做实验，后来我就成这样了。"

"什么我们啊，我看就你这个傻子才去！你说你什么时候能长点智商啊？"

韩可馨狠狠戳了杨波的脑袋，而杨波嘿嘿地笑。他从口袋里拿出一个芭比娃娃，傻笑说："老婆，开不开心？"

"这个限量版有钱都买不到，你是怎么拿到的？"

"小张给我的。"

第十二章 真假孕妇都烦恼

"为了这个,你答应去做实验?你傻不傻啊!"

眼睛,就这样酸了起来。

韩可馨终于知道,其实不是杨波离不开她,而是她根本离不开杨波。她简直无法想象,失去这个全世界对她最好的男人她该怎么办。他可能没那么浪漫,可能经常猜不中她的心思,但是他对她的爱却是百分百。他能容忍她的缺点,她为什么不能?他们相爱啊!

"杨波,我爱你。"

结婚那么久,韩可馨终于说出了这句话,而杨波简直不敢相信自己的耳朵。看着他傻愣愣的样子,韩可馨笑了,抓起他的手放在自己腹部,柔声说:"傻瓜,孩子在朝你打招呼呢。"

"宝宝,你好,我是爸爸。对不起,爸爸好久没来看你了。宝宝,要是你是女儿,爸爸以后就保护你们娘儿俩;要是你是儿子,你就和爸爸一起保护你妈妈。"

听着杨波的话语,韩可馨的泪水终于忍不住夺眶而出。她擦擦眼泪,看着窗外,却突然看到一个熟悉的身影。那人注意到她的目光,满怀期待地看着她,而韩可馨到底把头扭了过去。

"我累了,要睡会。"韩可馨说。

"老婆,你睡吧,我陪你。"

杨波坐在韩可馨床边,一直看着熟睡的老婆,而韩晓此时终于推门而入。她看着女儿,轻轻叹气,从包里掏出一张卡,硬是塞给了杨波。她想了想,又下楼买了一包奶糖:"可馨不喜欢吃药,每次生病都要吃点糖,你记得给她吃。"

"妈,你放心吧。"

"我先走了,不打扰可馨休息。有什么需要帮忙的,记得打电话给我。"

"妈,不去家里吃饭吗?"

"不要了,我还要赶飞机去美国。我想,她也不希望看见我吧。"

韩晓轻声说,笑容是那样苦涩。

第十三章　在全国观众面前生孩子的主持人

韩可馨在医院里休息了三天后,终于出院。

在住院期间,她过着与世隔绝的日子。她不再为了嘉宾而烦躁,不再为了台词而揪心,什么事情都不想,把自己完全放空。

每天早晨,她睡到自然醒,到花园里散步,呼吸最新鲜的空气;中午时,杨波会给她送饭,还不忘给她带几颗最爱吃的奶糖;下午,她教病房里的小姑娘们插花,还陪老奶奶聊天;到了晚上,她在杨波的陪伴下进入梦乡,一夜好梦。

她总以为她在这个世上很重要,哪里都缺不了她,而当她真的放手的时候,才发现是她把自己看得太重要。就算没有她,地球也在运转,而那个实习主持人居然也把栏目主持得很好。

"小林平时看看还行,但电视里看起来脸大得和饼一样。"韩可馨说着,关了电视机。

杨波立马说:"她当然没你漂亮,和你比那是差远了。"

"真的?"

"当然是真的!"

"你啊,不要这样说人家小姑娘,太刻薄啦。"韩可馨叹气。

第十三章 在全国观众面前生孩子的主持人

"老婆,出院后你还要去上班吗?医生说你有早产征兆,你真的……"

"杨波,你不要说了,我明白你的意思。其实这几天我已经考虑得很清楚——工作再重要,也没有孩子重要。杨波,一场计划之外的怀孕,足以毁掉你对未来的无限憧憬和美好愿望……但即使如此,孕育一个孩子,仍然是人生中最美好的事情。

"所以老婆你愿意回家待产了?"杨波两眼放光。

"嗯,是啊。"韩可馨笑着说。

"老婆,我爱你!"杨波激动地一把搂住了韩可馨。

"别搂得那么紧,小心压到孩子!咦,米兰怎么发短信给我了……"

韩可馨推开杨波,认真阅读着米兰的短信,然后轻轻一叹。她抱歉地说:"杨波,对不起,我要过几天才能回家,还有事情要解决。"

"什么?"

"米兰需要我的帮忙。"韩可馨叹气。

米兰并不知道韩可馨出了事,只是在遇到麻烦的时候第一个想到找她解决——也只有韩可馨能帮她了。要不是迫不得已,她真的不想麻烦韩可馨,但张红的病已经等不了了。

张红得了晚期胃癌。

其实,从很早开始她就经常咳嗽、不明发热,但她一心赚钱,根本没有把这件事放在心上。回到家以后,可能是紧绷的弦一下子松弛的关系,她一下子病倒了,可她照样没放在心上,带病为幼儿园的事情忙前忙后。再后来,她在新闻上看到了米兰的消息,她赶到无锡来,却没想到在大街上昏倒。有好心人送她去医院,而她迎来了自己已经是胃癌晚期的噩耗。

"要是治疗,你还有三到五年的寿命,但要是放弃的话,你还能活两个月。"医生这样对她说。

张红盘算了下,坚决放弃治疗,而米兰知道后极力反对。虽然手术的成功率只有一半,但她还是愿意相信张红一定会是幸运的那一半——她不想让张红的孩子那么小就没有了妈妈。高昂的手术费张红负担不起,米兰手头也没有余钱，现在唯一的盼头就是进行媒体号召，而她们唯一的希望就在韩可馨身上。

"我会尽力。"

看到韩可馨发来的短信，米兰松了一口气。她知道，只要韩可馨答应的事情，那就一定会办到。

米兰和韩可馨通过电话沟通了一切细节问题。录制当天终于到来的时候，米兰带着张红和孩子们悄悄溜进了电视台。陆露给他们穿上了小演员的玩偶装，让他们就在台下等着韩可馨的召唤，而米兰只觉得自己这辈子从来没这样紧张过。台上，韩可馨正强忍着不适，在采访以性格恶劣而闻名的设计师韩磊，即使好脾气如她也开始受不了。

"中国女人的打扮就一个字——俗！你说大街上的小姑娘也长得像模像样的，偏偏不珍惜爹妈给的漂亮的黑头发，要染成黄色——黄就弄个金黄、麦黄啊，偏偏会弄个屎黄色！就拿你举例吧，你年纪也老大不小了，穿着娃娃裙不觉得幼稚得可笑吗？你就不能穿点和你年纪相符的衣服吗？"

全场都哄笑起来，而韩可馨真想把话筒塞到那老家伙的嘴巴里！她勉强挤出笑容："我想观众们都想听到您的搭配心得，不知道您是不是能简单介绍一下？"

"简单介绍？哈，我学了二十年的设计，你让我简单介绍？我不会简单地说！"

"那能请您费神地说一下吗？"

韩可馨只觉得自己多说多错，真是暗恨自己当时居然为了不问这个混蛋的隐私而得罪了王开会——倒不是怕王开会，而是为了他根本不值得，真该当众问他是不是喜欢和男朋友穿着史努比的内裤在沙滩上约会！准备好的问题就这样全然派不上用场，而她真的不知道该怎么把话题引到米兰和孩子们身上。在观众互动环节，韩磊这个怪胎又没找电视台安排好的观众，而是指向了张红。

"那个穿红衣服的大姐，你到台上来。"

第十三章 在全国观众面前生孩子的主持人

"我?"

张红慌乱地看着米兰,还没反应过来就被工作人员拉到了台上,看得米兰真是干着急。在聚光灯下,张红手足无措,连站都不知道该怎么站了。韩磊上下打量她:"各位观众请看,这位大姐的搭配就是最标准的——错误。红配绿,赛狗屁!"

韩磊说着,全场哄然大笑,而张红的脸红得就要滴血。韩可馨刚想说什么,韩磊白了她一眼:"你是红配蓝,遭人烦!"

"哈哈!"

除了韩可馨和张红脸色不好外,大家都笑得不行,而王开会等人兴高采烈地看着收视率节节攀升。韩可馨被气得肚子隐隐作痛,而此时张红的儿子小竹子终于忍不住了。他冲到台上,用力推韩磊:"不许你说我妈妈!我妈妈比你漂亮一百倍!"

"哦,是吗?"韩磊嗤笑。

"当然了!你看你明明是男人还扎辫子,不要脸!"

小竹子天真的话让观众笑得眼泪都要出来了,就算王开会不住地使眼色,韩可馨也无法阻止这场闹剧。后来,谁都没想到,鼎鼎有名的设计师居然会不顾风度地和小竹子争吵起来,场面也一片混乱。张红忍不住咳嗽了起来,而小竹子突然抱住了张红:"妈妈,你会死吗?"

全场安静了。

"你这孩子胡说什么,怎么这么说话啊!"

韩磊反应过来,迅速问小竹子,而小竹子只是哭着看着张红。张红的泪水也止不住落了下来。此时,韩可馨终于说:"其实,我一直很想向大家说一个故事……"

当留守儿童的照片一张张在屏幕上呈现时,所有观众都安静了。韩可馨缓缓向大家说着他们的悲喜,说着米兰假装孕妇是为了给他们建幼儿园,再说到张红为了孩子得了癌症都没钱治疗,说到后来,有人泣不成声。韩可馨动情地说:"如果不是亲眼所见,也许很多人无法想象就在离我们那么远的地方，还有那么多孩子期盼着父母的归来。他们和我们家里的小皇帝、小公主生活在同一片天空下，却早早懂得了生活的艰辛。他们不要昂贵的玩具、不奢求新衣，要的只是有一个读书的地方，要的只是父母能回家与他们团聚……我想，我们能为他们做些什么。"

韩可馨的话，让全场沉默，而米兰已经泪眼婆娑。在安静中，旭日月子中心的宋总站起身："作为月子中心的负责人，我必须要追究米兰的责任；但作为一名母亲，我为她和张红所感动。代言费和违约金我都不要了，就当这幼儿园也有我的一份。至于张红的医药费，旭日月子中心全包了。"

"把张红的卡号给我，我也要捐一点。"

"我家有很多衣服，幼儿园应该需要吧。地址在哪里？"

所有人都激动地要帮这些留守儿童。米兰满脸泪水，而韩可馨知道自己终于成功完成了金牌主持人的梦想，这期节目将被人们记住——为了这一刻，她已经等待了太久、太久。她想微笑，但是疼痛突然袭来。韩可馨心存侥幸，但疼痛居然一次比一次厉害，到后来她几乎站立不住。她瘫坐在椅子上不住地喘气，而鲜血已经浸湿了她的裙子。

"妈妈，那个漂亮阿姨的裙子上有血。"小竹子说。

张红一下子愣住了。米兰急忙冲了上去，但韩磊速度更快。他失声叫道："怎么有血？你到底怎么了？"

"我、我……"

"你这样，不是要生孩子了吧？"

张红的话，石破天惊。

所有人都看着韩可馨在痛苦地喘息，场面一片混乱。韩可馨再也没有力气遮掩，捂着肚子："快送我去医院……"

"主持人怎么回事啊，是不是犯病了？"

"不是说她要生孩子了吗？"

"天啊，生孩子？"

所有人都想挤上前去一探究竟，而王开会当机立断，喝令摄影师给韩

第十三章 在全国观众面前生孩子的主持人

可馨特写——这可是千载难逢的新闻热点！就算极力捂住脸，但韩可馨疼痛惨叫的样子就这样通过电视台传到了千家万户，一时之间有不少人都知道海洋台的主持人居然就要生孩子了。大家都停止了手头的工作，兴致勃勃地谈论，而杨波手中的试管就这样掉在了地上。

"杨波，你怎么了？"

杨波一言不发地冲了出去。而此时，米兰一把推开摄影记者，对王开会怒吼："快滚开，我要送可馨去医院！你走开啊！"

她的声音被淹没在人群中，没有人能听到她的怒吼。米兰被推得站都站不稳，极力想到人群中间，但没有任何人理会。她流着泪，发疯一样地往里冲，突然被人一把抓住了手臂。她泪眼婆娑地看着来人，呼吸停滞了。

纪凯？

她被纪凯拉到了一边，然后只见纪凯挤了进去，对准王开会的鼻子就是一拳。场面先安静了几秒钟，可大家还是往韩可馨那儿围去，居然没有人关心"高富帅当众斗殴"这个新闻热点。米兰紧紧抓着纪凯的衣袖，满眼哀求，纪凯轻轻一叹，视死如归般地从口袋里拿出了一块巧克力威化。他对米兰淡淡一笑，然后把威化塞入口中，身体也瞬间肿胀了起来。

"啊，那里有个香肠人！"

"天啊，怎么肿成这样，他是外星人吗！"

观众们被纪凯的奇特反应所吸引，暂时被转移了注意力，而在那一瞬间，米兰觉得自己好像见到了身穿银白色盔甲的王子。虽然他的脸肿得就好像猪头一样，但米兰只觉得纪凯从来没这么帅气过。她和纪凯四目相视，瞬间明白了纪凯这么做是为了什么。她急忙扶着韩可馨就往外走去，而当大家反应过来的时候，韩可馨已经坐车离开了。

"跟上前面那辆出租车！"所有人都叫嚣着这句话。

而此时，全市的电视台都在转播韩可馨要生孩子这条新闻了。

当记者跑进医院的时候，韩可馨已经顺利进了手术室，他们只好在手术室外面苦苦等候。米兰急得不住打转，看到杨波匆忙赶到的时候终于松了一口气。杨波急得抓住了米兰的手臂："可馨她怎么样？"

"她进了手术室，应该在生了吧。杨波，你不要着急，可馨不会有事，一定会母子平安的。"

米兰的安慰显然没起任何作用，杨波就好像热锅上的蚂蚁一样，烦躁得不行。不知道过了多久，手术室的门终于开了。杨波急忙迎上去，没想到得来的不是韩可馨顺利生产的消息。医生面色凝重地告诉他，韩可馨的情况很不好，出现了大出血的状况，但她偏偏是 RH 阴性的熊猫血，一时之间找不到相符的血型。杨波一下子瘫倒了："不会的，可馨不会有事的……她一定不会有事的……"

米兰心酸得简直不敢看他。她强迫自己安慰杨波："可馨当然不会有事！我们去找血源！"

此时，电视台的记者开始号召全市和韩可馨一样血型的人来医院救人，而医院的病人也自发地发微博、打电话传播这个消息，所有人的心都因为韩可馨而纠结。不知不觉间，二十分钟过去了，而血液的事情还是没有进展。杨波觉得自己就快崩溃了，此时韩可馨突然把他叫进了产房。握着韩可馨冰冷的手，杨波简直痛不欲生："老婆，对不起，我不该让你生孩子……只要你好好的，我什么都不要，什么都不要……"

"傻瓜。答应我，要是非要保一个，你保孩子。"韩可馨虚弱地说。

"老婆？不，我做不到！"

"杨波，你不听话了吗？"韩可馨习惯性地威胁他。

她以为杨波这次会和以前一样听她的，但杨波用力抓着她的手："韩可馨，你听着！孩子重要，你也重要，你们两个我一个都不能少！你记住这句话！"

韩可馨还是第一次看到杨波发脾气的样子，一下子愣住了，然后微微笑了起来。她说："傻瓜，我又怎么舍得离开你们，又怎么舍得离开这个世界……可是，我好歹已经活了二十多年，而孩子却还没有看过一眼这个世界，那多可怜。其实，刚怀孕的时候我一直嫌他烦，不想要他，可是当他在我肚子里扎了根，我能感觉到我们之间的联系。我高兴的时候，他也会

第十三章 在全国观众面前生孩子的主持人

高兴,我悲伤的时候,他会安慰我,他会用小脚和我打招呼……我真的懂了,原来为了儿女,每个妈妈都是愿意付出自己的性命的。所以,要是只能选一个,选孩子。不然我会恨你。"

"我情愿你恨我。"

一向听韩可馨话的杨波突然变得那么霸道,让韩可馨不知所措。就在他们几乎在抢救室里争吵的时候,医生突然兴奋地说有了血源,而此时全体病人、电视机前的观众都开始欢呼!血液慢慢注入到韩可馨的体内,而一个意想不到的人也出现在韩可馨面前。

"只是生孩子罢了,别闹得要死要活的!你没事,你的小家伙也不会有事!"

"你、你出去……"

"连生孩子都不会,你让我看不起你吗?"

"你又有什么资格看不起我?"

"证明给我看,韩可馨。"

韩晓藐视地看着韩可馨,而怒气突然充斥着韩可馨全身,她在愤怒中用力!哀号一声大过一声,杨波只觉得时间好像停滞了一样,而韩晓死死抓住杨波的手臂。就在全国的观众都深呼吸,等待结果的时候,医生终于抱着新生儿出来。

"生了,母子平安!"

"老婆!"

杨波冲进病房,都没来得及看自己刚出世的儿子,只好由韩晓抱着那小不点儿。她娴熟地抱着他,轻声说:"臭小子,你妈可是拼了命才把你生下来的,你以后可要对妈妈好。"

"妈,你怎么来了?"杨波不知所措地问。

"我还没问你呢,都出了那么大的事情怎么想不到打电话给我!要不是我算算可馨最近要生了,推迟出国,发生了这样的事情你该怎么办!"

"妈,对不起。"

看着女婿乖乖认错的样子，韩晓的怒气也发不出来。她留恋地看着小外孙，亲亲他的小脸蛋："多漂亮的孩子，简直和可馨小时候一模一样。"

"妈，他皱巴巴得就好像老鼠一样，哪有可馨好看。"

"小孩子生下来都是这样的，我小外孙能长成这样已经很不错了。你小时候肯定还没他好看呢。"韩晓白了杨波一眼。

杨波讪笑起来。

"来，抱抱你儿子。小心点，托着头！"

韩晓教杨波抱着孩子，时不时纠正他的错误，而杨波只觉得怀里那个软软的小东西是全世界最珍贵的礼物。韩晓含笑看着杨波，留恋地说："要是可以的话，以后可馨不在家的时候，我能来看看孩子吗？"

"妈，你这说得什么话，这是你外孙，你当然能来看啊！"

"可是可馨会不喜欢。说到底，是我对不起她。"

"可您当初明明是因为叔叔的……"

"当初是可馨的爸爸背叛了我，但这并不能成为我忽视可馨的理由。那时候，我对什么都绝望，又害怕可馨被人嘲笑，所以把所有精力都放在工作上，却忘记了女儿需要的是妈妈的爱和关怀——是我错了，但当我想弥补的时候已经晚了。可馨觉得我是一个为了钱不要女儿的坏妈妈。"

韩晓苦笑起来，杨波忍不住问："那您为什么不把真相告诉可馨，也不许我说？"

"都那么多年过去了，还说这个做什么？我不想可馨记恨她的父亲。而且，毕竟我也有错。"

想起得知丈夫的背叛，韩晓只觉得恍若隔世。当时的她是那么骄傲，所以当那个男人和那个女人一起跪下来恳请她离婚的时候，她给了那人一个耳光后就签了字。为了女儿不要被人嘲笑，她努力赚钱，给女儿一流的生活，当她醒悟到女儿对她的怨恨时却已经晚了。可是，又有哪个妈妈会真的和女儿置气？她能做的，只是把最好的都给可馨。

"妈。"

韩可馨轻声叫，而韩晓一下子愣住了。她回过头，简直不敢相信韩可馨说了什么。

"可……可馨？你叫我什么？"

"妈。对不起……还有，谢谢你。"

韩可馨轻声说，眼泪一下子就流了下来。

妈，原来你默默忍受了那么多的苦。妈，原来生孩子是那么疼啊。妈，原来，你一直没抛弃我，一直在我的身边。

"可馨……"

韩晓抱着女儿，泪终于落了下来。

"笑一，笑一个。"

"哭一个。"

"米兰，你这干妈怎么做的，怎么能让孩子哭啊！你别捏他脸了！"

旭日月子中心里，米兰正在捏杨一的包子脸，陆露真是服了她了。眼见杨一扁扁嘴，真的要哭起来，她急忙把杨一抱在怀里，娴熟地哄了起来。可是，杨一还是哭了几声，而睡梦中的韩可馨一下子清醒过来，一手去摸尿布，另一只手解开衣襟就要喂奶。米兰急忙阻止她："这小子没哭也没尿，你别那么紧张。"

"那就好。你们聊着，我再眯一会儿。"

韩可馨说着，又闭上了眼睛，蓬头垢面的样子简直让米兰以为见到了第二个陆露。要不是亲眼所见，她简直无法相信那么爱漂亮的韩可馨也有身上散发着奶味、穿着不修边幅的宽大T恤、头发乱蓬蓬扎在一起的一天。米兰的眼神实在大为惊异，陆露好笑地说："你别笑话她，等你生了孩子也会这样。"

"我才不生孩子。"

"我们当初也都是这么说的。"

"切，你就笑话我吧，我才不理你，只和小一一玩。宝贝，叫一声干妈，干妈给你红包啊。"

米兰笑眯眯地逗着杨一，惹得杨一咯咯地笑，而孩子天真的笑容真是能让人忘却一切烦恼。这时，杨波妈端着鱼汤兴冲冲地进来，大声说："可馨，快起来喝汤下奶了！"

"妈，你轻点声，让可馨多睡会儿。"

"现在都几点了，怎么还睡……天啊，你们怎么给我孙子用尿不湿！这样不透气的会让小孩子红屁股的！哼哼，幸好我有准备！"

杨波妈说着，得意地从包里拿出了几十条尿布，所有人都惊呆了，连韩可馨都睡意全无。韩可馨结结巴巴地说："妈，你哪里来的那么多布？"

"我知道你们嫌弃我的衣服脏，放心，这布才不是乡下的！我把你们不用的床单剪了，这下总干净了吧！"

韩可馨看着那熟悉的花纹，愣愣地问："不会是那条红樱桃床单吧。"

"就是那条啊。反正你们不用，放着也是放着。"

"可那条床单是我从法国带回来的手工货，要一万块啊！妈你就拿它做了尿布？"

"什么？"

"没关系，不就一条床单吗，做了尿布也就做了！妈，你别放心上，这才多大点儿事儿；可馨，你别介意，我再给你买一条！"

"我不要！"

"败家子！"

韩可馨和杨波妈一起骂杨波，米兰和陆露互看一眼，拿起桌上的玫瑰花借故走了出去。陆露为玫瑰换水，而米兰感慨地说："想不到可馨还是过着这样和婆婆吵吵闹闹的日子。"

"相敬如宾那只是电视剧，生活就是这样。牙齿和舌头还经常磕磕碰碰，何况是婆媳？可就算再吵，她们也还是一家人。"

"是啊。"米兰感慨点头。

"米兰，你真的不回去工作吗？台长都亲口发话了，你意思意思也就算了。"

"真的不回去。我的蛋糕店就快开业了,到时候你们要来啊。"

"自己开店毕竟会有压力。"

"可我也相信只要有好产品就有好市场。陆露,你和可馨都放弃了已有的东西,也找到了自己的人生,也别阻拦我嘛。"

米兰都这样说了,陆露只好尊重她的决定。米兰哄着杨一入睡,轻声说:"看你最近红光满面的样子,和你老公很恩爱嘛。"

"还好吧。他现在每天都回家吃饭,也会做家务了,总算知道该怎么做一个丈夫了。"

"你不急着二胎的事情了?"

"这种事顺其自然就好,毕竟我们已经有小慧了。倒是你和纪凯……"

"别提这个人。"

"纪凯下个星期就要去美国了。"

"哦。"

米兰的手一顿,然后轻轻点头。

"你就没什么打算吗?"

"还能怎么样?哭着让他不要走,不要离开我?"

"为了幸福,偶尔主动一下也没有什么。"

"陆露,他最讨厌说谎的人,而我是一个害得他妈妈住院的撒谎精。就算他原谅我,我也没有脸来面对他。所以,算了吧。"

"可你还爱着他,不是吗?"

米兰没有回答。

米兰几乎不记得自己是怎么回的家。

李秀梅的生日宴过后,虽然她也知道自己再无可能,但有时候她看着月亮的时候,还是会幻想和纪凯看着同一片月光。每次出门的时候,她都悉心打扮,为的就是要是能和纪凯偶然相遇,能让他见到自己最美好的那一面。

纪凯,你现在还好吗?上次花生过敏,应该没事了吧?我离你明明那么近，可我只觉得咫尺天涯。

茫茫人海中，她却不知道自己有多少次与他擦肩而过，而现在纪凯就要走了。房间里似乎还残留着纪凯的味道，她出神地搂着纪凯忘在家里的那件衬衫，最终把衬衫装进了衣柜。

米兰，要坚强！就算没了男人，你还有事业啊！你的梦想终于能实现，你该高兴才是。

米兰强迫自己不去想，而蛋糕店经过了漫长的准备，终于准时开业。她的姐妹们都出席了她的开业典礼，张红和孩子们也来了，现场热闹非凡。

陆露不知道米兰的开店日期和纪凯的离开日期是同一天，到底是缘分，还是他们到底无缘，但这样的疑问她也只能藏在心里。她看着穿着红色礼服裙、容貌娇艳的米兰，看着被大家围起来签名的韩可馨，然后看着穿着蛋糕服给小朋友发蛋糕的高爽，以及公然甜蜜牵手的潘杰和张旭，只觉得眼前的一切美好得就好像电影一样。就在她微笑的时候，突然看到顾诗慧满脸奶油地朝她跑来，一下子爆发了。

"顾诗慧，你的脸是怎么回事？"

"我在吃蛋糕啊。"

"拿你的脸吃吗！"

"好了，小孩子嘛，你别发那么大脾气。"

"你给她擦去，我可不管啊！"

刚才还说大话的顾文明只好苦着脸给根本坐不住的女儿擦拭脸上的蛋糕，而顾诗慧笑嘻嘻地又把蛋糕扣在了他的头上，此时他终于体会到了陆露的痛苦。陆露看得解气，韩可馨走到她身边，说："现在你的日子也太好过了吧！"

"谁让顾文明之前站着说话不腰疼，现在他终于尝到苦头了。"

"你就看得下去，甩手不管？"

"至少在我生产之前，是不会为这些事情操心了。"

陆露说着，骄傲地摸着她现在还平坦的腹部，心里美滋滋的。韩可馨

第十三章 在全国观众面前生孩子的主持人

看着不远处抱着儿子走来走去、唱着乱七八糟歌谣的杨波，摇头："你的苦日子到头了，可我的才开始。天啊，我简直不敢相信这个小东西能发出这么响亮的声音！我再也不知道一觉睡到自然醒是什么感觉了，我的生活就被奶粉和尿布包围！不行，我要快点上班，我受不了这样的日子了。"

"你现在可是'全民妈妈'，大家都等着看你的节目，这样可和你的形象不符合啊。说实在的，成名的感觉怎么样？"

如果说生产之前的韩可馨的名气是那英级别的话，现在的她的名气简直是麦当娜级别，没有人不知道这个勇敢的女人居然隐孕了九个月，还在观众面前生了孩子。无数人去回看韩可馨主持的节目，企图从中找出端倪，而她终于一跃而红。现在，有无数栏目等待她的选择，也有很多电视台想挖角，她终于可以摆脱花瓶的身份，做自己喜欢做的事情了。

除了……那些热情得过分的粉丝！

"唉，我现在才知道明星这活儿真不是一般人能做的，我现在真恨不得自己在阿拉伯国家，可以蒙着脸上街。"

"切，你就矫情吧！"

"米兰她……真的不去吗？"

"应该不去吧。"

"可是她会后悔。"

她们轻声议论着米兰，不知道米兰的脸上虽然带着笑容，心已经飞到了遥远的方向。

纪凯要走了。她的脑海中一直回放着这句话。

她终于要彻底失去他了。

米兰不是没想过挽留，可是她又有什么资格要求纪凯放弃大好前途为了她留下？她从头到尾，都只是一个骗子罢了。

米兰出神地想着，蛋糕店突然来了一个老先生，她急忙打起精神招呼。她热情地介绍蛋糕品种，只见老先生买了一个蛋糕，然后从包里掏出一张照片，边看着照片边说："老婆子，你尝尝看这蛋糕好不好吃，好吃我下次再给你买。"

米兰只觉得自己汗毛都要竖起来了:"老先生,您在和谁说话呢?"

"在和我太太说话。"

"那不是相片吗?"

"她已经去世了。"

"啊,对不起。"米兰愣住了。

老先生摇头:"没关系。年轻的时候我不懂得珍惜,我说好和她同甘共苦,说好带她周游世界,但我一样没做到。直到她去世,我才知道自己错过了什么。珍惜现在啊,年轻人。"

珍惜现在……米兰只觉得这四个字一下子印入了脑海。

是,我已经错了,那就改啊!难道非要等到纪凯结婚的时候我才会伤心落泪,等待他儿女成群的时候我才痛不欲生,直到他进了坟墓我才能诉说自己的情感吗?米兰,你从来不是这么懦弱的人!

"帮我看一下店,我要出去一下。"

"你去做什么?"高爽愣愣地问。

"去追求幸福。"

米兰说着,冲了出去。她焦急地上了出租车,往机场赶去。现在是上下班的高峰期,车子堵得厉害。她在车里看着时间,急得就要崩溃,而出租车师傅居然听起了音乐,慢吞吞地说:"姑娘,反正已经堵车了,你急也急不来,就听天由命吧。要是赶不上这一班飞机,还有下一班嘛,不着急。"

"可我只喜欢这一班飞机。"

米兰说着,丢给出租车师傅100块钱,然后下了车,向着机场的方向狂奔!自从大学毕业后,她不知道多久都没这么跑过了。无数次,她累得想放弃,但无数次她坚定地又站了起来。她只知道,不管结局如何,她都要尽最后的努力。

"飞往华盛顿的飞机即将起飞,请还未登机的乘客抓紧时间登机……"

第十三章 在全国观众面前生孩子的主持人

当米兰赶到候机楼的时候,刚好看到飞机呼啸而去,而她终于疲惫地坐在了地上。她捂着脸,失声痛哭。

她知道,自己和纪凯是真的没有未来了。

米兰不记得自己是怎么从机场回的家,但她还是强打起精神参加蛋糕店开张的庆功宴,不让别人看出她的软弱与绝望。酒吧是那样喧嚣,米兰一杯接一杯喝着酒,脸上在微笑,但是这笑容却渗不到心中。大家都装作什么都不知道的样子谈笑风生,到后来大家一一离开,而米兰却怎么都不肯走。她一个人留在酒吧,自顾自地喝酒,到后来终于眩晕了起来。

喝醉了,真好啊……喝醉了就什么都记不得了。到时候,我会忘了自己,也会忘了他。

米兰不知道自己一共喝了多少酒,好像有人在喊她,又好像没有。她的脑袋昏昏沉沉的,做了一晚上的梦,醒来的时候已经是早上了。她大惊失色,第一反应是迟到可就惨了,然后突然醒悟自己已经辞职,现在是蛋糕店的老板,没有人会因为这个而责骂她。她自嘲地一笑,刚放下心来,突然石化——低头往下看,她的身体一丝不挂,要多清凉有多清凉。

难道我又……

天啊!

米兰紧咬着嘴唇,不敢让自己惊叫出声。足足过了半分钟,她才急忙穿上衣服,打算悄悄溜走。她接近房间大门的时候,突然被椅子绊了一跤,摔倒在地,痛得惊叫出声。此时,传来了脚步声,她急忙挣扎爬起,想找个地方藏起来,却突然看到了手上有一个亮闪闪的东西。

这是……戒指?

米兰看着自己左手无名指上熟悉的戒指,心跳加快。当浴室的门打开时,她见到了那个熟悉的身影。那人只是披着浴巾,对米兰笑着说:"怎么,对我的身材满意到五体投地了吗?宝贝,我必须向你坦白。除了幽闭空间恐惧症、花生过敏外,我还有一种病——爱上了你。"

"纪凯……"米兰的眼睛开始模糊。

一年后。

挺着大肚子的米兰和纪凯一起从李秀梅的墓地回来后，一起参加高爽和罗逸的婚礼。穿着婚纱的高爽是那么漂亮，而罗逸明显高兴得都找不到北了，频频出错。陆露悄悄揶揄高爽居然也肯结婚，而高爽认真地说："不结婚，他就不肯把他的精子给我。"

"什……什么？"

"他的基因实在太好，我只能屈服。"

高爽说着，遗憾地摇头，而所有人都石化了。已经被电视台开除的王开会不请自来，厚着脸皮把自己当成主角，抢着和司仪发言，而徐秘书居然朝她们走来。米兰暗暗防备她说一些不好听的话，都想好了各种反驳，没想到徐秘书在她耳边轻声问："米兰，你有没有……什么秘诀？"

"什么秘诀啊？"米兰莫名其妙。

"就是怎么样能……能快点怀上宝宝……"

看着徐秘书羞红的脸，米兰终于知道她为什么一直看她不顺眼了。她不知道徐秘书是做了多大的思想斗争才过来，也不忍心让她失望，严肃地说："当然有秘诀。"

"是什么？"徐秘书两眼放光。

"少吃多做。"米兰认真地说。

……

这时，婚礼进行曲响起，高爽拎着婚纱霸气进场。顾诗慧和另外一个小男孩担任花童的角色，米兰等人一直担心这两个小朋友会把高爽的裙子掀起，幸好仪式顺利进行，她也终于舒了一口气。

"你在担心高爽的裙子被扯掉吗？"纪凯搂着妻子的腰，轻声问。

"嗯，幸好他们没有这样做，高爽真是有惊无险。"米兰摸着胸口说。

但她显然高兴得太早。

第十三章　在全国观众面前生孩子的主持人

在丢捧花的环节，最后抢到捧花的居然不是任何单身女人，也不是正跺脚赌气的潘杰，而是顾诗慧，让所有人吸了一口冷气。而更让人无语的是，顾诗慧居然把捧花送给了杨一，然后用力亲了他一口。杨一捂着脸哭了，引得顾诗慧的小弟弟也哭了，而米兰突然脸色一变。

"老婆？"

"我好像……好像要生了……"

"啊！"

所有人都惊叫起来。

剧情回顾

1.米兰觉得自己在城市的每一角都能遇到孕妇,包括初中同学的婚礼。戴着大钻戒的王艳一改初中时期的默默无闻,挺着肚子结婚,成为被瞩目的焦点。同学会上,大家都喊不出米兰的名字。米兰暗暗磨牙,幸好有潘杰一直陪着她。陆露女儿顾诗慧掀起了王艳的裙子,米兰无意中拉下了暗恋对象的西裤,只觉得羞愧欲死。

奢华的婚礼上,米兰看见了纪凯,而纪凯身边又换了女伴。米兰出了大丑,喝酒解闷的时候偶遇纪凯,二人"礼节性上床"。

2.电视台要派人去西藏学习,大家都对这个苦差避之不及。王开会骚扰米兰,米兰巧妙躲开,但只能忍耐下去。王开会带给韩可馨一个好消息——因为前任主持人怀孕,她可以主持访谈节目了。韩可馨高兴地通知亲友,却突然干呕,算算自己的例假日子,心知不妙。

米兰想买验孕棒,没想到在药店遇到韩可馨,只能假装买了感冒药。她没看到,韩可馨买了一大堆验孕棒。韩可馨进了卫生间,颤抖着手看着验孕棒上的红线,第一反应是要把孩子打掉。丈夫杨波问她出什么事了,她什么都没说。

3.医院里,韩可馨和米兰又再一次相遇,米兰打乱了韩可馨的堕胎计划。米兰发现验孕试纸是两条杠,在王开会逼迫她去西藏的时候失口说出,然后引起轩然大波。纪凯责问米兰孩子的父亲是谁,米兰表示和他一点关系都没,纪凯松了口气,但也有些怅然。

米兰穿上了防辐射服,终于享受起了孕妇的待遇。她还是第一次享受到被瞩目的感觉,觉得这样真是太好了,唯一不好的就是纪凯看她的眼神实在让她不寒而栗。

米兰第二天去医院开病假条的时候,没想到怀孕只是一场乌龙,而她已经什么话都说出去了!她以死相逼,逼迫潘杰给她开病历单,潘杰只好听从。此时,陆露和老公顾文明过结婚纪念日,没想到因为陆露的洁癖不欢而散。

4.米兰说孩子的父亲是潘杰,已经有3个月了。纪凯悄悄松了一口气,但心里也有点不是滋味。

大家逼着让米兰请客吃饭,米兰只好带着潘杰去演戏,没想到戏演到一半潘杰的男友赶到。男友非常生气,潘杰急忙追了出去,大家都看到了他们演琼瑶剧一般激吻的场景。所有人都看着米兰,米兰真想装晕。后来,米兰说出"真相"——孩子的父亲已经死了,大打苦情牌。这时,纪凯被鱼刺卡到,被送进了医院。

5.纪凯得了癌症的母亲李秀梅极度渴望孙子,而不知道为什么,纪凯觉得米兰的孩子就是自己的。为了让妈妈高兴,他决定屈尊降贵和米兰谈一下,却与米兰的关系更加恶劣。

韩可馨向杨波隐瞒自己怀孕的事实,没想到被婆婆无意戳穿。她告诉杨波韩可馨准备堕胎的决定,杨波十分伤心。韩可馨独自去医院,感受到了和小生命的联系。她终于下决心把孩子生下来,但也下了一个令杨波无法理解的决定——怀孕的事情她不打算告诉任何人,等她把节目做好再说。

杨波虽然觉得这样很不靠谱，但也无法拒绝。

6.米兰没想到纪凯居然约自己吃饭，她去赴约，让纪凯不要纠缠她，极大地打击了纪凯的自尊心。纪凯追问孩子是不是他的，米兰为了给他一个教训，故意说得含糊其辞，却没想到纪凯居然会求婚。米兰拒绝了求婚，纪凯认为她在欲擒故纵。米兰被迫写了月子中心的负面报道，惹来一身麻烦。

李秀梅去公司看望米兰，想起了自己的经历，反而对米兰更为欣赏。李秀梅犯病，从不会拒绝的米兰居然答应了和纪凯在一起的请求。这样，谎越撒越大了。

因为工作理念不同，米兰和韩可馨再起冲突，这两个电视台风头最劲的女人就这样正式对上了。米兰和陆露去捉奸的时候揭穿韩可馨的秘密，经过艰难讨论，她们决定建立怀孕同盟，共同守护彼此的秘密。

7.节目开播时韩可馨遭遇危险，米兰反而成了人质，纪凯用智慧救了米兰，心里也有了说不出的感觉。米兰父母知道了米兰和纪凯之间的关系。为了让父母放心，他们双方家长见面，其乐融融，米兰也和纪凯开始约会。纪凯拿出以前追求女孩的套路，没想到屡屡碰壁。他失望地问米兰到底为什么就是看他不顺眼，米兰说感觉他在自导自演一场戏，他的心根本就不在这里。李秀梅找人算了日子，把婚期定在了新年，米兰下意识想逃，但想到医生说李秀梅活不过一年，还是咬牙答应了。

韩可馨意气风发地去上班，没想到婆婆居然来了。她情急之下说不认识婆婆，米兰装腹痛帮韩可馨过了这一关，而婆婆愤怒离去，引发了家庭大战。婆婆怂恿杨波给韩可馨点颜色，但杨波到底不舍。

8.电视台的化妆师嫁人后就辞职了，米兰想到陆露一直想工作就推荐了她。陆露找到工作，兴高采烈地回家，没想到被顾文明鄙视，和他大吵一架。陆露发现女儿有了撒谎的毛病，非常郁闷，对女儿晓之以理动之以情。

米兰收到死老鼠，一直遭遇恐吓，严重影响了心情，纪凯趁机好言安慰。纪凯和米兰进行第一次约会，射击场上米兰大显身手。纪凯有幽闭空间恐惧症却还是坐了摩天轮，在摩天轮顶端和米兰接吻，而米兰看到了漫天的烟花。米兰逐渐被纪凯的浪漫所征服。

韩可馨无意发现杨波居然和他的女同学聊天，吃醋后离家出走。她突然遇到自己的初恋情人宋宇，开始怎么看杨波怎么不顺眼。她更没想到的是宋宇居然做了节目嘉宾，对她展开疯狂的追求。

9. 米兰继续受到恐吓，和纪凯一起去寻找"真凶"，遭遇重重危机。纪凯英雄救美，而他们的关系也终于进了一步。米兰得知暗算她的人居然是被月子中心开除的张红的母亲，而她只是想让媒体呼吁在外打工的父母多回家看望孩子罢了，心里非常酸楚。

李秀梅邀请米兰去家里的时候却发现纪凯正和烈焰红唇在一起。米兰气得摔跤，然后大家忙得人仰马翻。全家人都急忙把米兰送入医院，幸好医生就是潘杰的男友，帮她圆了谎。潘杰告诫米兰谎已经越撒越大，和初衷不符，米兰无奈至极，坦言自己已经离不开谎言了。

纪凯召开晚宴，宴请的都是前女友，米兰看呆了。在众多美女中，纪凯只揽着她一个人的腰。虽然知道纪凯只是一个花花公子，可是米兰还是心动。

10. 在米兰的安慰下，韩可馨决定做一个称职的妈妈，也对宋宇说清楚。可是，宋宇居然不介意她已经结婚，还是愿意和她在一起。米兰与众人去月子中心道歉，因为孕妇的身份获得谅解，却也对这个特殊群体非常关注。为了钱，她做了月子中心的形象代言人，一夜成名。

陆露发现老公出轨，非常痛苦。三个女人跟踪顾文明，发现顾文明进了宾馆，陆露崩溃。安慰陆露回家后，韩可馨看着镜中的自己也开始怀疑杨波会不会对不起自己，吃了一场干醋。

陆露决定和顾文明离婚，顾文明以为她又在闹，没想到她是认真的。看着条理清晰的离婚协议书，再看着空荡荡的房间，顾文明迷茫了。而韩可馨被人看到挺着大肚子的样子，面临着危机。

11. 韩可馨对宋宇说出自己已经怀孕的事实，但并没有阻止宋宇的追求。韩可馨和杨波因为小事争吵，韩可馨惊恐地发现他们正走着自己父母的老路，和杨波分居。

米兰生日快到了，很期盼礼物，但大家送给她的居然都是婴儿用品，她非常郁闷。纪凯虽然讨厌逛商场，但还是陪着米兰逛，和她一起参加培训班学习怎么带孩子，米兰只觉得每一分钟都度日如年，却无法对纪凯说实话。米兰无意中把培训教室弄出了火灾，纪凯克服幽闭恐惧症去救她，他们的爱情上了新闻，大家都对他们祝福，米兰也爱上了纪凯。李秀梅情况不容乐观，米兰只能痛苦地继续说谎。

韩可馨和王开会就要不要问嘉宾隐私问题而争吵。她坚持走自己的风格，也立下节目收视率不到8就辞职的军令状。韩可馨终于拒绝了宋宇，认识到他们爱的都是当初的那个人，青春已经一去不回头。

12. 李秀梅即将迎来六十大寿，米兰考虑很久，最终决定在她的寿宴上推销自己的蛋糕。她华服出现，看着宾客吃自己蛋糕的样子，觉得自己的梦想终于成了真。韩可馨又被人设计，险些被揭穿她怀孕的事实，米兰帮她圆场。她们刚舒一口气，却没想到顾诗慧不再"说谎"，当众说出米兰没怀孕的事实，米兰的肚子被揭穿。李秀梅被气得进了医院，危在旦夕。

米兰成为众人耻笑的焦点，面临着巨额违约金，也递交了辞呈，却觉得整个人都轻松了。她告诉韩可馨，谎话总有一天会被揭穿，到时候她失去的会比现在多得多，韩可馨若有所思。陆露再一次捉奸，却意外知道顾文明的真正心思，与顾文明和好。

　　13.韩可馨的生产日期越来越近，怀孕也越来越辛苦，她不禁想当初母亲怀着她的孩子是不是也是这样。为了帮助留守儿童，韩可馨推迟辞职时间，具有社会意义的节目令收视节节攀升。就在她即将迎来圆满结局的时候，下身开始流血。天啊，她要在全国观众面前生孩子了吗？
　　米兰和陆露急忙把韩可馨送医院，但围观的人实在太多了，甚至连同事都抢着给韩可馨特写。这时，纪凯故意吃花生吸引注意力，让杨波开车送她们去医院。血库告急，韩可馨几乎放弃，幸好杨波一直不离不弃。韩晓的激将法令韩可馨顺利生下了儿子，她终于意识到一直拒绝母亲关爱的她是多么狭隘，也知晓了当年的事情真相。

　　14.米兰辞职后开了蛋糕店，蛋糕店开张那天大家告诉了米兰王开会被免职的好消息。米兰追到机场，没想到纪凯的航班已经起飞，她痛哭流涕。米兰再次喝醉，朦胧中也再次发生了不该发生的事情。她醒来，惊奇地发现手上戴着一个亮晶晶的戒指，而那个人居然是纪凯。
　　一年后，李秀梅见到了孙子，在满足中睡去。米兰继续开蛋糕店，韩可馨已经成了金牌主持，而陆露也成了资深的化妆师。三个母亲，都找到了爱情和事业的平衡点，绽放着美丽。